Secret of A Summer Night
by Lisa Kleypas

ひそやかな初夏の夜の

リサ・クレイパス
平林 祥［訳］

ライムブックス

ひそやかな初夏の夜の

主要登場人物

アナベル・ペイトン……落ちぶれた名家の娘
サイモン・ハント……肉屋の息子、現在は実業家
フィリッパ・ペイトン……アナベルの母、未亡人
ジェレミー・ペイトン……アナベルの弟
リリアン・ボウマン……アナベルの友人
デイジー・ボウマン……アナベルの友人、リリアンの妹
エヴァンジェリン（エヴィー）・ジェナー……アナベルの友人
ウェストクリフ伯爵マーカス・マースデン……ハントの親友
ウィリアム・ケンダル卿……アナベルの夫候補
ホッジハム卿……アナベルの亡き父の友人

プロローグ

ロンドン　一八四三年

アナベル・ペイトンは、知らない人からお金を借りてはいけないと幼い頃からしつけられ、忠実にそれを守ってきた。だがその日は例外だった。そして、例外を作ったとたんに、母がなぜ口酸っぱくそう教えてきたのかを悟った。

その日は久しぶりに弟ジェレミーが学校の休暇で家に戻っていて、例のごとく、ふたりは揃ってレスター・スクエアに最新のパノラマショーを見に出かけた。アナベルはこの二週間、切符代を捻出《ねんしゅつ》するために節約にはげんできた。兄弟は他にないので、ふたりは一〇歳も年が離れているにもかかわらずたいそう仲がいい。実際にはアナベルの下にあとふたり弟妹がいたが、いずれも一歳の誕生日を迎える前に亡くなった。

「姉さん」ジェレミーが切符売り場から戻ってくるなり言った。「お金はこれだけしかないっ?」

アナベルは首を横に振っていぶかしむような表情を浮かべた。「それだけよ。どうしたの？」

ジェレミーは短くため息をつき、額にかかったハチミツ色の髪をかきあげた。「料金が二倍になってるんだ――いつもの出し物よりずっと高いんだよ」

「新聞広告にはそんなこと書いてなかったのに」アナベルは苛立たしげに言った。声をひそめて「まったくもう」とつぶやき、巾着型の財布の口を開けて、硬貨を見落としていないか探した。

一二歳になるジェレミーは、行列が並ぶパノラマ館の入口に掛けられた巨大な看板をにこりともせずに眺めた。看板には、「ローマ帝国の崩壊―ジオラマで見る幻想世界」と書かれている。二週間前の開演以来、ローマ帝国の謎と悲劇的な崩壊を迎えるに至った経緯を一目見ようと、大勢の人びとがパノラマ館に詰めかけている。実際にこの出し物を見た人びとは、「まるで当時にタイムスリップしたようだ」と口々に賞賛した。普通「パノラマ」と言えば、円形の部屋の壁にぐるりとキャンバスが掛けられ、観客の周りを精密な風景画が取り囲むようになっている。ときには、音楽や照明といった仕掛けによって臨場感を高めたり、語り手がキャンバスの前に立って異国の地や有名な戦について説明を加えたりすることもある。

だが「タイムズ」紙によれば、今回の新しい演目は「ジオラマ」と呼ばれる手法が使われており、立体的な景観を楽しめるものらしい。なんでも、防水加工をほどこした薄いサラサ地をキャンバスに用いて、特製のフィルターをかけた照明をその前方やときには後方からあてるとか。さらに、パノラマ館の中央に設置された円形展望台は三五〇人もの観客を収容できるそうで、上映中はそれが二人の技師の手によってゆっくりと回転する仕組みになっているという。照明、鏡、フィルター、さらには包囲されたローマ帝国のようすを演じる役者たちの演技といったさまざまな仕掛けがあいまって、「本物と見紛うばかりの一大パノラマ」と絶賛されていた。アナベルが読んだ記事によれば、火山が噴火するクライマックス・シーンがあまりにも臨場感あふれるため、悲鳴をあげたり失神したりする女性客もいるらしい。

ジェレミーは、硬貨がないかとせわしなく探すアナベルから財布を取り上げ、巾着の口を締めなおして返した。「切符一枚分のお金はあるんでしょ」ジェレミーは淡々とした口ぶりだ。「姉さんが中に入りなよ。僕は大して見たくなかったんだから」

弟が姉のために嘘をついているのは明らかだったので、アナベルは首を振って言った。

「そんなの絶対にだめよ。おまえが中にお入りなさい。私はパノラマくらいいつだって見られるけど、おまえは普段は学校に行ってるでしょう？　それに上映時間は一五分だけらしいから、終わるまで私は近くの店を見ているわ」

「お金もないのに買い物かい？　そいつはおもしろそうだね」ジェレミーの青い瞳にはあからさまな疑いの色が浮かんでいる。

「買い物のだいご味は、買うことじゃなくて見ることにあるのよ」

ジェレミーは鼻を鳴らした。「なんだい、ボンド・ストリートを歩く貧乏人みたいなこと言っちゃってさ。とにかく、姉さんをひとりになんかしないからね。そんなことしたら、まわりの男たちが群がってきて大変だもの」

「バカ言わないの」アナベルは小声でたしなめた。

ジェレミーはふいににやっと笑った。姉の美しい骨格や青い瞳、つば広の帽子の下からのぞく茶色と金色に輝くカールした髪を、賞賛のまなざしで眺める。「猫をかぶったって無駄だよ。姉さんは自分の美しさが男たちにどんな影響を与えるか、よぉーくわかってるんだ。僕が知るかぎりでは、姉さんは自分の美貌《びぼう》を大いに利用してるはずだよ」

アナベルは弟のからかいに顔をしかめるふりをしてみせた。「僕の知るかぎりですって？バカおっしゃい！　私が男性にどんな態度をとっているか、ほとんど学校で過ごしているおまえにわかるわけがないでしょう」

すると、ジェレミーの表情がふいに曇った。「これからは違うよ。僕はもう学校には行かない。仕事を見つけて、姉さんとお母様を助けるんだ」

アナベルは目を丸くした。「ジェレミー、そんなことしてはだめよ。お母様がどんなに悲しむか。それにもしお父様が生きてらしたら――」

「でも姉さん」ジェレミーは声をひそめて姉の言葉をさえぎった。「うちにはお金がないんでしょ。パノラマ館の切符代の五シリングさえどうにもならない状態なのに――」

「だからって、今のおまえにまともな仕事を見つけられると思って？」アナベルは冷やかに言い放った。「十分な教育も受けてない、コネもない今のおまえに。街路掃除人や使い走りになるというならともかく、まともな仕事に就けるようになるまでは学校に行ったほうがいいわ。私がお金持ちの殿方と結婚すれば、何もかもうまくいくからだいじょうぶよ」

「持参金もないのに立派な相手が見つかるもんか」ジェレミーはやり返した。

ふたりが顔を見合わせて眉をひそめていると、円形劇場の扉が開き、人びとはふたりの前を通りすぎて我先に場内に殺到した。ジェレミーは姉を守るように腕をまわし、そっと人ごみから逃れた。「パノラマのことは忘れよう」ジェレミーはきっぱりした口調で言った。「何か別のことをすればいいよ――お金がかからない、何か楽しいこと」

「たとえばどんな?」

ふたりはしばらくじっと考えたが――何ひとつ名案が浮かばないことに気づき、声をあげて笑いだした。

そこへ、背後から深みのある男性の声が聞こえてきた。「やあ、ジェレミー君」

ジェレミーは笑みを浮かべたまま、誰だろうというように振り返った。「ミスター・ハント」と嬉しそうに相手の名を呼びながら手を差しだす。「僕のことを覚えていてくれたんですか」

「もちろん――前に会ったときよりも頭ひとつぶん背が伸びたね」男はジェレミーと握手を交わしながら言った。「休暇中かい?」

「はい、ミスター・ハント」

男が友人たちに向かって先に劇場に入っているよう促しているかたわらで、ジェレミーは困惑した面持ちの姉の耳元にひそひそ声で説明した。「ほら、肉屋の息子のハントさんだよ。お母様にお使いを頼まれたときに、店で一、二回会ったことがあるんだ。失礼な態度をとっちゃだめだよ――すごい資産家なんだから」

アナベルは首をかしげた。肉屋の息子がどうしてこんなに立派な身なりをしているのかしら。男は、仕立ての良さそうな黒い上着に、流行のゆったりとしたスタイルのズボンを合わせている。その下の引き締まった力強い体のラインが、なぜか余計に際立って見えた。劇場へと入っていくほかの多くの男たちと同じように、すでに帽子は脱いでおり、黒髪が軽くウエーブしているのがわかる。背が高く、がっしりとした体格で、年齢は三〇歳くらいだろう。造作の大きな面立ちで、きりりとした鼻に、幅広の口、そして黒目と瞳孔の境がわからないくらい真っ黒な目の持ち主だ。いかにも男らしい顔つきと言えるだろう。目元と口元には冷やかなユーモアセンスがかすかに感じられるが、軽薄な印象はまったくない。どんなに人を見る目がない人間にも、この男が怠惰を嫌い、労働と強い意志によってその肉体と精神を鍛え上げているだろうことは容易に想像がつくはずだ。

「姉のミス・アナベル・ペイトンです」とジェレミーが紹介した。「姉さん、こちらはミスター・サイモン・ハントだよ」

「お会いできて光栄です」サイモン・ハントはおじぎをしながらささやくように言った。

男はいかにも礼儀正しい態度だが、その瞳がぎらりと輝くのを見て、アナベルは胸の奥のほうが妙にざわつくのを感じた。気がつくと、男に向かって会釈を返しながら、弟の背後に隠れるようにうしろに下がっていた。だがどういうわけか、男から視線をそらすことができないようだ。まるで、お互いに相手をようやく見つけたような奇妙な感じ……とはいえ、初めて会った気がしないというのとも違う……むしろ、過去に何度かすれ違いを繰り返し、ついにしびれを切らした運命が、ふたりの人生をここで交わらせたような感じを受けた。単なる思い過ごしなのはわかっているが、アナベルにはどうしてもそうした思いを拭い去ることができなかった。狼狽した彼女は、男の力強いまなざしから逃れることもできず、ついにはみっともなくほほを熱く紅潮させてしまった。

サイモン・ハントはジェレミーに向かって話しかけたが、その目はなぜかアナベルをじっと見つめている。「劇場内までご一緒しよう」

一瞬ぎこちない沈黙が流れたが、ジェレミーは巧みに無関心をよそおって返した。「ありがとう。でも僕たち、やはり今日は見ないことにしようって決めたところなんです」

ハントは黒い眉を片方吊りあげて言った。「どうして？　じつによくできたパノラマらしいよ」ハントはそのまっすぐな視線をアナベルからジェレミーへと移し、ふたりが困ったような表情を浮かべているのを見てとると、優しげな声でジェレミーに語りかけた。「レディの前でこのような話をするべきでないのはわかっているが、やはり言わずにはいられないな……ねえジェレミー君、君たちは切符代が値上がりしているので困ってるのではないかな？　もしそうなら、足りない分は私が出そう」

「いいえ、けっこうです」すぐさまアナベルが、弟の脇《わき》のあたりをひじでぐいと押して口を挟んだ。

ジェレミーは姉の剣幕《けんまく》に押されつつハントの顔を見上げたが、相手は何を考えているのかよくわからない。「お心づかいはありがたいんですが、姉が——」

「見たくないんですの」アナベルは冷やかな口調で言った。「とても恐ろしいシーンもあって、中には失神する女性もいると聞いておりますから。それなら、公園で静かに散歩でもしたほうがましです」

ハントはふたたびアナベルのほうに向きなおった。彫りの深い目元に、からかうような色が浮かんでいる。「おや、怖がってらっしゃるんですか、ミス・ペイトン？」

さりげないからかいにアナベルは苛立ちを覚え、ジェレミーの腕をつかんでぐいと引っぱった。「そろそろ行きましょう、ジェレミー。これ以上ミスター・ハントのお邪魔をしては失礼よ、よほど見たくてらっしゃるようだから——」

「いやはや、なんとも残念だ。本当にご覧にならないんですか？」ハントはまじめぶった口調で言い、そそのかすようにジェレミーのほうを見た。「たかが数シリングのために、君と姉君が午後の楽しみを奪われるとは」

弟の気持ちが揺らいでいるのを感じとったアナベルは、耳元に厳しい口調でささやきかけた。「ジェレミー、彼に切符代を払わせてはだめよ！」

だがジェレミーは姉を無視して、単刀直入にハントに切り出した。「ミスター・ハント、じつは、万が一お申し出をお受けしたとしても、いつお返しできるかわからないんです」

アナベルは目を閉じて、かすかな、打ちひしがれたようなため息をもらした。これまで彼女は、ペイトン家の窮状を誰にも知られないよう必死にがんばってきた……それなのに、一シリングでさえ無駄にできないことを目の前の男に知られてしまうなんて。

「急ぐ必要はありませんよ」とハントが気安く答えるのが聞こえてきた。「次の休暇のときに、父の店に寄って渡しておいてください」

「そうですか、だったらお願いします」ジェレミーはいかにも満足そうに言い、取引成立の証にハントと握手を交わした。「ありがとう、ミスター・ハント」

「ジェレミー――」アナベルの声は優しげだったが、怒りが込められていた。

「そこで待っててください」ハントは肩越しに言ったかと思うと、すでに切符売り場のほうに大股に向かっていた。

「ジェレミーったら、あの人からお金を借りるなんてどういうつもりなの!」アナベルは弟の強情そうな顔をにらみつけた。「まったく、どうしてこんなことを。良くないことだわ――それに、あんな男に借金をするなんて耐えられない!」

「あんな男ってどういう意味？」ジェレミーは無邪気に聞き返した。「言ったでしょ、彼は資産家なんだよ……ああ、そうか。上流階級の出じゃないからだね」ジェレミーは人を哀れむような笑みを口元に浮かべた。「でもミスター・ハントにかぎってはそういう見方はしないほうがいいと思うよ。なんてったって、ものすごいお金持ちだからね。それに僕たちだって、実際のところは上流階級の人間とは言えないんじゃないの。どうせ我が家は、大木の下のほうの枝に辛うじてぶらさがっているようなものじゃない、まるで――」

「肉屋の息子がどうしてそんなにお金持ちになれるというの？。私が思っているよりずっとたくさんの牛肉やベーコンをロンドン市民が消費しているというのならともかく、肉屋の収入なんてたかが知れているわ」

「彼が父親の店で働いてるなんて言ってないでしょ」ジェレミーはしてやったりといった口調で答えた。「僕は、肉屋で彼に会ったと言っただけだよ。ミスター・ハントは起業家なんだ」

「もしかして投資家なの？」アナベルは顔をしかめた。上流社会では、商売について話したり考えたりするなどもってのほかと見なされる。投資業ほど下賤な職業はないのだ。

「投資家とはちょっと違うんじゃないかな。でも、何の仕事をしていようが、どれだけの財産を持っていようが関係ないよ。平民からあそこまでになっただけでも大したもんだと思うな」

弟の声に非難めいた響きがあるのに気づいて、アナベルは苛立たしげに目を細めた。「ずいぶんと民主主義に肩入れするのね」アナベルの声は冷やかだった。「それに、私がお高くとまっているような口ぶりはやめてちょうだい――たとえ相手が公爵でも、切符代を借りたりするものですか。相手が職業人でもそれは同じことよ」

「公爵だったらあんなひどい断り方はしないだろうけどね」ジェレミーは姉をやり込め、彼女の顔に浮かんだ表情を見て笑った。

そこへハントが戻ってきたため、ふたりはそれ以上口論をつづけることはできなくなった。ハントはコーヒーのような黒い瞳でふたりをじっと見つめ、かすかに口元をゆるめた。「これでだいじょうぶ。さあ、中に入りましょう」

アナベルは、弟に脇をつつかれて、慌てて前に進みでた。「無理にご一緒いただく必要はございません」そう言ってしまってから、我ながら無礼な物言いになってしまったわと後悔した。だがハントを見ていると、なぜか心がざわついて、そういう態度に出てしまう。ハントは信頼できる人物には見えなかった……着ているものは上等だし、見た目は洗練されているが、まったく品のよさを感じさせない。きちんとした家柄の女性であれば、この手の男とふたりきりになりたいなどとは決して思わないだろう。とはいえ、アナベルがハントに対して恐れのようなものを感じるのは、彼の社会的地位とはいっさい関係がなかった。今まで接したことのない圧倒的な力強さと男性的な物腰を、本能的に感じとったためだった。「あなたの――」アナベルは自信なさげな声でつづけた。「お友だちが待っていらっしゃるでしょうから」

だがハントは、広い肩を気だるげにすくめて言った。「この人ごみでは、彼らを見つけるのは至難の業でしょう」

あなたはこれだけの群衆の中でもとりわけ背が高いのだから、すぐに友だちを見つけられるはずでしょう、アナベルはそう言って食い下がることもできたろう。だが、議論しても意味がないのはわかっていた。サイモン・ハントの隣でパノラマを見るしかない――ほかに選択肢はないのだ。だが、ジェレミーの嬉しそうな顔を見たとたん、用心深くハントを避けようとする気持ちは薄らいだ。アナベルは声を和らげ、ハントにあらためて言葉をかけた。

「申し訳ありません。失礼な言い方をするつもりはなかったのですが、知らない方に借りを作るのがいやなものですから」

ハントは、わかってますとも、とでも言いたげな視線をアナベルに向けた。ほんの一瞬のしぐさだったが、腹立たしいくらい完璧だった。「お気持ちはよくわかります」ハントはアナベルを劇場内へと導きながら言った。「ただし、これは借りでもなんでもありません。それに私たちはまったくお互いを知らないというわけでもないのですからね——何しろあなたのご家族は、父の店の長年のお得意様なのですから」

三人は広々とした円形劇場に足を踏み入れ、錬鉄の手すりと柵がついた中央の円形展望台に並んだ。展望台から一〇メートルほど離れた位置に、キャンバスの上に精密に描かれた古代ローマ帝国の景色が広がっている。キャンバスと展望台の間には複雑な機械が設置されていて、それを見た観客が驚きの声をあげている。観客が揃ったところで劇場内は突然暗くなり、人びとの口から興奮と期待の入り混じった声が漏れた。機械がかすかにうなるような音が聞こえたかと思うと、キャンバスの後方から青い照明があてられた。するとキャンバスに描かれた景色に奥行きが生まれて一気に臨場感が高まり、アナベルは目を見張った。思わず、真昼のローマ帝国にいるような錯覚に陥る。そこへ当時のローマ市民が着ていたゆったりとした外衣《トーガ》にサンダルといういでたちの役者が数名あらわれ、語り手が古代ローマ帝国の歴史を解説しはじめた。

パノラマは予想以上に魅惑的だった。だが彼女は、目の前で次から次へと繰り広げられる景観に集中することができなかった――隣に立っているハントのことが気になって仕方なかったからだ。しかもハントときたら、ときおり彼女の耳元に向かってその場にそぐわない言葉をあれこれとささやきかけてくる――レディがあんな枕カバーのような服を着た男を見て興奮してはいけません、などと、ふざけてアナベルをたしなめるふりをするのだ。アナベルはハントの言葉に反応すまいと必死に我慢したが、思わずしのび笑いが漏れ、周囲の人びとから非難の目を向けられてしまった。すると予想どおり、重要な解説の途中に笑うとは何事ですか、とまたもハントに咎《とが》められ、いっそう笑いをこらえられなくなる。幸いジェレミーはパノラマに夢中で、ハントのおふざけには気づいていないらしい。身を乗りだすようにして、どの機械がどんな役割を果たしているのかと必死になって探ろうとしている。

そのときふいに、それまでスムーズに回転していた円形展望台が何かに引っかかったようにがくんと揺れ、ハントが口をつぐんだ。観客の中にはバランスを崩して転びそうになる者もいたが、すぐに周囲の人びとに支えてもらったようだ。突然のことに驚いたアナベルも、足元をぐらつかせ、気づいたときにはハントの腕の中に飛び込むようなかたちになっていた。彼女が体勢を立てなおすとハントはすぐに手を離し、顔を近づけて、優しげな声でだいじょうぶですかと声をかけた。

「ああ、ええ」アナベルはやっとの思いで答えた。「ごめんなさい。ええ、もうすっかり……」

アナベルは最後まで言葉を継ぐことができなかった。たった今胸の中にわきおこった感情が何だったのか徐々にわかってくるにつれ、彼女はうろたえ、だんだん声が小さくなっていき、しまいには黙りこんでしまった。アナベルはこれまで一度として、男性にこんな気持ちを覚えたことはなかった。唐突に自分を襲ったこの切迫した思いが何を意味するのか、あるいは、どうやってその思いを満たせばいいのか、彼女には見当もつかなかった。唯一わかっているのは、ハントの腕の中にいつまでももたれかかっていたいという強烈な気持ちが、一瞬芽生えたということだけ。ひょっとして不死身なのでは、と思うほど引き締まって頑丈そうなハントの肉体、足元がぐらついたときに安全な場所を提供してくれるその腕の中にずっと抱かれていたい、そんな衝動に駆られたことだけだった。ハントからただよう清潔そうな男性の肌の香り、磨きあげた革の香り、そしてシャツからただようかすかな糊《のり》の匂いに鼻孔をくすぐられ、アナベルは甘い期待に身を震わせた。彼女は過去二年間の社交シーズン中、コロンとポマードの香りをただよわせた貴族たちを誘惑しようとしてきた。どうやらハントは、彼らとはまったく違う生き物のようだ。

アナベルはすっかり困惑していた。顔はまっすぐキャンバスのほうに向けているが、照明や色彩が徐々に変化してローマ帝国に夜が訪れつつあるシーンが繰り広げられるのを、実際には見てもいなければ気にかけてもいなかった。一方のハントもアナベル同様パノラマには関心を失ってしまったようで、彼女のほうを向いてひたすらその顔を見つめるばかり。ハントの息づかいは相変わらず静かで規則正しいものだったが、ごくわずかにそのリズムが変化したようにアナベルは感じていた。

アナベルは乾いた唇を舐めた。「あの……そのように見つめるのは、やめてくださいませんか」

彼女のささやき声は聞き取れないほど小さなものだったが、ハントの耳にはちゃんと届いたようだ。「あなたが隣にいるのに、ほかに見るべきものなどありませんよ」

アナベルは身動きもせず、口も開かず、ハントの静かな悪魔のささやきを聞かなかったふりをした。だが心臓は激しく不規則に鼓動を打ち、つま先にぐっと力を込めずには立っていることもおぼつかないほどだった。いったいどうして、観客でごったがえす劇場で、しかも弟が隣にいるというのに、こんな気持ちになるのかしら。アナベルはめまいがしたように感じ、しばらく目を閉じたが、目が回るのは円形展望台が回転しているせいではなかった。「見て、見て!」ジェレミーが興奮気味に姉の脇をつつきながら言った。「いよいよ火山のシーンだよ」

劇場内はふいに真っ暗闇につつまれ、足元からとどろくような不気味な音が鳴り響いた。怯えたように叫ぶ声や、まばらな笑い声、期待に息をのむ声などが聞こえてくる。アナベルは、背中に手が触れるのを感じて身を硬くした。ハントの手が、ゆっくりと慎重に彼女の背骨を上へ上へとなであげていた。ハントのかぐわしい、人を惑わすような香りが鼻孔をくすぐる。アナベルが何か言おうとしたそのとき、彼女の唇は、温かく柔らかな、恍惚感を呼び覚ますキスでふさがれてしまった。アナベルは驚きのあまり身動きひとつできない。足元がおぼつかず、まるで飛びたとうとする蝶のように両手を宙に広げた。そんな彼女を、ハントは片方の手で腰をしっかりと抱き、もう片方の手で首すじを支えた。

アナベルは、キスをするのは初めてではなかった。庭を散歩している途中で、あるいはラウンジの一角の、人びとの視線を逃れられるような場所で、ぶしつけな若者からすばやく抱擁され、唇を奪われたことがある。だがそうした一瞬のたわむれのようなキスは、これとはまったく違う……ハントのキスは、入念かつ甘やかで、アナベルは思わず陶然とした。体中を強烈な衝撃が駆けめぐり、自分でもどうすることもできず、ハントの腕の中で身を震わせた。本能に突き動かされたように、優しく愛撫してくるハントの唇に無我夢中で自分の唇を押しつける。するとハントの唇にも、もっと欲しいと言わんばかりにいっそう力がこもった。むさぼるように唇を吸われ、アナベルは体がかっと熱くなるのを感じた。

だがいよいよ我を忘れそうになった瞬間、ハントが唐突に唇を離したので、アナベルははっとまどった。ハントはなおも片手で柔らかなうなじを支えながら、耳元に顔を寄せ、いかにも悔やんでいるような声でささやいた。「すみません。どうしても我慢できなかったのです」うなじから手が離れ、やがて劇場内は、赤いフィルターのかけられた照明に照らし出された。ハントの姿はすでになかった。

「姉さん、見て、見て」ジェレミーが興奮した面持ちで、目の前で繰り広げられている火山噴火のようすを指さしている。火山の両側から、ぎらぎら光る溶岩が流れだしていた。「すごいや!」だがハントの姿が見えないのに気づいたジェレミーは、いぶかしむように眉をひそめた。「あれ、ミスター・ハントは?　友だちが見つかったのかな」ジェレミーは肩をすくめたが、すぐにパノラマのほうに神経を集中させ、驚愕《きょうがく》の声をあげる観衆と一緒になってはしゃいだ。

アナベルは目を見開いたまま、動揺のあまり口をきくこともできず、たった今自分の身に降りかかったと思った出来事はひょっとして幻だったのかしらと考えていた。彼女は今まで、見知らぬ男性から劇場でキスをされたことなどなかった。それに、あんなふうにキスしたことも……。

結局、知らない男性に借りを作ればああいう振る舞いを相手に許すことになる——相手に利用されるのがオチなのよ。でも、私自身の振る舞いは……アナベルは恥ずかしさとまどいで頭がいっぱいになり、ハントにキスを許したのはなぜなのか必死に理由を考えた。あのときアナベルは、彼に抵抗し、体を突き放すべきだった。それなのにただぼうっと突っ立って——あの瞬間を思い出すだけでぞっとした。もはや、サイモン・ハントが彼女のよろいを粉々に砕いた方法や理由などどうでもいい。重要なのはハントがすでにそれをやってのけたということ……つまり、今後あの男のことはなんとしても避けなければならないということだ。

1

ロンドン　一八四五年
社交シーズンの終わり

結婚を望むレディはどんな障害でも克服できる――と言いたいところだが、実際問題として、持参金がないという障害だけはいかんともしがたい。

アナベルは、ボリュームたっぷりの純白のスカートの下でいらいらと足を揺らしながら、内心の苛立ちをおもてに出すまいと必死だった。ここ三年間の社交シーズンで惨敗を喫してきた彼女は、壁の花でいることに慣れっこになりつつあった。とはいえ、すっかりあきらめたわけではない。部屋の隅のきゃしゃな椅子にじっと座っているのは私にはふさわしくないわ、という思いが何度となく胸をよぎった。だが、待てど暮らせどダンスの誘いは来ない。だから彼女は、そんなこと気にしていないようなそぶり――他人が踊ったり求愛されたりするのを眺めているだけで本当に楽しいのだというふりをした。

長いため息をひとつ漏らし、手首に巻いたリボンの先にぶら下がる銀製の小さなダンスカードをもてあそぶ。ダンスカードは、表紙を開くと、中に挟まれた半透明の象牙色の紙が扇のように開く仕組みになっている。ダンスを申し込まれたレディは、パートナーの名前をこの象牙色の薄い紙に記すのだ。アナベルは何も書かれていない紙が扇のように広がるのを見て、まるで誰かが口を大きく開け、歯を見せて自分のことをあざ笑っているような錯覚にとらわれた。ダンスカードをぱちんと閉じ、隣に座っている三人のレディのほうにちらりと視線をやる。三人とも彼女と同じように、自分の運命にまったく関心がないような表情を必死でよそおっていた。

アナベルは彼女たちがなぜそこにいるのかよくわかっていた。ミス・エヴァンジェリン・ジェナーの家はたいそう裕福だが、ギャンブルで儲けたおかげだそうで、家柄もごく普通。その上、当人は極端な恥ずかしがりやで、吃音《きつおん》があるため、他人と会話をするなど、彼女自身にとっても相手にとっても拷問のようなものなのだ。

あとのふたりはアメリカ人で、名前はミス・リリアン・ボウマンとその妹のデイジー。まだ英国上流社会に慣れていないらしく、見た感じでは、慣れるまでには相当時間がかかりそうだ。なんでも、ニューヨークでは望むような申し出を受けることができなかったので、ボウマン家の母君が娘たちをロンドンまで連れてきたのだという。人びとは、石けん製造業で一財を成したふたりの家柄を揶揄《やゆ》して、「にわか女相続人《ソープバブル・エアレス》」とか、ときには「ダラー・プリンセス」などと陰で呼んでいた。姉妹は、優雅な丸みを帯びたほほのラインや、少し吊りあがった黒い瞳で大いに人目を引いた。だが、貴族の身元引受人を見つけて立派な淑女であることを保証してもらい、英国上流社会のしきたりを教えてもらわないことには、あまり良い申し出は期待できないだろう。

そう言えば、とアナベルは思った。この最低の社交シーズンの間、四人——アナベルとミス・ジェナーとボウマン姉妹——は舞踏会や夜会でしょっちゅう顔を合わせ、決まって部屋の一隅や壁際に座っている。にもかかわらず、四人はお互いに話したことはほとんどなく、ただ黙りこくって、殿方から声がかかるのをつまらなそうに待っているだけだ。そのとき、アナベルとリリアン・ボウマンの目が合った。リリアンのベルベットのような黒い瞳には、思いがけずユーモアセンスがきらりと光っている。

「せめて、もう少し座り心地のいい椅子を用意してくれてもよさそうなものなのにね」リリアンがつぶやくように言った。「どうせ私たち、舞踏会の間中ここに座りっぱなしなんだから」

「椅子に自分の名前を彫ったほうがいいかもしれないわね」アナベルは皮肉で応じた。「これだけ長く座っていると、専用の椅子のような気がしてくるもの」

エヴァンジェリン・ジェナーが押し殺したようなくすくす笑いを漏らした。手袋をはめた手で、額にかかった鮮やかな赤毛をかきあげている。笑うとブルーの丸い瞳がきらきらと輝き、金色のそばかすが散ったほほがピンク色に染まった。どうやら、隣に座るレディたちに急に親近感がわき、いつもの人見知りを忘れてしまったようだ。「あ、あなたみたいな人が壁の花だなんて、妙ね」と彼女はアナベルに向かって話しかけた。「今日の舞踏会ではあなたが一番きれいだもの。と、殿方は、あなたにダンスを申し込もうと必死になるはずなのに」

アナベルは上品に肩を軽くすくめてみせた。「持参金のない娘と結婚したがる男性などいやしないわ」公爵が貧乏人の娘をめとるなどという話は、物語の中だけの絵空事だ。現実の公爵や子爵は、広大な領地の維持、大勢の一族縁者の扶養、小作人たちの生活の保護と、金銭面で重い責任を負わされている。だから裕福な貴族だって、貧乏人と同じように金のために結婚しなければならないのだ。

「でも、にわか成金のアメリカ娘と結婚したがる男性もいないわ」リリアン・ボウマンがきっぱりと言い放った。「でも私たちが上流社会の人間になるためには、きちんとした英国の爵位を持っている貴族の殿方と結婚するしかないの」

「だけど、身元引受人もいないのよ」リリアンの妹のデイジーがつけ加えた。デイジーは小柄で、姉のリリアンをそのまま小さくしたような感じ。姉と同様、なめらかな肌に、豊かな黒髪と茶色い瞳の持ち主だ。彼女は口元に茶目っ気たっぷりの笑みを浮かべて言った。「私たちの身元引受人になってくださるような立派な公爵夫人をご存知だったら、ぜひ紹介していただけるとありがたいわ」

「わ、私はまだ夫なんか欲しくないの」エヴァンジェリンが打ち明けた。「ぶ、ぶ、舞踏会にこうして顔を出すのも、ほかにすることがないからなの。もう学校に行く年齢じゃないし、それに父が……」彼女はふいに口を閉じ、ため息をついた。「とにかく、あともうワンシーズン我慢すれば、二三歳になるからオールドミス確定だわ。そのときが待ち遠しい！」

「まぁ、最近では二三歳がオールドミスの目安なの？」アナベルはなかば驚いたようなふりをして、天を仰ぎながらたずねた。「どうしましょう、自分がとっくに花の盛りを過ぎていたなんて思いもよらなかったわ」

「おいくつなの？」リリアン・ボウマンが好奇心丸出しでたずねてきた。

アナベルは左右に視線をやり、誰も聞いていないことを確かめた。「来月で二五歳よ」正直に打ち明けると、三人は同情するような目でアナベルを見つめた。リリアンが慰めるように言う。「でも、せいぜい二一歳にしか見えないわ」

アナベルはダンスカードがすっかり見えなくなってしまうくらい、両の手をぎゅっと握りしめた。時間ってなんて早く過ぎていくのかしら……。四度目となるこのシーズンも、あっという間に終わりに近づきつつある。そして、五度目のシーズンを迎えるレディはまずいない――そんなみっともないこと、できるわけがない。アナベルは夫となる男性を見つけなければならなかった――それも今すぐに。そうしないと、ジェレミーを学校にやれなくなってしまう……それに、今住んでいるつつましいテラスハウスを立ち退いて、どこかに下宿屋を探さなければならなくなる。転落の人生が始まったが最後、二度と這い上がることはできないだろう。

心臓の病で父親を亡くしてからこの六年間で、ペイトン家の財産はどんどん減っていき、今やほとんど何もないに等しい。ますます悲惨さを増すばかりの状況をカムフラージュしようと、一家は必死に努めてきた。過労ぎみの料理人兼メイドと、年老いた従僕がひとりずついるだけなのに、五人も六人も使用人を置いているようなふりをしたり……色あせたドレスの内側の生地をおもてに使って仕立てなおしたり……宝石を売り払って代わりに人造宝石で我慢したり。そうやって人びとを欺きつづけることに、アナベルはほとほとうんざりしていた。それに、ペイトン家の家計が火の車なのは誰もがすでに知っているように思われた。最近では、既婚男性から慎重な口ぶりでこんなふうに持ちかけられることさえあった――あなたが助けを求めさえすれば、ただちに望みどおりの生活を与えましょう。そうした「助け」の代わりに彼女が差しだすものが何なのかは、あえて聞くまでもなかった。一流の愛人にするにはうってつけだと思われていることくらい、自分でもよくわかっていた。

「ねえ、ミス・ペイトン」とリリアン・ブラウンが声をかけてきた。「あなたにとって、理想の夫ってどんな方？」

「あら、貴族ならどなたでもいいわ」アナベルはいやに軽々しい口調で答えた。

「貴族ならどなたでもいいですって？」リリアンは信じられないといった面持ちだ。「でも、見た目は良いほうがいいでしょう？」

アナベルは肩をすくめた。「そうね、でも絶対の条件ではないわ」

「情熱はどうかしら？」デイジーが口を挟む。

「まったく不要」

「知性は？」今度はエヴァンジェリンだ。

アナベルはまたも肩をすくめた。「妥協するわ」

「色気はどう？」ふたたびリリアンがたずねた。

「これも妥協するわ」

「あなたって、多くを求めない人なのね」リリアンの口ぶりはあっさりとしていた。「私ならもう少し条件をつけ加えるわ。私の旦那様になる殿方は、黒髪で、ハンサムで、ダンスがじょうずな人じゃなくちゃだめ。それと、キスをする前に『キスしてもいいかい』なんて絶対に聞かない人」

「私はシェイクスピアの作品を読破した方がいいわ」デイジーが言った。「物静かでロマンチックな方――めがねをかけていたらもっといいわね。それと、詩と自然を愛していること。女性経験が豊富な人はいやだわ」

姉のリリアンはあきれ返ったように天を仰いでいる。「ああよかった。私たち姉妹がひとりの男性を争う恐れは、まずないわね」

アナベルはエヴァンジェリン・ジェナーに視線を向けた。「あなたはどんな方が自分に合うと思う、ミス・ジェナー？」

「エヴィーと呼んで」彼女はもごもご言い、赤毛と見分けがつかなくなるくらいほほを真っ赤に染めた。極度に恥ずかしがりな性格と、秘密を共有したいという思いがせめぎあって、どう答えるべきか迷っているようだった。「わ、私は……親切で……」そこまで言うと、彼女は首を左右に振り、自分の振る舞いを咎めるような苦笑いを浮かべた。「よくわからないわ。と、とにかく私を愛してくだされぱいいわ。心から愛してくださる方」

アナベルは愛という言葉に打たれ、ふいにもの悲しい気持ちに襲われた。愛などというぜいたくなものは、彼女には望むべくもなかった——地位を失わずにいるだけで精一杯の今、そのようなものを求めるのはわがままだ。アナベルは手袋をはめたエヴィーの手にそっと触れ、心を込めて言った。「きっと見つかるわ。たぶん、そんなに時間もかからないわよ」

「そ、それよりも私は、あなたに先にお相手を見つけてほしいわ」エヴィーは照れくさそうに笑った。「なんとかして手を貸してさしあげたいくらい」

「ねえ、私たち四人とも、何らかの手助けが必要みたいね」リリアンは親しみを込めた目つきで探るようにアナベルをじっと見つめた。「そうだわ……私があなたのために夫探しの作戦を考えてあげる」

「どういうこと？」アナベルは目を真ん丸にした。笑うべきなのか、怒るべきなのか、よくわからない。

リリアンが説明をつづけた。「このシーズンもあと数週間で終わり。そして、あなたにとっては、たぶんこれが最後のシーズン。つまり、自分と同じくらいの社会的地位を持った男性と結婚するというあなたの望みは、この六月で絶たれるということよ」

アナベルは慎重にうなずいた。

「だから私としては——」リリアンがふいに言葉を切った。

彼女の視線の先を追ったアナベルは、黒っぽい人影がこちらに近づいてくるのに気づいて、ひそかに息をのんだ。

あらわれたのは、四人の誰ひとりとして当然ながらかかわりを持ちたくないと思っている男——ミスター・サイモン・ハントだった。

「さっきの条件につけ加えると」アナベルがひそひそ声で言った。「私の理想の夫は、ミスター・ハントとは正反対のタイプよ」

「まあ、それは驚きね」リリアンはからかうように返した。ほかの三人もアナベルと同じ気持ちだったからだ。

たとえ成り上がり者であっても、紳士らしい気品さえ十分に備わっていれば、人びとから受け入れてもらえるだろう。だが、サイモン・ハントには気品のかけらもなかった。どんなにぶしつけな意見だろうと、周囲と正反対の意見だろうと、必ず自分の気持ちを言わずにはいられない——そんな男と礼儀正しく会話するなど不可能な話だ。

たぶん、人によっては彼のことをハンサムと言うだろう。その力強い男性的魅力に惹《ひ》かれる女性もいるだろう。アナベルですら、黒と白の礼服の下にみなぎるパワーを前にしては、圧倒されずにはいられない。だがそうした魅力も、野卑な性格のために台無しだった。ハントにはこれっぽっちの繊細さもない。優雅さを理想とするどころか認めもしない……きっと彼は、金の亡者で、自己中心的で、打算的な男なのだろう。彼のような境遇にある男性ならば、気品のなさを恥じるくらいのたしなみは持っていてしかるべき——ところがハントときたら、俗物のどこが悪いといった態度。彼は貴族社会の礼儀作法を蔑《さげす》んでいるのだ。その証拠に、舞踏会に集った面々をあざ笑うかのように、冷やかな黒い瞳に笑みを浮かべている。

幸いハントは、かつてパノラマ館で暗闇に乗じてアナベルの唇を奪ったことを、言葉や態度でほのめかしたりはしなかった。今ではアナベルも、あれはすべて自分の妄想だったのだとなかば信じる気持ちになっている。振り返ってみると、ハントとのキスはまったく現実とは思えない。しかも、大胆不敵な見知らぬ男からの口づけに自分が情熱的に応えたとあっては、なおさら信じがたいことだった。


多くの人びとがアナベルと同じようにサイモン・ハントを嫌っているのは間違いないだろう。だが、ロンドン上流社会にとっては非常に残念なことに、ハントはそこに居座りつづけている。ここ数年間で、彼はとてつもない大金持ちになった。農具や船、機関車などを製造する会社の株式を買い占めたからである。まさかそれほどの資産家を無視するわけにはいかない――そんな理由から、その粗野な振る舞いにもかかわらず、彼は上流階級のパーティーに招かれる。数世紀にわたり、英国貴族は領地での農業経営を生活基盤としてきたが、今やそうした社会のあり方は産業による脅威にさらされている。ハントはその脅威を体現する存在だった。ゆえに貴族たちは、敵意をひた隠しにしながら彼を迎えるふりをし、神聖なる社交界に彼が出入りすることを、いやいやながらも認めているというわけだった。さらに悪いことには、ハントは謙虚という言葉さえ知らないのか、たとえ自分が招かれざる客であっても、どこにでもずかずかと足を踏み入れて楽しんでいるようなふしがある。

パノラマ館での出会い以降、時折ハントに会うたびに、アナベルは彼を冷たくあしらってきた。話しかけられれば無視し、ダンスに誘われればことごとく断った。だが当のハントは、そうしたアナベルの侮蔑に満ちた態度をかえっておもしろがっているようで、賞賛のまなざしを絶えず向けてくる。そのたびに彼女は、うなじの毛が逆立つような不快感に襲われた。いずれハントは自分への興味を失うだろうと期待しているが、腹立たしいことに、当人は今のところそのつもりはないらしい。

三人の壁の花たちは、ハントが自分たちを無視してアナベルだけに話しかけるのを見て安堵したようすだ。「これは、これは、ミス・ペイトン」ハントの黒曜石のような瞳は、何もかも見透してしまいそうだ。ドレスのそでをていねいに繕い、前身ごろの縁がほつれているのをピンク色のバラのつぼみをあしらって隠し、さらには人造真珠のイヤリングをぶらさげているのも、すべてお見通しなのでは……。アナベルは、冷静に挑むような目でハントを見た。ふたりをつつむ空気は、駆け引きのような、ゲームのようなぴりぴりしたものになっている。アナベルは、ハントがそばにいるために気持ちがざわつくのを実感していた。

「こんばんは、ミスター・ハント」

「ダンスのお相手をお願いできませんか?」ハントはいきなり誘った。

「遠慮します」

「そうおっしゃらずに」

「足が疲れているのです」

ハントは黒い眉を片方吊りあげ、愉快そうに言った。「何をしてそんなに疲れたと言うのですか？　パーティーが始まってから、ずっとそこに座りっぱなしではありませんか」

アナベルはまばたきひとつせずにハントを見返した。「あなたに理由をご説明する義務はありませんわ」

「ワルツの一曲くらい、いいでしょう？」

冷静に接しなければと思ったが、アナベルは思わず顔をしかめずにはいられなかった。「本人が明らかにいやがっているものをレディにむりやりやらせようとするのは礼儀に反することだと、どなたからも教わりませんでしたの？」

「ミスター・ハント」彼女は張りつめた声でたしなめた。

ハントはかすかに口元をゆるませた。「ミス・ペイトン、礼儀なんてものを重んじていたら、私は欲しいものを何も手に入れることができなかったと思いますよ。私はただ、あなたがずっとそうやって壁の花でいるのがかわいそうだから、ちょっと一休みしていただこうと思っただけです。それに、あなたのいつものパターンでいくなら、今夜あなたをダンスに誘うのは私ひとりでしょうしね」

「まあ、お優しいこと」アナベルは感心したような声を作った。「本当におじょうず。お断りするなんてもったいないわね」

ハントの瞳が抜け目なく光った。「すると、私と踊ってくださるのかな？」

「いいえ」アナベルは小声だがきっぱりと断った。「もう向こうに行ってくださいな。お願いですから」

ひじ鉄砲を食わされてすごすご引き下がるかと思いきや、ハントはにやりと笑みを浮かべた。日に焼けた肌に白い歯がまぶしいくらいだ。そんなふうに笑うと、まるで海賊のように見える。「ダンスのひとつくらいしても害はないでしょう？　私はパートナーとしては最高ですよ――あなたも大いに気にいってくださるはずだ」

「ミスター・ハント」腹立ちを抑えきれなかったが、アナベルは必死に声を押し殺した。「どんな状況であれ、どんな理由であれ、あなたとダンスを踊るなどと考えただけで私は虫唾《むしず》が走るのです」

ハントは彼女だけに聞こえるよう、前かがみになり、声をひそめた。「わかりましたよ。でも、ひとつよく考えておいてください。あなたもそのうち、私のような人間からのきちんとした申し出を……あるいは無礼な申し出でもかまいませんが、それを拒絶するなんてぜいたくはできなくなるかもしれませんからね」

アナベルはカッと目を見開いた。激しい怒りに、ドレスの胸元から顔まで紅潮するのがわかる。これ以上はもう本当に我慢がならない――パーティーの間中、壁際にじっと座って、その上に軽蔑すべき男から愚弄《ぐろう》されるなんて。「まるで安っぽい劇に出てくる悪党のような口ぶりですのね」

するとハントはまたもニヤリと笑い、わざとらしくていねいにおじぎをしてみせたのち、アナベルの前から立ち去った。

ハントと話したせいですっかり平静さを失ったアナベルは、目を細めて彼のうしろ姿をにらみつけた。

残る三人の壁の花たちは、彼がいなくなったので安心したのか、揃ってため息をついた。

真っ先に口を開いたのはリリアンだった。「あの人には、いいえという言葉がほとんど通じないようね」

「ねえ、彼、最後にあなたに何と言ったの?」デイジーが興味津々といったようすでたずねた。「あのあと、あなたったら顔を真っ赤にしていたけれど」

アナベルはダンスカードの銀の表紙に視線を落とし、角の曇った部分を親指でごしごしとこすっている。「いずれ私の境遇がどうしようもないものになったら、彼の愛人にならざるをえないだろうって」

アナベルは、今ほどの不安を感じてさえいなければ、三人が揃って目をむいて驚くように声をあげて笑ったことだろう。リリアンがアナベルに問いかけた。彼女は、いかにも乙女らしく怒りの言葉を口にするのでも、如才なく別の話題に移るのでもなく、思いがけない質問を投げかけてきた。「それって本当の話なの?」

「私の悲惨な境遇については本当よ」アナベルは認めた。「でも、彼の——いいえ、私は誰の愛人にもならないわ。そんなことになるくらいなら、ビートを育てている農民とでも結婚したほうがまし」

アナベルの声に潜む断固とした響きに共感したらしく、リリアンはにっこりとほほ笑んだ。

「好きよ、あなたのこと」リリアンはそう言って、椅子の背にもたれ、脚を組んだ。初めて社交シーズンを迎えるレディにしては、ちょっと好ましくない、投げやりな感じがある。

「私もあなたが好きよ」アナベルは、同じように答えるのが礼儀だと思ったので、反射的にそう言った。だが言ったとたんに、それが自分の本心なのに気づいてびっくりした。

リリアンは言葉を継ぎながら、アナベルを観察するようにじっと見つめた。「ラバに鋤《すき》を引かせながら、そのうしろからビート畑をとぼとぼ歩くあなたの姿なんて見たくないわ――あなたにはもっと素晴らしい人生がふさわしいもの」

「そうね」アナベルは気のない返事をした。「でも、だったら私たちどうすればいいのかしらね」

アナベルは冗談で言ったつもりだったのに、リリアンはまじめに受け止めたようだ。「ああ、そうだったわ。あの男に邪魔されるまで、あなたに提案するつもりだったのよ。ねえ、四人で協定を結んで、夫を見つけるのを助け合わない？　自分にふさわしい紳士が私たちを追ってくれないのなら、こっちから殿方を追ってやればいいのよ。それには、一人ひとりでやるよりも、みんなで力を合わせたほうがずっと効率がいいはずよ。まずは一番年上の人から、つまりアナベルから始めましょう。年齢順にやるのよ」

「それじゃ私が不利だわ」デイジーが反論した。

「でもフェアだと思わない？　あなたにはほかの三人よりも時間があるんだから」リリアンが妹を諭した。

「だけど、助け合うといってもいったいどうやってやるの？」アナベルがたずねた。

「あらゆる面で助け合うのよ」リリアンは自分のダンスカードに何やら熱心に書きつけ始めた。「お互いの弱点を補いあって、必要なときには助言したり、応援したりするの。ちょうど、ラウンダーズのチームみたいにね」

アナベルはいぶかしむような表情を浮かべた。「もしかして、革のボールを平べったいバットで順番に打つ紳士の遊びのことを言ってるの？」

「あら、ラウンダーズは紳士だけの遊びじゃないわよ」リリアンが答えた。「ニューヨークでは、レディもラウンダーズをやるの。もちろん、興奮しすぎて我を忘れちゃだめだけど」デイジーがいたずらっぽい笑みを浮かべた。「リリアンみたいにってことよ。姉は判定ミスに腹を立てて、グラウンドに立てられたサンクチュアリ・ポール（野球の「塁」のような役割を果たす）を引っこ抜いてしまったことがあるの」

「違うわ、あのポールはもう根元がぐらついていたのよ。ぐらぐらしたポールなんかあったら、ランナーが危険な目に遭うかもしれないでしょ」

「リリアンがポールでランナーを殴りつけるかもしれないものね」デイジーは言い、眉根を寄せるリリアンに向かってにっこりとほほ笑んでみせた。

アナベルは笑いをこらえ、ボウマン姉妹から、どことなくとまどったようすのエヴィーへと視線を移した。エヴィーの考えていることはすぐにわかった。ボウマン姉妹はたっぷりトレーニングを受けてからでないと、貴族の独身男性の関心を引くことはできないだろう、エヴィーはそう思っているはずだ。だが姉妹のほうに視線を戻したアナベルは、ふたりの期待に満ちた顔を見てほほ笑ましく思わずにはいられなかった。ふたりがバットを持ってボールを打ち、スカートをひざまでたくし上げて運動場を走り回る姿は、容易に想像できる。アメリカの女の子はみなこんなふうに生命力にあふれているのかしら……ボウマン姉妹は、ふたりに近づこうとする身分ある英国紳士たちを、さぞかし尻ごみさせるに違いない。

「とにかく、夫探しをチーム・スポーツのように考えるなんて私にはできないわ」アナベルは反論した。

「でも、やるべきよ!」リリアンは断固とした口調だった。「そのほうがずっと効果的だと思わない？　ひとつだけ問題があるとしたら、四人のうちの誰かと同じ男性に興味を持ってしまった場合だろうけど……でも、それぞれの好みを考えればまずその心配もないと思うわ」

「じゃあ、ひとりの男性を取り合わないという条件をつけましょうよ」アナベルが提案した。

「も、もうひとつ条件があるわ」エヴィーが急に口を開いた。「絶対に他人を傷つけないこと」

「非常に倫理的な意見ね」リリアンはエヴィーに賛同した。

「私は彼女の言うとおりだと思うわよ、リリアン」デイジーが倫理的《ヒポクラティック》な意見という言葉の意味を誤解して姉をたしなめた。「お願いだから、そんなふうにエヴィーをいじめないで」

リリアンはふいにうるさそうに顔をしかめた。「バカね、私はエヴィーに、倫理的《ヒポクラティック》な意見ねと言ったのよ、偽善的《ヒポクリティカル》と言ったんじゃないわ」

アナベルはすぐさま仲裁に入り、けんかが始まりそうになるのを食い止めた。「四人全員の気持ちが揃わないとだめじゃない――意見が違っていたら、うまくいきっこないわ」「もうひとつ条件があるわ、お互いになんでも打ち明けること」デイジーがわくわくした口調で提案した。

「ふ、ふたりっきりのときにあったことも？」エヴィーがおずおずとたずねた。

「そうそう、特にそれが聞きたいのよ！」

リリアンは妹のせりふに苦笑いを浮かべ、アナベルのドレスに値踏みするような視線を向けるなり、「あなたのドレス、ひどいわね」とぶっきらぼうに評した。「私のドレスを何枚かさしあげるわ。自分では着ないのがトランクいっぱいにあるの。さしあげても惜しくないし、母も気づかないだろうから安心して」

アナベルはすぐさまかぶりを振った。一瞬、リリアンの申し出をありがたく思ったものの、自分の窮状が見た目にもわかるのだと知って恥ずかしかった。「いいえ、そんなことしてはだめ。そんな贈り物いただけないわ。本当にありがたいお申し出だけど――」

「淡ブルーのがいいわね、ほら、ラベンダー色のパイピングがあるやつよ」リリアンはデイジーに向かってささやいた。「覚えてる？」

「ああ、あれなら彼女にぴったりだわ」デイジーは興奮気味に言った。「リリアンより、アナベルが着たほうがずっとお似合い」

「ありがと」リリアンは、ふざけて妹をにらみつけた。

「ねえ、本当にそんな――」

「それと、グリーンのモスリン地で、前身ごろに白いレースのトリミングがあるやつはどう？」リリアンはかまわずつづけた。

「リリアン、私、あなたのドレスをいただくことはできないわ」アナベルは声をひそめた。

リリアンはダンスカードから顔を上げてたずねた。「どうして？」

「まず、ドレスの代金をお返しすることができないから。それに、いくら着飾ったところで持参金がないことに変わりはないでしょう」

「なぁんだ、お金のことを心配してるの」リリアンは、裕福な人ならではの呑気《のんき》な口ぶりだ。「お金なんかよりもっと価値のあるものでお返ししていただくつもりだから、気にしないで。デイジーと私に、どうしたら……そう、どうしたらあなたのようになれるかを教えてちょうだい。正しい話し方や、正しい立ち居振る舞い――ありとあらゆる暗黙のルールを伝授してほしいの。どうやら私たち、そういうルールを破ってばかりいるみたいだから。それとね、できれば、身元引受人探しにも手を貸していただけるとありがたいわ。そうすれば私たちふたりとも、今は閉ざされている扉の向こうにも行けるようになると思うの。あなたの持参金の問題については……まあとにかく、あなたは殿方を誘惑すればそれでいいわ。いよいよその方をものにしようというときには、私たちがお手伝いするから」

アナベルは仰天して彼女をじっと見つめた。「本気でやるつもりなの？」

「もちろんよ」デイジーが答えた。「これでもうバカみたいに壁際に座っている必要もなくなると思うと、ほっとするわ！　リリアンも私も、あんまり退屈だから気が変になりそうだったの」

「わ、私も」エヴィーがうなずいた。

「わかったわ……」アナベルは、期待に満ちた三人の顔を順番に見て、思わず笑みを漏らさずにはいられなかった。「あなたたちがみんなその気なら、私も話に乗るわ。でも、協定を結ぶのなら、血判か何かで誓わなくちゃだめかしら？」

「まあ、そんな必要はないわ。血なんか流さなくても、私たちなら立派に協定を結ぶことができるはずよ」リリアンはダンスカードを示しながら言葉を継いだ。「さてと、では早速、夫候補者のリストを作りましょうか。前のシーズンであぶれた殿方のリストとも言えるわね。それとも、選ばれなくて今頃は打ちひしがれている殿方のリストと言ったほうがいいかしら。爵位順のリストにしたほうがいいかしらね？　公爵から始めればいい？」

アナベルはかぶりを振った。「公爵は候補者に入れないほうがいいと思うわ。七〇歳以下で、歯が一本でも残っている方はひとりもいらっしゃらないはずだから」

「つまり、知性と色気については妥協するけど、歯は大切ってことね？」リリアンがふざけて言うと、アナベルは声をあげて笑った。

「歯についても妥協はするけど、でも、あったほうが非常にありがたいわ」

「了解……歯抜けのおいぼれ公爵は対象外と。伯爵に進みましょうか。たしかウェストクリフ卿が――」

「いいえ、ウェストクリフ卿はだめよ」アナベルはたじろぎ、理由を説明した。「とっつきにくいし――それに私には関心がないみたいだから。じつは三年前に社交界デビューしたとき、彼にアタックしたことがあるんだけど、まるで靴にこびりついた汚れか何かみたいな目で見られたわ」

「では、ウェストクリフ卿もだめと」リリアンは眉を吊りあげて考えている。「セント・ヴィンセント卿はどうかしら。若くて、家柄もいいし、とてもハンサムよ」

「無理ね」アナベルは即答した。「たとえどんな状況になっても、セント・ヴィンセント卿はプロポーズなんかしないもの。彼に名誉を傷つけられたり、たぶらかされたりして、すっかり堕落してしまった女性は一〇人を下らないのよ――道義心というものをまったく理解していない方だわ」

「エグリントン伯爵はどうかしら?」エヴィーがおずおずと発言した。「す、すごく太っていて、五〇歳はいってると思うけど」

「いいわ、リストに載せて。あまりえり好みできる立場じゃないもの」

「ローズベリー子爵もいるわね」リリアンはやや顔をしかめている。「ちょっと変わり者で……陰気だけど」

「財力さえあれば、どこでも陰気になっていただいてかまわないわ」アナベルが言うと、三人はくすくすと笑いだした。「彼もリストに載せてちょうだい」

四人は、音楽も目の前でくるくると踊りまわるカップルのことも忘れてリスト作成に没頭し、ときおり陽気な笑い声をあげては、通りがかった人に何事かと凝視されることもあった。「静かに」アナベルが叱りつけるような声音をつくってたしなめた。「私たちが何をたくらんでいるのか、人に知られては困るわ……それに、壁の花は声をあげて笑ったりしないものよ」

四人はまじめな顔をしようとしたが、すぐにまた吹きだしてしまった。「ねえ、これを見て」リリアンは、夫候補者のリストがずいぶんと長くなっているのに気づいて驚きの声をあげた。「ようやく私たちのダンスカードもいっぱいになったわね」そしてリストを凝視し、何やら考えこむように唇をすぼめた。「そうだわ、このうち何人かは、ハンプシャーのウェストクリフ卿のお屋敷で開かれるシーズン最後のパーティーに出席されるはずよ。デイジーと私はもう招待状をいただいているわ。あなたはどう、アナベル？」

「彼の妹さんとお友だちだから、招待状はいただけると思うわ。必要ならお願いしてみてもいいし」

「私からも頼んでみるわね」リリアンは自信ありげに言い、エヴィーのほうを向いた。「あなたの招待状もお願いしておくわ」

「楽しみだわ！」デイジーが嬉しそうに言った。「これで計画は決まりね。二週間後にはハンプシャーに乗り込んで、アナベルの夫探しよ」四人は手を伸ばして握手しあった。バカバカしい計画と知りつつ、アナベルは気持ちが舞い上がり、少なからず心強く感じていた。**きっとこれで私の人生は変わるはず**、と彼女は思った。そして、一瞬目を閉じ、うまくいきますようにと心の中で祈った。

2

サイモン・ハントは、若くして学んだことがある。彼はあいにく、高貴な血筋にも、富にも、人と違う特別な才能にも恵まれなかった。ということは、弱肉強食の世の中に自ら飛び込み、自分の手で財産を築くしかない――そう学んだのだ。ハントは、普通の男の一〇倍もアグレッシブで野心に燃えていた。周囲の人びとも、ハントに対抗するよりも彼のやりたいようにやらせるほうが物事はずっと容易に運ぶと考えるのが常だった。ハントのやり方は独裁的で、むしろ無慈悲と言ってもいいくらいだったが、良心の呵責《かしゃく》を覚えて眠れない夜を過ごしたことは一度もない。自然の摂理でも、強い者だけが生き残り、弱い者は道を譲ったほうがいいと決まっている。

ハントの父親は肉屋を営んでおり、六人家族が快適に暮らしていけるだけの収入を得ていた。ハントも重たい肉切り包丁を扱えるくらいに大きくなると、助手として父の下で働かされた。そして、数年間にわたる修業のおかげで、肉屋らしいたくましい腕と頑丈な肩を手に入れることができた。いずれは父の跡を継ぐと期待されつづけていたのだが、二一歳になったとき店を辞めて別の仕事に就き、父親を落胆させた。そしてわずかな貯金を投資して、またたく間に才能を開花させた――つまり金儲けの才能である。

投資業界に身を置くようになったハントは、明快な経済語とリスクを愛し、商業と産業と政治が複雑に入り混じった世界に愛着を覚えるようになった。そしてすぐに、銀行業務の効率を上げる上で最も重要な手段として、成長著しい英国鉄道網が台頭してくるだろうと踏んだ。現金や証券による送金を行う上でも、将来有望な投資機会を作り出す上でも、銀行は今後、鉄道サービスに大いに頼ることになるだろう。ハントはこの直感を信じて、全財産を鉄道会社に投資し、その結果、莫大な財産を築くことに成功した。そしてその財産を元手として、またたく間にあらゆる方面で利益を上げていった。現在三三歳となった彼は、三つの製造会社の過半数株式、敷地面積九エーカーの巨大な機関車製造工場、そして造船所を所有している。さらに貴族主催の舞踏会では（歓迎されざる）ゲストとして招かれ、六つの会社で貴族連中とともに理事会に名を連ねている。

何年も仕事一筋に生きてきたおかげで、ハントは欲しいものをほとんどすべて手に入れた。だが、幸せかと聞かれたら、彼は鼻で笑うだろう。成功したあかつきに「幸福」などというあいまいなものを手に入れたと思うのは、単なる自己満足だ。彼は決して悦に入ったり、満足したりする性格ではないし、そもそもそんなふうになりたくもなかった。

だが同時に……ハント自身これまで顧みようとしなかった心の片隅の奥深い部分に、自分でも消し去ることができないあるひとつの欲求が芽生えていた。

舞踏室の壁際のほうにそっと視線を送ったハントは、いつものように、アナベル・ペイトンを見たとたんに奇妙な鋭い胸の痛みを覚えた。ハントに言い寄る女たち――人数も決して少なくはなかった――の誰ひとりとして、彼の気持ちをここまで完璧に釘づけにする者はいなかった。アナベルの魅力は外見的な美しさだけではない――不公平なくらいさまざまな美点が彼女に備わっていることは、神もご存知だろう。もしもハントに詩心が少しでもあったなら、熱狂的な言葉を駆使して彼女の魅力を表現することができただろう。だが彼は根が平民なので、自分を惹きつける女性の美点を正確に描写する言葉など思いつかない。彼にわかっているのは、輝くシャンデリアの下でアナベルの姿を見たとたん、ひざが震えるような感覚に襲われるということだけだ。

ハントは、アナベルを初めて見たときのことをいまだに忘れられずにいる。あのとき彼女は、パノラマ館の外で、額にわずかにしわを寄せて財布の中を探っていた。陽射しを浴びて、薄茶色の髪を金色やシャンパン色にきらめかせ、ほほを上気させていた。彼女には、何だかよくわからないが素晴らしい魅力……心の琴線に触れるような魅力があった。ベルベットのような肌、輝く青い瞳……ハントは、あのとき彼女の顔に浮かんだかすかな翳《かげ》りを、なんとしても取り除いてやりたいと願った。

以来、アナベルはとうに結婚しているだろうと勝手に思いこんでいた。ペイトン家が窮状に瀕《ひん》していることはあの出会いのときから気づいていたが、そんなの大した問題ではないだろう。少しでも脳みそのある貴族ならば、彼女の素晴らしさに気づき、すぐさま求婚するだろうと考えていた。ところがあれから二年が過ぎてもアナベルがまだ独身であると知り、ハントはかすかな希望の光が見えたような気がした。なんとしても夫を見つけようと努力し、年々みすぼらしくなっていくドレスを堂々と着こなし、持参金がないにもかかわらず自信を失わない、そんな彼女がいじらしくてたまらなかった。夫探しに執念を燃やすその巧みな手腕は、手練れのギャンブラーが負けの決まったゲームで最後に残った数枚のカードを器用に使いこなす技を思わせた。アナベルは、賢く、慎重で、妥協を許さない、それでいて美しい女性だ。しかし最近では、貧しさゆえだろう、目元と口元がかすかに険を帯びつつある。自分勝手な言い分だが、サイモンにとっては彼女の窮状は好都合だった――まさにそのおかげで、あるひとつの可能性が芽生えていたからである。

問題は、ハントの一挙手一投足に嫌悪を覚えているらしいアナベルを、どうやってその気にさせるかだ。ハントは人格的に誇れる部分が自分にほとんどないことを知っている。それに紳士になる気もなかった――虎が飼い猫になりたいと思わないのと同じようなものだ。彼は単なる大金持ち、それも、一番欲しいものをその金で買うことができずに悶々としている大金持ちにすぎなかった。

今のところ、ハントはひたすら待ちつづけるという作戦をとっていた。アナベルもあとがないとわかれば、彼女自身思ってもみなかったような行動に出るに違いない。追いつめられた人間は、物事をまったく違う目で見るようになるものだ。アナベルのゲームは間もなく終わりを迎えるだろう。彼女は、貧しい男と結婚するか、裕福な男の愛人になるか、二つに一つを選ばざるをえなくなるはず。そして彼女が後者を選ぶとしたら、行き着く先はハントのベッドとなるはずだ。

「彼女、じつにおいしそうだと思いませんか」ふいに話しかけられてハントが振り向くと、声の主はヘンリー・バーディックだった。子爵である父君は、噂によれば死の床についているとか。父親が亡くなって念願の爵位と財産を手にするときを待ちくたびれたバーディックは、目下ギャンブルと女あさりに明け暮れている。そのバーディックが、ハントの視線を追い、アナベルが楽しそうに壁の花たちと語らっているのを見つめていた。

「さあ、私にはなんとも」ハントはバーディックに背を向けた。バーディックと彼の同類たちへの嫌悪感がむらむらとわいてきた。生まれながらに銀の大皿に盛られた特権を享受する連中。それでいてやつらは、運命によって惜しみなく与えられた幸運にふさわしい品格などこれっぽっちも備えていない。

バーディックは口元をだらしなくゆるめ、旨い酒とぜいたくな食事のせいでほほを上気させている。「私はじきに彼女を味見してみるつもりです」

バーディックと同じ下心を持った輩は大勢いるはずだ。アナベルに狙いを定め、傷ついた獲物を追う狼のような気分になっている男どもは、いくらでもいるだろう。アナベルがすっかりうちひしがれ、もはや抵抗できなくなった隙をついて、連中のひとりが彼女を捕らえようというのだろう。だが自然界の習わしどおり、勝利を手にするのは最も強い者と決まっている。

ハントの強情そうな口元にかすかな笑みが浮かんだ。「驚きましたな。あなたのような紳士は、レディの窮状を見れば勇敢に手を差し伸べるものとばかり思っていましたが――まるで私の同類のような、不届きなことをたくらんでいらっしゃるとは」

バーディックは低く笑った。ハントの黒い瞳が残忍そうにぎらりと輝いたのには、まるで気づいていない。「レディかどうかはともかくとして、彼女はいずれ無一文になり、私たちの誰かを選ばざるをえなくなりますよ」

「どなたも結婚の申し込みはされないのかな?」ハントは関心がなさそうなふりをしてたずねた。

「おやおや、どうしてそんな」バーディックは何やらよからぬことを妄想し、いやらしく舌なめずりしている。「もうすぐ手ごろな値段で手に入るというのに、あの小娘とわざわざ結婚する必要などありません」

「でも彼女は気位が高そうだから、そういう立場に身を落としたりしないのでは?」

「何をおっしゃる」バーディックは自信満々な口調だ。「いくら美しくても、あの窮乏ぶりでは気位もへったくれもありますまい。それに噂によれば、彼女はすでにホッジハム卿に身を捧げているらしいですよ」

「ほう、ホッジハム卿とは意外ですね」内心では狼狽しつつ、ハントは無表情をよそおった。

「いったいどんな噂なんです?」

「なんでも、真夜中にホッジハム卿の馬車がペイトン家の裏手の馬屋に停まっていることがあるとか……しかもペイトン家の債権者によれば、彼がときどきあの一家の借金を肩代わりしていいるそうですよ」バーディックはいったん言葉を切り、高笑いした。「あのかわいらしい太ももの間で一晩過ごせるなら、食料品店のツケくらい払ってやってもいい、そう思いませんか?」

たちまちハントは、バーディックの頭を首からちょん切ってやりたいような、凶暴な怒りに駆られた。これほどまでに冷たくとげとげしい憤怒を覚えるのは、果たしてアナベル・ペイトンが豚野郎のホッジハムとベッドにいる場面を想像したせいなのか、それとも、下劣にもバーディックが根拠のない噂をおもしろがっているせいなのか、当のハントにもわからなかった。

「レディの評判を貶《おとし》めるようなことをおっしゃるときには――」ハントの声は不気味なくらい愛想がいい。「ちゃんと証拠を得てからのほうがいいのではありませんか」

「いやはやなんとも、ゴシップに証拠などいりませんでしょう」バーディックはウインクして言った。「それに、彼女の本性はじきに明らかになりますよ。ホッジハム卿にはあのような花の盛りの美女を囲う財力などない――そのうち彼女は満足できなくなるでしょう。シーズンが終わる頃には、一番裕福な男性に乗り換えているはずです」

「そいつは私だろうな」ハントは静かに言った。

バーディックはびっくりして目をぱちくりさせた。笑みは消え、今のは聞き間違いだろうかといぶかしむ表情だ。「今、あなたは何と――」

「あなたとお仲間のバカどもが、この二年間彼女を追い回していたことくらい私はよく知ってますよ」ハントは怒りに目を細めながら言った。「だがあなたには、もう彼女をものにするチャンスはない」

「チャンスがないとは……いったいどういう意味です?」バーディックは憤慨している。

「私のテリトリーに侵入しようとする最初の輩には、精神的にも肉体的にも金銭的にも最大級の痛みを与えてやる、という意味ですよ。そして、この次ミス・ペイトンに関する根も葉もない噂を私のそばで口にする輩がいたら、そいつの首根っこをへし折ってやる——私のこぶしでね」ハントは虎のように残忍そうな笑みを浮かべ、呆気にとられているバーディックをにらみつけた。「今の話に興味がありそうな連中にも、どうぞ私の意志を伝えてやってください」ハントはそう捨て台詞を吐くと、口をあんぐりと開けている鼻持ちならない下衆男に背を向け、大股にその場を立ち去った。

3

アナベルは、ときどきお目付け役として同行してくれる年上の従妹とともに家に帰り、石畳のがらんとした玄関広間に大股に足を踏み入れた。そして、壁際に置かれた縁が波打ったようなデザインの半月形のテーブルの上に例の帽子が置かれているのが目に入るなり、すぐに立ち止まった。暗赤色のサテンのリボンが巻かれた灰色の山高帽で、普通の紳士がかぶる黒い帽子に比べるとずいぶん個性的だ。この帽子が、まるでとぐろを巻いた蛇のように半月形のテーブルの上に置かれているのを、アナベルはいやというほど目にしてきた。

さらにテーブルの脇には、持ち手の部分にダイヤモンドをあしらった粋なステッキが立てかけてある。アナベルはそのステッキで山高帽を上から殴りつけてやりたい強烈な衝動に駆られた――持ち主が帽子をかぶっているときならなおさらいい。だが彼女はその衝動を頭から追い出し、重く沈んだ心を抱えたまま、額にしわを寄せながら階段を上った。

家族一人ひとりの部屋がある二階に間もなく着こうという頃、一番上の踊り場にでっぷりとした体格の男が姿をあらわした。男は気持ちの悪いにやにや笑いを浮かべてアナベルを眺めた。激しい運動を終えたばかりなのでほほが紅潮し汗ばんでおり、左右非対称にクシできっちりと分け目をつけた頭髪が、まるで雄鶏のとさかのように額にだらしなくたれている。「ホッジハム卿」アナベルはのどの奥にこみ上げてきた恥辱と恐怖をなんとかのみこみ、硬い声でつぶやいた。ホッジハムは、アナベルがこの世で心から憎んでいる数少ない人間のひとり。亡き父の友人と称してたびたびペイトン家を訪れるが、常識的な時間に来たためしがない。夜中にやってきては、礼儀作法などいっさい無視して、母フィリッパの私室に閉じこもってふたりきりで過ごす。そしてホッジハムの訪問を受けて数日後には、期日が迫っていた請求書の支払いがどういうわけか済んでいたり、立腹した債権者たちの態度が和らいでいたりする――アナベルはこの不思議な照合に気づかずにはいられなかった。さらに、ホッジハムの訪問を受けたあとは、母フィリッパがいつになく冷たく、怒りっぽく、無口になることにも……。

品行方正を常としてきた母が金のために自分の肉体を差しだすなど、アナベルにはほとんど信じられなかった。だがそれ以外には考えられない、そう思うと、抑えきれぬ恥ずかしさと怒りでいっぱいになった。その怒りは母だけに向けられたものではない――家族の窮状も、自分がいまだに夫を見つけられずにいることも、腹立たしくて仕方がなかった。アナベルにもようやくわかった――自分がいかに美しく魅力的で、多くの殿方が関心を示してくれたところで、求婚されることはないのだと。少なくとも、身分のある殿方にはそれを期待できないのだと。

アナベルは、いずれはハンサムで教養のある殿方の求愛を受け、ペイトン家の問題をすべて解決してもらうのだという夢を抱いていた。だが社交界にデビューして以来、徐々に、それが愚かな幻想に過ぎないことを認めざるをえない状況になっていった。彼女はすっかり将来に幻滅し、三度目の社交シーズンは長く惨めなものとなった。そして四度目のシーズンを迎えている今、「農夫の妻アナベル」という不快なイメージは、恐ろしいほどの現実味を帯びつつあった。

彼女は無表情をよそおい、ホッジハムの横を無言で通りすぎようとした。だがホッジハムの丸々とした手で腕をつかまれてしまった。キッと勢いよく振り返ったせいで、危うくバランスを崩しそうになる。「触らないで」と言いながら、相手の上気した顔をにらみつけた。ホッジハムの青い目は、赤らんだ顔のせいで余計にその青さが際立っている。彼はにやにや笑いながら、手すりに手を置いて、アナベルが踊り場まで上ることができないようにした。

「ずいぶんと無愛想なことだな」とつぶやいたホッジハムの声は、その体格に不釣合いなくらい甲高い。自分で自分の声が恥ずかしくないのかと思うくらいだ。「あなたのご家族にはずいぶんと配慮してやっているというのに――」

「何も配慮していただいた覚えはありません」アナベルはぶっきらぼうに言った。

「私のように気前のいい男がいなかったら、とっくの昔にあなた方は路頭に迷っていたのだよ」

「感謝しろとでもおっしゃるの？」嫌悪感たっぷりの声でアナベルは返した。「汚らわしいけだもののくせに」

「私は、相手がくれるというものをいただいただけのこと」ホッジハムは手を伸ばしてアナベルのあごに触れた。その湿っぽい指の感触に、アナベルは吐き気を覚え、尻ごみした。「実際、じつに淡々とした営みでね。あなたの母君は私にはちょっとおとなしすぎるようだ」ホッジハムが前かがみになり、その体臭がアナベルの鼻孔をツンと刺した。すえたような汗の匂いと、たっぷり振りかけたコロンの匂いだ。「次回は、あなたを味見してみますかな」ホッジハムはつぶやくように言った。

ホッジハムは間違いなく、アナベルが泣き出すか、顔を真っ赤にするか、助けてと懇願すると思っていただろう。だが彼女は、冷やかに相手をにらみつけ、冷静に言い放った。「何もできないバカな老いぼれのくせに。もし私が誰かの愛人にならざるをえないとしても、あなたなんかよりずっとましな相手を選ぶというのがおわかりにならないの?」

ホッジハムはやっとのことで口元に笑みのようなものを浮かべたが、アナベルは相手が必死の思いでそうしたのを見てとり、内心ほくそ笑んだ。「私を敵にまわすのはどうかと思いますよ。私が二言三言それらしいことを口にすれば、二度と立ちなおれないようペイトン家を破滅させられるのですからね」ホッジハムはアナベルのドレスの前身ごろがほつれているのを見つけて、蔑むように笑った。「私だったら、そのようなボロと人造宝石を身につけて人前に出るなど、とてもじゃないが恥ずかしくてできませんな」

アナベルは顔を真っ赤にして、前身ごろに触れようとしたホッジハムの手を苛立たしげに振り払った。ホッジハムがくっくっと笑いながら階段を下りていくのを、凍りついたように黙りこくって待つ。玄関の扉が開かれ、やがて閉まる音が聞こえると、すぐさま階段を駆け下りて鍵をかけた。不安と怒りに苦しげにあえぎながら、重厚なオークの扉に両手をあて、額を押しつける。

「もうたくさんよ」アナベルは激しい怒りに身を震わせてつぶやいた。ホッジハムにも、未払いの請求書にもうんざりだった……私たちはもう十分に苦しんだ。今すぐに結婚相手を見つけなければ――そう、ハンプシャーの狩猟パーティーで最高の夫候補を見つけ、ついに結婚するのよ。でも、万が一それができなかったら……。

アナベルは、扉にあてた両手をそろそろと下におろしていった。ざらりとした木の表面に手の跡が残る。万が一、誰とも結婚することができなかったら、そのときは誰かの愛人になればいい。妻としてアナベルを求める男性はひとりもいないようだが、彼女を囲いたがる男性はいくらでもいそうだった。うまくやれば、裕福な暮らしを手に入れることができるだろう。だが、そうなったら上流社会に二度と足を踏み入れることはできなくなるのだと思うと、彼女はひるんだ……蔑まれ、社交界から締め出され、ベッドでの技巧だけが彼女の価値を決めるようになるのだ。それがいやなら、貧しくとも高潔に生きる道を選び、お針子か洗濯婦、あるいは家庭教師になるか――だがそっちのほうがよほど恐ろしい。そのような立場の若い女性は、ありとあらゆる男性から意のままに扱われるのではないだろうか。それに、そんな仕事では母とジェレミーを養うのに十分な賃金などもらえないだろうから、弟もいずれ働きに出なければならなくなる。どうやらペイトン家は、アナベルの倫理観念など考慮している余裕はないようだ。三人は今、いわば紙でできた家に住んでいるようなもの——ほんの少しでもその家が揺らぐような出来事が起きれば、たちまち崩壊するだろう。

翌朝、アナベルは食卓につき、氷のように冷たい手で陶器のティーカップをぎゅっと握りしめていた。中身は飲み干してしまっていたが、熱い紅茶のおかげでまだぬくもりがある。カップの表面はわずかに欠けており、彼女はその部分を何度も何度も親指の腹でこすった。母フィリッパが入ってきた足音を聞いても、顔も上げなかった。

「紅茶でいい?」アナベルが慎重に、何気ない声音をつくってたずねると、母が消え入りそうな声で「ええ」と言うのが聞こえた。目の前に置かれていたポットから別のカップに紅茶をそそぎ、小さな砂糖の塊を入れ、ミルクをたっぷり加えた。

「これからは砂糖なしでいいわ。甘くないほうが最近は好きなの」フィリッパがつぶやいた。フィリッパが甘いものを控えるようになった日、ペイトン家ではなんと食事のときに冷たい水が出されるようになった。「紅茶に砂糖を入れるくらいの余裕はまだあるわ」アナベルは反論し、スプーンで勢いよく紅茶をかきまわした。顔を上げ、カップとソーサーを母の席のほうに押しやる。思ったとおり、フィリッパはむっつりとした面持ちで、憔悴《しょうすい》しきっていた。とげとげしい表情の裏では、恥辱に身もだえしているのだろう。かつてのアナベルなら、あの勇敢で気骨のある母——そしていつだって誰の母親よりも美しかった母——が、そのような表情を浮かべるなどとは信じられなかっただろう。フィリッパの張りつめた表情を見ているうちに、アナベルは、自分自身も同じように人生に疲れきった顔をして、幻滅したように口元をゆがめていることに思いあたった。

「舞踏会はどうだったの?」フィリッパが、カップに顔を近づけて紅茶から立ち上る湯気をうけながらたずねた。

「相も変わらず、悲惨な結果に終わったわ」アナベルは、その辛らつな答えを少しでも和らげようとして、無理に小さな笑い声をあげた。「私をダンスに誘ってくれたのは、ミスター・ハントだけだったわ」

「まあ、そうなの」フィリッパはつぶやき、熱い紅茶をごくりと飲んだ。「お受けしたの?」

「もちろん断ったわ。あの人と踊っても何の意味もないもの。彼が私を見るときの目つきを見れば、結婚なんてまったく考えていないのがよくわかるわ」

「ミスター・ハントのような方でも、いずれは結婚しますよ」フィリッパは反論し、陶器のカップから顔を上げた。「あなたなら、あの方の妻には理想的かもしれないわね……あなたと一緒になれば、あの方も気持ちが和らぐでしょうし、上流社会に出入りしやすくなるでしょう――」

「お母様ったら、あきれちゃうわね。まるで、彼の申し出を受けるように私をそそのかしているみたい」

「それは……」フィリッパはスプーンを手に取り、意味もなく紅茶をかきまわした。「本当にミスター・ハントのことがいやなら、勧めはしませんよ。でも、もしもあの方でもいいと思えるんだったら、我が家もきっとお金に困らずに済むでしょうし……」

「あの人は誰かと結婚するような人じゃないのよ。そのくらい誰だって知ってるわ。私がいくらがんばったところで、きちんとした結婚の申し込みはしてくれないでしょうね」アナベルは、表面が曇った小さな銀製のトングでシュガーボウルの中をつつきまわし、一番小さな塊を探した。そして、未精製のブラウンシュガーの小さな塊を取り出すと、自分のカップに落とし、もう一杯紅茶をそそいだ。

フィリッパは紅茶を口にしてから、慎重に娘から目をそらし、別の話題を持ち出した。アナベルはきっと、先ほどまでの話題とこの新しい話題の間に、認めたくなくても認めざるをえない関連があることに気づくだろう。「ジェレミーのことだけど、次の学期は学校に行かせてやるすべがないわ。使用人にも二カ月間お給金をやっていないし、請求書も――」

「ええ、全部ちゃんとわかってるわ」アナベルは、うんざりしてほほをかすかに赤らめながら言った。「お母様、私、結婚相手を見つけますから。それも今すぐに」アナベルはむりやり笑みを浮かべた。「ねえ、ハンプシャーにちょっと旅行に行きましょうよ。シーズンも間もなく終わるし、たくさんの人が新たな楽しみを見つけにロンドンを離れるはずよ――具体的には、ウェストクリフ卿があちらの領地で開催する狩猟パーティーに行こうと思うの」

フィリッパは不安げな面持ちで娘のほうに視線を戻した。「でも、伯爵から招待状はいただいていないでしょう?」

「ええ、いただいてないわ。まだね。でもちゃんといただけるから、だいじょうぶよ……それにねお母様、私、ハンプシャーには何かすてきなことが待ちかまえているような気がするの」

4

アナベルとフィリッパがハンプシャーに発つ二日前、ペイトン家のテラスハウスに山ほどの小包が届いた。そのすべてを二階のアナベルの部屋のベッド脇まで運ぶのに、従僕が玄関広間から二階まで三往復もしなければならないほどだった。ていねいに包みを開けていくと、そでを通してもいない新品のドレスが六着ほども入っていた……色とりどりのタフタシルクやモスリンのドレスに、柔らかなシャモア革のパイピングをほどこした揃いの上着、そして、象牙色のシルクをふんだんに使った舞踏会用のドレスには、前身ごろとそでに繊細なベルギーレースがあしらわれていた。手袋や肩掛け、スカーフ、帽子もあり、いずれも上質で美しいものばかりで、アナベルは思わず涙がこぼれそうになった。ドレスも装飾品類も高価なものばかりだろう――ボウマン姉妹にとってはなんでもないことだろうが、アナベルには心苦しく感じられるほどの贈り物だった。

アナベルは小包とともに送られてきた手紙を手に取り、封ろうをはがして、わざと走り書きしたような文章に目をとおした。

あなたの魔法使い、またの名をリリアンとデイジーより。ハンプシャーでの成功を祈ってます。

追伸　まさか怖気づいてないでしょうね？

アナベルはこの手紙への返事を次のようにしたためた。

魔法使いさまへ

勇気だけが今の私に残された唯一の宝なのに、怖気づいたりするものですか。ドレスのこと、何度お礼を言っても足りないくらいです。またこうしてきれいなドレスを着ることができて、興奮しています。私にはたくさんの欠点がありますが、美しいものが大好きというのもそのひとつなのです。

おふたりの忠実なるアナベルより

追伸　でも、靴は小さすぎたのでお返しします。アメリカ人の女の子は足が大きいと聞いていたのに変ね！

アナベルへ

美しいものが好きなのは欠点なの？　そういう考え方はきっと英国人に特有のものなんでしょうね。マンハッタンビルでは誰もそんなふうに思わないもの。ところで足のことはずいぶんね。お返しに、ハンプシャーで私たちと一緒にラウンダーズをやっていただくつもりだから、覚悟しておいてください。きっと、バットでボールを打つおもしろさをわかってもらえると思うわ。それはもう楽しいんだから！

リリアンとデイジーへ

ラウンダーズの件については、あなたたちがエヴィーも説得できるならご一緒しますけど、まず無理でしょうね。それと、実際にやってみないことにはわからないけど、バットでボールを打つよりもおもしろいことはほかにもいろいろあると思うわ。たとえば、夫探しとかね……。

ところで、ラウンダーズをやるときには何を着るのかしら？　散歩をするときのような格好でいいの？

アナベルへ

もちろん、ラウンダーズをやるときはニッカーズをはくの。スカートじゃちゃんと走れないもの。

リリアンとデイジーへ

ニッカーズって何？　もしかして、ドレスの下にはくドロワーズのことかしら？　まさか、野生児みたいに下着姿で外を走り回ろうというわけじゃないでしょうね……。

アナベルへ

ニッカーズはニッカーボッカーズから生まれた言葉なんだけど、ひざまでの半ズボンのことよ。ちなみにニッカーボッカーズというのは、忌々しいことに私たちを締め出しているニューヨークの社交界のある一団のことなの。それと、アメリカではドロワーズはタンスの引き出しの意味なのよ。ところで、エヴィーはオーケーしてくれたからね。

エヴィーへ

ボウマン姉妹からの手紙に、私は我が目を疑いました。ニッカーズをはいてラウンダーズをするのに、あなたが同意したと書いてあったのです。本当にオーケーしたの？　ふたりの話を否定していただけると嬉しいわ。だって私、あなたがやるなら私もオーケーするって言ってしまったんだもの。

アナベルへ

ボウマン姉妹とおつきあいすることで、私の引っ込み思案もきっと直る、私はそう信じています。だから手初めに、ニッカーズ姿でラウンダーズをやってみようと思います。驚かせてしまったかしら？　今まで誰も、自分自身さえも驚かせたことなんてなかったのに！　私が自ら進んで物事にチャレンジするのを見て、あなたが感心してくれると嬉しいわ。

エヴィーへ

ボウマン姉妹にこんな窮地に追いこまれて、感心し、驚くと同時に不安を覚えています。誰にも見つからずにニッカーズ姿でラウンダーズをできる場所なんて見つけられるのかしら。

ところで、あなたの破廉恥なおてんばぶりには本当にびっくりしたわ。

アナベルへ

世の中には二種類の人がいるんじゃないかしら、と最近私は思うようになりました……自分の運命を自分で切り開く人と、まわりの人がダンスを踊っているかたわらで、ただ椅子に座って待っている人です。もしもそうなら、私は前者になりたいと思っています。ところで、ラウンダーズをやる場所と方法については、ぜひボウマン姉妹に任せましょう。

愛をこめて、おてんばのエヴィーより

これ以外にもたくさんの楽しい手紙をお互いにやり取りしているうちに、アナベルはずっと前に忘れてしまった気持ちを思い出していた……友を持つ喜びだ。かつての友人たちは結婚してうわべだけのつきあいしかできなくなり、アナベルはひとり取り残された。彼女は壁の花となり、しかも家計は火の車、友人たちとの間にできた大きな溝は友情だけでは埋められそうになかった。ここ数年で、彼女はますます自立心を身につけていき、かつてはともに楽しくおしゃべりしたり、笑いあったり、秘密を打ち明けあったりした仲間たちを強いて避けるようにさえなっていった。

しかし今、アナベルは一度に三人もの友人を得た。それぞれまったく違う境遇にありながら、彼女たちにはいくつかの共通点があった。みな若くて、希望と夢と恐れを抱いている……そして、つくねんと椅子に座りこむ自分たちの目の前を、紳士の磨きあげられた黒い靴がもっと良い金づるを求めて通り過ぎていく光景にすっかり慣れてしまっている。壁の花は、お互いに助け合うことで失うものなど何もない。いや、あらゆるものを手に入れることができるはずだ。

「アナベル」真新しい手袋の入った箱をていねいに旅行かばんに詰めているところへ、戸口のほうから母の呼ぶ声が聞こえてきた。「ひとつたずねたいことがあるの、正直に答えてちょうだい」

「私はお母様にはいつも正直に話しているわよ」アナベルはかばんから顔を上げた。母の美しい顔が心労にやつれているのを見て、罪悪感でいっぱいになる。母が感じているだろう罪の意識にも、そして自分自身が抱いている罪の意識にも、アナベルはうんざりしていた。たしかに、母がホッジハムと寝るという犠牲を強いられているのには、同情し、やるせない気持ちを感じている。だがその一方で、彼女は不届きな思いも抱いていた。母がそんな立場に身をやつしているのなら、私だって本物の愛人になってもかまわないはずよ。ホッジハムが寄越すわずかばかりの金で我慢するよりも、そのほうがましじゃない——。

「そのドレスはどなたにいただいたの？」フィリッパは、青ざめた顔に決然とした表情を浮かべて娘の目をひたと見すえた。

アナベルは顔をしかめた。「言ったでしょう、リリアン・ボウマンからいただいたのよ。どうしてそんなふうに人のことをじっと見るの？」

「男の方からいただいたのではないの？　ひょっとして、ミスター・ハントから？」

アナベルは口をあんぐりと開けた。「本気でそんなことを……ミスター・ハントですって？　いい加減にしてよ、お母様。万が一、私にその気があったとしても、そんなチャンス一度もなかったのよ。いったいどうして、そんなふうに思ったりするの？」

フィリッパは、またたきひとつせずに娘の顔を凝視している。「だって、このシーズンの間中ミスター・ハントのことばかり話していたでしょう？　ほかの紳士の方々よりずっとたくさん、あなたの話題にのぼっていたわ。それにそのドレス、とても高そうだし……」

「彼にもらったんじゃないわ」アナベルはきっぱりと否定した。

フィリッパはそれで安心したようだったが、目にはまだ疑いの色が残っている。そのような目で人から見られたことがあまりないアナベルは、慌てて帽子をひとつ手に取り、小粋にかぶってみせた。そして、「彼からじゃないわ」ともう一度繰り返した。

サイモン・ハントの愛人になる……鏡のほうを向いたアナベルは、自分が凍りついたような奇妙な表情を浮かべているのに気づいた。母の言うとおりだった——最近、アナベルはハントのことばかり話している。なぜかはわからないが、最後に会ってからずいぶん経っているというのに、彼のことが脳裏に浮かんで仕方がない。これまでに知り合った男性の中で、ハントのようなカリスマ性や危険な魅力を備えた人はひとりもいなかったし、あんなふうにストレートにアナベルに関心を示す人もいなかった。惨めなシーズンの最後の数週間を迎えた今、まともな淑女であれば決して思いもしないようなことを、アナベルは考えていた。大した努力をせずとも自分はハントの愛人になれる、そうすれば何もかも解決する、アナベルはそう考えていた。ハントは裕福だ——彼女が求めるものは何でも与えてくれるだろう。ペイトン家の借金を返し、彼女に美しいドレスや宝石、専用の馬車、そして家も与えてくれるだろう……彼とベッドをともにすることと引き換えに。

そう考えた瞬間、アナベルの下腹部に鋭い衝撃が走った。彼女はハントとベッドにいる自分を想像しようとした……彼がどんなことを求めるか、彼の手がどんなふうに触れてくるか、彼の唇が……。

アナベルは顔を真っ赤にして、頭の中からイメージを追い出し、帽子のリボンについているシルクのバラ飾りをもてあそんだ。もしもハントの愛人などになったら、ベッドの上でもそれ以外の場所でも、完璧に彼の好きなようにされるだろう。ハントの意のままにされると思うとぞっとした。すると、頭の中であざけるような声が聞こえてきた。「そんなに自分の名誉が大切なの？　家族の幸福よりもそっちのほうが大切なの？　自分自身の気持ちよりも？」

「ええ、そうよ」アナベルは声をひそめ、鏡に映る青ざめた、だが決然とした自分の顔を見つめた。「今は名誉が一番大切よ」今後のことはわからなかった。だが希望の綱が完全に切れてしまうまでは、自尊心を失いたくない……彼女は、そのために戦いつづけるつもりだ。

5

ハンプシャーという地名は古英語で湿地を意味する「ハム」に由来するものだが、その理由は実際にこの地を訪れてみればすぐにわかる。いたるところに湿地が点在しているからだ。湿地以外にも、かつて王室の御猟地だった荒野や森林地帯があちらこちらに広がっている。目もくらむような高い断崖と、それとは対照的な緑につつまれた深い谷間、そしてマスの群れる川が特徴的なハンプシャーは、多くの狩猟愛好家を魅了してきた。ウェストクリフ伯爵の領地であるストーニー・クロス・パークはハンプシャーの谷あいに位置し、広大な森林の中を静かに流れる豊かな川のそばに、まるで宝石のような輝きを放ちながらたたずんでいる。領主ウェストクリフ卿の如才ない接待ぶりと狩猟家としての腕に惹かれるのだろう、ストーニー・クロス・パークは客人がいない日はないかのようにいつもにぎわっている。

ウェストクリフ卿は、どこからどう見ても、その誉れ高い人望の厚さと高い道義心にふさわしい容貌の持ち主だ。彼がスキャンダルに巻きこまれるようなことは決してないだろう。何しろ彼は、策略に満ちたロンドン社交界の倫理観念の低さを心の底から憎んでいるのだ。だからこそ彼は、もっぱら田舎に引きこもりながら伯爵としてのさまざまな責務を果たし、小作人たちの面倒を見ているのである。とはいえ、ときにはロンドンまで足を運んで、事業拡張の算段を練ったり、求められれば政治的問題の解決に尽力したりすることもある。

アナベルがウェストクリフに初めて会ったのもそうした折で、ふたりはとある夜会で引き合わされた。ウェストクリフは典型的なハンサムとは言えないが、魅力がないわけではない。背の高さはごく普通だが、熟練の狩猟家らしいたくましい体つきで、紛う方なき男らしさも備えている。そうした外見的な魅力に加えて、莫大な財産の持ち主であることや、とりわけ由緒正しい伯爵家の出であることから、英国屈指の理想の結婚相手と称されている。当然ながらアナベルは、初対面のときにすぐさま彼の気を引こうとした。ところがウェストクリフは積極的な若い女性の誘惑にはすっかり慣れっこで、アナベルのことも「ハンターのように夫候補を追うタイプ」とみなして端から相手にしなかった。たしかにそのとおりではあったが、アナベルは傷ついた。

こうしてウェストクリフに肘鉄砲を食わされてから、アナベルは彼のことを極力避けるようにしてきた。だが、彼の妹のひとりであるレディ・オリヴィアとは仲良しになった。レディ・オリヴィアはアナベルと同い年で、心優しい女性だが、スキャンダルを引き起こして評判を落としてしまったことがある。アナベルとエヴィーは、彼女に頼んでウェストクリフ邸の狩猟パーティーに招待してもらった。これから三週間、四本足のけものと二本足の男たちが、ストーニー・クロス・パークに集うハンターたちの獲物となる。

「ごきげんよう、レディ・オリヴィア」アナベルは、出迎えにあらわれたレディ・オリヴィ

ア の姿を見るなり嬉しそうに声をあげた。「本当に、お招きいただいてありがとう! ロンドンときたらそれはもう窮屈で——ハンプシャーの新鮮な空気をどんなに待ち望んでいたことかしら」

レディ・オリヴィアはほほ笑みを浮かべた。小柄で、ごく平均的な顔立ちだが、今日はいつになく愛らしさにあふれ、表情も幸せそうに輝いている。リリアンとデイジーによれば、レディ・オリヴィアはアメリカ人の富豪と婚約したのだという。ボウマン姉妹に宛てた最後の手紙で「恋愛結婚なの?」と質問したところ、そうらしいとのことだった。「ただし」とリリアンは皮肉っぽくつけ加えていた。「うちの父が言ってたわ。ふたりの結婚によってウェストクリフ卿は間違いなく金銭的利益をこうむるはずで、だから結婚を許したんだろうって」どうやらウェストクリフ伯爵にとっては、愛情の有無は現実的な結婚の条件ほど重要ではないらしい。

そこまで考えたところで、アナベルは現実に引き戻され、歓迎のしるしに彼女の両手を握りしめているレディ・オリヴィアに向かってほほ笑み返した。「こちらこそ、おふたりが来てくださるのを待ち望んでましたわ」とレディ・オリヴィアは嬉しそうに笑った。「ここは狩猟にいらした殿方ばかりで——社交的な雰囲気をかもしだすにはご婦人方も何人かお招きしなければなりませんと、わざわざ兄に申したくらい。さあ、お部屋まで私がご案内しましょう」

アナベルはリリアンからもらった真新しいサーモンピンク色のモスリンのドレスのスカー

トをつまむと、レディ・オリヴィアのあとについて階段を上り、正面玄関へと足を踏み入れた。「ウェストクリフ卿は？」左右にふたつ並んだ大階段の一方を上りながらアナベルはたずねた。「お元気でらっしゃるのかしら」

「ありがとう、とても元気ですわ。でも、私の結婚式のことで頭がいっぱいみたい。なんでもかんでも自分が采配しなければ気が済まないようで」

「きっと、それだけあなたのことを愛してらっしゃる証拠でしょう」フィリッパが言った。

レディ・オリヴィアは皮肉っぽく笑った。「むしろ、身近な問題はすべて自分で管理したいという気持ちのあらわれでしょう。兄とやっていけるような意志の強い方を花嫁として見つけるのは、難しいでしょうね」

アナベルは、母が意味ありげな視線をちらりと送ってきたのに気づくと、それとなくかぶりを振ってみせた。伯爵については母に期待を持たせても意味がない。だが……。「あら、私の知り合いで、意志が強くて、しかもとてもかわいらしい独身の若いお嬢さんがいるわ。ただしアメリカ人だけど」アナベルは言った。

「ボウマン姉妹のどちらかのことをおっしゃってるのかしら？」レディ・オリヴィアがたずねた。「おふたりにはまだお会いしてないけれど、お父上なら以前にこちらにいらしたことがありますわ」

「ふたりとも、あらゆる点ですばらしい女性よ」アナベルが言った。

「まあ、よかった。これでようやく、兄にもお相手を見つけることができるかもしれませんね」

二階に着いたところで、三人はいったん立ち止まり、一階の玄関広間をうろうろする人びとを見下ろした。「あいにく、これはと思うような独身の殿方はあまり多くはいらっしゃってなくて。でも、何人か……たとえばケンダル卿はいかがかしら。よろしかったら、折を見てご紹介しましょう」とレディ・オリヴィアが申し出た。

「ありがとう、ぜひお会いしてみたいわ」

「でも、ケンダル卿はちょっと無口な方で」レディ・オリヴィアがつけ加えた。「あなたのように活発な方には魅力的とは言えないかもしれないわね」

「そんなことないわ」アナベルはすぐさま否定した。「男性は無口な方が一番。厳かに黙ってらっしゃる方のほうが、延々といばりちらしたり、自慢したりする方よりずっといいわ」サイモン・ハントみたいにね、とアナベルは内心思った。何しろハントときたら、うぬぼれの塊みたいな男なのだから。

レディ・オリヴィアは何か返事をしようとしたようだが、一階の玄関広間にあらわれた背の高い金髪の紳士に目を奪われたらしく、ふいに口を閉じてしまった。金髪紳士は、つば広のしゃれたスローチハットをかぶり、両手を上着のポケットに入れて柱にもたれている。アメリカ人だと一目でわかる。不敵な笑みと真っ青な瞳、そして粋なスーツをさらりと着こなすようすから一目瞭然だ。見ると、レディ・オリヴィアは金髪紳士に見つめられて顔を赤らめ、息もつけずにいるようだ。「ごめんなさい」彼女はぼんやりと言った。「私……婚約者が呼んでますので……」レディ・オリヴィアは、お部屋は右手の五番目の部屋ですからと夢見心地の声で肩越しに告げるなり、いなくなってしまった。すぐにメイドがあらわれたので代わりに部屋まで案内してもらうと、アナベルはため息をもらした。

「ケンダル卿の争奪戦は激しそうね」アナベルはやきもきした口調だ。「まだ誰も意中の人を見つけていなければいいけれど」

「独身の方はケンダル卿だけというわけではないでしょう。ウェストクリフ卿のことも忘れてはなりませんよ」

「そっちは期待しないほうがいいわ」アナベルは皮肉っぽく返した。「初めてお会いしたとき、伯爵は私にちっとも興味を持ってくださらなかったから」

「まあ、なんて見る目のない方でしょう」フィリッパは憤慨したような声だ。

アナベルは笑みを浮かべてかがみこみ、手袋をはめたフィリッパの手を握りしめた。「ありがとう、お母様。でも私は、もう少し楽な標的に狙いを定めたほうがよさそうだから」

招待客が続々と到着した。中には、すぐに自分の部屋に向かい、その夜催される晩餐会と歓迎舞踏会に備えて昼寝をして体を休ませる者もいた。ゴシップ好きのレディたちは談話室や遊戯室に集まり、紳士たちはビリヤードに興じたり図書室で葉巻をくゆらしたりして過ごすのが常だ。フィリッパは、メイドに荷物を解いてもらったあと、部屋で仮眠することにした。こぢんまりとした快適そうな寝室で、フランス製の花柄の壁紙が貼られ、窓には淡いブルーのシルクカーテンが掛けられている。

一方アナベルは、気持ちが高ぶって落ち着かず、眠るどころではなかったので、エヴィーとボウマン姉妹もたぶんもう到着した頃だろうなどと考えてみた。とはいえ、彼女たちだって長旅を終えてしばらく休みたいだろう。アナベルは何もせずただじっとしているのもいやだったので、屋敷の周辺を歩いてみることにした。陽射しの暖かい日で、馬車の長旅で疲れた体を運動でほぐしたかった。彼女はこまかいボックスプリーツがはいった青いモスリン地のデイドレスに着替え、部屋を出た。

途中で数人の従者たちとすれ違いながら、通用口を通り、柔らかな陽射しがふりそそぐおもてに出た。ストーニー・クロス・パークは、なんとも言えない心地よい雰囲気につつまれている。その幻想的な美しさには、誰もがみな、遠い異国に来たのではないかと錯覚するほどだ。周囲をとりかこむ森はうっそうとしていて、まるで原生林のよう。屋敷の裏手に位置する一二エーカーの広大な庭は、現実とは思えないほど完璧な美しさを誇っている。そこここに木々が生い茂り、湿地や池や泉もあった。じつにさまざまな顔を持つ庭で、ある場所は静けさにつつまれ、またある場所は色とりどりのにぎわいを見せている。手入れも行き届いており、芝生はどこもかしこもきちんと刈りこまれているし、ツゲの生垣は角の部分をまるでナイフで切り取ったようだ。

帽子も手袋も身につけずに散歩に出たアナベルは、ふいに楽観的な気持ちになり、田舎の新鮮な空気を胸いっぱいに吸いこんだ。まずは屋敷の裏手にあるひな段になった庭園の周囲をぐるりとまわり、ポピーとゼラニウムが植えられた花壇の間の砂利道を進む。やがて、花々の香りにつつまれたと思うと、砂利道沿いの石塀にピンク色やクリーム色のツルバラが咲き乱れているのが目に入った。

アナベルは歩をゆるめ、セイヨウナシの老木が何十年の時を経て、不思議な形に枝を伸ばしている果樹園の中を通りすぎた。さらに行くと、背の高いシラカバの木に迎えられ、その先にまるで背後の森へと溶けこむように林が広がっているのが見えた。砂利道の行き止まりは円形の休憩場になっていて、真ん中に石のテーブルが置いてある。近づいてみると、ロウソクの燃えさしがふたつ残っていた。石の天板の上でじかに火を灯したのだろう。アナベルは少しうらやましいような気持ちでほほをゆるめた。誰もいない休憩場は、ロマンチックな語らいにはもってこいに違いない。

幻想的な雰囲気にすっかり溶けこんだような、よく太った真っ白なアヒルが五羽、一列になって休憩場を横切り、庭の反対側に造られた人工池へと向かっていった。アヒルたちは、ストーニー・クロス・パークに大勢の客が集うのにすっかり慣れっこになっているようだ。通りすぎるとき、アナベルのことなど気にもとめなかった。鳥たちは池に行くのがよほど嬉しいのかガーガーと大きな鳴き声をあげた。そのコミカルなしぐさに、アナベルは思わず声をあげて笑ってしまった。

その楽しい気持ちが冷めやらぬうちに、砂利を踏む重たい足音が聞こえてきた。ひとりの男性が、森の中を散策して戻ってくるところだった。男性は顔を上げ、固まった表情のままこちらをじっと見ている。黒い瞳がアナベルの視線をとらえた。

アナベルは凍りついたようになった。

サイモン・ハントがなぜ。ストーニー・クロスで彼と会うという思いがけない展開に、アナベルは驚いて声も出なかった。ハントと出くわすのはいつもロンドンだった――室内で、夜になってからだった。壁と窓と堅苦しいネクタイが必ずつきものだった。明るい陽射しにつつまれた自然の中で見るハントは、まるきり違う人のように見える。彼のがっしりとした体軀には、細身の夜会服がいかにも不釣合いに見えたものだ。だが、ざっくりとした生地のハンティングコートに、クラヴァットすら巻かずに襟元をはだけたままのシャツといういでたちは、じつにしっくりと合っている。いつもより色黒な感じがするのは、外で過ごす時間が長いせいなのだろう、肌が琥珀色に輝いている。短めに刈りこんだ漆黒の髪が陽射しをうけて美しくきらめき、こげ茶色に見えた。日の光の中に浮き上がったようなハントの姿は、力強く、堂々としていて、圧倒的だった。弧を描く濃いまつげやふっくらとした下唇が、その妥協を許さぬ力強さにわずかに柔らかさを添え、いっそう見る者を引きつける。

ハントとアナベルは、あまりの驚きに、まるで答えのわからない質問を投げかけられたように、無言のままただ見つめあっていた。

しばらく居心地の悪い沈黙が流れたのち、ハントがようやく口を開き、そっとつぶやいた。

「じつに快い響きでした」

アナベルはやっとの思いで声を出した。「何のことでしょう?」

「あなたの笑い声ですよ」

アナベルは胸に鋭い小さな衝撃のようなものを覚えたが、それは痛みとも喜びとも違った。かつて一度も感じたことのない、心休まるような刺激だった。アナベルは無意識に胸の下あたりに手をやった。ハントはその手をちらりと見たのち、ゆっくりと彼女の顔に視線を戻した。石のテーブルのほうに近づき、ふたりの間の距離を縮める。

「ここで会えるとは思いませんでした」ハントは人の心を惑わすような目つきでアナベルを眺めた。「だがもちろん、あなたのような境遇の女性がここにいらっしゃるのは当然だろうな」

アナベルは目を細めた。「私のような境遇ですって？」

「夫をつかまえようとしている、という意味ですよ」

アナベルは冷ややかな目を相手に向けた。「私、どなたもつかまえようとなんてしていませんわ」

「えさをまき、針にかけ、そして愚かな獲物を捕まえたら、苦しそうにあえぐそいつを甲板の上に横たえるつもりでしょう」

アナベルはぎゅっと口を引き結んでいる。「ミスター・ハント、あなたはご安心なさってもだいじょうぶよ。あなたの大切な自由を奪うつもりはありませんから。何しろあなたの名前は私のリストの一番下にあるんですもの」

「何のリストかな？」じっと見つめられたアナベルが緊張した面持ちで黙りこくったので、ハントは答えに思いあたったようだ。「なるほど、夫候補者のリストまで作ったというわけですね」すっかりおもしろがっている。「自分が候補者ではないと聞いて安心しましたよ。結婚などという牢獄に入れられるのだけはなんとしても避けようと決めてますからね。でも、これだけはぜひ聞かせてください……リストの一番上に書いてあるのは誰なんです？」

アナベルは答えなかった。落ち着きなさい、と自分に言い聞かせながらも、ロウソクの燃えさしに手を伸ばし、爪の先でロウを削ってしまう。

「おそらくウェストクリフ卿だろうな」

アナベルは鼻で笑い、テーブルに浅く腰かけた。古い石の天板は陽射しで温かくなっており、でこぼこひとつなかった。「いいえ、違います。伯爵とは、たとえひざまずいて乞われても結婚はしません」

ハントは見え透いた嘘に大笑いした。「あれだけの血筋に財産ですよ？　彼をものにするためなら、あなたは何でもするはずだ」ハントがテーブルの反対側に気安く座った。アナベルは、近くに座られたくらいでひるむものですかと思った。普通、紳士とレディの会話は、紳士にあるまじき行為を決して犯さないという暗黙の了解の下に行なわれるものだ……紳士はレディをまごつかせたり、侮辱したりしてはならないし、どんな形であれ相手の弱みにつけこんだりしてはならないのである。だが相手がハントでは、そういう保証はどこにもない。

「どうしてあなたがここにいるんです？」

「ウェストクリフの友人だからですよ」ハントはさらりと返した。

アナベルには、伯爵がハントのような人物を友人と呼ぶところが想像できなかった。「どうして伯爵はあなたのような人とおつきあいなさるのかしら。共通点があるなんておっしゃらないでね。あなたと伯爵では、チョークとチーズくらい違うんですから」

「ところが、伯爵と私にはいろいろと共通点があるんですよ。狩りが好きで、政治理念もじつによく似ている。大部分の貴族と違って、ウェストクリフは貴族的な生き方に縛られるのを嫌っていますしね」

「まあ、驚いたこと」アナベルは茶化した。「貴族階級に属することを牢獄に入れられるようなものだと考えてらっしゃるみたい」

「まったくそのとおりですよ」

「だったら私は、そこに投獄されて、入口の鍵を捨てる日が待ちきれませんわ」

ハントはアナベルのせりふに声をあげて笑った。「あなたなら、貴族の妻としてさぞかしうまくやっていけるでしょう」

嫌みたっぷりなハントの口調に、アナベルは眉をひそめた。「それほど貴族がお嫌いなら、どうして彼らと一緒にいるのかしら」

ハントの目が意地悪く光った。「彼らにも利用価値がありますからね。それに私は彼ら自身を嫌っているわけではない――彼らのお仲間になりたくないだけです。ご存知ないかもしれないから教えてさしあげますが、貴族という地位は死にかけているんですよ――あるいは、少なくともこれまでのような生き方はできなくなりつつあると言うべきかな」

アナベルは目を見開いてハントを見つめた。「どういう意味です?」

「土地を所有している貴族たちの財産は減る一方だ。手助けを必要とする一族縁者の数は増えるばかりで、彼らに土地や財産を分け与えなければなりませんからね。それに、経済の変化にも対処しなければならない。大地主なんてものは、じきにいなくなるでしょうね。ウェストクリフのような人間――つまり、新しいルールを率先して受け入れられる人間だけが、この変化を切り抜けることができるのです」

「あなたからの貴重な支援を受けてということなのでしょう、もちろん」

「そのとおり」ハントの自信満々な口調に、アナベルは笑わずにはいられなかった。

「せめて謙遜するふりだけでもなさったら？　そうすれば礼儀正しく見えるでしょうに」

「猫をかぶるのはごめんですよ」

「でも今よりも人から好かれるようになるかもしれないわ」

「あなたからも？」

アナベルは柔らかなパステルカラーのロウソクに爪を食いこませ、どうせ人をからかっているのだろうと思いつつハントの目をちらりとのぞきこんだ。すると驚いたことに、ハントの目には冷かすような色はまったく浮かんでいなかった。どうやら真剣に彼女に質問しているらしい。ハントにじっと見つめられて、アナベルはからずもほほが赤らむのを感じた。気まずくて仕方がなかった。すぐそばに怠惰で好奇心旺盛な海賊のようなハントが座り、ふたりきりで話をしているなんて。ふと視線を落とすと、テーブルについたハントの手が目に映った。日に焼けた清潔そうな長い指……爪はとても短く切り揃えてあって、先端の白い部分がほとんど残っていないくらいだ。

「好きとまではとうていいかないでしょうけれど」アナベルはロウソクから手を離した。赤面しないように努力すればするほど、ますますひどくなり、ついに髪の生え際まで真っ赤になってしまった。「でも、あなたが紳士らしく振る舞ってくださったら、一緒にいてももう少し気持ちが楽にはなると思います」

「具体的にはどうすればいいんでしょう？」

「そうね……人の間違いを正すのをやめるとか……」

「正直は美徳ではないのですか？」

「そうですけれど……でも、それではまともな会話なんかできないわ！」ハントが低く笑ったのは無視して、アナベルはつづけた。「それと、お金のことをあからさまに話すのもよくありません。相手が身分の高い人の場合には特に。地位のある方々というのは、お金のことなど気にしていないふりをするものです。どうやってお金を得るか、どうやって投資するか――とにかく、あなたが好んで話題にするようなことを口にしないものなのです」

「富を追求することがどうしてそれほど蔑まれるのか、私にはまったく理解できませんね」

「それはたぶん、富を追求するような人にはさまざまな欠点があると考えられているからでしょう……貪欲で、利己的で、裏表のある不誠実な――」

「私にはそのような欠点はありませんよ」

アナベルは片方の眉を吊りあげた。「あら、そう？」

ハントはほほをゆるめ、ゆっくりとかぶりを振った。黒髪に陽射しがあたってきらきら輝いている。「もし私が貪欲で利己的な人間だったら、事業で得た利益の大部分を自分ひとりのものにしているでしょうね。だが私の共同経営者たちに聞いてもらえばわかりますが、彼らは投資分に見合う以上の利益を得ていますよ。それに従業員たちには、いかなる水準に照らし合わせても高いと思われる給料を払っている。誠実さについては――まるきり反対の欠点を抱えているのは一目瞭然でしょう。むしろ私は正直すぎる――上流社会で毛嫌いされるくらいにね」

なぜかアナベルは、この育ちの悪いならず者に向かって笑い返さずにはいられなかった。彼女はテーブルから下りてスカートのほこりを払った。「これ以上、礼儀正しく振る舞うようあなたにお話ししても時間の無駄ですわね。どう見ても、あなた自身がそうなるつもりなどないんですから」

「時間の無駄などではありませんよ」ハントはテーブルのまわりを回ってアナベルに近づいた。「方向転換すべきか、じっくり考えてみるつもりですから」

「その必要はありません」アナベルは口元に笑みをたたえたまま言い返した。「方向転換などまず無理でしょうから。すみませんが、私は庭の散策をつづけますので。ごきげんよう、ミスター・ハント」

「ご一緒してはいけませんか」ハントは優しく言った。「もう少しお話を聞かせてください。あなたの助言ならば従ってもいい」

アナベルは生意気そうに鼻にしわを寄せた。「いいえ、あなたが他人に従うわけなどありません」そう言って砂利道を歩き出したが、セイヨウナシの果樹園にたどり着くまでずっと、ハントの視線を背中に感じていた。

6

パーティー初日の晩餐会の少し前、アナベルとリリアンとデイジーは一階の応接間で顔を合わせた。広々とした部屋で、椅子やテーブルがいくつも並べられ、たくさんの招待客たちが集まっていた。

「思ったとおりだわ、そのドレスは私よりもあなたが着たほうが百倍もすてきに見える」リリアンは嬉しそうにアナベルを抱きしめ、体を離すとあらためてじっと見つめた。「もう、こんなに魅力的なお友だちを持つなんて、まるで拷問ね」

アナベルは昼間とは別の新しいドレスに着替えていた。黄色のシルク地のドレスで、ひらひらしたチュールスカートが何層にも重ねられ、小さなシルクのすみれが散りばめられている。髪は複雑な編み込みにして後頭部にピンで留めてあった。「こう見えても本当は欠点だらけなのよ」アナベルは笑ってリリアンに言った。

「本当？　たとえばどんな？」

アナベルはにんまりと笑った。「あなたに気づかれてもいないのに、打ち明けるわけにはいかないわ」

「リリアンなんて、自分の欠点を誰にでも話してしまうのよ」デイジーが茶色い瞳をきらきらと輝かせる。「なんと、欠点を誇りにしてるの」

「私はひどいかんしゃく持ちなのよ」リリアンは何やら自慢げだ。「それに、船乗りみたいに悪態をつくの」

「悪態なんていったい誰から教わったの?」アナベルがたずねた。

「祖母からよ。洗濯婦だったの。そして祖父は石けん製造業を営んでいたから、祖母に仕事道具を卸していたの。祖母の仕事場の近くに埠頭があって、お客さんの大半は船乗りや埠頭で働く人たちだったそうよ。彼らからそういう言葉を教わったらしいけど、もしもあなたがあれを聞いたら、あまりの品のなさにぞっとすると思うわ」

アナベルは腹を抱えて笑った。彼女は、これまでの友人たちと違ってじつに茶目っ気たっぷりのふたりに、心の底から魅了されていた。だが残念ながら、リリアンにしろデイジーにしろ、貴族の妻になって幸福になれるとは思えない。貴族の紳士は、おだやかな性格で、気品にあふれ、控えめな女性……つまり夫が周囲の尊敬の的となることだけをひたすら願うような女性と結婚したいと思うのが常だ。アナベルは、ボウマン姉妹と一緒にはしゃいでいるうちに、あることを考えるようになっていた。ふたりを魅力的に見せているのは、あの天真《てんしん》爛漫《らんまん》な大胆さだわ。それを貴族と結婚するために抑えなければならないのは、ふたりにとって不幸なことなんじゃないかしら。

そのとき、エヴィーがあらわれた。まるで猫が何匹も入っている袋の中に放りこまれたネズミのように、恐る恐るといった感じで応接間に足を踏み入れる。だが、アナベルとボウマン姉妹の顔を見てほっとしたようだ。気難しそうなおばに向かって何事かつぶやいたあと、笑みを浮かべてアナベルたちのほうにやってきた。

「まあ、エヴィー」デイジーが嬉しそうに大声をあげ、エヴィーのほうに駆け寄ろうとした。アナベルは手袋をはめた彼女の腕をつかみ、そっとささやいた。

「待って！　そんなふうにしてエヴィーが注目されたら、彼女、恥ずかしさのあまり失神してしまうわ」

デイジーはおとなしく言うことを聞き、まったく悪びれずににっこりと笑ってみせた。

「あなたの言うとおりね。本当に私ったら野蛮なんだから」

「そんなことないわ、デイジー……」

「あら嬉しい、ありがとう、リリアン」デイジーはちょっと驚いた口調だが、まんざらでもなさそうだ。

「あなたが野蛮なのは見た目だけだから」リリアンはとどめを刺した。

アナベルは笑いたいのを我慢して、エヴィーのほっそりとしたウエストに手を添えて言った。「今夜のあなた、とてもすてきよ」エヴィーは、輝く赤毛をたっぷりとカールさせて結い上げ、真珠飾りのついたピンで留めている。鼻のところに琥珀色のそばかすが散っているのが、かえって彼女の魅力を引き立たせていた。まるで、自然の女神が気まぐれを起こし、彼女にだけ少しよけいに陽射しをふりそそいだかのようだ。

エヴィーは、勇気づけてもらおうとするかのように、おずおずとアナベルを抱きしめた。

「フ、フローレンスおば様が、そんなふうに髪を結い上げると、ま、まるで松明《たいまつ》みたいだって言うの」

デイジーがしかめっ面をした。「ご自分はホブゴブリン（いたずらな小鬼）みたいなくせに、よくそんなことが言えるわね」

「デイジー、失礼じゃないの」リリアンがたしなめた。

アナベルはエヴィーのウエストに手を添えたまま考えた。エヴィーの口ぶりから想像するに、フローレンスおばは残酷にも、エヴィーの中にあるわずかばかりの自信を粉々に打ち砕いて楽しんでいるのだろう。エヴィーは幼い頃に母親を亡くしたため、彼女の一族は哀れな少女の養育を尊敬すべきおばに任せてきた。以来、エヴィーはおばからさんざん非難の言葉を浴びせられ、自尊心を大いに傷つけられてきたのだ。

エヴィーはちょっと愉快そうな表情を浮かべて、ボウマン姉妹のほうを見た。「おば様は、ホ、ホブゴブリンじゃないわ。私はいつも、ト、トロール（北欧神話で洞窟に住むとされる巨人）みたいって思っているの」

アナベルはエヴィーの小さな反撃に嬉しくなって笑い声をあげた。「ところで、誰かケンダル卿とお会いになった？　ここにいらしてる殿方たちの中では数少ない独身男性のひとりらしいわ——それに、ウェストクリフ卿を除けば、爵位を持ってらっしゃる独身男性は彼だけなんですって」

「とすると、ケンダル卿争奪戦は相当激しいものになるわね。でも、デイジーと私で、無防備な紳士をワナにかける作戦を立てたところだから安心して」リリアンはみんな近くに寄ってというように指を曲げた。

「なんだか聞くのが怖いけど、でもどんな作戦なの？」アナベルがたずねた。

「わざと彼に誘惑されるような状況に持っていくのよ。そこへ私たち三人が偶然通りがかったふりをして、あなたたちがふたりっきりのところを目撃してしまうの。そうなったら、紳士たるもの、名誉を守るために結婚を申し込むしかないわ」

「すばらしい作戦だと思わない？」デイジーが同意を求めた。

エヴィーは不安げにアナベルを見つめている。「少しばかり、ひ、卑怯なんじゃないかしら」

「少しどころじゃないわ」アナベルが答えた。「でも、これよりましな作戦は思いつかない、そうじゃない？」

エヴィーはうなずいた。「そうね。でも問題は、そ、そこまでして夫を見つけたいのかってことだと思うの。手段の善し悪しなんてどうでもよくなるくらい……」

「私は見つけたいわ」アナベルは即答した。

「私たちも」デイジーは陽気に答えた。

エヴィーは心もとなげな表情を浮かべた。「私は、どうしても気が咎めてしまうの。つまりその、そんなふうに男性をだますのは、よ、よくないような気がして――」

ほしいと願っているものなのよ。かえって不安材料が増えるばかりで、誰も結婚に踏み切れなくなるわ」

「エヴィーったら」リリアンが見かねて口を挟んだ。「こういう場合、男性だってだましてごらんなさい。それが一番良い方法なの。ありのままの自分をさらけ出し

アナベルはふざけて驚いたような顔をした。「あなたったら、ずいぶんと計算高いのね」

リリアンはにっこりとほほ笑んだ。「我が家の家系ね。ボウマン家の人間は、生まれつき計算高いのよ。必要とあれば悪魔のように巧妙にもなれるわ」

アナベルは声をあげて笑いながら、困惑した面持ちのエヴィーに向き直り、なだめるように言った。「ねえエヴィー、私は今まで、いつだって正々堂々とやろうとしてきたわ。でも結果はさんざん。だから今度は新しい方法に挑戦したいの……わかるでしょう?」

エヴィーはすっかり納得したわけではなさそうだが、あきらめたようにうなずいた。

「そうこなくっちゃ」アナベルは励ますように言った。

四人が話していると、室内がややざわめき、ウェストクリフ卿があらわれた。パーティーを取り仕切るくらいお手のものというふうに、手際よく男女をペアにして食堂へと向かわせている。際立って背が高いわけでもないのに、磁石のように人を引きつける、抗《あらが》いがたい存在感をかもしだしている。アナベルは、あのような個性――ありとあらゆる言動に意味を持たせてしまう名状しがたい魅力――を備えた人がこの世に存在するのが、不思議でならない。

ふとリリアンのほうを見ると、彼女もそれに気づいているようだ。

「よほどご自分に自信があるのね」リリアンはそっけなく言った。「あの方がオロオロする

ようなことがあるとしたら、いったいどんなときかしらね」

「さあね。でも、もしそんなことがあるとしたら、ぜひ見てみたいわ」アナベルは答えた。

エヴィーが近寄ってきて、アナベルの腕をそっとつついた。「部屋の隅に、ケ、ケンダル卿がいらっしゃるわよ」

「どうしてケンダル卿だとわかるの？」

「大勢のレディに囲まれているもの。まるで、サ、サメの群れみたい」

「なるほど」アナベルは感心し、若い男性と、彼を争う取り巻き女性たちを眺めた。ウィリアム・ケンダル卿は、たくさんの女性の注目を浴びてまごついているようだ。金髪にほっそりとした体格で、細面の顔に曇りひとつないめがねがよく似合っている。困惑の面持ちで女性たちの顔を順繰りに見ていくたびに、めがねが光を反射した。ケンダルのような頼りなさそうな男性に女性たちが群がるのを見ると、シーズンの終わりに独身でいることほど女性を惹きつけるものはないのだとわかる。半年前の一月には、今ああして彼の周りに群がってい る女性たちから、まったく見向きもされなかったケンダル卿。それが六月になってみれば、まるでこの世で最も魅力あふれる男性のようにちやほやされている。

「感じの良さそうな人ね」アナベルは当たり障りないことを言った。

「すぐにオロオロしそう」リリアンが言った。「私があなたなら、彼と話すときは内気ではかなげな女性を演じるわね」

アナベルは皮肉めいた視線をリリアンに向けた。「はかなげな女性を演じるのは私にはとうてい無理ね。内気に振る舞うようにはするけど、でもうまくいくかどうかはわからないわよ」

「だいじょうぶ、あなたなら簡単に、あの取り巻き連中からケンダル卿の関心を奪うことができるわ」リリアンは自信ありげだ。「晩餐会のあとで、お茶とお話にこちらの部屋に戻ったら、なんとかしてあなたと彼を引き合わせてあげる」

「でもどうやって……」口を開いたとたん、アナベルはうなじに何かちりちりとした不快な感触を覚えたような気がした。まるで、誰かにシダの葉で肌をなぞられたような感じだ。何かしらと思ってうなじに手をやったそのとき、サイモン・ハントがこちらをじっと見ているのに気づいた。

　ハントは部屋の反対側に立ち、平たい飾り柱《ピラスター》に気だるそうに肩をもたせかけている。まわりでは三人の男性が会話に興じていた。リラックスしたようすをよそおってはいるが、その目はまるで獲物に襲いかかろうかどうかと思案する猫のように、たくらみに満ちている。アナベルがケンダル卿に関心を寄せているのに間違いなく気づいているはずだ。

　まったくもう、アナベルは苛立ちを覚えつつ、わざとハントに背を向けた。彼のことだから、きっと何か困らせるようなことをしてくるに違いないわ。「ミスター・ハントが来ているのを知ってた？」声をひそめて友人たちにたずねると、三人は目を丸くした。

「あなたのミスター・ハントが来ているの？」早口にたずねるリリアンを、デイジーがハントがいるほうに向かせた。

「彼は私のものじゃないわよ！」アナベルはおどけ顔で反論した。「とにかく、部屋の向こう側に立ってるのが見えるでしょ。じつはさっきも会ったのよ。伯爵とは親友同士なんですって」顔をしかめ、悲観的に言う。「きっと私たちの計画を台無しにするに違いないわ」「本当にあなたの結婚を邪魔するほど、じ、自分勝手な人なのかしら？」エヴィーは驚いてたずねた。「あなたを自分のあ、あ……」

「愛人にするために、でしょ」アナベルは最後の言葉を代弁してやった。「まったく可能性がないとは言えないと思うわ。ミスター・ハントは、欲しいものを手に入れるためなら手段を選ばない人だって噂だもの」

「そうかもしれないわね」リリアンは何かを決意するように口をぎゅっと結んだ。「でも、そんなことさせるもんですか――私が約束してあげる」

晩餐会はたいそう素晴らしいものだった。長いテーブルが三列に並んだ食堂には、銀のふた付きの深皿や大皿が次から次へと運びこまれた。こんな豪華な食事が毎晩供されるのかと思うと、アナベルは信じられない気持ちだった。だが左隣に座っている男性――教区司祭だった――に聞いたところでは、ウェストクリフ卿のパーティーではこれが当たり前らしい。

「伯爵とご一族の主催される舞踏会や晩餐会は有名ですからね」と司祭は言った。「ウェストクリフ卿は、貴族一のもてなし役だと評判なのです」

アナベルはあえて反論しようとも思わなかった。これほど素晴らしい料理を堪能するのは、本当に久しぶりだった。ロンドンの夜会やパーティーで供される冷めた料理など、まったく比べものにならない。それにここ数カ月というもの、ペイトン家の食卓にのぼるのはパンとベーコンとスープばかりで、そこにカレイの揚げたものや羊肉の煮込みがときどき加わる程度だった。今回ばかりは、陽気なおしゃべり上手の男性が隣に座っていなくてよかったと、アナベルはつくづく思った。おかげで黙って好きなだけ食べることができる。それに、召使たちがひっきりなしに新しい、うっとりするような料理を持ってきては客人たちに勧めるので、アナベルのレディらしからぬ旺盛な食欲に気づく人もいないようだった。

アナベルは、シャンパンとカマンベール・チーズでできたスープを平らげ、つづけてハーブソースをかけた仔牛のステーキ、とろりとしたかぼちゃのクリーム煮、魚の紙包み焼き（開けた瞬間になんとも言えない香りがただよった）、ポテトバターのクレソン添えに挑戦した。最後はなんとも嬉しいことに、中身をくり抜いたオレンジの皮の中に詰めたフルーツピクルスが登場した。

アナベルは食べることに夢中だったので、晩餐会が始まってしばらくしてからようやく、ウェストクリフ卿のテーブルの先頭に近い席にサイモン・ハントが座っているのに気づいた。彼女は薄めたワインのグラスを口元に運び、用心深くハントを観察した。ハントは例のごとく優雅ないでたちだ。フォーマルな黒の上着に、シルクの織り目が落ち着いた光沢を放つ灰青色のベストを合わせている。日に焼けた肌が糊の効いた真っ白なシャツによく映え、襟元にはクラヴァットがきりりと結ばれている。豊かな漆黒の髪はポマードをつけたほうがよさそうだ……すでに前髪が一房、額にだらりと垂れてしまっている。アナベルはなぜか落ち着かない気持ちになり、ハントの前髪をかきあげてやりたくなった。

ハントの両脇に座った女性が、どちらも彼の歓心を買おうとしているのは一目瞭然だった。ハントを賞賛の目で見つめる女性は、これまでにも幾度となく目にしてきた。理由ははっきりしている――女性たちは、危険な色気や、冷徹な知性、そして極端な俗物ぶりがないまぜになった彼の魅力に惹かれるのだ。ハントという男には、何人もの女性とベッドをともにし、そこで自分がなすべきことをすっかり心得ている、そんなイメージがある。そうしたイメージは、彼をだめな男に見せこそすれ、魅力につながるはずはなかった。だが、自分にとって望ましいはずのものと、自分が実際に求めているものとがまったく異なる場合もあるということを、アナベルも学びつつあった。そして、できれば認めたくなかったが、男性の外見にこれほどまでに惹かれるのはハントが初めてだった。

アナベルは温室育ち気味なところがあるが、まったくの世間知らずというわけではない。人から聞いた話をつなぎ合わせることで、ささやかながら知識を積み重ねてきた。この四年間で、つかの間彼女に関心を抱いた数人の男性たちからキスされたこともある。だが彼らとのキスは、それがどれほどロマンチックなものだったとしても、あるいは相手がどれほどハンサムな若い男だったとしても、サイモン・ハントのときのような興奮を呼び覚ましはしなかった。

どんなにがんばっても、アナベルはあのパノラマ館での出来事を忘れることができなかった……ふたりの唇が重なったときの、あの優しくエロティックな感触も、そして抑えがたい歓喜も。ハントとのキスがなぜそれほどまでに特別なのか、アナベルは知りたくてたまらなかったが、誰にも聞くことができなかった。母に話すなど論外だ。他人から切符代を借りたことがあるなどと知ったら、何を言われることか。かといって、リリアンたちにあの出来事を打ち明ける気にもなれない。キスについても男性についても、彼女たちの知識はアナベルとどっこいどっこいだろう。

ふいにハントと目が合ったアナベルは、自分がずっと相手を見ていたことに気づいてひどく狼狽した。じっとハントだけを見つめて、物思いにふけっていたらしい。ふたりの席はかなり離れているのに、何か強烈な電流のようなもので一瞬にして結びつけられてしまったような感じがした……見るとハントは、何ものかにすっかり心奪われたような表情を浮かべている。いったい何にそれほど惹かれているのかしら……アナベルはいぶかしみながら、ほほを真っ赤に染め、むりやり目をそらすと、ポロネギとマッシュルームのキャセロールの白トリュフ添えをフォークで突いた。

食事が済むと、女性陣は談話室に移動して紅茶やコーヒーを、そして男性陣は食堂に残ってポートワインを楽しむ。通常は、そのあとさらに応接間に移動して男女がふたたび一堂に会することになる。女性陣がリラックスしたようすで笑ったりおしゃべりに興じたりする談話室で、アナベルはエヴィー、リリアン、デイジーの三人と一緒にいた。「ケンダル卿について何かわかった？」アナベルは、食事中の会話で誰かが噂話を入手しているだろうと期待してたずねた。「彼、誰かもう意中の方がいるのかしら？」

「今のところ、特にはいないみたい」リリアンが言った。

「私は母に聞いてみたわ」デイジーが答えた。「ケンダル卿は相当な財産の持ち主で、借金もないそうよ」

「どうしてお母様はそんなことをご存知なの？」

「母は父に頼んで、英国中の独身貴族について報告書を作成させたの。そして、その内容をちゃんと記憶しているというわけ。私たち姉妹の相手には、お金がなくて困っている公爵がいいだろうと母は考えているのよ。まず、公爵の爵位がボウマン家の社会的地位を保証してくれるでしょ。あちらはあちらで、我が家の財産を考えれば必ず結婚に乗り気になるわ」デイジーは皮肉っぽくほほ笑むと、姉の手を叩いてこうつけ加えた。「ニューヨークにいた頃は、陰でこんなふうに言われてたの。『リリアンと結婚すれば、ミリオン《百万ドル》を得られる』ってね。この押韻詩が有名になりすぎたのも、私たちがロンドンに逃げてきた理由のひとつよ。ボウマン家は野心丸出しの無作法な愚か者の集まりだって陰口を叩かれたから」

「それを否定できて？」リリアンは苦笑いを浮かべて妹に言った。

デイジーはふざけて寄り目をした。「幸いだったのは、私のことをうたった詩が作られる前にニューヨークから逃げることができたことね」

「私が作ってあげたわよ」リリアンがやり返した。「デイジーと結婚すれば、レイジー《怠け者》になれる」

デイジーが何か言いたげな顔をしたが、リリアンは得意げに笑ってつづけた。「だいじょうぶよ。いずれはロンドン社交界の奥深くまで潜りこんで、借金地獄卿なり、貧乏公爵なりと結婚し、荘園領主の妻としての座を確保できるわ」

アナベルは首を横に振ってふたりを慰めるように笑みを浮かべ、エヴィーは何か用事があるのだろう、何事かつぶやいて席を立った。アナベルは、リリアンとデイジーにほとんど同情心すら覚えていた。ふたりが恋愛結婚をできる可能性が、自分と大して変わらないことがだんだん明らかになってきたからだった。

「爵位のために結婚しろというのはご両親のご希望なの?」アナベルは聞いてみた。「お父様はどうお考えなのかしら」

リリアンは、そんなことどうでもいいわというように肩をすくめた。「私が覚えているかぎり、父が子どもたちのことで何か意見を言ったことなんて一度もないわ。父の望みは、家族に干渉されずに、お金を今よりももっと増やすことだけ。私たちが手紙を書いたって内容に興味を示したことなんてないわ——でも、銀行の預金を引き出していいかたずねたときだけは別。その時だけは、たった一行、『引き出してよろしい』という返事が来るの」

デイジーも姉同様、皮肉めいた笑みを浮かべて言った。「きっと父は、母が娘たちの夫探しに夢中なので喜んでいるはずよ。おかげで母から干渉されずに済むんだもの」

「まあ、そうなの」アナベルはそっと言った。「それで、お父様はお金を引き出すことについて文句はおっしゃらないの?」

「一度も言われたことはないわ」リリアンはアナベルが例のごとく羨望《せんぼう》のまなざしを向けて

くるのを見て笑った。「我が家はいやになるくらい金持ちなのよ、アナベル——ちなみに兄が三人いるんだけど、みんな独身なの。誰かを候補者にする？　お望みとあらば、大西洋の向こうにいるのをひとり呼び寄せて、紹介してさしあげるわ」

「興味はあるけど、遠慮させていただくわ。ニューヨークには住みたくないもの。それに私は貴族の妻になりたいの」

「貴族の妻になるって、本当にそんなに素晴らしいものなの？」デイジーが寂しげにたずねた。「すきま風の吹く、水道も完備されていない古い屋敷に住んで、ありとあらゆることについて数えきれないくらいの決まりごとや作法を学ばなくちゃいけないなんて……」

「英国では、貴族と結婚しないと一人前の人間とは言えないのよ」アナベルはデイジーに言い聞かせた。「この国では、身分がすべてなの。他人からどういう扱いを受けるか、子どもをどの学校に入れられるか、どんなところに出入りできるか……人生のあらゆる側面を身分が決めるの」

「私にはよくわからないけど……」デイジーが反論しようとしたとき、エヴィーが急に戻ってきて話はうやむやに終わった。

エヴィーは特に慌てたようすこそなかったが、青い瞳が緊急事態であることを告げており、ほほが上気している。先ほどまで座っていた椅子にちょこんと腰かけ、アナベルのほうに身を寄せて、時折つっかえながらささやいた。「あなたに教えてあげるために、と、途中で急いで引き返してきたの……彼がひとりでいるのよ！」

「彼って？　誰がひとりでいるの？」アナベルはささやき返した。

「ケンダル卿よ！　屋敷の、う、裏のテラスにいたわ。テーブルにひとりで座っていたの」

リリアンは難色を示した。「たぶん、誰かを待っているのよ。もしそうだとしたら、盛りのついたサイみたいに積極的に行動するのは、アナベルのためにならないわ」

「もう少し楽しいたとえにしてくださらない、リリアン？」アナベルにやんわりとたしなめられ、リリアンは顔を赤らめて苦笑いを浮かべた。

「ごめんなさい。とにかく、慎重にやらなくちゃだめよ、アナベル」

「わかったわ」アナベルは笑顔で答え、立ち上がってさっとスカートを直した。「ようすを見てくるわ。でかしたわよ、エヴィー」

「がんばってね」エヴィーが返し、三人はアナベルが応接間をあとにするのを祈るような気持ちで見送った。

アナベルは歩きながら、鼓動が徐々に高まっていくのを感じていた。私は今、複雑に入り組んだ迷路のような社交界のルールを破ろうとしているんだわ。レディたるもの、決して自ら紳士との語らいを求めてはならない。偶然どこかですれ違ったとき、あるいはソファやカンバセーションチェア（二人掛けの背もたれがS字になった椅子。背中合わせに腰かけて肩越しに会話ができる）でたまたま同席したときならば、二言三言、あいさつを交わすことができる。だが、乗馬中や無蓋馬車に乗っている最中を除けば、男女がふたりきりで過ごすことはあってはならない。また、女性がひとりで庭を眺めに向かう途中で紳士に出くわしてしまったら、ふたりの仲を人様に疑われるような状況にならないよう、慎重に行動しなければならない。

だがもちろん、アナベル自身が人様から疑われたいというのなら話は別だ。

広々とした石畳のテラスに面していくつも並ぶフレンチドアのほうに近づいていくと、獲物の姿が目に映った。エヴィーの言ったとおり、ケンダル卿はひとりで丸いテーブルにつき、片脚を無造作に伸ばしたまま椅子の背にもたれている。室内の熱気から逃れて、つかの間の休息を楽しんでいるように見えた。

アナベルは手近の扉にそっと歩み寄り、そこからテラスへと忍び出た。外はカルーナやヤチヤナギの香りがほのかにただよい、庭の向こうを流れる川の音が気持ちを穏やかにしてくれる。アナベルはうつむき加減のまま、しつこい頭痛に悩まされているようにこめかみを指で押さえた。そしてケンダル卿のいるテーブルまであと三メートルというところで顔を上げ、思いがけず人がいたのでびっくりしたかのように、わずかに飛び上がった。

「まあ」とアナベルは驚いてみせた。息を切らしたようなふりをするのは、ちっとも難しくなどなかった。ケンダルに良い印象を与えようと頭がいっぱいで、緊張しきって本当に息が切れそうだったからだ。「どなたかいらっしゃるなんて思わなかったものですから……」

ケンダルが立ち上がると、テラスの松明の灯りをうけてめがねがきらりと光った。貧相と言っていいくらい痩せていて、肩に詰め物をした上着はまるで肩からぶら下がっているようだ。身長はアナベルより七、八センチほど高そうだが、体重は同じくらいだと聞いても別に意外ではない。ケンダルは最初のうち、まるでふいに敵に出くわしたヘラジカのように怯え、妙に緊張していた。アナベルはそんなケンダルを見つめながら、内心、普通の状況では惹かれるタイプの男性ではないと判断した。だが、空腹で死にそうなときに大嫌いなニシンの酢漬けの瓶詰めをもらったとしたら、鼻先であしらうことなどとてもできないだろう。今の状況はそれと似たようなものだ。

「こんばんは」ケンダルが、気品を感じさせる柔らかな、だが少々甲高い声で言った。「驚かれなくてもだいじょうぶです。私は人に危害を加えるような男ではありませんから」

「その点については、なんとも判断しかねますわ」アナベルはほほ笑みを浮かべ、無理に笑ったせいで痛みを覚えたように顔をしかめてみせた。「おひとりのところをお邪魔してしまい、申し訳ありません。新鮮な空気を吸いたかったものですから」ドレスの胸元がかすかに盛り上がるくらい深く息を吸う。「中はちょっと息苦しいような感じがしませんこと?」

ケンダルは、アナベルが卒倒するとでも思ったのか、片手を心持ち上げて心配そうにこちらに近づいてきた。「何か飲み物でもお持ちしましょうか。お水でも?」

「いいえ、ありがとうございます。少しおもてで休めばよくなると思いますので」アナベルは手近な椅子に優雅に腰かけた。「でも……」いったん言葉を切り、内気そうなふりをする。「お目付役もいないのに、ふたりでおしゃべりしているところを見られては困りますわね。しかも、お互いの名前も知りませんのに」

するとケンダルは軽くおじぎをして名乗った。「ケンダル卿です。どうぞお見知りおきを」

「ミス・アナベル・ペイトンです」と言ってアナベルは近くの空いた椅子に目をやった。「どうぞお座りになって。本当に、頭痛がおさまったらすぐに行きますから」

ケンダルはおずおずと椅子にかけた。「その必要はありませんよ。どうぞ、好きなだけここにいらしてください」

ケンダルの言葉にアナベルは気をよくした。リリアンの助言を思い出し、慎重に次のせりふを考える。ケンダルは、大勢の女性たちから追いかけまわされてうんざりしているだろう。彼女たちとは一線を画する必要がある。それには、自分だけはケンダルに関心を抱いていないのだというふりをしなければならない。「あなたがどうしてひとりでここにいらっしゃるのか、想像がつきますわ」アナベルはほほをゆるめた。「熱心なお嬢さん方に襲われるのを避けてらっしゃるんですのね」

ケンダルは驚いたようだ。「ええ、じつはそうなんです。正直言って、パーティーでこんなに大勢の女性客からちやほやされるのは初めてですよ」

「今月の終わりまで辛抱なさいませ。それまでは、なんとか避けるくらいのことしかできませんわよ」

「まるで、私が夫候補として狙われているような口ぶりですね」ケンダルはさりげなく、わかりきったことを言った。

「もっと大勢のレディに狙われたければ、上着の背中に目立つように白丸でも描いておくことですわ」アナベルはそう言ってケンダルを笑わせた。「テラスに逃げてきたのは、ほかにも理由がございますの？」

ケンダルは笑みを浮かべており、最初に見たときよりもだいぶリラックスしてきたようすだ。「これ以上飲むのがいやだったからですよ。私は、おつきあいで飲むにしても、ポートワインをほんの少したしなむ程度なのです」

そんなことを平気で他人に打ち明ける男性は初めてだった。男性の多くは、象も酔っぱらうくらいの量を飲めることを男らしさと勘違いしているものだ。「あまり飲むとご気分が悪くなられるのですか？」アナベルは心配そうな声音をつくった。

「ええ、ひどく。練習すれば強くなると言われたこともありますが――酒に強くなっても何の得にもなりませんからね。暇つぶしなら、もっと良い方法があります」

「たとえば……？」

ケンダルは慎重に考えた。「田園地帯を歩くとか。精神を高めるような書物を読むとか」ふいにケンダルの目に親しみ深いきらめきが浮かんだ。「新しいお友だちとおしゃべりをするとか」

「私もそういうことをするのが好きですわ」

「ほう、そうですか」ケンダルはためらっている。川のせせらぎと、木々が風に揺れる音が周囲をつつんでいる。「どうでしょう、明日の朝、一緒に散歩にまいりませんか？ストーニー・クロスの周辺には素晴らしい場所がたくさんありますから」

アナベルは俄然《がぜん》やる気がわいて自分を抑えきれず、即答してしまった。「ぜひご一緒したいわ。でも、伺ってもいいかしら――あなたの取り巻きの方々はどうなさるの？」

ケンダルが笑うと、小さくて清潔そうな歯がのぞいた。「朝早い時間に出れば、誰にも邪魔されずに済むでしょう」

「あら、私早起きなんですのよ」アナベルは嘘をついた。「それに散歩も大好き」

「では、明朝六時に」

「六時ですわね」アナベルは言って椅子から立ち上がった。「そろそろ戻らなければ――私がいないのでじきに心配する人がいるでしょうから。でも、おかげさまでだいぶ気分がよくなりました。明日の散歩のこと、楽しみにしておりますわ」アナベルは、わざと誘うような笑みを浮かべてみせた。「それから、お話できて楽しゅうございました」

室内に戻りながら、アナベルは一瞬まぶたを閉じ、ほっとため息をついた。出会いは上々――それに、ケンダルの気を引くのは思っていたよりもずっと簡単だった。あとはほんの少しの運――そして友人たちの手助け――さえあれば、独身貴族を捕まえることができる。そうなれば、何もかもうまくいくはずだ。

7

アナベルが食後の逢瀬を終えた頃には、招待客のほとんどは自室に引き上げはじめていた。だが応接間のアーチ型の入口から室内に足を踏み入れると、壁の花たちは彼女が戻るのをちゃんと待っていてくれた。かたずをのんでいる三人に向かって笑顔を見せてから、内緒話ができるよう部屋の隅に移動する。

「どうだった？」リリアンが促した。

「明日の朝、母と私とケンダル卿で散歩に行くことになったわ」

「三人だけなの？」

「三人だけよ」アナベルはうなずいた。「じつは、朝一番に会うことにしたの。たくさんの夫ハンターたちがついてこないようにね」

まわりに誰もいなければ、四人は嬉しさのあまり叫び声をあげたことだろう。だがそうもいかないので、してやったりといった表情で笑いあうにとどめた。デイジーだけは、勝利のダンス代わりに興奮して足を踏み鳴らしたが。

「彼、ど、どんな人だった？」エヴィーがたずねた。

「照れ屋さんみたいね。でも悪い人じゃなかったわ。それにユーモアセンスもあるみたい。この間はあえて条件には出さなかったことだけれどね」

「その上、歯もちゃんとあるんでしょう！」リリアンが言った。

「あなたの言ったとおり、すぐにオロオロするタイプね。きっと気の強い女性には興味を示さないはずよ。慎重で、話し方もおだやかだったわ。これからは私も慎み深く振る舞わなくちゃ――彼をだますなんて、罪悪感を覚えそうだけど仕方ないわ」

「求愛期間中は、女性はみんな相手をだますのよ――男性だって同じ」リリアンがつまらなそうに言う。「みんな、自分の欠点はひた隠しにして、相手が喜びそうなことだけを言うの。何があっても愛らしく優しい女性のふりをして、相手のささいな欠点には目をつぶる。そして結婚式を終えたら、パンチをお見舞い」

「でも私には、男性も女性のようにふりをする必要があるとは思えないわ」アナベルは反論した。「男性は、たとえ太っていようが、歯が黄ばんでいようが、頭の回転が悪かろうが、紳士で多少の財産を持っていればそれだけで女性を惹きつけるのよ。でも女性には、もっと明確な基準を満たしていることが求められるわ」

「だから私たち四人とも、か、壁の花なのね」エヴィーがうなずいた。

「でも、それももうすぐおしまいよ」アナベルは笑顔で励ました。

そのとき、エヴィーのおばのフローレンスが舞踏会場のほうから姿をあらわした。魔女のような黒一色のドレスが、生気のない顔をいっそう青白く見せている。血がつながっているのに、エヴィーとはちっとも似ていなかった。そばかすの散ったふっくらとした顔に赤毛のエヴィーに対し、いつも不機嫌なフローレンスおばはまるで干し草のようだ。「エヴァンジエリン」彼女は鋭い声で呼びかけ、エヴィーのほうに足を運びながら姪の友人たちに非難めいたまなざしを向けた。「こんなふうに勝手にいなくなるのは許しませんと言ったはずですよ――一〇分以上も屋敷中を探しまわるはめになったじゃありませんか。それに、お友だちと話してきてもいいかとたずねもしませんでしたね。しかも、よりによってそんな人たちと一緒だなんて……」ぶつぶつ文句を言いながら、彼女はつかつかと大階段のほうに行ってしまった。エヴィーはため息を吐き、おばのあとについていくことにした。三人が見ていると、エヴィーは背中に手をまわして、またねというように手を振ってみせた。

「エヴィーは、ジェナー家はとても裕福なんだと教えてくれたわ。でも、家族はみんな、ひとり残らず不幸なんですって。どうしてかしら」デイジーが言った。

「資産家なんてそんなものよ……。お父様が言ってたわ。生まれたときから裕福な人間ほど、ないものねだりをするんだって」リリアンはそう返すと妹の腕に自分の腕をからませた。「そろそろ戻りましょう、ママが心配するわ」彼女は笑顔でアナベルに向かって首をかしげた。「あなたも一緒に来る？」

「いいえ、ありがとう。階段を下りたところでもうすぐ母と落ち合うことになっているから」

「じゃあ、おやすみなさい」リリアンは言ってから、黒い瞳を輝かせてつけ加えた。「明日の朝、私たちが起きる頃には、あなたはもうケンダル卿と散歩に出かけているのね。朝食の時に全部聞かせてもらいますからね」

アナベルはおおげさにおじぎをし、ボウマン姉妹が母親のところに戻るのを見つめた。それから、曲線を描く大階段のほうへのんびりと足を運び、階段下の陰になっているところで母を待った。例のごとくフィリッパは、応接間でのおしゃべりを切り上げるのに苦戦しているのだろう。とはいえ、アナベルは待たされるのがいやだったわけではない。頭の中はさまざまな思いでいっぱいだった。明日の散歩でまず何を話してケンダルを笑わせればいいか、そして、これから数週間、大勢のレディたちがケンダルを狙う中で彼を自分に引きつけておくためにはどうすればいいか。

だが、うまく立ち回ってケンダルに好意を抱かせ、作戦どおり彼をワナにはめることができたとして、ああいう男性の妻として生きるのはどんなものなのだろう。アナベルは直感で、自分がケンダルのようなタイプに恋をすることはないだろうと確信していた――それでも、彼の良き妻となるためなら、できることはなんでもするつもりだった。きっと時間がたてば、彼のことを大切に思えるようになるはずだ。ケンダルとの結婚生活はとても快適なものだろう。何不自由なく満たされた暮らし――食べるものが十分あるかどうかなんてことは、もう二度と心配しなくていいのだ。それになんといっても、ジェレミーは将来を保証され、母はホッジハムとの汚らわしい関係にこれ以上耐えなくてもよくなる。

そこへ、誰かが階段を下りてくる重たい足音が聞こえてきた。手すりのところに立っていたアナベルは、そちらを見上げてかすかな笑みを浮かべたが、その瞬間、凍りついてしまった。信じられないことに、肉付きのよい顔と、とさかのように額に垂れた鉄灰色の髪が彼女の目に映ったのだ。まさかホッジハム？　でも、そんなわけはない！

ホッジハムは階段を下りきるとアナベルの前に立ちはだかり、形ばかりおじぎをしてみせた。まったく、耐えられないほど気取った態度だった。その冷たい青い目を見ているうちに、アナベルは先ほどの食事がトゲだらけの玉になって胃の中を転がりまわっているような気持ちになってきた。

なぜこの男がここにいるの。どうして到着してから今になるまで姿を見かけなかったの。もうすぐここで、目の前で母がホッジハムと対面することになるのだと思うと、アナベルはまたたく間に怒りがふつふつと煮えたぎってくるのを感じた。傲慢《ごうまん》のかたまりのようなホッジハムは、まるでペイトン家の恩人のような顔をして、たかだか一握りの硬貨と引き換えに母を汚らわしい関係に引きずりこんでいる。そんな男がよりによってこんなときにまた姿をあらわすなんて。パーティーにホッジハムも招待されていることを知って、母はたとえようもなく苦しむに違いない。その気になればホッジハムは、母との関係をばらすことができる――いとも簡単に母とアナベルの名誉を傷つけることができるのだ。そしてふたりには、ホッジハムを黙らせておくすべはなかった。

「おやおや、ミス・ペイトン」とつぶやくように言ったホッジハムは、邪悪な喜びに丸々とした顔を紅潮させている。「ストーニー・クロス・パークに到着して最初に会う方があなたとは、これはなんとも嬉しい偶然だ」

　吐き気をもよおすほどの不快感に耐えながら、アナベルはホッジハムから視線をそらすまいとした。いっさい感情がおもてに出ないよう努めたが、相手がいやらしく笑ったところを見ると、アナベルの敵意と恐怖に気づいたらしい。「ロンドンからの長旅にうんざりしてしまって、夕食は自分の部屋でとったのですよ。もっと早くにお会いできなかったのは残念至極ですが、これから数週間、いくらでも会えるでしょうからな。もちろん、あなたのあのチャーミングな母君もいらしているのでしょう？」

「いいえ」と答えることができるなら、アナベルは何でもしただろう。心臓が激しく鼓動を打ち、まるで肺で直接息をしているような気すらした。槌《つち》が絶え間なく叩くような鼓動を抑えて、アナベルは必死に頭を働かせ、口を開いた。「母に近寄らないで」と言いながら、落ち着き払った自分の声に驚いた。「話しかけないで」

「ミス・ペイトン、そいつはひどい言いようだ……私は、ほかの人たちがペイトン家を見捨てた辛い時期に、あなた方のたったひとりの友人として支えてきたのですよ」

　アナベルは、まるで獲物に襲いかかるチャンスをうかがう毒蛇と真正面から向き合うように、またたきひとつ、身じろぎひとつせずにホッジハムをにらみつけた。

「それに、私たちが同じパーティーに出席するなんて、嬉しい偶然だとは思わないかね？」

ホッジハムはくっくっと体を揺らして笑った。すると、クシでなでつけた脂っぽい髪が垂れ幕のようにだらりと額にたれさがった。その髪を、ホッジハムはぶよぶよとした手でうしろになでつけた。「運は私にほほ笑んだというところだな。心の底から敬ってやまない女性のそばに、私をつかわしてくれるとは」

「あなたを母のそばに近寄らせるものですか」アナベルは言い、ほくそ笑む相手の顔を殴りつけまいと、こぶしをぎゅっと握りしめて必死にこらえた。「申し上げておきますが、どんな形であれ私の母の――」

「おやおや、私がフィリッパのことを言っていると思ったのですか？　なんと慎み深いことだ。私はあなたのことを言ったのですよ、アナベル。私は昔からあなたに恋焦がれていた。ぜひこの正直な気持ちを伝えたいと思ってきたのです。ようやく、我々がもっと親密になる完璧なチャンスを運命がお与えくださったらしい」

「蛇のいる穴で眠ったほうがよっぽどましだわ」アナベルは冷たく返したが、思わず声が上ずってしまい、それに気づいたホッジハムが口元をゆるめた。

「もちろん、最初のうちは抵抗するのが当然です。あなたのようなレディはいつもそうだ。しかしじきに、分別のある、賢い子になる……そして、私の友人になればどんな利益が得られるのか理解するようになる。あなたもきっと、私のことを大切な友だちと思うようになるでしょう。もしあなたが私を喜ばせてくれたら、たっぷりとお返ししてさしあげますよ」

ホッジハムは私を愛人にしたがっている……その欲望を粉々に打ち砕いてやるにはどうすればいいかと、アナベルは必死に考えた。そうだわ、他人のテリトリーに足を踏み入れてしまったと思わせよう。そうすればきっと、この男はこれ以上近づかないはず。アナベルはむりやり冷笑を浮かべた。「まるで、私があなたの友情とやらを求めているような口ぶりですのね」アナベルは新品の美しいドレスのひだをもてあそびながら言った。「でも誤解ですわ。私にはもう庇護《ひご》してくださる方がいます――それも、あなたなんかよりずっと気前のいい方が。ですから、私にも母にも近寄らないほうが懸命でしょう。さもないと、あの方の報復に遭いますよ」

ホッジハムの顔にさまざまな感情があらわれた――最初は驚きが、つづけて怒りが、そして最後には不審感が。「誰なんだ、そいつは?」

「どうしてあなたに教えなければなりませんの?」アナベルは落ち着き払ったほほ笑みを浮かべた。「勝手に想像なさいませ」

「嘘をついているんだな、このずる賢いあばずれが!」

「信じようが信じまいがお好きなように」

ホッジハムは、何かをつかもうとするかのように、丸っこい手に力を込めている――アナベルの肩をつかんで体を揺すり、本当のことを聞き出したいのだろう。だがあきらめたのか、怒りでまだらに赤くなった顔を彼女に向けて言った。「引き下がるつもりはないぞ。これっぽっちもな」ホッジハムはぽってりとした唇の端につばをためながら言い捨て、礼儀も忘れてぷいとその場を立ち去った。

アナベルは立ちすくんでいた。怒りは消えていたが、骨の髄まで猛烈な不安に苛まれていた。今の話だけで、果たしてホッジハムは二度と近づいてこなくなるだろうか。いや、それはあるまい——これは一時的な解決策にすぎない。ホッジハムはこれから数日間アナベルのことをじっくり観察し、彼女のあらゆる言動から、庇護者がいるというのが本当かどうか確認に明け暮れることだろう。そして、脅迫したり嫌みを言ったりして彼女の神経をずたずたにしようとするだろう。だがなんとしても、あの男と母の関係だけは暴露させてはならなかった。そんなことになったら母は二度と立ち直れなくなるだろう。そして、アナベルが結婚できるチャンスもついえるだろう。

アナベルは頭の中では熱にうかされたようにあれこれと考えをめぐらしつつ、張りつめた表情で身じろぎもせずに立ちつくしていた。そのとき、静かな声がふいに聞こえてきて、アナベルはぎょっとした。

「こいつは興味深い。ホッジハム卿と口論とはどうしました？」

蒼白になって振り返ると、声の主はサイモン・ハントだった。猫のように足音ひとつたてずに背後に近づいたらしい。広い肩が応接間から漏れてくる明かりをさえぎっている。冷静沈着なハントのほうが、ホッジハムなどよりよほど危険な存在なのかもしれない。

「まさか、私たちの話を聞いていたのですか？」アナベルはうっかり口をすべらし、内心、焦ったような声になってしまった自分に悪態をついた。

「いいえ、聞いてはいませんよ」ハントは穏やかな口調だ。「話しているときのあなたの顔を見ていただけだ。何かに怒ったようすでしたね」

「怒ってなどいません。誤解ですわ、ミスター・ハント」

ハントは首を振り、驚いたことに手を伸ばして、手袋で隠れていないアナベルの上腕部分に指で触れた。「あなたは怒ると肌がまだらに赤くなるからすぐにわかるんだ」見下ろすと、たしかに肌がうっすらとピンク色になっている。かっとなると、ところどころ肌が赤くなる体質なのだ。

アナベルはハントの指の感触に身を震わせ、後ずさった。

「何か困ったことでも、アナベル？」ハントはそっと声をかけた。

ハントには、そんなふうに優しく、まるで気づかうように話しかける権利などない……まるで私が助けを求めたように……まるで私が自らにそれを許したかのように。

「いい気味だと思ってらっしゃるんでしょう？」アナベルは言い返した。「私が困っているのを見るたびに、あなたは大喜びするんだわ――人の苦境を利用して、助けてやろうと言い寄ることができるんですものね」

ハントは目を細め、心配そうにたずねた。「どんな助けを求めているんですか？」

「あなたなんかに助けは求めません」アナベルはぶっきらぼうに言い放った。「それから、私を名前で呼ぶのはやめてください。これからはきちんと名字で呼んで――いいえ、できれば二度と話しかけないでいただきたいわ」何やら探るように見つめてくるハントの視線に耐えきれず、彼女はその場を離れた。「用が済んだのなら……私は母を探しにまいりますので失礼します」

鏡台の隣に置かれた椅子に腰を下ろしたフィリッパは、蒼白になっているアナベルをじっと見つめた。アナベルは、部屋で母とふたりっきりになってから、あの恐ろしい知らせを伝えた。自分がこの世で最も忌み嫌い恐れる男が、ここストーニー・クロス・パークに招待客として来ている——丸々一分かかってようやく、フィリッパはこの恐ろしい事実を理解した。アナベルは、母はたぶん涙に暮れるだろうと思っていた。だが驚いたことに、フィリッパは顔をそむけて部屋の隅の暗いところを見つめ、疲れたような奇妙な笑みを浮かべた。アナベルは、そんなふうに笑う母を見たのは初めてだった。母の顔に浮かんだその思いがけない辛らつな表情は、いくら事態を改善しようと努力したところで運命は変えようもないのだと告げているようだった。

「ストーニー・クロス・パークを発ちましょうか？」アナベルはつぶやいた。「すぐにロンドンに帰ればいいわ」

質問への答えが見つからないまま、数分間が過ぎたようにすら思われた。ようやくフィリッパが口を開いたが、その声はどこか上の空のような、何事か考えこんでいるような感じだった。「そうしたら、あなたの結婚相手を見つけるすべはなくなってしまうわ。だからだめ……私たちはここに残るしかありませんよ。明日の朝は、予定どおりケンダル卿と散歩に行きましょう——せっかくあなたがつかんだチャンスを、ホッジハムに台無しにはさせませんわ」

「でも、これからも何かとあいつに邪魔されるに決まっているわ」アナベルは静かに言った。

「ロンドンに戻らないと、ここでの毎日が悪夢になるかもしれないのよ」

フィリッパは、依然として先ほどの辛らつな表情を浮かべたまま、娘のほうを向いた。

「アナベル、結婚相手を見つけることができないままロンドンに帰ったら、そのときこそ本当の悪夢が始まるんですよ」

8

アナベルは一晩中悶々《もんもん》として、全部で二時間か、せいぜい三時間しか眠ることができなかった。目覚めたときには、目の下にくまができ、青白く疲れた顔をしていた。「まったくもう」アナベルはぶつぶつ言い、冷たい水にひたした布を顔に押し当てた。「こんなんじゃだめだわ。今朝の私ったら一〇〇歳のおばあさんみたいだもの」

「どうしたの、アナベル？」フィリッパが眠たそうな声で聞いてきた。着古したドレスとぼろぼろの履物というかっこうで娘の背後に立っている。

「なんでもないわ、お母様。ただのひとり言」アナベルはほほに少しでも赤みが戻るように、顔をごしごしとこすった。「昨日はあんまりよく眠れなかったの」

フィリッパが隣に来て、アナベルの顔をじっと見つめた。「本当ね、ちょっと疲れて見えるわ。紅茶を持ってこさせましょう」

「大きいポットに入れてきてもらって」アナベルはそう言ってから、鏡に映る血走った目をのぞきこんで、「ふたつお願い」とつけ加えた。

フィリッパは思いやりに満ちた笑みを浮かべた。「散歩には何を着ていきましょうか」

アナベルは布をぎゅっとしぼってから洗面台にかけた。「森の小道はぬかるんでいるところもあるでしょうから、古いほうのドレスがいいと思うわ。その代わりに、リリアンとデイジーにいただいた新しいシルクの肩掛けをはおりましょうよ」

湯気のたつ紅茶を一杯飲み、メイドが階下から持ってきてくれた冷めたトーストを急いで何口かかじったあと、アナベルは着替えを済ませた。鏡に自分の姿を映して、客観的な目でじっくり見る。胸元で結んだ青いシルクの肩掛けが、薄茶色のドレスの前身ごろのほころびをうまく隠していた。そして、やはりボウマン姉妹にもらった新しいボンネット帽も彼女の美しさをうまく引き立たせ、薄紫色の裏地が瞳の青さをいっそう際立たせる効果を発揮している。

アナベルは大あくびをしてから、フィリッパとともに屋敷の裏手のテラスへと向かった。朝早い時間なので、ストーニー・クロス・パークの客人の大半はまだ寝床にいるのだろう。こんな早くから起きているのは、マス釣りに夢中な数人の紳士くらいのものだ。釣りに向かう男性たちはおもてのテーブルで朝食をとっている最中で、竿と魚籠《びく》を持った従者が脇に控えていた。だが平和な光景は、こんな時間にとうてい似つかわしくない耳障りなざわめきで台無しにされた。

「おやまあ」フィリッパが驚きの声をあげるのが聞こえてきた。母のきょとんとした視線の先をたどってみると、テラスの反対側の端のほうに女性たちがわいわいと群がって、バカみたいにおしゃべりしたり、金切り声をあげたり、笑ったり、必死にしなをつくったりしているのが目に入った。彼女たちは何かを取り囲んでいるようなのだが、その何かは一団の中にすっかり埋もれてしまって姿が見えない。「いったいぜんたい何事かしら？」フィリッパはあぜんとしている。

アナベルはため息をつき、あきらめたようにつぶやいた。「朝っぱらから夫狩りよ、たぶん」

フィリッパは口をあんぐりと開けて、騒がしい一団のほうを見つめている。「まさか……あの真ん中にはかわいそうなケンダル卿がいらっしゃるというの？」

アナベルはうなずいてみせた。「それにあのようすだと、騒ぎが静まった頃にはケンダル卿はもうへとへとでしょうね」

「でも……ケンダル卿はあなたと散歩に行くとおっしゃったのでしょう？」フィリッパは言い募った。「お目付け役の私を除いたら、あなたとふたりきりだったんじゃないの？」

そのとき何人かがテラスの反対側に立っているアナベルに気づき、一団はまるで獲物を守るように、いっそうしっかりとまわりを取り囲んだ。アナベルは小さくかぶりを振った。愚かにもケンダル卿が自ら誰かに散歩のことを話したのか。それとも、夫探しの狂乱がついに頂点に達し、たとえどんな時間だろうと、女性陣の襲撃に遭わずに部屋を出ることすらままならなくなったのか。

「とにかく、ここに突っ立っているわけにはいきませんよ」フィリッパがアナベルを促した。「向こうに行って、ケンダル卿の気を引かなければ」

アナベルは自信なさげに母のほうを見た。「まるで野生動物みたいに獰猛《どうもう》そうな子もいるわ。嚙みつかれるのはいやよ」

押し殺したような笑い声に耳を奪われ、アナベルはそちらに顔を向けた。思ったとおりサイモン・ハントだった。ハントはテラスのバルコニーにもたれかかって、大きな手の中に隠れてしまいそうな陶器のカップから、のんびりとコーヒーを飲んでいる。今朝のハントは、ほかの釣り人たちと同じようにくだけた格好だ。ツイード地と綾織り地の上下に、着古したリネンのシャツの襟元をはだけている。茶化すようなきらめきが瞳に浮かんでいるところを見ると、この状況をおもしろがっているのは一目瞭然だった。

アナベルはよく考えもせずに、ハントのほうに歩み寄った。一、二メートル離れたところで立ち止まり、バルコニーに両ひじをついて朝もやにつつまれた庭を眺める。ハントはバルコニーに背をもたせて、屋敷の壁と向き合っていた。

ハントの自信に満ちた態度に苛立ったアナベルは、ひとつぎゃふんと言わせてやろうと思ってつぶやいた。「ストーニー・クロス・パークにいる男性で独身なのは、ケンダル卿とウェストクリフ卿だけではありませんわね、ミスター・ハント。どうしてあなたは、あのおふたりみたいに女性に追い回されないのかしら」

「当然のことでしょう」ハントは気安く言い、カップを口元に運んでコーヒーを飲み干した。「私は貴族ではないし、ひどい夫になるでしょうからね」そう言っていたずらっぽい目でちらりとアナベルのほうを見やった。「ところであなたのことだが……あなたの目的はお祭しするが、ケンダルを誘惑するのはお勧めしませんね」

「私の目的ですって?」アナベルはむっとしておうむ返しした。「いったい何のためだと思ってらっしゃるのかしら」

「何って、もちろんご自分のためでしょう」ハントは穏やかに言った。「あなたは、アナベル・ペイトンにとって最上のものを求めているんだ。だがケンダルはあなたの基準は満たしていないはずです。あなたと彼が結婚しても不幸が待ち受けているだけでしょう」

アナベルはハントに向き直り、目を細めて相手をじっと見た。「なぜ?」

「彼はあなたには好人物すぎる」ハントはアナベルの顔に浮かんだ表情を見てにやりとした。「ああ、別にあなたを侮辱するつもりでこんなふうに言ってるんじゃありませんよ。私だって、もしもあなたが好人物だったら、今の半分もあなたのことを好きじゃないでしょうからね。だからこそ、ケンダルにとってあなたは望ましい相手ではない——それに、あなたもいずれ彼では物足りなくなりますよ。あなたは彼にいばりちらすようになり、彼の紳士的精神はあなたの足元に粉々に砕け散るはずです」

アナベルは、人を見くだすように笑うハントの顔を叩いてやりたくて仕方がなかった——これまで、人に肉体的な危害を与えてやりたいなどと思ったことなどなかったのに。彼の言うとおりなのだと気づいても、とてもではないが怒りは収まらなかった。たしかに、自分でもよくわかっている。私は勝気すぎて、ケンダルのようにおとなしくて育ちのよい男性には向いていない。でもサイモン・ハントには関係のないことだわ……そもそもハントにしろほかの男性にしろ、ケンダルよりましな選択肢を与えてはくれないのだから！

「ミスター・ハント」アナベルは底意地の悪そうな目で相手を見つめ、甘い声でささやいた。

「どうしてあなたは――」

「ミス・ペイトン！」弱々しい声が数メートル離れたところから聞こえてきて、アナベルがそちらを向くと、ひょろりとしたケンダル卿が、群がる女性陣から逃れてくるところだった。ケンダルは髪はぼさぼさ、どことなく疲れたようすで、やっとの思いでアナベルのほうまでやってきた。「おはようございます、ミス・ペイトン」ケンダルは立ち止まってクラヴァットの結び目とめがねの位置を直し、「どうやら今朝は、散歩しようと思ったのは私たちだけではないようです」と言い訳めいたことをつぶやいてから、アナベルにおどおどとした視線を向けて問いかけた。「それでもかまいませんか？」

　アナベルはちゅうちょし、内心で不満の声をあげた。この散歩の間にケンダルの気を引こうにも、二〇人以上もの女性が一緒にいるのではまず無理というもの。それだったら、カササギの群れが鳴きわめく中で静かに会話をしようとするほうがよほど楽だろう。とはいえ、ケンダルの誘いをむげに断るわけにもいかない……少しでも拒むようなそぶりを見せれば、ケンダルはしょげ返り、二度と誘ってはくれないだろう。

　アナベルはにっこりとほほ笑んだ。「ええ、喜んで」

「それはよかった。ここでは珍しい動植物《フローラ・アンド・ファウナ》を見ることができるので、ぜひあなたにもお見せしたい。私は園芸が趣味で、ハンプシャー固有の植物についていろいろ研究していましてね……」

ケンダルの次の言葉は、彼を取り囲む熱狂的な女性たちの声にかき消されてしまった。

「まあ、私も草花が大好きなんですの。本当にどれもこれもとってもかわいらしいんですもの」ひとりがまくし立てた。

「それに、草花がなかったら外の景色もちっともつまらないわ」別の女性がうっとりと言った。

「ねえ、ケンダル卿、フローラとファウナの違いを説明してくださいませんこと」さらに別の女性が、愚かな質問を投げかけた。

一団はそのまま、まるで波が人をさらうようにケンダルを連れ去っていった。フィリッパは、娘への関心を引こうとして果敢にも一行についていき、ケンダルに話しかけている。

「あの子は控えめな性格なものですから、自分がどれほど自然を愛しているか、あなた様に申し上げることができなかったのでしょう……」

ケンダルはテラスの階段のほうへとぐいぐい押されつつ、肩越しに途方に暮れたような顔を見せながらアナベルに呼びかけた。「ミス・ペイトン?」

「今まいりますわ」アナベルは声がちゃんと届くように、口の両脇に手を添えて返した。

だがケンダルの返事は、もし彼が何か言ったとしても、聞こえてこなかった。

ハントは何も入っていないカップを手近のテーブルの上に気だるそうに置くと、釣り道具を持って控えていた従者に何事か命じた。すると従者はうなずいて下がり、ハントはアナベルの横にやってきた。並んで歩くハントに気づいたアナベルは、身を硬くした。

「何のおつもり？」

ハントはリラックスしたようすで、ツイードの釣り用上着のポケットに手をつっこんだ。

「あなたと一緒に行きますよ。川でも愉快なことがあるかもしれないが、あなたがケンダルの気を引こうとがんばる姿を見るほうが、よっぽどおもしろそうだ。それに、私は園芸については悲しいくらい無知なんでね。勉強になるかもしれない」

嫌みのひとつも言ってやりたいところをぐっとこらえて、アナベルはケンダルとその取り巻き連中のあとから毅然《きぜん》とついていった。一行はすでにテラスの階段を下りきって、森へとつづく小道を歩いていた。森にはブナやオークの巨木が立ち並び、その根元にコケやシダや地衣類の分厚いじゅうたんが広がっている。初めのうちアナベルは、隣を歩くハントを無視して、ケンダルに夢中の取り巻き連中のあとから無表情にとぼとぼと歩いていた。ふと見ると、ケンダルは大変な役目を背負わされているところだった。どうということのなさそうな障害物の上を女性陣がまたぐ際に、一人ひとりに手を貸してやっているのだ。せいぜいアナベルの腕と同じくらいの太さの木が道に倒れている程度なのに、誰もがケンダルの手をわずらわせている。ひとりが木をまたぐごとに、次のひとりはいっそう大胆になっていった。ついには、最後のひとりがすっかり狼狽したふりをして金切り声をあげながら首にしがみつき、哀れなケンダルはこの女性を文字どおり抱きかかえて木の向こうに渡らせてやるしまつだった。

しばらくしてからその場所にたどりついたアナベルは、ハントが手を差しだしたのを無視して、自力で倒木をまたいだ。ハントは彼女の気の強そうな横顔を見つめ、かすかに笑みを浮かべた。「本当なら今頃とっくに、連中の先頭を歩いているのではないですか?」

アナベルは冷笑を浮かべた。「おバカさんたちと張り合って、エネルギーを無駄にするつもりはありませんわ。タイミングを見計らって、ケンダル卿の気を引くつもりです」

「彼はすでにあなたに惹かれていますよ。そうでなかったら、あの目は何も見えていないんだ。不思議なのは、どうしてあなたともあろう人が、ケンダルから求婚されると思っているのかということですよ。私たちが知り合ってから二年間、あなたは一度も成功したためしがないのに」

「作戦があるからですわ」アナベルはきっぱりと言い放った。

「どんな?」

アナベルはあざけるような視線を投げた。「私があなたに教えるとでも思ってらっしゃるの?」

「どうせ、誰かと共謀して裏で何かたくらんでいるんでしょう。レディらしいやり方では、あなたはとてもじゃないが成功しないだろうから」ハントはまじめくさって言った。

「それもこれも、持参金がないからよ。お金さえあれば、何年も前に結婚していたわ」

「金ならありますよ」ハントは助け舟を出すように言った。「いくら欲しいんです?」

アナベルは冷笑を浮かべた。「お返しにあなたが何を求めるのかくらい、ちゃんとわかっていますわ、ミスター・ハント。だから、あなたからはビタ一文もいただきません」

「そこまで相手をきちんと選ぶ方だと知って、安心しましたよ」ハントは手を伸ばして、アナベルのために枝を押さえてやった。「正反対の噂を聞いたものですからね。やはり嘘だったとわかってほっとしました」

「噂ですって？」アナベルは小道の真ん中で立ち止まり、くるりと振り返った。「私の？いったい誰が私の噂なんか」

ハントは質問には答えずに、狼狽したアナベルが考えをめぐらしているようすをただ眺めていた。

「相手を……きちんと選ぶですって？」アナベルはつぶやいた。「ひょっとして、私が何か不適切な……」ホッジハムのいやらしい赤ら顔が脳裏に浮かび、アナベルはふいに口をつぐんだ。顔から一気に色が失われ、眉間にかすかなしわが浮かぶ。アナベルの表情の変化に、ハントも気づいたことだろう。アナベルは冷やかにハントを一瞥《いちべつ》し背を向けた。そして、落ち葉が敷きつめられた小道を大股に足取り荒く歩いていった。

ハントが遅れをとらぬようについていくと、遠くのほうでケンダルが、道ばたの植物について熱心な聞き手たちに説明する声が聞こえてきた。「これは珍しい蘭ですね……あれはクサノオウという花です……ほら、いろいろなキノコが生えていますよ」ケンダルの解説は、うっとりと耳を傾ける聴衆たちが感心したようにあげる叫び声に、数秒ごとにさえぎられた。

「……地表を覆っている植物が見えますね」ケンダルはしばし立ち止まって、不運なオークの木の根元を覆うコケと地衣類を指さした。「……あれはコケ類と呼ばれるもので、じめじめしたところに育ちます。万が一、天蓋の役割を果たす木々がなくなり、日光を浴びたりしたら、それだけで枯れてしまうんです……」

「私は何も悪いことはしていません」アナベルは言いながら、そもそも自分は何のためにハントに弁明などするのかと思っていた。それにしても、誰がハントにそんな噂を吹き込んだのだろう――そしてそれはどんな噂だったのだろう。ひょっとして、ホッジハムが夜中にペイトン家を訪れたところを誰かに見られたのか。だとしたら大変だ。そのような名誉を傷つける類のゴシップは、いくら弁明したところで消し去ることはできない。「それに、後悔しなければならないようなこともしていません」

「それは残念だ」ハントはこともなげに言った。「後悔というのは、何か愉快なことをしでかしたあとにするものですからね」

「では、あなたは何を後悔しているのかしら」

「いやいや、じつは私もまだ後悔したことがないのです」ハントの黒い瞳がいたずらっぽく光った。「もちろん、チャンスがなかったわけではありませんよ。人に言えないようなひどいことばかりして、あとで相手に悪かったと思えるかなと期待してはいるんですが。今までのところ……うまくいったためしがない」

内心は不安でたまらないというのに、アナベルはくすくすと笑わずにはいられなかった。長い枝が行く手をさえぎっていたので、彼女は手を伸ばしてそれをどけようとした。

「私がやりましょう」ハントが言い、彼女が通れるように枝を押さえた。

「どうもありがとう」アナベルはハントの脇をすり抜け、遠くのほうにいるケンダルと取り巻き連中を眺めた。そのとき突然、靴の中で何かがちくりと足を刺した。「痛い！」アナベルは立ち止まり、スカートのすそをたくし上げて、痛みの原因を調べようとした。

「どうしました？」ハントがすぐに隣にやってきて、アナベルが転ばないように大きな手でひじをつかんだ。

「靴の中に何か尖ったものが」

「見せてごらんなさい」ハントはしゃがみこんでアナベルの足首をつかんだ。男性に足を触られるなど初めてだったアナベルは、顔を真っ赤にした。

「そんなところに触らないで」ぴしゃりと言い、後ずさろうとしてバランスを崩しかける。だがハントは手を離そうとしない。倒れそうになったので、アナベルは仕方なくハントの肩をつかんだ。「ミスター・ハント――」

「原因がわかりましたよ」ハントがつぶやいた。脚をつつむ薄い木綿の靴下が引っぱられるのをアナベルは感じた。「尖ったシダの上を踏みつけてしまったんでしょう」ハントは指につまんだものを彼女に見せた――薄緑色のもみ殻のような形の小さな葉っぱで、足の甲をつつむ靴下の間から入りこんだらしかった。

顔を真っ赤にして、アナベルは必死にハントの肩につかまっていた。広い肩はとてつもなく力強くて、上着の厚みを通しても、堅牢な骨や柔軟な筋肉の感触が手に伝わってくる。すっかりどきまぎして、森の真ん中に突っ立ってサイモン・ハントに足首を握られているという事実を、うまくのみこむことができない。

アナベルの恥じらいを見てとったハントは、ふいににやりと笑った。「靴下の中にまだ、このもみ殻のようなものが入っていますね。取ってさしあげましょうか？」

「早くしてください」アナベルは慌てて言った。「ケンダル卿が振り返って、あなたが私のスカートを持ち上げているのを見られたら困ります」

ハントは笑いをかみ殺してしゃがみこみ、尖ったシダの葉を靴下からていねいに取り除いた。その間アナベルは、ハントのうなじに目をやり、日に焼けた張りのある肌の上で漆黒の髪がカールしているさまをじっと見つめていた。

ハントはアナベルの履物を手に取り、大げさな身ぶりで彼女の足にはかせた。そして「もうだいじょうぶですよ、我が純真なるシンデレラ」と言いながら立ち上がった。ピンク色に染まったアナベルのほほを見つめる黒い瞳には、親しみと、茶化すような色が浮かんでいる。

「森の中を歩くのに、どうしてこんな靴をはいてきたんです？　アンクルブーツをはいてくるくらいの分別はあると思ってましたよ」

「アンクルブーツなど持ってませんから」散歩に合う靴すら選べないバカ娘のように言われたのが悔しくて、アナベルはつい本当のことを口走ってしまった。「これまではいていたのがボロボロになって、新しいのを買えないからです」

驚いたことに、ハントは事実を知ってもそれ以上からかおうとはせず、無表情にアナベルの顔をしばらくじっと見つめるだけだった。「連中に追いつかねばなりませんね」とハントは落ち着き払った声で言った。「見たこともないようなコケをいろいろ発見しているかもしれませんよ。あるいは、運が良ければマッシュルームも」

ハントの言葉に、アナベルの胸のつかえは取れた。「私は地衣類をもっと見てみたいわ」

ハントはかすかにほほ笑みを浮かべ、前方をさえぎる細長い木の枝をぽきりと折った。アナベルは果敢にそのあとを追い、スカートをつまみ上げて歩きながら、内心では屋敷のテラスで紅茶とビスケットでくつろぐほうがどんなに楽しいかしらと思っていた。やがてふたりは緩やかな斜面のてっぺんにたどりついた。見下ろすと、驚いたことにそこは一面に広がるツリガネソウの花畑だった。まるで夢の中に迷いこんでしまったようだ。オークやブナやトネリコの幹の間を縫うようにして、青紫色の花がかすみのように地面を覆っている。花の香があたりにたちこめ、アナベルはその芳醇《ほうじゅん》な香りを胸の奥まで吸いこんだ。

細い木の幹の隣で立ち止まり、そこに軽く腕をまわして、感動の面持ちで花畑を眺める。

「きれいだわ」とつぶやく彼女の輝くような顔に、頭上を覆う老木の枝々が影を落とした。

「ああ、きれいだ」とハントも言ったが、その視線の先にあるのはツリガネソウではなくて、アナベルの顔だった。ハントの表情をちらりと見ただけで、アナベルは血液が奔流となるのを感じた。今までにも、男性から感嘆のまなざしで見つめられたこともあるし、欲望に満ちた視線を向けられたこともある。だが、こんなふうに心乱されるほど真剣な目で見つめられたことはなかった……それはまるで、彼女の肉体以上のものを求めているようなまなざしだった。

アナベルは狼狽し、木の幹から離れてケンダルがいるほうに足を向けた。ちょうどケンダルはフィリッパと話をしており、取り巻き女性たちはあちらこちらに散らばって、抱えきれないほどのツリガネソウを摘んでいるところだった。誰も彼も花に群がり、その茎を踏み潰していることなどおかまいなしだ。

ケンダルは、アナベルが近づいていくとほっとしたような表情を浮かべ、さらに彼女が優しげにほほ笑んでいるのを見ると、ますます安心したようすになった。アナベルが気分を害したと思っていたのだろう。散歩に誘われておきながら、積極的なライバルの出現によってないがしろにされた女性なら、たいがい気分を害するものだ。だがほっとしたのもつかの間、ハントの姿を見るなり、ケンダルの表情は徐々に心もとなげなものに変わっていった。男ふたりは会釈を交わした。ハントは自信に満ちあふれ、ケンダルはどことなく警戒しているふうだ。「私たちの同行者は、まだほかにもいらしたようですね」ケンダルがつぶやくように言った。

アナベルはとっておきの笑顔で「ええ、もちろん」と言った。「だってあなたは『ハーメルンの笛吹き』ですもの。あなたが行くところへは、どこへでも人びとがついていくのでしょう」

ケンダルはアナベルのちょっとしたおだてに顔を赤らめ、つぶやいた。「ミス・ペイトン、散歩は楽しんでいただけてますか？」

「ええ、もちろんですわ。あいにく、尖ったシダの葉をうっかり踏んでしまいましたけれど」

フィリッパが心配そうな声を出した。「まあ……ケガをしたの、アナベル?」

「ううん、大したことはないの」アナベルはすぐに否定した。「一、二箇所、かすり傷ができただけ。それに全部私がいけないんだもの――ちゃんとした靴をはいてこなかったから」アナベルはケンダルのほうに足を出し、ほっそりとした足首が少しばかりのぞくようにして、きゃしゃな履物を見せた。

ケンダルは驚いて舌打ちした。「ミス・ペイトン、森の中を歩くときは、そのような履物ではなくてもっと頑丈な靴をはかなければだめですよ」

「本当におっしゃるとおりですわね」アナベルは肩をすくめ、ほほ笑みを絶やさぬよう努めた。「こんなに起伏の激しい道だとは思わなかったものですから。帰るときは、足元にもっと気をつけますわ。でも、あんなに美しいツリガネソウを見ることができたんですもの、尖ったシダの葉を踏んだくらいどうってことありませんわ」

するとケンダルはしゃがみこんで、花畑からはぐれて咲くツリガネソウを手折り、それをアナベルのボンネット帽のリボンのところに挿した。「あなたの青い瞳のほうがずっと美しいですよ」と言い、彼女の足首のほうに視線を落としたが、すでにスカートのすそで隠れてしまっていた。「帰り道は私の腕におつかまりなさい。また何かあったら大変ですからね」

「ありがとうございます」アナベルはうっとりとケンダルを見つめた。「途中で、シダについての説明を聞き逃してしまったようなんですの。たしか、ええと……チャセンシダでしたかしら？　私が特に気にいったのは……」

ケンダルは嬉々として、シダについてこれでもかというくらい詳しく説明しはじめた……しばらくしてから、ハントがいたほうにアナベルがちらりと視線を向けた頃には、彼はすでにいなくなっていた。

9

「ねえ、本当にやるの？」アナベルは情けない声で言った。残る三人の壁の花たちは、バスケットを手に、森へとつづく小道を意気揚々と歩いている。「ニッカーズ姿でラウンダーズをするなんて話、ただのおふざけだと思っていたわ」

「ボウマン家の人間は、ラウンダーズのことでふざけたりしないの。神を冒瀆《ぼうとく》するようなものだもの」デイジーが言った。

「あなただってゲームは好きでしょ、アナベル」リリアンが陽気に声をかけた。「ラウンダーズはなんてったって最高のゲームよ」

「私が好きなのはテーブルでやるゲームよ」アナベルはやり返した。「ちゃんと服を着てね」

「服を着てればいいってもんじゃないでしょ」デイジーがさらりと打ち消す。

アナベルは、友情のためには代償を払わねばならないということを学びつつあった。つまり、たとえそれが自分の意志に反することであっても、ときには仲間たちの意見に従わねばならないこともあるのだ。それでもやはり、今朝はこっそりエヴィーを説得して、自分の味方につけようとせずにはいられなかった。彼女が本気で、屋外でドロワーズ姿になるつもりだとは思えなかったのだ。たぶんエヴィーは、ボウマン姉妹の計画がどんなものかよく考えもせず、引っ込み思案を直す手段のひとつくらいに思って賛成したのだろう、アナベルはそう踏んでいた。ところがエヴィーの返事はこうだった。「わ、私は彼女たちみたいになりたいのよ。ふたりは、自由で、大胆で、何ものも恐れないわ」

エヴィーの必死な顔を見て、アナベルはあきらめて大きなため息をついた。「わかったわ。誰にも見られなければ、問題はないものね。でも、なんでこんなことしなくちゃならないのかしら」

「たぶん、お、おもしろいからじゃない?」アナベルがわざとらしくにらみつけると、エヴィーは笑った。

言うまでもなく、天は完璧にボウマン姉妹に味方し、空は青く澄みわたり、風はさわやかにそよいでいた。四人はバスケットを片手に切通しに沿って進み、真っ赤なモウセンゴケの花や鮮やかな紫スミレが咲き乱れる低湿地を通りすぎた。

「どこかに願いの泉がないかよく見ててね」リリアンが元気よく言った。「泉のところで、道の反対側に広がる湿地を横切れば、森に行けるんですって。丘のてっぺんに草原があるらしいの。そこなら誰も来ないだろうって召使が教えてくれたわ」

「ということは、上り坂になっているわけね」アナベルは指摘したが、別に恨んでいるふうではない。「ねえリリアン、その願いの泉ってどんなの? しっくい塗りの井戸で、ちゃんと手桶と滑車が付いているの?」

「いいえ、地面に大きな穴が開いて、泥水がたまっているだけらしいわ」

「あそこにあるわよ、ほら」デイジーが大声をあげ、茶色い水をたたえた穴のほうに駆け寄った。脇を流れる川から水が流れこんでいるらしい「みんな来てちょうだい。お願いしましょうよ。ちゃんと投げ入れるための針もあるし」

「どうして針が必要になるってわかったの？」リリアンがたずねた。

デイジーはいたずらっぽく笑って説明した。「あのね、昨日の午後、ママと年配のご婦人方と一緒にいたんだけど、みんなが縫い物をしている横で私はラウンダーズ用のボールを作ったの」デイジーはバスケットの中に手を入れて革のボールを取り出すと、高々と掲げてみせた。「これを作るのにヤギ革の手袋をひとつだめにしたんだから——本当に大変だったわ。とにかくね、私が中に毛糸の余りを詰めているのを、みんなじっと見ていたのだけど、とうとうひとりのご婦人がこらえきれずに、いったい何を作ってるのって聞いてきたのよ。もちろん、ラウンダーズのボールを作ってるんだとは言えないわ。きっとママはこれが何だかわかってたと思うけど、恥ずかしくて黙りこんじゃった。だから私、針山を作ってるんですわって答えたの」

四人はくすくす笑った。「きっとそのご婦人は、こんなにみっともない針山見たことないわって思ったでしょうね」リリアンが言った。

「ええ、絶対にそうよ。私のことを、かわいそうな子って思ったんじゃないかしら。針山に刺す針を何本かくれたあとで、アメリカ人の娘って不器用で生活に役立つ技術を何ひとつ身につけてやしないのね、とか何とかひそひそ声で話してたもの」デイジーはそう言うと、爪の先で革のボールから針を抜き取り、三人に渡した。

アナベルはバスケットを足元に置き、親指と人差指で針をつまむと目を閉じた。こういうとき、彼女はいつも同じお願いをすることにしている……どうか貴族と結婚できますように、と願うのだ。ところが今日は妙なことに、泉に針を投げ入れる瞬間にいつもと違う思いが脳裏をよぎった。

どうか誰かと恋に落ちますように。

アナベルは、自分勝手で気まぐれな願い事をしてしまったことに我ながらあぜんとし、せっかくの機会を、どうしてそんな無分別なお願いに使ってしまったのだろうと悔やんだ。

目を開けると、三人はまじめくさった顔で泉を見つめている。「間違ったお願いをしてしまったわ。もう一本針をちょうだい」アナベルは不機嫌に言った。

「だめよ。いったん針を投げ入れてしまったら、やり直しはできないわ」リリアンはとりつくしまもない。

「でも、あんなお願いするつもりじゃなかったのよ」アナベルは食い下がった。「たまたま頭に浮かんだだけで、本当の願い事とはまったく関係ないんだから」

「そんなわがまま言わないで、アナベル」エヴィーがなだめる。「い、泉の精を怒らせてはだめよ」

「泉の何ですって？」

エヴィーはいぶかしむアナベルにほほ笑んでみせた。「泉に住んでいる精霊よ。お、お願いをする相手のこと。精霊を怒らせたりしたら、願いを聞き入れてもらえる代わりにひどい代償を払わされるの。あるいは、泉の中に連れ去られて、せ、精霊の妻として一生そこで暮らさなければならなくなるのよ」

アナベルは茶色い水をじっと見つめ、姿の見えない精霊に声がちゃんと届くよう口の両脇に手を添えて叫んだ。「さっきの変なお願いは聞いてくれなくていいわよ！　撤回するわ！」

「精霊をからかうのはやめて、アナベル。それと、後生だから泉の端から下がってちょうだい！」デイジーが大声をあげた。

「迷信深いのね」アナベルは笑って言った。

デイジーはアナベルをにらみつけた。「ただの迷信だなんて思わないほうがいいわよ。いつか、ちょうど今のあなたみたいに泉の端に立っていた人に、とても恐ろしいことが起きたことがあるって聞いたわ」デイジーは目を閉じて意識を集中させ、自分の針を泉に投げこんだ。「これでいいでしょ。あなたのためにお願いをしてあげたわ——だからもう、ちゃんとお願いできなかったと文句を言う必要もないわ」

「私が何をお願いしたかったか、あなたにわかるわけ？」

「あなたのためになることをお願いしただけよ」

アナベルはわざとらしくため息をついてみせた。「別に、私のためになることなんて起きてほしくないわ」

悪意のない口論がつづき、ふたりはお互いのためにとあれこれ言い合っていたが、ついにリリアンが、いい加減にしてちょうだい、お願いができないじゃないのとたしなめた。ふたりはようやく静かになり、リリアンとエヴィーも泉に願をかけることができた。その後、四人は揃って湿地を横切り、森へと向かった。間もなく、太陽がさんさんとふりそそぎ、青々と輝く草原にたどりついた。オークの木立があって、そこだけが日陰になっている。アナベルは、さわやかで混じりけのない新鮮な空気に、幸せそうにため息を漏らした。「ここの空気はきれいすぎるわ」アナベルは茶目っ気を出して言った。「石炭の煙も、通りのちりも何も混ざってないなんて。ロンドンっ子には物足りないわ。息をした気にもなれやしない」

「それほどきれいでもないわよ」リリアンが返した。「ときどき、羊の匂いもほのかにただよってくるわ」

「本当?」アナベルはわざとらしく鼻をふんふん言わせた。「何も匂わないわよ」

「鼻が利かないいんじゃない?」

「え、何て言ったの?」アナベルは当惑気味にたずねた。

「ああ、匂いに敏感じゃないのねって言ったのよ。私はすごく敏感なの。並外れて鼻が利くのよ。香水なんて、成分を全部言い当てられるわ。音楽のコードを聴いて、どの音とどの音でできているか言い当てるようなものね。ニューヨークにいた頃は、父の工場で香り石けんの調合の手伝いまでしていたのよ」

「じゃあ、香水を作ることもできるの?」アナベルはうっとりした口調でたずねた。

「ええ、素晴らしいやつを作れると思うわ」リリアンは自信たっぷりに答えた。「でも、業界ではまともに扱ってもらえないでしょうね。アメリカ製の香水なんてロクなものだと思われないもの。それに私は女だから、鼻が良いなんて嘘じゃないかって言われるに決まってるわ」

「それは、男性のほうが嗅覚が優れているという意味？」

「そういうふうに言われてるという話」リリアンはうんざりした口調で言い、バスケットの中から勢いよくブランケットを取り出した。「男性の優位性についてはもう考えたくないわ。しばらく座ってひなたぼっこでもしましょうよ」

「日焼けしても知らないから」デイジーはほーっとため息をついてブランケットの隅に座りこんだ。「ママがヒスを起こすわよ」

「ヒスってなあに？」アナベルはアメリカ英語を珍しがってたずね、デイジーの隣に腰を下ろした。「お母様がヒスを起こしたら呼んでね――どんなものなのかぜひ見てみたいわ」

「ママはいつもヒスを起こしてるわ。心配しなくても、ハンプシャーを発つ頃にはあなたもヒスがどんなものかすっかりわかってるはずよ」

「こらっ。食事はゲームのあとよ」アナベルがバスケットのふたを開けるのを、リリアンが見咎めた。

「お腹ぺこぺこなのよ」アナベルは物欲しげに言い、バスケットの中をのぞきこんだ。バスケットには果物、チーズ、パテ、分厚いパン、さまざまな種類のサラダが詰められている。

「あなたったらいつもお腹を空かせているのね」デイジーが声をあげて笑った。「そんな小柄なのに、本当に食欲旺盛」

「私が小柄ですって？」アナベルはやり返した。「あなたが一五〇センチより一ミリでも大きかったら、そのバスケットを食べてあげるわ」

「じゃあ、今すぐにかじりついてもらいましょうか。私は一五二センチよ、おあいにくさま」

「私があなたなら、まだバスケットの持ち手には噛みつかないわよ、アナベル」リリアンがかすかにほほをゆるませて口を挟んだ。「デイジーは身長を測るときは必ず背伸びをするの。おかげでかわいそうな仕立て屋は、一〇着以上もドレスのすそを直すはめになったわ。愚かな我が妹が、自分がチビなのを認めないせいでね」

「私はチビじゃないわ」デイジーがぶつぶつ文句を言う。「チビな女性なんて、ミステリアスでも優雅でもないし、ハンサムな男性からも好かれないじゃない。それに、いつも子ども扱いされるのよ。だからチビなんていや」

「あなたは、たしかにミステリアスでも優雅でもないけど、とてもかわいいわ」エヴィーがなぐさめた。

「あなたっていい人ね、エヴィー」デイジーは腰を浮かせてバスケットに手を伸ばした。

「さあ、哀れなアナベルに食事をさせてあげましょうよ――お腹がぐーぐー鳴ってるのが聞こえるもの」

四人はしばし食事に没頭し、食べ終えるとブランケットにのんびり横になって、雲を眺めながらあれやこれやとおしゃべりした。たっぷりしゃべって話題もなくなった頃、小さなキタリスがオークの木立から姿をあらわし、四人のそばにやってきて、きらきらした黒い目でこちらをじっと見つめた。

「かわいい闖入者《ちんにゅうしゃ》だこと」アナベルは言い、そっとあくびをした。

エヴィーはうつぶせになって、リスのほうにパンくずを投げた。リスはその場で固まったままエサをじっと見つめ、怖がって動こうとしない。エヴィーは首をかしげた。すると彼女の赤毛は、まるでルビーでできた網でもかぶったように陽射しにきらきらと輝いた。「おいで」エヴィーは優しく話しかけ、臆病なリスのほうにまたパンくずを投げてやった。今度はもう少し近くに落ちたので、リスはしきりに尾を振っている。「怖くないわよ。ほーら、取ってごらん」リスをなだめるように声をかける。辛抱強く笑みを浮かべ、さらにパンくずを投げると、あと数センチというところに落ちた。「もう、リスちゃんったら、本当に怖がりね。誰もおまえをいじめないのがわからないの?」エヴィーはリスをたしなめている。

すると突然リスは行動に出て、パンくずをつかむなり尾を震わせて走り去っていった。エヴィーが得意げに笑みを浮かべて顔を上げると、ほかの三人が口をあんぐりと開けて彼女のことをじっと見つめていた。「ど、どうしたの?」エヴィーはきょとんとしてたずねた。

最初に声を発したのはアナベルだった。「たった今、リスに話しかけているときは、つっかえていなかったわ」

「そうなの」エヴィーはどぎまぎしたようすで、視線を落として顔をしかめた。「こ、子どもや動物に話しかけるときはだいじょうぶなの。どうしてだかわからないけど」

三人はしばらくエヴィーの妙な打ち明け話についてじっと考えた。「だから私に話しかけるときは、あまりつっかえないのね」デイジーが指摘した。

リリアンは口を挟まずにはいられない。「あらデイジー、それであなたはどっちなの、子ども、それとも動物？」

デイジーは手ぶりで姉にやり返したが、アナベルにはそれがどういう意味なのかさっぱりわからなかった。

アナベルは、吃音について医者に診てもらったことはあるのかとエヴィーにたずねようとしたが、ふいに話題を変えられてしまった。「ねえデイジー、ラ、ラウンダーズのボールはどこなの？　早くやらないと、眠っちゃいそう」

エヴィーがこの話題を避けようとしているのを察し、アナベルは彼女にならってデイジーを促すことにした。「そうよ、本当にやるつもりなら、さっさとやりましょうよ」

デイジーがバスケットの中に入れたボールを探す間に、リリアンは自分のバスケットからあるものを取り出し、気取った口調で言った。「私はこれを持ってきたの」

それを見たデイジーが嬉しそうに笑った。「本物のバットじゃないの！」大声をあげ、平べったいバットを感じ入ったようにながめている。「そのへんにある棒を代わりに使うことになるんだとばかり思っていたわ。ねえ、どこで手に入れたのよ、リリアン？」

「馬屋番の男の子から借りたの。暇ができるたびにこっそり遊んでいるらしいわよ——よっぽどラウンダーズが好きなのね」

「ラウンダーズが嫌いな人なんてこの世にいるわけがないわ！」デイジーは大げさに言うと、ドレスの前身ごろのボタンを外しはじめた。「今日は暖かいからよかったわね——このいまいましい重たいドレスを脱ぐことができると思うとほんとにせいせいするわ」

ボウマン姉妹は、屋外で服を脱ぐくらい何でもないらしく、さっさとドレスを脱いでいく。その横でアナベルとエヴィーは、顔を見合わせてしばらくもじもじしていた。

「あなたが先に脱いで」エヴィーが小声で言った。

「もう、なんてことかしら」アナベルは困りきったような声で言い、ドレスのボタンを外しはじめた。すると思いがけず羞恥心がわきおこり、赤面してしまった。だが、あの内気なエヴィーでさえ恥も外聞も捨てようというのだから、ここで臆病者になるわけにはいかなかった。アナベルはドレスのそでから腕を抜き、立ち上がって重たい布を足元にそのまま落とした。シュミーズにドロワーズにコルセット、そして薄い靴下に履物という姿になったアナベルは、汗ばんだわきの下を風になでられ、その心地よさに思わず身震いした。

ほかの三人も立ち上がってドレスを脱いだ。ドレスはまるで異国の大きな花のように、地面にこんもりと広がっている。

「ほら、いくわよ！」デイジーが投げてよこしたボールを、アナベルは反射的につかんでいた。四人は、ボールを投げあいながら揃って草原の真ん中まで向かった。エヴィーはボールを投げるのも取るのも下手くそだったが、不器用だからではなく、今までにやったことがないからだろう。アナベルはと言えば、しょっちゅう弟の遊び相手にされていたため、ボール投げのコツは心得ている。

重たいスカートに邪魔されずに外を歩くのは、なんとも奇妙で、それでいて軽やかな気分にさせられる。「男性の気持ちがよくわかったわ」アナベルは感心したように大声で言った。「ズボンだからあんなに自由にあちこち歩きまわれるのね。この軽やかさを知ったら、女性はみんなねたましく思うかもしれないわね」

「かもしれないですって?」リリアンが笑って反論する。「私は心から男性がねたましいわ。女性もズボンがはけたらどんなにすてきかしら」

「わ、私はいやだわ。恥ずかしくて死んでしまうかもしれない。だって、男性に見られてしまうのよ、脚の形とか……」エヴィーは口ごもった。女性の体のうち、口にするのがはばかられる部分をどうやって説明したらいいかと考えているのだろう。だが結局、こう言ってお茶をにごした。「……そのほかの部分を」

「まあアナベル、あなたのシュミーズったらボロボロじゃない」ふいにリリアンがぶしつけに言った。「新しい下着をさしあげることはさすがに思いつかなかったけど、気づくべきだったわね……」

アナベルはすぐに肩をすくめて返した。「気にしないで。誰かにこんな姿を見られることなんて、ほかにあるわけないいんだから」

デイジーが姉に向かって言った。「リリアン、私たちってどうしようもないくらい気が利かないわね。魔法使い選びについては、かわいそうなアナベルは貧乏くじを引かされたようなものだわ」

「何も文句は言ってないでしょ」アナベルは笑って言い返した。「それに、私たちは四人で一緒にカボチャの馬車に乗っているようなものじゃない」

しばらく練習をし、簡単にラウンダーズのルールについて話しあったのち、四人は空っぽのバスケットをサンクチュアリのポール代わりに地面に並べ、ゲームを開始した。まずはアナベルが、ホームに見立てた場所にきっちりと足を置く。

「私がボールを投げるから、リリアンが取ってね」デイジーが姉に指示した。

「何よ、私のほうが投げるのはうまいのに」リリアンはぶつぶつ文句を言いながらも、アナベルのうしろのほうに陣取った。

アナベルはバットを構え、デイジーが投げたボールに向かってスイングした。だがバットはボールに当たらず、きれいに弧を描いて空を切っただけだった。背後では、リリアンが巧みにボールをキャッチしている。「その調子よ。あとは、ボールが目の前に来たときに目をそらさないで」デイジーが助言した。

「物を投げつけられてじっと立っているなんて、今までやったことないもの」アナベルはバットを振った。「スイングはひとり何回までなの？」

「ラウンダーズでは、スイングの回数は決まってないの」背後からリリアンが説明した。

「もう一回やってみて、アナベル。今度は、ボールをミスター・ハントの鼻だと思ってやるといいわ」

アナベルはおもしろがってうなずいた。「どうせなら、もっと下のほうの出っ張ったところを想像しながらやってみるわ」デイジーがボールを投げ、アナベルはバットを振った。すると今回は、バットの平らな部分が小気味よい音をたててボールに当たった。デイジーが歓声をあげてボールを追いかけ、リリアンは大声で笑いながら「アナベル、走るのよ！」と叫んだ。

アナベルは高らかに笑い、バスケットを置いた外側をまわってホームを目指した。デイジーがボールを拾って投げ、リリアンがそれをキャッチする。

「アナベル、そのまま三つ目のバスケットのところにいて。次にエヴィーが打ったら、ホームに向かって走るのよ」リリアンが説明した。

エヴィーは緊張の面持ちだが、決心したようにバットを手にすると、ホームに立った。

「ボールをフローレンスおば様だと思って打つのよ」アナベルが励ますと、エヴィーは笑顔を浮かべた。

デイジーがゆっくりめに、楽な球を投げ、エヴィーが弱々しくバットを振る。空振りに終わり、ボールはリリアンの手の中に落ちた。リリアンはボールをデイジーに投げ返し、エヴィーの構え方について助言した。「足をもう少し離して、ひざをちょっと曲げたほうがいいわよ。そうそう。あとはボールをよく見ていれば、必ず打てるわ」

残念ながらエヴィーはそのあとも何度も何度も打ち損じ、ついには苛立ちのあまり顔を紅潮させるしまつだった。「む、難しすぎるわ」額にはじれたようにしわが寄っている。「このへんでやめにして、次の人に代わったほうがいいと思う」

「もう少しやってみなさいよ。みんな急いでないんですもの」アナベルは、エヴィーも一回くらいボールを打つべきだと思い、心配そうな声で勧めた。

「あきらめちゃだめよ！」デイジーも励ました。「力みすぎなのよ、エヴィー。もっとリラックスして——バットを振るときに目をつぶらないで」

「きっとできるわ」リリアンは絹のような黒髪をかきあげ、引き締まった細い腕を曲げたり伸ばしたりした。「あともう一歩だったじゃない。とにかく……ボールを……よく見るのよ！」

エヴィーはあきらめてため息をつき、バットをホームまで引きずっていって、あらためて構えた。青い目を細めてデイジーをじっと見つめ、ボールが来るのを緊張の面持ちで待つ。

「い、いいわよ」

デイジーが力強くボールを投げ、エヴィーが思いきってバットを振る。次の瞬間、バットがしっかりとボールをとらえるのを見たアナベルは、全身に快感が走るのを感じた。ボールは風を切り、なんとオークの木立のほうまで飛んでいった。四人は素晴らしい当たりに大騒ぎだった。エヴィーも、自分でやったことが信じられないというように、飛び跳ねて喜び、「やったわ、やったわよ！」と大声をあげている。

「バスケットのまわりを走って！」アナベルは叫びながらホームに駆けこんだ。エヴィーは大はしゃぎで、真っ白な下着姿でその場しのぎのグラウンドを一周した。エヴィーがホームに到着してからも、四人はまだ飛び跳ねたり、叫び声をあげたりしていた――特に意味などなかった。ただひたすら、自分たちが若く健康で、たった今ひとつのことを成し遂げることができたのが嬉しくてたまらなかった。

そのとき、黒っぽい姿が丘を駆け登ってくるのに気づいて、アナベルはふいに黙りこんだ――馬に乗った人間がひとり、いやふたり、こちらに近づいてくる。「誰か来るわ！　馬に乗った人がふたり。みんな急いで、ドレスを取ってくるのよ！」彼女が小声で警告すると、歓喜にわいていた三人も黙りこんだ。目を大きく見開いて顔を見合わせ、慌てて行動開始する。デイジーとエヴィーは金切り声をあげ、先ほどまでピクニックをしていた場所に駆け戻り、ドレスをつかんだ。

アナベルもそのあとを追ったが、背後で馬が歩を止める音が聞こえたので、立ち止まってくるりと振り返った。慎重に、自分たちにどんな危険が待ち受けているのだろうかと、馬に乗った人物の顔を確かめる。その顔を見た瞬間、アナベルは相手が誰であるかを知り、愕然《がくぜん》としておののいた。

それはウェストクリフ卿と……こともあろうに、サイモン・ハントだった。

10

アナベルは、ハントの仰天した顔を見たとたん、目をそらすことができなくなってしまった。まるで悪夢だわ――でも悪夢なら、目覚めた瞬間に、あんな恐ろしいことは現実には起きやしないのだとほっとすることができる。不利な立場に置かれているのが自分のほうでさえなければ、ハントが完全に口もきけない状態になっているのを見ておもしろがることもできたろう。目が合った瞬間のハントはまったく無表情で、アナベルがシュミーズとコルセットとドロワーズという姿で目の前に立っているという事実をのみこむことができないようだった。やがてハントはアナベルの全身にさっと目を走らせ、真っ赤になっている彼女の顔の上で視線を止めた。

さらに息苦しいほどの沈黙がしばらくつづいたのち、ハントはぐっと息をのみこんでから、かすれ声でたずねた。「聞くべきではないのかもしれないが、いったい何をしているんです？」

その声を耳にした瞬間、アナベルは我に返った。下着姿でその場に突っ立ってハントと話すのが得策ではないことくらいわかっている。だがアナベルにもプライド――あるいはその残骸——がある。エヴィーやデイジーのように悲鳴をあげてドレスのところに駆け寄るなんて、みっともないまねはできなかった。アナベルは折衷案を取ることにし、威勢よく大股に歩いていってドレスをつかみ、それを胸元に抱え、ふたたびハントと向き合った。そして「ラウンダーズをしていたんですわ」と答えたが、声はいつもよりも上ずっていた。

　ハントは周囲のようすをいったん見やり、あらためてアナベルに視線を戻した。「でもどうして——」

「スカートではまともに走ることもできませんから」アナベルはハントの言葉をさえぎって言った。「そのくらいすぐにわかりますでしょ」

　ハントは納得したように見えたが、さっと顔を横にそむける瞬間、その顔に急に笑みが広がったのをアナベルは見逃さなかった。「私はスカートをはいたことがないので、あなたの言葉を信じるしかありませんね」

　背後では、デイジーがリリアンを責めている。「この草原には誰も来ないって言ったわよね！」

「だってそう聞いたんだもの」リリアンが答えた。ドレスに脚を入れ、しゃがんで上に引き上げる途中だったため声がよく聞き取れない。

　それまで傍観者を演じていた伯爵が、必死に遠くの景色に視線をやりながら口を開いた。「ここに誰も来ないというのは本当ですよ、ミス・ボウマン。この草原には普段はめったに人が来ません」伯爵は、あくまで礼儀正しい口調を崩さずに言った。

「そう。だったら、どうしてあなたはここにいらっしゃるのかしら?」リリアンは咎めるように言った。まるで、ウェストクリフではなくて自分のほうがここの領主のような口ぶりだ。

リリアンの問いかけにウェストクリフは思わずくるりと振り返った。信じられないという面持ちでリリアンを一瞬見つめたあと、すぐにまた視線をそらす。「我々がここに来たのは、まったくの偶然だ」ウェストクリフは冷たく言い放った。「今日は、我が領地の北西部を見て回りたい、そう思ったのです」ウェストクリフは、「我が」というところをわずかに、だがはっきりと強調した。「ミスター・ハントと馬を走らせていたところ、叫び声が聞こえてきました。それで我々は、ようすを見にいったほうがいいと判断し、必要とあらば叫び声の主を助けるつもりでここまでやって来た。まさか、あなた方がこの草原で……その何とかいう……」

「ニッカーズ着用式ラウンダーズですわ」リリアンがそでに腕を通しながら助け舟を出した。

ウェストクリフは、わざわざリリアンの言ったふざけたフレーズを繰り返すつもりなどないようだ。すぐさま馬を回れ右させ、肩越しに言い放った。「私はこれから五分後に記憶喪失になるつもりです。ただしその前に、屋外で服を脱ぐなどということは今後いっさいなさらないよう、あなた方に忠告しておきましょう。今度誰かが通りがかったら、ミスター・ハントや私のように無関心な人間ばかりとは限りませんからね」

アナベルは悔しくて仕方がなかったが、鼻を鳴らして抗議したくなるのを必死の思いでこらえた。ウェストクリフはもちろん、ハントが無関心だったなどという言い分には我慢がならない。ハントに至っては、思う存分に彼女の下着姿を見たに違いなかった。それにウェストクリフだって、ハントに比べればずっと控えめではあったものの、馬の向きを変える前にリリアンの姿をしっかり見たのは疑いようもない。とはいえ、まだ下着姿のままなので、聖人ぶったウェストクリフをへこませるには良いタイミングとは思えなかった。

「ありがとうございます、伯爵」アナベルは穏やかな声音を作ることに成功して、内心、大いに気をよくした。「せっかく貴重なご忠告もちょうだいしたことですし、身だしなみを整えたいので、あとは私たちだけにしていただけますでしょうか」

「いいですとも」ウェストクリフは憮然《ぶぜん》として言った。

ハントは馬で走り去る前に、胸元にドレスを押しつけて立ちつくすアナベルのほうを、しっかり振り返っていった。いかにも落ち着き払ったようすだが、その顔は上気しているように見えた……そして、黒い瞳には間違いなく、飢えたような色が浮かんでいた。アナベルは、冷静をよそおい、さりげなくハントを見返してやりたかった。だが実際には、どぎまぎして顔を赤らめ、完全にうろたえてしまった。ハントは何か言いかけそうになったのを思いなおし、自嘲気味に笑って口の中で何事かつぶやいた。ハントの馬がもどかしそうにその場で足を踏み鳴らしていななき、くるりと回れ右をする。ハントはそのまま、すでに草原のずっと先のほうまで行ってしまったウェストクリフのあとを全速力で追っていった。

アナベルが屈辱感に震えながら振り向くと、リリアンは上気してはいたものの、あっぱれなほど落ち着き払ったようすだった。「まったく、よりによって、あのふたりに見られるなんて」アナベルはうんざりして言った。

「あの傲慢ぶりは見習うべきね」リリアンが皮肉めいた口調で言った。「身につけるまでには何年もかかるでしょうけど」

「どっちのことを言っているの？　……ミスター・ハント、それともウェストクリフ卿？」

「どっちもよ。伯爵のほうがミスター・ハントに若干勝っていたけど――あれはまさに離れ業ね」

アナベルとリリアンは、馬で去っていった闖入者たちのほうに揃って侮蔑のまなざしを向け、顔を見合わせた。ふいにアナベルは、我慢しきれないというように声をあげて笑いだした。「でも、ふたりとも、びっくりしていたわね」

「私たちほどではないでしょ。問題は、今度会ったときにどんな顔をすればいいかだわ」

「あっちこそ、どんな顔をすればいいか困っているでしょうよ。私たちは気にする必要なんかないわ。闖入者は向こうなんだもの！」

「それはそうだけど……」リリアンは反論しようとしたが、ピクニックをしていたほうから激しくむせるような声が聞こえてくるのに気づいてやめた。エヴィーがブランケットの上につっぷし、デイジーは腰に両手を当てて突っ立っている。

アナベルはふたりに駆け寄り、驚いてデイジーに問いただした。「どうしたのよ？」

「よほど恥ずかしかったんでしょう。発作を起こしているのよ」

エヴィーはブランケットの上で身もだえしていた。ハンカチで顔を隠しているものの、片方の耳が見えており、ビートの酢漬けのように真っ赤になっているのがわかる。笑うのをやめようとしても、いっそうひどくなるばかりで、ついには苦しそうにあえぐしまつだった。それでもなんとか、二言三言口にした。「ラウンダーズを初体験するなりこれだもの、わ、笑っちゃうわ!」エヴィーはどうかしてしまったかのように笑いつづけ、あとの三人はただ突っ立って見ているばかりだった。

デイジーはアナベルのほうを向くと、意味深な笑みを浮かべて言った。「あれが、例のヒスっていうやつよ」

ハントとウェストクリフは全速力で馬を走らせ、草原をあとにすると、森に入ったところで歩をゆるめ、木々の間をぬうようにして曲がりくねった小道を進んだ。それから丸々二分もたってからようやく、ふたりは口を開く気になった——いや、もっと正確に言えば、口を開くことができるようになった。アナベルの姿を思い出すと、ハントは目がくらむような思いがした。何回も洗濯したせいで縮んでしまった古い下着に隠された、引き締まった、はちきれんばかりの胸の丸みを思い出してみる。ふたりのときにあのような状況にならなくて本当によかった。ハントは胸をなでおろした。もしもふたりっきりだったら、何かとてつもなく野蛮なことをせずにはいられなかっただろう。

今まで生きてきて、アナベルが下着姿で草原にたたずむ姿を見たときほど強烈な渇望を感じたことは一度もなかった。あの瞬間、馬からおりてアナベルを胸に抱き、柔らかな芝生の草むらに連れ去りたい猛烈な衝動に駆られてしまった。彼女の官能的な肉体、クリーム色とピンク色が混じりあったなめらかな肌、そして陽射しを浴びて黄金色に輝く茶色い髪——あれほどまでに人を惑溺させるものはないだろう。アナベルは恥ずかしさで全身を真っ赤に染めていた。彼女のボロボロの下着を口と手ではぎとり、頭のてっぺんから足のつま先までキスをして、そして甘く柔らかな彼女の——。

「いい加減にしろ」ハントはひとりつぶやいた。体中の血が熱く煮えたぎって、血管の内側をやけどしそうだ。アナベルのことを考えるのは今すぐにやめたほうがいい。さもないと、耐えがたいほどの欲望に、おちおち馬にも乗っていられなくなりそうだった。情欲を何とか抑えつけ、ウェストクリフを見やると、何やら思案するような表情を浮かべている。ウェストクリフがそんなふうにじっと何かを考えるのはめったにないことだった。

ふたりが知り合ったのは五年ほど前、共通の知り合いである革新派の政治家が催した晩餐会でのことだった。ウェストクリフは父親を亡くして爵位を継いだばかりで、これから家業にもその手腕を振るおうとしているところだった。ウェストクリフ家の資産状況は、一見安定しているように見えながら現実はそうではなかった。帳簿を調べてみて、損失がつづいているのを危惧した新ウェストクリフ伯爵は、抜本的な改革が必要だと判断した。ほかの貴族たちのように、病に侵されている人間のようなものだ。見た目は健康そうでも、実は不治の減る一方の財産をただ漫然と管理するばかりではいけないと思った。世に出回っている読み物の中では、貴族たちはみなギャンブルで富を失いつつあるかのように描かれていたが、実際には誰もがそこまで向こうみずだったわけではない。単に資産管理の才能がないだけだった。おざなりに投資し、古くさい観念に縛られ、資産運用の失敗を繰り返すうちに、彼らの財産は徐々にむしばまれていった。それと同時に、新たに台頭してきた職業人たちが、上流社会に進出し始めていた。科学や産業の発達が新興経済にもたらす影響を無視した人びとはみな、慌てて気づいたときには時代の流れから取り残されていることになるだろう。ウェストクリフは、そうした愚かな貴族のひとりになるつもりはなかった。

ふたりが友情を築いた当初は、確かに、お互いに欲しいものを手に入れるために相手を利用してやろうという気持ちがあった。ウェストクリフはハントに備わった資産運用の技術を盗みたいと考え、一方のハントは特権階級への仲間入りを果たすためのとっかかりをウェストクリフに求めていた。だがお互いのことを深く知るようになるにつれて、さまざまな共通点があることが明らかになっていった。たとえば、ふたりはともに乗馬と狩猟が得意だ。あり余るエネルギーを発散するために、しばしば激しい運動をする必要があったからだ。また、バカ正直なところも似ていた。ただ、ウェストクリフは、歯に衣着せぬ物言いでも人を不快にさせないだけの礼儀正しさを身につけていた。それから、何時間も座って詩を詠んだりロマンチックに語り合ったりといったことができないのも、同じだった。それよりも、明白な事実や具体的な問題について話し合ったり、現在もしくは未来の事業計画について熱い議論を戦わせたりするほうが好きだった。

やがてハントは、ストーニー・クロス・パークに定期的に滞在し、ウェストクリフのロンドンの屋敷であるマースデン・テラスにもしばしば訪れるようになった。おかげでウェストクリフの友人たちにも、徐々に仲間として受け入れられるようになっていった。ウェストクリフの親友で平民なのが自分だけではないのは、ハントにとっては嬉しい驚きだった。どうやらウェストクリフは、そこらの貴族と違って自分の領地の外にも目を向けることができる人間、つまり、より広い視野を持った人間とのつきあいのほうが大切だと思っているようだ。事実、可能であれば爵位を放棄したいと言うことさえあった。世襲貴族などという考え方を支持していないのだ。ウェストクリフが心の底からそのように考えているのは間違いない。だが彼には一生わからないだろう——ありとあらゆる権利も一族縁者に対する扶養義務も含めた貴族の特権は、もともと彼という人間の一部なのだ。英国で最も由緒正しく、最も敬われるべき伯爵家の爵位継承者であるマーカス・ウェストクリフ卿は、義務と伝統を重んじなければならない人間として生まれてきたのだ。実際ウェストクリフは、緻密な計画の下に秩序立った人生を送っていた。ハントは、彼ほど厳しく自分を律することができる人間は今までに見たことがなかった。

だが今このときばかりは、いつも冷静なウェストクリフが、状況が状況とはいえずいぶんと当惑しているように見える。

「何ということだ」ウェストクリフがようやく口を開いた。「あの姉妹の父親とは、仕事でつきあうこともあるというのに。トーマス・ボウマンに会うたびに、彼の娘の下着姿を見たことを思い出すはめになるのか？」

「娘たちだろう。姉妹はふたりともあそこにいたからな」ハントが訂正した。

「背の高いほうしか気づかなかった」

「リリアンか？」

「ああ、そっちだ」ウェストクリフは眉根を寄せている。「まったく、あれでは四人とも独身で当然だろうな！　アメリカ人の水準に照らしあわせても野蛮人としか言いようがない。それに、あの女の口ぶりときたら。まるでこの私が彼女たちのふしだらな遊びを目にしてまごついたような言い方をするとは——」

「ウェストクリフ、何もそこまでしゃちほこばることはないだろう」ハントは伯爵が怒り狂うのをおもしろがりつつ、口を挟んだ。「無垢な乙女たちが草原でやんちゃに騒いでいたくらいで、現代文明が終焉《しゅうえん》を迎えるわけじゃなし。それに、あれが村の女の子だったら、何とも思わないんだろう？　いやむしろ、一緒に楽しく遊んだだろうな。何しろ君は、パーティーや舞踏会場で恋人たちと——」

「だがあの四人は村から来たわけではない、そうだろう？　れっきとした若いレディなんだぞ——いや、少なくともそういうふうに称されている。いったいぜんたい、壁の花が揃いも揃ってあんなことをするなんてどういうつもりだ」

ハントは、ウェストクリフの困惑した口調に笑みをもらした。「私が思うに、あの四人はお互いにまだ独身だからということで手を結んだんではないかな。今までは社交シーズン中に会話もしなかったのが、急に仲良くなったようだから」

「いったい何のために?」伯爵はまったく思い当たらないようだ。

「たぶん、シーズンをもっと楽しむためだろう」ハントは、ウェストクリフが四人の行動にしつこく異議を唱えるのがおかしくてならなかった。伯爵はリリアン・ボウマンのことがとりわけ気になって仕方がないらしい。じつに珍しいことだった。伯爵は女性を軽くあしらうのが上手い。ハントの知るかぎり、彼はベッドの中でも外でも大勢の女性から言い寄られているにもかかわらず、いつでも超然としていた——今までは。

「だったら、ししゅうなり何なり、まともなレディならいくらでも楽しみがあるだろう」ウェストクリフは憮然として言った。「せめて、田舎の草原を裸で走り回る以外の趣味を見つけてほしいものだ」

「おい、四人は裸じゃなかったぞ。残念ながら」ハントは指摘した。

「そこまで言われては黙っておれん。君も知ってのとおり、私は乞われてもいないのに人に忠告するような人間ではないが——」

ハントは大笑いした。「よせよ、ウェストクリフ、君が何かについて人にいっさい忠告をしない日なんて一日たりともないだろう」

「私は本当に必要なときにしか忠告などしないぞ」伯爵は顔をしかめた。

ハントは皮肉めいた視線をウェストクリフに向けた。「だったら聞かせてもらおうか。私がそいつを必要としていようがいまいが、君は言うつもりらしいから」

「ミス・ペイトンのことだ。君もバカではないなら、彼女に対する気持ちはすべて忘れたほうがいい。あれは浅はかな女だ。あれほど自分のことしか考えない人間は見たことがない。確かに見た目は美しい、それは認めよう……だが私に言わせれば、あの仮面を脱げば、その下には何ひとつ評価できるようなものはない。どうやら君は、彼女がケンダルをものにすることができなかったら、彼女を自分の愛人にしようと考えているようだがな。私は、それはやめておけと忠告するよ。君にはもっとふさわしい女性がいるはずだ」

ハントはしばらく何も答えなかった。アナベルに対するハントの気持ちは、じつに複雑なものだった。アナベルを美しいと思い、好ましく思っているのに、彼女が別の男の愛人になったとしてもそれを非難する権利を持たない自分。それでいて、彼女がホッジハムをベッドに連れこんだかもしれないと思うと、嫉妬と怒りがないまぜになって、我ながらあきれ返ってしまう。

アナベルがホッジハムの秘密の愛人になったという噂をバーディック卿から聞かされて以来、ハントは事の真相を確かめずにはいられなくなってしまった。そこで父親に頼んで店の帳簿を見てもらい、ペイトン家のツケを代わりに払った人間がいないかどうか調べた。すると思ったとおり、ホッジハム卿が時おり立て替えているということだった。もちろん、それだけでは確実な証拠とは言えないが、噂の信憑性《しんぴょうせい》が高まったのは事実だ。それに昨日の朝のアナベルのあいまいな口ぶりからも、噂を否定できるような材料はいっさい得られなかった。

ペイトン家の窮状は明らかだった……だが、アナベルがホッジハムのような老いぼれのおしゃべり男に助けを求めるのはどうも解せない。とはいえ、人生のじつにさまざまな局面で人が何かを決断するとき、その何かが良いものであれ悪いものであれ、鍵を握るのはタイミングだ。おそらくホッジハムは、アナベルが気弱になっているところにまんまとつけこんだのだろう。だからアナベルは、ペイトン家に必要な金と引き換えに、あの老いぼれ野郎が欲しがっているものを与えることにしたのだろう。

彼女は、アンクルブーツを持っていないと言っていた。まったく何ということだ。ホッジハムときたらとんでもないしみったれだ。新しいドレスを数着与えただけで、まともな靴も買ってやらず、ボロ布同然の下着を着せておくとは。アナベルが誰かの愛人になるというのなら、自分の愛人になれば、少なくともそれにふさわしい見返りを得られるというのに。だが、今はまだ彼女に直接切り出すのは時期尚早だ。彼女がケンダル卿誘惑作戦に必死になっている間は、じっと待つべきだろう。その間は、作戦の邪魔をするつもりもない。ただし、失敗に終わったあかつきには、ホッジハムごときとの秘密の関係よりもずっと望ましい条件で、彼女に話を持ちかけるつもりだ。

ハントはアナベルが裸で自分のベッドに横たわる姿を想像してムラムラしてしまい、慌ててウェストクリフとの会話に戻った。「私がミス・ペイトンに関心を持っているなんて、どこから思いついたのかな?」ハントはさりげなく聞いてみた。

「彼女の下着姿を目にしたとたん、ほとんど馬から転げ落ちそうになっただろう」

ハントは渋々笑みを浮かべた。「表向きはどう見えようと、実際は彼女のことなど気にしてないよ」

「いいや、気にしているはずだ」ウェストクリフは断言した。「だが、あれは私の知るかぎり世界一自己中心的な女だ」

「おいおい、ウェストクリフ。何につけ、君だって判断を誤ることはあるだろう?」

ウェストクリフは、ハントのせりふに当惑した表情を浮かべた。「いいや、一度もないぞ」

ハントはやれやれという感じで首を振り、弱々しい笑みを浮かべると、ふたたび馬を走らせた。

11

四人で屋敷のほうに戻る道すがら、アナベルは足首に妙な痛みを感じはじめていた。ラウンダーズをやっている最中にひねったのだろうが、まるで覚えがなかった。深くため息をついて、バスケットを持ち上げ、リリアンに遅れを取るまいと早足になる。リリアンはぼんやりと考え事をしているようだ。デイジーとエヴィーは数メートルうしろを歩いており、何やら熱心に話し合っている。

「何を心配しているの？」アナベルはそっとリリアンにたずねた。

「伯爵とミスター・ハントのこと……ふたりは、さっきのことを誰かに話すと思う？　もしそんなことされたら、私たちの評判はがた落ちよ」

「ウェストクリフ卿は話さないでしょうね」アナベルはしばし考えてから答えた。「記憶喪失になると言っていたから信じていいと思うわ。それに伯爵は、ゴシップ好きではなさそうだから」

「ミスター・ハントはどうかしら」

アナベルは眉根を寄せた。「わからない。黙ってるとは言わなかったものね。でも、黙っているこことで何かを得られるとわかれば、口をつぐむんじゃないかしら」

「だったら、あなたが聞いてみてよ。今夜の舞踏会でミスター・ハントを見かけたら、すぐに話しかけて、ラウンダーズのことを誰にも言わないと約束させてちょうだい」

その晩開かれる舞踏会のことを思い出して、アナベルは不満の声を漏らした。先ほどのような出来事のあとでハントに向き合うなど、まず不可能――いや、絶対にできっこない。とはいえ、リリアンの言い分は正しい――ハントが黙っているという保証はないのだ。うまくやれる自信はないが、やはりハントと取り引きするしかないだろう。「でも、どうして私なの？」答えはわかっているはずなのに、なぜかたずねずにはいられなかった。

「だって、ミスター・ハントはあなたのことが好きでしょ。そんなこと、みんな知ってるわ。あなたがお願いしたほうが、言うことを聞いてくれると思う」

「彼はただでは何もしない人よ」アナベルはつぶやきながら、足首の痛みがひどくなるのを実感していた。「彼が私に、何かおかしなことを要求してきたらどうするの？」

リリアンは申し訳なさそうに黙っていたが、やがて口を開いた。「何かエサを与えないといけないかもしれないわね」

「エサって何よ？」アナベルはいぶかしむようにたずねた。

「そうね、キスでもさせてあげたらどう？　それで彼が黙ってくれるのならね」

アナベルは、リリアンがそのようなことを無造作に言うのに驚き、きつい口調で言い返した。「何てこと言うのよ、リリアン！　そんなことできっこないわ！」

「どうしてできないの？　男の人とキスしたことくらいあるでしょう？」

「それは、あるけれど――」

「唇なんてみんな同じよ。誰にも見られないように注意して、さっと済ませればいいじゃない。そうすればミスター・ハントも満足して、私たちの秘密は守られるわ」

アナベルはかぶりを振り、押し殺したような笑いを漏らした。ハントとキスをすると思っただけで、心臓が激しく鼓動を打つ。数年前の、パノラマ館での秘密のキスを思い出さずにはいられない。めくるめくような感覚に、体を震わせ、言葉を発することすらできなかったときのことを。

「とにかく、見返りはキスだけだとしっかりわからせるのが大切よ」とリリアンは言葉を継いだ。「それと、一回きりだってこともはっきりさせるのね」

「水を差すようで悪いけど……まるで腐った魚みたいに最低な作戦ね。唇なんてみんな同じだなんて、相手がハントなら話は別でしょう！　それに彼は、キスごときでは決して満足しないわ。私はそれ以上のものを彼に与えるつもりはないわよ」

「そんなにミスター・ハントのことが嫌いなの？」リリアンはつまらなそうに言った。「別に悪い人じゃないじゃない。ハンサムと言ってもいいと思うわ」

「あんなしゃくに障る人、まともに顔なんか見たことないわ。確かに彼は――」アナベルは当惑したように黙りこみ、不本意ながらあらためてよく考えてみた。

客観的に見てみれば――ハントのことを主観を交えずに見ることなどできそうにもないが

——確かに彼は、外見は優れている。「ハンサム」という形容詞は普通、ほっそりと優雅でで、ほっそりと優雅で彫りの深い顔立ちに使われる。だがハントの顔立ちは、力強さと鋭さを感じさせるもので、黒い瞳は不敵に輝き、鼻はいかにも男性的に骨ばっていて、大きな口には常に不遜な笑みが浮かんでいる。あの人並みはずれた背の高さやたくましい筋肉も、そうした容貌にぴったりで、彼を創造するにあたって神はいっさい手を抜かなかったのだろうと思われるほどだ。

初めて会ったときから、アナベルはハントの前に出るたびに狼狽する自分に気がついていた。ハントは常に身だしなみがよく、自制心を失うことなどないように見える。だが実際には、渋々まわりに合わせているだけに決まっている。私にはわかるわ——あの仮面の下には、危険なほどの情熱と、おそらくは残忍ささえも隠されているのよ。ハントは、決して誰かの言うことを聞くような人間じゃないわ。

アナベルは、ハントの浅黒い顔が近づいてきて、熱い唇が押しつけられ、抱きしめられるところを想像しようとした……以前とやり方はまったく同じだが、今回は自分から進んでその状況に持っていくことになる。ハントもしょせんひとりの男性にすぎないのよ、とアナベルはいらいらと自分に言い聞かせた。それにキスなんて一瞬で終わる。だが、キスをしている間は、ハントと親密な関係になるということだ。これからは、会うたびにハントはほくそ笑んでみせることだろう。そんなのは耐えられそうになかった。

アナベルは、ラウンダーズのバットでぶたれたような痛みをふいに覚え、額を手でなでた。

「さっきのことはすべて忘れて、ハントに黙っているくらいの分別があることを期待してはだめかしら」

「ああそうね、それがいいわ」リリアンは皮肉たっぷりに返した。「ミスター・ハントは、しょっちゅう分別という言葉で語られる人だもの。いいじゃない、幸運を祈りながら待つとしましょう……ただし、あなたがそういうどっちつかずな状態に耐えることができるならね」

　アナベルはこめかみのあたりを押さえ、うんざりしたような声で言った。「わかったわ。今夜、彼に話しかけてみる。それから……」アナベルはちゅうちょするように、しばらく黙りこんだ。「それから、必要なら彼にキスするわ。でも、このお返しは、あなたにいただいたドレスくらいじゃ足りませんからね！」

　リリアンは満足げに口元をゆるめた。「だいじょうぶ、あなたならミスター・ハントとちゃんと交渉できるわ」

　屋敷についたところで友人たちと別れたアナベルは、夜の舞踏会までに気持ちを落ち着かせるため、部屋で一眠りすることにした。フィリッパは階下の談話室でほかの婦人方と一緒に紅茶でも飲んでいるらしく、部屋にはいなかった。アナベルはほっとした。フィリッパのわずらわしい質問に答えずに、さっさと服を脱いで体を清めることができる。フィリッパは親としては愛情深く寛容なほうだが、娘がボウマン姉妹と一緒に草原でとんでもないことをしでかしたと聞いたら、いい顔はしないだろう。

　きれいな下着に着替えたあと、アナベルはきちんとアイロンがかけられた寝具の中に潜りこんだ。だが腹立たしいことに、足首がしくしくと痛んで眠ることができない。疲れと苛立ちにうんざりしながら、呼び鈴を鳴らしてメイドに冷たい足湯を持ってこさせて、三〇分ばかり座ってそこに足を浸した。足首は見た目にもわかるほど腫《は》れていて、アナベルは、今日という日は本当についていないわとむっつりと思った。足湯をすませると、あまりの痛みに毒づきながら青白く腫れた足に新しい靴下をはき、のろのろと舞踏会用のドレスを着た。再度呼び鈴を鳴らしてメイドを呼び、コルセットと、黄色のシルクドレスのうしろのボタンを締めてもらう。

「あの、お嬢様」メイドは、アナベルのこわばった顔を心配そうに目を細めて見つめながらそっと声をかけた。「ご気分がお悪いようですが……何かお薬をお持ちいたしましょうか？メイド長が、月の障りによく効く薬を持っておりますので――」

「いいえ、そうじゃないの。足首が痛いだけ」アナベルは弱々しく笑みを浮かべた。

「では、柳の樹皮のお茶をお持ちいたしましょうか？」メイドはドレスの背中のボタンを留めた。「すぐに下におりて用意してまいります。そうすれば、お髪を整える間に飲むことができます」

「そうね、お願いするわ」メイドの器用な指がドレスのボタンを留める間、アナベルはじっと立っていたが、着替えが済むなり化粧台の前の椅子にほっとしたように座りこんだ。クイーンアン様式の優美な鏡をのぞきこみ、張りつめたような自分の顔をじっと見つめる。「いったいいつ足をひねったのかしら。そんなドジじゃないのに」

メイドは、アナベルのドレスのそでを飾る金色のチュールをふくらますようにつまんだ。

「すぐにお茶の用意をしてまいります。飲めばご気分もよくなるでしょう」

メイドが下がるとすぐにフィリッパが部屋に戻ってきた。黄色の舞踏会用ドレスを見てほほ笑み、アナベルの背後に立って、鏡の中で目を合わせる。「とてもきれいよ、アナベル」

「でも何だか調子が悪くて」アナベルは顔をゆがめて打ち明けた。「昼間、壁の花たちと散歩をしている途中で、足首をひねったらしいわ」

「まぁ、自分たちのことをそんなふうに呼んでいるの?」フィリッパはうろたえている。

「もっとかわいらしい名前を考えなければ――」

「でも、お似合いでしょう」アナベルはにんまりと笑った。「お望みなら、もっと皮肉っぽく言ってあげてもいいわ」

フィリッパはため息をついた。「私は皮肉で応酬する気力はもうありませんよ。あなたがそうやって必死に何かをたくらんでいる姿を見るのはたまらないわ。同じような境遇の娘さんたちは、もっと気楽にやっているというのに。あなたはお友だちのドレスを借りて、重い責任をしょってるなんて……お父様さえ亡くなってらっしゃらなければ、少しばかりの財産さえあればと、いったい何度思ったことかしら……」

アナベルは肩をすくめた。「お母様、それではまるで、『かぶらを腕時計と呼べるなら、私だって持てるのに』というマザーグーズの詩みたいだわ」

フィリッパは娘の髪をそっとなでた。「今夜は部屋で休んでらっしゃいな。本を読んで聞かせてあげるから、あなたは横になって足首を労《いたわ》るといいわ」

「そんなふうに、そそのかさないで」アナベルは思いやりを込めて言った。「そうしたいのはやまやまだけど――今夜は部屋で休んでいるわけにはいかないわ。ケンダル卿の気を引くチャンスを一度たりとも逃したくないもの」それにハントと交渉しなくてはならないし――アナベルはうつろな気持ちで思った。

アナベルは柳の樹皮のお茶を大きなカップで飲み干すと、意を決して階下に向かった。足首の腫れはひかなかった。大食堂に通される前に、リリアンと言葉を交わす機会があった。リリアンは、陽射しを浴びたせいでほほがピンク色に染まって輝いており、茶色の瞳がロウソクの炎に照らされてベルベットのような光を帯びていた。「今のところ、ウェストクリフ卿は壁の花を無視しようと懸命よ」リリアンはにやりとしながら報告した。「あなたの言ったとおりね――あちらはまったく心配無用。あとはミスター・ハントだけだわ」「彼についても心配することはないわ」アナベルは頑として言い放った。「昼間、約束したでしょう。話をつけておくわ」

リリアンは安心したように笑みを浮かべた。「いい子ね、アナベル」

晩餐会のテーブルにつくと、アナベルはケンダル卿の席が近くなのに気づいてまごついた。別の時だったらこの嬉しい偶然に感謝しただろうが、今夜は体調が思わしくない。足首の痛みと頭痛を抱えながら、気の利いた会話などできるわけがなかった。しかもハントが、こちらがいらいらするほど落ち着き払ったようすで、ほとんど真正面の席についているのだ。最悪なことに、吐き気がしてせっかくのごちそうを堪能することもできない。いつもの旺盛な食欲はどこへいったのやら、アナベルは目の前の皿に乗った料理を大儀そうにつつくばかりだった。顔を上げるたびに、狡猾そうにじっと見つめてくるハントの視線に出くわし、そのうち何か当てこすりでも言われるかもしれないと身構える。だが幸いなことに、食事中ハントは当たり障りのないことを二言三言話しかけてきただけで、何とか乗りきることができた。

晩餐会が終わる頃、舞踏室のほうから音楽が聞こえてきて、アナベルはもうすぐ舞踏会が始まるのだと思ってほっとした。これでようやく、壁の花たちと気楽に並んで座り、ほかの人たちが踊るのを見ながら足を休ませることができる。アナベルは、昼間陽射しを浴びすぎたからこんなふうに頭がもうろうとして、足首が痛むのだろうと思った。だがリリアンとデイジーは、見たこともないくらい元気いっぱいで健康そうだ。それに引きかえ、かわいそうにエヴィーはおばから叱られたそうで、すっかりしょげ返っている。「日光を浴びるとそばかすが増えるんですって」デイジーがぽつりと言った。「フローレンスおば様に、私たちと出かけたせいでヒョウみたいにぶちだらけになったんだから、元どおりになるまで一緒に遊んではだめだって言われたらしいわ」

アナベルは、エヴィーに同情して思わず眉根を寄せた。「本当に意地悪なおば様ね。きっと、エヴィーをいじめるのが生きがいなんだわ」

「しかもいじめるのがすごく上手」デイジーはうなずき、ふいにアナベルの肩越しにあるものを発見し、目を真ん丸にした。「まずいわ、ミスター・ハントがこっちに来るわよ。なんだか私、とてものどが渇いたから、飲み物のテーブルのほうに行くわね。あなたたちふたりは、その ぅ……」

「リリアンに聞いたのね」アナベルはキッとして言った。

「そうなの。リリアンもエヴィーも私も、あなたが私たちのために犠牲になってくれると聞いて、心から感謝しているわ」

「犠牲ねぇ」アナベルはおうむ返しに言い、その言葉の響きにうんざりした。「ずいぶん大げさじゃない？　リリアンは、唇なんてみんな同じといばっていたわよ」

「へえ、あなたにはそんなふうに言ったの」デイジーはいたずらっぽく返した。「私とエヴィーには、ミスター・ハントのような男性とキスをする羽目になったら、その前に死んでやるって言ってたわよ」

「何ですって——」アナベルは文句を言おうとしたが、デイジーはけらけらと笑って足早に向こうに行ってしまっていた。

まるで、地獄に突き落とされるいけにえの乙女のような気分だった。やがて、ハントの低い声が近づいてくるのがわかった。人をあざ笑うようなバリトンボイスが、背骨全体に響くように感じられる。「こんばんは、ミス・ペイトン。今夜はちゃんとドレスを着て……いや、ドレスを着替えたのですね」

アナベルは歯ぎしりしてハントと向き合った。「正直申し上げて、晩餐会の間あなたが何もおっしゃらないので驚きましたわ。てっきり、侮辱的な言葉を次から次へと浴びせられると思っていましたのに、食事の間中、まるで紳士みたいに振る舞われるんですもの」

「いやいや、黙ってるのに苦労しましたよ」ハントは大まじめに答えた。ハントは大まじめに答えた。「だが、私のほうこそびっくりさせられましたよ……」ハントはやや間を置いてからつづけた。「……何しろあんなところを見せてもらいましたからね」

「私たちは何も悪いことはしていませんわ！」

「別に、あなたが丸裸でラウンダーズをしていたのを、咎めているわけではありませんよ」ハントは悪びれずに言う。「むしろ——心から応援しています。毎日やったらどうかと思っているぐらいです」

「私は、丸裸になどなっていません」アナベルは小声でぴしゃりと相手をたしなめた。「ちゃんと下着を着ていました」

「あれでも？」ハントは面倒臭そうにたずねた。

アナベルは顔を真っ赤にした。やっぱりハントは、下着がぼろぼろなのに気づいていたんだわ。「草原で私たちを見たことを、どなたかにお話しになったの？」アナベルは張りつめた声でたずねた。

それこそ待ち構えていた質問だ——。ハントは口元をゆるめた。「いいえ、まだ」

「どなたかにお話しになるつもり？」

じっくりと考えるような表情を浮かべているが、ハントが内心この状況をおもしろがっているのは一目瞭然だった。「話すつもりはありません、ええ……」と言ってから残念そうに肩をすくめる。「でも、おわかりになるでしょう。こういうことは、会話の中でふとした瞬間に口をついて出てしまうものですから……」

アナベルは目を細めた。「どうすれば口をつぐんでいただけるのかしら？」

彼女のぶっきらぼうな物言いに、ハントは驚いたような顔をしてみせた。「ミス・ペイトン、こういうときにはもう少し駆け引き上手にならなければ。あなたのような上品なレディは、如才なく、用心深く立ち回るものと思っていましたが――」

「駆け引きしている時間などありません」アナベルはハントをにらみつけ、言葉をさえぎった。「それに、あなたを黙らせておくには、何かエサをあげなければならないことくらいわかっています」

「エサとは、またずいぶんな言いようですね。私なら、報酬とでも言いますが」

「何とでも呼べばいいわ」アナベルはじれったそうに言い放った。「さあ、取り引きしましょう」

「わかりました」ハントはいかにもまじめな顔を作っているが、コーヒー色の瞳の奥に嘲笑のようなものが浮かんでいるのが見える。「あなた方がはしたない格好で大騒ぎしていたことを、ばらさないであげてもいいですよ。十分な報酬をいただけるのならば」

アナベルはうつむいて、何と言うべきか考えた。いったん口にしてしまったら、二度と取り消すことはできないだろう。ああ神様、そもそもやりたくもなかったラウンダーズをやったからといって、どうして私がハントを黙らせるために取り引きしなければならないのですか……。「あなたが紳士なら、こんなことはしなくても済むのに」

それを聞いたハントは、押し殺した笑いのせいで妙なかすれ声になりながら言った。「私は紳士ではありませんからね。ですが、真っ昼間に草原で半裸になって走り回るなどということはしたないことをしていたのは、私ではありませんよ」

「お黙りになって！」アナベルは小声でぴしゃりと言った。「誰かが聞いているかもしれないわ」

ハントは野蛮そうな黒い瞳で、アナベルの顔をうっとりと見つめている。「さあ、報酬は何ですか、ミス・ペイトン？」

ハントの肩越しに遠くの壁をじっと見やり、アナベルは消え入るような声で言った。その瞬間、耳たぶがカッと熱くなり、髪に火がつくのではないかと思われるほどだった。「あなたがラウンダーズのことを黙っていてくださるのなら……キスをさせてさしあげます」

居心地の悪い、妙な沈黙が流れた。顔を上げてみると、ハントは仰天したような表情を浮かべている。まるで彼女が外国語をしゃべり、その意味がわからないかのように、ひたすら彼女の顔を凝視している。

「ただし一度だけです」アナベルは、耐え難い緊張感に神経がぼろぼろになりそうだった。「それから、一度許したからといって、次があるとは思わないでください」

するとハントは、細心の注意を払って言葉を選び、おずおずと口を開いた。「てっきり、私とダンスを踊るとおっしゃると思っていましたよ。ワルツか、カドリールでも」

みますし」

「それも考えました。でも、キスのほうが妥当だと思ったのです。ワルツより短い時間で済みますし」


「私のキスはそんなに短くありませんよ」

ハントが甘い声で言うのを聞いてアナベルはひざが震えたが、ぴしゃりとたしなめた。

「バカなことをおっしゃらないで。普通のワルツは短くても三分はあります。そんなに長い間キスができるわけがないわ」

ハントの声は、ほとんどそれとはわからぬほどかすかに低くなった。「もちろん、そのあたりのことはあなたのほうがよくご存知だ。いいでしょう——取り引き成立です。あなたの秘密を守る代わりに、一度だけキスをさせてもらいましょう。ただし、時と場所は私が決めますからね」

「時と場所は、お互いに話し合って決めるのです」アナベルは言い返した。「こんなことをするのも、すべて私の名誉を守るため——不適切な時と場所を選ばせて、あなたに台無しにさせるつもりはありません」

ハントはわざとらしく笑みを浮かべた。「あなたはじつに交渉上手だな、ミス・ペイトン。将来はぜひ実業界に入るといい」

「いいえ、私の希望はただひとつ、レディ・ケンダルになることですわ」アナベルは、底意地の悪さを感じさせる優しい声で返し、ハントの顔から笑みが消えるのを見てほくそ笑んだ。

「同情しますよ。あなたにも、ケンダル卿にも」

「あなたなんてくたばればいいのよ」アナベルは小さく悪態をつき、くじいた足首の猛烈な痛みをこらえつつハントの前から立ち去った。

アナベルは屋敷の裏手に位置するテラスのほうに向かいながら、足首の状態がどんどん悪化し、ひざのほうまで痛みが広がっているのに気づいていた。「まったく、もう」彼女はつぶやいた。このような状態では、今夜はケンダル卿との親交を深めるのは無理だろう。叫び声をあげたくなるほどの痛みをこらえながら誰かを誘惑するなど、まず不可能だ。アナベルは急に疲労感に襲われ、意気消沈して、もう部屋に戻ろうと思った。ハントとの話は無事終わったのだし、今夜は足首を休ませて、朝までに良くなっているのを祈るほうがいい。

だが一歩足を踏み出すごとに、痛みはますます激しくなっていき、ついにはきつく締めたコルセットの内側を冷たい汗が流れるほどだった。これまで、ケガをしてこんなふうになったことなどなかった。足がずきずきするだけではなく、頭がもうろうとして、体中が痛い。突然、胃の中のものが逆流するような感じがした。新鮮な空気が吸いたかった……おもてに出て、どこか涼しくて人目につかないところで、吐き気がおさまるまで座っていたほうがよさそうだ。だがテラスにつづく扉がいやに遠くに見え、どうやってあそこまで行けばいいのかと途方に暮れてしまった。

そこへタイミングよく、ハントとの会話を終えたのに気づいたボウマン姉妹が駆けつけた。リリアンは期待するように笑みを浮かべていたが、アナベルが青ざめているのを見るなり表情を曇らせた。「まあ、ひどい顔」リリアンはほとんど叫ぶように言った。「どうしたの、ミスター・ハントは何と言ったの？」

「キス一回で納得してくれたわ」アナベルはぶっきらぼうに返し、テラスのほうによろよろと向かった。ひどい耳鳴りがして、室内に鳴り響くオーケストラの音さえ聞こえない。

「キスすると思うだけでそんなに気分が悪くなるんだったら――」リリアンがなだめようとする。

「そうじゃないの」アナベルはあまりの痛みに怒ったような口調になっている。「足首が。昼間くじいてしまったみたいで、ほとんど歩けないくらいなの」

「どうしてもっと早く言わなかったの？」リリアンはすぐさま心配した口調になって言った。背中に回されたリリアンの細い腕が、不思議なほど力強く感じられる。「デイジー、そこの扉を開けて、私たちがおもてに出るまで押さえていてちょうだい」

ボウマン姉妹に支えられてテラスに出ると、アナベルは手袋をはめた手で汗のにじんだ額をぬぐった。「だめだわ、吐きそう」生唾があとからあとから出てきて、アナベルはうめいた。苦い胃液がのどもとまでせり上がってくる。脚は、まるで馬車に轢《ひ》かれて砕けたように激しく痛んだ。「いやよ、こんなところで吐きたくないわ」

「だいじょうぶよ」リリアンは励まし、テラスの階段脇にしつらえられた花壇のほうへと、有無を言わせずにアナベルを連れていった。「ここなら誰にも見られないわ。好きなだけ吐きなさい。デイジーと私が面倒をみてあげるから」

「そうよ」デイジーも姉の背後から言った。「本当の友だちは、あなたがゲロをしているときに髪を押さえるくらい、何とも思わないんだから」

屈辱的な吐き気に襲われてさえいなかったら、アナベルはデイジーの下品な口ぶりに声をあげて笑ったことだろう。幸い、晩餐会であまり食べなかったおかげで、それはあっという間の出来事だった。胃がせり上がり、抵抗する暇もなかった。花壇に向かってあえぎ、唾を吐きながら、アナベルは弱々しくうめいた。「ごめんなさい。迷惑をかけてしまって――」

「バカね」リリアンは静かに返した。「私がそうなったら、あなただって同じことをしてくれるでしょう？」

「もちろんよ……でも、あなたはこんなみっともないところは見せないもの……」

「別にみっともなくなんかないわ。気分が悪いんだから仕方ないでしょ。さあ、私のハンカチを使って」

しゃがみこんだまま、アナベルは縁にレースをあしらったハンカチをありがたく受け取ったが、香水の匂いに顔をしかめた。「だめよ……。匂いがきつくて。香水をふってないのはない？」

「いけない、忘れてたわ」リリアンは申し訳なさそうに言った。「デイジー、あなたのハンカチはどこ？」

「持ってきてないわ」デイジーはあっさり答えた。

「仕方ないわね。これしかないからあきらめて」

そのとき、ふいに男性の声が割って入ってきた。「こいつを使いたまえ」

12

アナベルはふらふらして、まわりで何が起きているのかもわからず、手の中に押しつけられた清潔なハンカチを素直に受け取った。ありがたいことに、ほのかに糊の匂いがただようだけだった。汗ばんだ顔と口元を拭うと、よろよろと立ち上がって、テラスにあらわれた人物が誰なのか確かめようとした。そして、それがハントであるとわかった瞬間、ただでさえむかついている胃が、今度はじわじわと回転しはじめたように感じた。どうやらハントは、彼女をテラスまで追ってきて、みっともなく吐いているところをまんまと目撃したようだ。アナベルは死んでしまいたかった。今すぐにあっさり死ぬことができれば、花壇に嘔吐するところをハントに見られたという屈辱的な記憶を、永遠に跡形もなく拭い去ることができる。

ハントは無表情だったが、眉間にかすかにしわを寄せていた。目の前でアナベルの体がぐらりと揺れるのを見て、すぐさま手を差し伸べて支えてやる。「先ほど時と場所はお互い話し合って決めると話したばかりだが……これはまったく最悪のタイミングですね、ミス・ペイトン」

「向こうに行って」アナベルはうめいたが、またもや吐き気に襲われて、はからずもハントの力強い腕にぐったりともたれかかってしまった。ハンカチを口元に押しつけて鼻で息を吸うと、ありがたいことに吐き気はおさまった。だが、全身の痛みはこれまで経験したことがないくらいにすさまじく、ハントが支えていてくれなかったら、その場に倒れこんでしまっただろう。いったい私の体はどうなってしまったのかしら……。

ハントはすぐさま腕の位置をずらして、アナベルが楽に寄りかかれるようにしてやった。「さっき話しているときにも、顔色が悪いと思っていたのです」と言って、アナベルの汗ばんだ顔にかかった髪を優しくかきあげる。「いったいどうしたのですか、スイートハート？胃の調子が悪いだけですか、それともほかに痛むところでも？」

アナベルは羞恥心に苛まれつつも、驚きを覚えていた。ハントがレディの体の一部を気安く口にするという紳士にあるまじき行為を苦もなくやってのけたばかりか、びっくりするほど愛情深い物言いをしたからだ。だがあまりにも気分が悪くて、ひたすらハントの上着の襟元にもたれかかる以外、何もすることができない。ハントの質問に神経を集中させ、カオスと化している全身の、具体的にどこが痛むのかよく考えてみた。「どこもかしこも痛むのです。頭も、胃も、背中も……でも一番ひどいのは足首」アナベルはかぼそい声で答えた。

答えながらアナベルは、唇の感覚が失われているのに気づいた。試しに舌で舐めてみたが、やはり何も感じない。ここまで具合が悪くなければ、ハントが今までとまったく違う目つきで自分のことを見つめているのにアナベルも気づいただろう。のちにデイジーから聞かされた話では、アナベルを腕に抱いて立っているハントはとても頼もしく見えたということだった。だが今のアナベルは、すっかりもうろうとしているため、壊れそうな自分の体のこと以外は何も考えることができない。

そのとき、リリアンがアナベルをハントの腕の中から救いだそうと、ぶっきらぼうな口調で言い放った。「ハンカチをありがとうございました、ミスター・ハント。もう向こうに行っていただいてけっこうですわ。あとは私と妹でミス・ペイトンの面倒をみますから」

だがハントはリリアンの言葉を無視して、アナベルの体に腕をまわしたまま、青ざめた顔を気づかうようにじっと見つめている。「足首を痛めたのはいつですか?」

「たぶん、ラウンダーズをしているときでしょう……」

「晩餐会では何も飲んでいませんでしたね」ハントは彼女の額に手をやり、熱はないか確認した。そのしぐさはあまりにも自然で、アナベルへの愛情にあふれていた。「食事の前に何か飲みましたか?」

「お酒やワインのことをおっしゃっているのなら、いいえ」アナベルの体は、まるで精神が四肢の動きをコントロールするのをやめてしまったように、じわじわと力を失っていった。

「部屋で柳の樹皮のお茶を飲んだだけです」

ハントの温かな手が、ほほをつつみこむようにアナベルの顔に添えられた。アナベルは耐えがたい寒さに、汗ばんだドレスの中で震えた。全身に鳥肌がたつ。ハントの体が発する熱に誘われて、まるで小動物が巣穴に潜りこもうとするように、彼の上着の中に潜りこみたい衝動に駆られる。「さ、寒いわ」アナベルが消え入りそうな声で訴えると、ハントは反射的にいっそうきつく抱きしめた。

「つかまっていてください」ハントはささやき、ぶるぶると震えているアナベルの体を支えながら、器用に上着を脱いだ。肌のぬくもりが残っている上着を掛けてやると、アナベルは、ありがとうというような言葉をぼそぼそとつぶやいた。

友人が憎むべき相手の腕に抱かれている光景に苛立ち、リリアンはじれったそうに口を開いた。「もうけっこうですわ、ミスター・ハント、あとは妹と私が――」

「ミセス・ペイトンを探してきなさい」ハントは、声音は優しいが有無を言わせぬ口調で指示した。「それから、ウェストクリフ卿のところに行って、ミス・ペイトンを医者にみせる必要があると伝えなさい。彼が医者を呼んでくれるでしょう」

「そういうあなたは、何をなさるおつもり？」リリアンは、こんなふうに人から命令されるのに慣れていないので憤慨している。

ハントは苛立たしげに目を細めて答えた。「私は、屋敷の横手にある使用人用の出入り口からミス・ペイトンを部屋に運びこみます。妹さんには一緒に来てもらいましょう、何か礼儀を欠いたことをしているように思われたら困りますからね」

「それこそ、あなたが礼儀の何たるかをご存知ない証拠だわ！」リリアンはぴしゃりと言った。

「今はそんなことを話している場合じゃないでしょう。少しは力になってくれたらどうです？　さあ、行って」

しばし無言で怒りに震えたのち、リリアンは三人に背を向けて舞踏室の入口のほうへ大股に歩いていった。

デイジーはすっかり感心しているようだ。「姉にあんなふうに命令できる方がいるとは思いませんでしたわ。ミスター・ハント、あなたは私が知っている男性の中で一番勇敢な方ですのね」

ハントはゆっくりと前かがみになって、震えるアナベルのひざの裏に片方の腕を添え、彼女を軽々と抱き上げた。シルクのスカートがかさかさと音を立てた。アナベルは男性にそんなふうにされるのは生まれて初めてだった――とうてい現実とは思えず、「あの、私……少しくらい自分で歩けます」とやっとの思いで訴えた。

「その状態で、テラスの階段を下りられるわけがないでしょう」ハントはきっぱりと断った。「せっかく私が騎士道精神を発揮しているんだ、あなたはそれを堪能すればいい。さあ、私の首に腕をまわしてください」

アナベルはハントの言葉に従うことにした。熱を持った足首に体重がかからないのがありがたい。ハントの肩にもたれたい誘惑に負け、左腕を彼の首にまわした。抱きかかえられながら石畳の階段を下りる間中、シャツを通してハントの筋肉がきびきびと動くのを感じていた。

「あなたに騎士道精神があるとは存じませんでしたわ」アナベルは言ったが、またもや寒気に襲われて歯をがちがちと鳴らした。「あ、あなたはただのならず者だとばかり思っていました」

「いったいなぜ人びとが私のことをそんなふうに思うのか、理由がわかりませんよ」ハントはからかうような目で彼女の顔を見下ろした。「私は、かわいそうなくらい誤解されやすいんです」

「やはりならず者だわ」

ハントはにやりと笑い、アナベルが楽になるよう体勢を整えた。「どうやら、具合が悪くても判断力は鈍っていないようですね」

「くたばれと言ったのに、どうしてこんなに優しくしてくれますの？」アナベルはささやいた。

「あなたが健康でいてくれたほうが、私には都合が良いですからね。借りを返していただくときには、最高の体調でいてもらわないと」

ハントはしっかりとした足取りで苦もなく階段を下りていく。まるで踊っているように優雅で機敏な動きだが、当のハントはむしろ獲物を狙う猫に近い。顔が接近しているので、きちんとカミソリをあててあるはずなのに、ヒゲの跡がうっすらと見えた。アナベルはもっとしっかりつかまろうとして、ハントの首にまわした腕を伸ばした。すると、うなじのあたりで緩やかにウェーブした髪に指先が触れた。こんなに具合が悪くなければ……アナベルはうらめしく思った。こんなにひどい寒気がして、意識がもうろうとして、だるくなければ、男性に抱かれて運ばれるのを楽しめたかもしれないのに。

屋敷の横手に伸びた小道に到着したところで、ハントはいったん立ち止まり、デイジーに先に行くよう指示した。「使用人用の入口ですよ」とハントが念を押すと、デイジーはうなずいた。

「だいじょうぶ、どっちかちゃんとわかってますから」デイジーは肩越しに振り返り、先に立って小道を進みながら、小さな顔を心配げにこわばらせて言った。「それにしても、足首をくじいたくらいで吐き気がするなんて、聞いたことがありませんわ」

「たぶん、原因は足首をくじいたせいではないでしょう」

「では、柳の樹皮のお茶のせいかしら？」

「いや、柳の樹皮のお茶で、こういう副作用は出ないはずです。見当はついていますが、ミス・ペイトンの部屋で確認してみないことには何とも言えません」

「確認って、いったいどうやってなさるおつもり？」アナベルが警戒して口を挟んだ。

「足首を拝見するだけですよ」ハントはほほをゆるめて彼女の顔を見下ろした。「そのくらいさせていただいてもいいでしょう、あなたを抱いて階段を三つも上ったのですからね」

とはいえ、ハントにとってはアナベルを抱いて階段を上るくらい朝飯前だったはずだ。三つめの階段の一番上に着いたときですら、ハントの息づかいは少しも荒くなっていなかった。ハントなら汗ひとつかかず、この一〇倍の距離を彼女を抱いて歩けるように違いない。だがそう指摘すると、ハントは当然でしょうといった口ぶりで答えた。「若い頃は、父の店まで牛や豚の大きな肉のかたまりを運んでいましたからね。でもあなたを運ぶほうがずっと楽しい」

「まあ嬉しいこと」アナベルは気だるそうにつぶやき、まぶたを閉じた。「死んだ牛よりあなたのほうがいいと言われて、喜ばない女性なんていませんもの」

ハントは低く笑い、扉の枠にアナベルの足がぶつからないよう体の向きを変えた。デイジーは扉を押さえ、ハントがアナベルを金襴《きんらん》の上掛けがかかったベッドに運ぶようすを不安そうに見つめた。

「さあ、着きましたよ」ハントはアナベルをベッドに横たえ、枕を使って彼女の上半身を起こしてやった。

「ありがとう」アナベルはささやき、目の前にある、濃いまつげに縁取られた真っ黒な瞳をじっと見つめた。

「脚を見てみましょう」

ハントの無作法な言葉に一瞬アナベルの心臓が止まり、ふたたび動き出したときには鼓動は何とも弱々しく、とてつもない速さで打っていた。「お医者様が来るまで待ってください」

「あなたの許可をいただくつもりはありませんよ」ハントはアナベルを無視して、スカートのすそに手を伸ばした。

「ミスター・ハント」デイジーが怒って大声をあげ、すぐさまかたわらにやってきた。「いったい何をなさるの？　ミス・ペイトンは具合が悪いのですよ、すぐにその手をどけないと――」

「落ち着きなさい」ハントはせせら笑うように言った。「ミス・ペイトンの処女性を侵すつもりはありませんよ。今のところはね」すぐにアナベルの青ざめた顔に視線を戻す。「動かないでください。確かにあなたの脚はすてきだが、今はそのくらいで興奮――」ハントはふいに言葉を失った。スカートのすそを持ち上げ、腫れあがった足首を見て、深く息を吸う。「何ということだ。今まであなたのことは、分別のある女性だとばかり思っていたが。いったいどうして、こんな状態で下に行ったんです?」

「おお、アナベル。いったいどうしたの!」

「さっきまでそんなにひどくなかったのよ」アナベルは弁解するように言った。「この三〇分くらいで急に悪化して――」ハントがさらにスカートの奥深く手を入れてきたので、アナベルは痛みと恐怖に叫び声をあげた。「いったい何をなさるの? デイジー、やめさせて――」

「靴下を脱がせるだけですよ。それからミス・ボウマン、私の邪魔をしないでいただきたい」デイジーはハントにしかめ面を向け、アナベルの横に来た。「ミスター・ハント、十分に気をつけてくださいね。万が一私の友人を辱めたりしたら、私も黙って突っ立ってはいませんからね」デイジーは厳しい口調でたしなめた。

ハントは冷笑を浮かべてデイジーを一瞥しつつ、アナベルの靴下留めの端をとらえ、それを器用に外した。「ミス・ボウマン、あと数分でこの部屋には人が何人も来ます。ミセス・ペイトンに、ウェストクリフ卿、あなたの頑固な姉上、それから医者も。いくら私が名うてのプレイボーイでも、誰かを辱めるにはもう少し時間が必要ですよ」だが、ほんのわずかに指が触れただけでもアナベルが辛そうにあえぐのを見るなり、ハントの顔から嘲笑するような色は消え失せた。ハントは素早く靴下を巻いていった。彼の指の動きはまるで羽のように軽やかだったが、アナベルの皮膚は異常なほど過敏になっており、どんなにそっと触れられても耐えがたい痛みが走る。「じっとしていてください、スイートハート」ハントはつぶやき、アナベルが脚をすくめようとしたところをさっと靴下をはぎとった。

アナベルは唇を嚙み、ハントが足首に顔を近づけるのをじっと見ていた。ハントは必要以上に手を触れないように気をつけながら、彼女の足首をそっとひっくり返した。しばらくそこを凝視していたかと思うと、今度は脚のほうを観察する。「やはり思ったとおりだ」デイジーが身を乗りだして、ハントが指さしたあたりを見ている。「その小さな跡はいったい何ですの？」

「蛇の嚙み跡です」ハントはぶっきらぼうに言い、シャツのそでをまくりあげた。黒い毛のはえた、筋肉質な腕があらわになる。

アナベルとデイジーは仰天してハントを見つめた。「蛇に嚙まれたの？」アナベルは呆然としてたずねた。「でも、どうやって？　いつ？　そんなのありえないわ。嚙まれたときに何か感じるはず……そうでしょう？」

ハントは、アナベルに掛けてある上着のポケットに手を入れ、何かを探している。「嚙まれても気づかない場合もある。この時期、ハンプシャーの森には蛇がうようよいるんですよ。

おそらく今日の午後、外にいたときにやられたんでしょう」探し物を見つけたハントは、小さな折り畳みナイフを取り出し、それをぱちりと開いた。

アナベルはぎょっとして目を丸くした。「何をなさるの？」

ハントはアナベルの靴下を手にし、ていねいにふたつに切り裂いた。「止血帯を作るんですよ」

「い、いつもそういうものを持ち歩いてらっしゃるの？」ハントを見るたびに海賊のようだと思っていたけど、シャツのそでをまくり、ナイフを手にしている姿はまさに海賊そのものだわ……。

ハントは、アナベルの伸ばした脚のかたわらに座るとスカートをひざまでめくり、シルクの止血帯を足首の上のあたりに巻きつけた。「ほとんどいつも持ってます」ハントは難しい顔で、止血帯を縛る作業に集中している。「何せ私は肉屋の息子ですからね、ナイフには昔から目がないんですよ」

「そういうつもりで――」アナベルは言葉を失い、柔らかな止血帯が足首を締めつける痛みにあえいだ。

ハントと目が合うと、またもや嘲笑するような色を浮かべている。「おや、痛かったですか」と言い、もう一方の止血帯を傷跡の下のあたりに巻く。こちらを縛りつける間、ハントはアナベルの気をそらしてやろうと話しかけた。「薄っぺらい履物で外を歩き回るから、こんなことになるんです。きっと、日光浴中の蛇を踏んでしまったんだ……蛇のやつ、犯人のかわいらしい足首を見て、嚙みついてやれと思ったんでしょう」ハントはいったん言葉を切り、あとはもごもごとつぶやくように言った。「まあ、蛇の気持ちもわからなくもない」

アナベルの脚はどくどくと脈打ち、焼けるようで、思わず涙がにじんだ。ハントの前で泣くなどという屈辱的なことはしたくなかったので、必死に涙をこらえ、金襴の分厚い上掛けをぎゅっと握りしめた。「でも、昼間のうちに嚙まれたのなら、どうして今頃になってこんなに悪化したんですの？」

「蛇の毒が体に回るまでには、数時間かかることもありますからね」ハントはデイジーのほうを向いた。「ミス・ボウマン、呼び鈴を鳴らして人を呼んでください――ヤエムグラを煎じたものを持ってくるように。急いで」

「ヤエムグラって何ですの？」デイジーは疑わしげにたずねた。

「生け垣のところに生えている雑草ですよ。去年、ここの庭師が蛇に嚙まれて以来、メイド長がヤエムグラを乾燥させたものを保存しているはずなんです」

デイジーは急いでハントの言うとおりにし、アナベルとハントはしばしふたりきりになった。

「その庭師はどうなったんですの？」アナベルは歯をがちがち言わせながらたずねた。まるで氷を入れた水に浸かっているように、体の震えが止まらなかった。「ひょっとして死んだのですか？」

ハントは表情を変えなかったが、アナベルには彼がその質問に驚いたのがわかった。「いいえ」ハントはそっとアナベルに身を寄せた。「いいえ、スイートハート……」震える手を取って優しく握りしめ、指を暖めてやる。「ハンプシャーの蛇の毒は、猫か、せいぜい小型犬くらいしか殺すことはできません」ハントはなだめるようにアナベルを見つめながらつづけた。「あなたはだいじょうぶ。これから数日間はひどい状態がつづくでしょうが、じきによくなりますよ」

「ただの気休めでそうおっしゃってるんじゃありませんの?」アナベルは不安げにたずねた。ハントは身を乗りだして、汗で光るアナベルの額にはりついた髪をかきあげてやった。ハントの手はとても大きかったが、触れたときの感触は柔らかく、そして優しかった。「私は気休めに嘘を言ったりする人間ではありませんよ」とほほ笑みながらつぶやいた。「それが私の数多くの欠点のひとつなんです」

従僕に指示を与えたデイジーは、急いでベッド脇に戻ってきた。ハントがアナベルの体の上に身を乗りだすようにしているのを見て細い眉を吊りあげたものの、あえて何も言わずにおいた。その代わりに、蛇の噛み傷についてハントにたずねた。「噛み跡のところを切って毒を出さなくてもいいのかしら?」

アナベルはぎょっとしたようにデイジーを見て、かすれ声でたしなめた。「デイジー、余計なことを吹きこまないでちょうだい!」

ハントはつかの間顔を上げ、「蛇に噛まれた場合、その必要はありません」と答えると、すぐに気づかわしげに目を細めてアナベルのほうに視線を戻し、彼女の息づかいが荒く浅いものになっているのに気づいてぎょっとした。「苦しいのですか？」

アナベルはうなずいた。息を吸うことすらままならなくて、まるで肺が普段の三分の一くらいの大きさに縮んでしまったようだ。息をするたびに、コルセットが胸をきつく締めつけるような感じがして、今にも肋骨が折れそうになる。

ハントはアナベルの顔にそっと手を触れ、乾いた唇の表面を親指でなぞった。「口を開けてみて」ハントはアナベルの口の中をのぞきこみ言った。「舌は腫れていないからだいじょうぶ。でも、コルセットは外したほうがよさそうだ。うつぶせになりなさい」

アナベルが何か言う前に、デイジーが憤慨したように口を挟んだ。「コルセットを外すのは、私がやります。あなたは部屋を出ていってくださいな」

「女性のコルセットくらい見たことがあるからだいじょうぶですよ」ハントはとぼけて言った。

デイジーは目を真ん丸にしている。「鈍いふりをするのはおやめになって、ミスター・ハント。私が心配しているのは、あなた自身のことなんかじゃありません。男性は、何があっても若い女性のコルセットを外したりしてはならないのです。命に危険でも迫っていれば別ですが――あなたはさっき、アナベルはだいじょうぶだとおっしゃったばかりですわね」

ハントは、じっと我慢するような表情を浮かべている。「まったく、女ってやつは――」

「何とでもおっしゃるがいいわ」デイジーは冷たく言い放った。「姉のほうが、あなたの一〇倍も悪態をつくのが上手だわ」デイジーは威嚇するように背筋をしゃんと伸ばしたが、一五〇センチ（プラス二センチはどうも疑わしい）では効果はほとんどなかった。「ミス・ペイトンのコルセットは、あなたが部屋を出るまで外しませんから」

アナベルのようすをうかがうと、ひどく苦しげで、とにかくコルセットを外してくれさえすれば、それが誰であろうとかまわないという感じだった。「いい加減にしてくれ」ハントはじれったそうに言うと、大股に窓のように歩み寄り、背を向けた。「私は見ていない。早く外してあげなさい」

デイジーは、どうやらハントが譲歩できるのはそこまでらしいと判断し、すぐに作業に取りかかることにした。アナベルのこわばった体の上から、そっと上着を取り去る。「背中のレースをほどいて、ドレスの下からコルセットだけを取るわね。そうすれば、誰にも肌を見られることはないわ」デイジーはささやくように言った。

アナベルはほとんど息もたえだえだ。今すぐ楽に息ができるようになれば、レディとしての慎みなどどうでもいいと訴えたかったが、それすらも口にできなかった。彼女はぜいぜい言いながらうつぶせになった。デイジーの指が、ドレスの汗ばんだ背中をぐいと引っぱる。何とかして空気を取りこもうとすると肺がけいれんした。アナベルは不安げなうめき声をあげ、苦しげにあえいだ。

デイジーは二言三言ひどい悪態をついてから、ハントに向かって言った。「あなたのナイフを貸してくださらない――コルセットのひもがかたく結んであって、どうしても――きゃあっ！」デイジーは、ベッドのほうにずかずかとやってきたハントにぐいと押しのけられ悲鳴をあげた。ハントは、自らコルセットを取り外しにかかっている。注意深くナイフを何度かあてると、まるで罰を与えるようにアナベルの胸を頑固に圧迫していたコルセットが、ついにゆるんだ。

アナベルは、コルセットが外されるのを感じていた。もはや彼女の素肌をハントの視線から守るものは、一枚の薄いシュミーズだけだ。今は具合が悪いので、半裸状態になっているところを見られてもあまり気にならない。だが心の底では、きっとあとで恥ずかしさのあまり死にたくなるだろうと思った。

ハントは、まるでぬいぐるみを扱うようにいとも簡単にアナベルを仰向けにすると、身をかがめて話しかけた。「あまり無理に息を吸おうとしてはいけませんよ、スイートハート」ハントはアナベルの胸元に手を乗せた。恐怖におののく彼女の瞳をじっとのぞきこみ、円を描くようにそっとなでる。「ゆっくり。落ち着いて息をするんです」

アナベルは、有無を言わせぬハントの黒く輝く瞳を見つめ、言われたとおりゆっくり息をしようとした。だが、ぜいぜいと息をするたびに、のどがぎゅっと締まったように感じる。今にも窒息して死んでしまうのではないかと思われるほどだ。

ハントは目をそらそうとしなかった。「だいじょうぶですよ。ゆっくりと息を吸って、吐いて。落ち着いて。そうそう、その調子だ」アナベルは、胸元に置かれたハントの手の重みになぜか安堵《あんど》を覚えた。まるで彼の手に、アナベルの肺を正常な状態に戻そうとする力が備わっているように感じる。「だんだん楽になってきたでしょう?」

「ええ、最高だわ」アナベルは辛らつな調子で返してやりたかったが、口を開いたとたんに苦しくなり、むせてしまった。

「しゃべらないで――息だけしていなさい。深く、ゆっくり……もう一度。そうそう、いい子だ」

アナベルの呼吸は徐々に正常になっていき、恐怖心も薄らいでいった。ハントの言うとおりだった……無理に息をしようとしないほうが、楽に呼吸できる。時おり苦しそうにあえぐと、催眠術のように柔らかなハントの声が励ましてくれた。「その調子」とハントがささやく。「そうそう、上手だ」ハントは、ゆっくりと優しく、アナベルの胸元をなでつづけていた。ちっともいやらしい感じはしなかった――むしろ、子どもをなだめているような感じだ。アナベルは不思議でならなかった。サイモン・ハントがこれほど優しくなれるとは、まさか誰も夢にも思うまい。

困惑と感謝が入り混じったような思いで、アナベルは胸元をそっとなでているハントの大きな手にぎこちなく指を伸ばした。すっかり衰弱しきっているため、たったそれだけの動作をするのも一苦労だ。ハントは、彼女が自分を押しのけようとしているのだと勘違いし、手を引っこめようとした。だがその瞬間、指と指がからみあい、ハントは身を硬くした。

「ありがとう」アナベルは消え入りそうな声で礼を言った。

ハントはアナベルの指の感触に、見た目にもわかるほど緊張している。まるで、彼女に触れられたせいで体中に電気が走ったようだ。ハントは、彼女の顔ではなく、自分の指にからめられた彼女のほっそりとした指を、まるで複雑なパズルを解こうとするようにただじっと見つめた。彼女の指の感触をいつまでも味わうかのように、身動きひとつせず、目を伏せて表情を隠した。

アナベルは乾いた唇を舌で濡らしたが、相変わらず何も感覚がなかった。「顔の感覚が麻痺しているわ」と投げやりに言い、ハントの手を離す。

ハントは顔を上げ、たった今自分の中に思いがけない一面を見出したかのように苦笑を浮かべた。「ヤエムグラのお茶を飲めばよくなるでしょう」そう言って、アナベルの首筋に手を触れ、いかにも優しげに親指で彼女のあごのラインをそっとなでた。「そうだった――」デイジーが部屋にいることをたった今思い出したように肩越しに振り返る。「ミス・ボウマン、従者のやつはまだヤエムグラを――」

「持ってきましたわ」デイジーは、今しがた運ばれてきたトレイを手に、入口のほうからやってきた。アナベルもハントも、すっかりお互いのことに気をとられていて、従者が扉を叩いたのに気づかなかったらしい。「メイド長がヤエムグラのお茶を持ってきてくれましたけど、ひどい匂いだわ。それと、イラクサのチンキとかいう薬の瓶も。お医者様も到着されたようで、すぐにこちらにいらっしゃるとか――ですからミスター・ハント、あなたはもう部屋を出てってくださいな」

ハントのあごに力が入る。「いや、まだだ」

「今すぐにお願いします」デイジーは食い下がった。「待っていたいなら、せめて扉の外でお願い。アナベルのためです。あなたが部屋にいるところを見られたら、彼女の評判が落ちるんですよ」

ハントはしかめ面でアナベルを見下ろした。「あなたも私に出ていってほしいですか?」

本音を言えば出ていってほしくなかった。むしろ、なぜかはわからないが、ここにいてほしいと頼みたいくらいだった。あれほど嫌っていた男に一緒にいてほしいと思うなんて、いったいどういう風の吹きまわしなのだろう。だがこの数分間で、ふたりの間にはかすかな心のつながりができたらしい。アナベルは、「イエス」とも「ノー」とも答えずにいる自分に驚いていたが、最後にはささやくように言った。「ちゃんと息ができるようになったからだいじょうぶです。あなたは部屋を出たほうがいいでしょう」

ハントはうなずいた。「廊下で待っています」とぶっきらぼうに告げ、ベッドから立ち上がる。トレイを持ったデイジーがベッドのほうに向かうかたわらで、ハントはアナベルをじっと見つめつづけた。「どんな味がしても、お茶をちゃんと飲むように。さもないと、戻ってきてむりやり飲ませますからね」ハントはそう言って、上着を手に部屋をあとにした。

デイジーはほっとしたようにため息をつき、サイドテーブルにトレイを置いた。「ああ、よかった。ミスター・ハントが拒否したら、どうやって部屋から追い出せばいいんだろうと思ったわ。さあ……もう少し体を起こすわよ。背中にもうひとつ枕を入れてあげるから」デイジーは驚くほどの腕力で、巧みにアナベルを起こさせた。湯気をたてるお茶がそそがれた大きな陶器のマグカップを手にして、アナベルの口元に持っていく。「さあ、お茶を飲んで」

アナベルはひどい匂いのする茶色の液体を口に含むなり、すぐに顔をそむけてしまった。

「なんて苦いの――」

「もっと飲まなきゃだめ」デイジーは有無を言わせぬ口調で、カップをアナベルの口元に運んだ。

アナベルはもう一口お茶を飲んだ。顔の感覚がほとんどなくて、唇の端からお茶がたれているのにも、デイジーがトレイから布巾を取ってあごを拭いてくれたときにようやく気づくしまつだった。アナベルは熱を失った顔にそっと指をはわせてみた。「変な感じ」発音も不明瞭だ。「唇の感覚がまったくないの。デイジー……ミスター・ハントがいる間に、私、よだれをたらしたりしていないわよね？」

「もちろん、よだれなんかたらしてないわよ」デイジーは即答した。「もしそんなことになっていたら、すぐに何とかしてあげていたわ。本当の友だちなら、男性の目の前でよだれをたらしているのを見過ごしたりしないものよ。たとえその男性の気を引くつもりなんかなくてもね」

アナベルは安心し、もう一口お茶をすすったが、焦げたコーヒーのように苦い味がした。でもそのおかげで、希望的観測に過ぎないかもしれないが、ほんの少し気分がよくなったようだ。

「リリアンったら、あなたのお母様を探すのにずいぶん苦労しているようね。何だってこんなに時間がかかるのかしら」デイジーはアナベルを見つめ、茶色い瞳をきらきらと輝かせた。

「でも、かえってよかったわ。もし彼らがすぐに来ていたら、ミスター・ハントの豹変《ひょうへん》ぶりを見ることができなかったもの。巨大なずる賢い狼から……そう、ちょっとばかり優しい狼になるところをね」

アナベルは不本意ながら笑わずにいられなかった。「大した人だと思わない？」

「本当よ。大胆で、堂々としているわ。まるで、情熱的な小説に出てくるヒーローみたい――いつも、そんな本を読んではいけませんってママに取り上げられるのよ。でも私がいてよかったわ。もし誰もいなかったら、あっという間に下着姿にされていたわよ」デイジーはおしゃべりをつづけながら、アナベルがお茶を飲むのを手伝い、あごを拭いてやった。「ねえ、やっぱりミスター・ハントって思ったほどひどい人じゃないんじゃないかしら」

アナベルは試しに唇を動かしてみた。ほんの少し感覚が戻ってきているようで、ちくちくするような痛みを感じる。「たしかに、彼にも良いところはあるみたいね。でも……優しいのはきっと今だけよ」

13

ハントが言ったとおり、彼が部屋を出て二分とたたないうちに、医師、ウェストクリフ卿、フィリッパ、リリアンの四人がやってきた。ハントは壁にもたれて、探るように彼らを見ていた。ウェストクリフとリリアンがお互いに反感を抱いているようなのが、じつに愉快だ。敵意をあらわにしているところを見ると、ここに来るまでに何か言葉を交わしたに違いない。

老齢の医師は、三〇年ほど前からウェストクリフを含むマースデン家のかかりつけだとか。顔に深いしわが刻まれた医師は、おちくぼんだ目でハントをじろりと見やると、落ち着き払った声でたずねた。「ミスター・ハント、患者を部屋まで運んだのはあなたですかな?」

ハントは手短にアナベルの症状や今の状態を医師に伝えた。足首の噛み傷を発見したのがデイジーではなくて自分であることは、あえて言わずにおく。ハントの説明に耳を傾けるフィリッパは、蒼白で、不安そうだ。眉根にしわを寄せたウェストクリフに何やらささやきかけられると、フィリッパは気もそぞろといった感じでうなずき、礼を言った。おそらくウェストクリフは、お嬢さんがすっかりよくなるまで、できるかぎりの治療を約束しますとでも言ったのだろう。

「ミスター・ハントのご意見については、患者を実際に診察してみるまでは確証は持てませんな」と医師が言った。「しかし、とりあえずはヤエムグラを煎《せん》じたものを飲ませるのがいいでしょう。万が一、本当に蛇に嚙まれたのが原因である場合に備えて――」

「それならもう飲んだ」ハントは口を挟んだ。「私が、一五分ほど前にメイド長に用意させた」

医師は、資格を持っていない人間が勝手に診断したと知るなり、不快感をあらわにした。「ヤエムグラは非常に強い薬ですぞ、ミスター・ハント。万が一、蛇の毒が原因でない場合には、恐ろしい副作用をもたらす恐れもある。勝手なことをする前に、ちゃんと医師の意見を聞いてもらわねば困りますな」

「毒蛇に嚙まれた症状なのは一目瞭然だった」ハントは苛立たしげに医師に言い返し、こんなところでもたもたしていないで、さっさと仕事に取り掛かったらどうなんだと内心で悪態をついた。「私は、ミス・ペイトンが苦しそうなので、できるだけ早く楽にしてさしあげたかっただけです」

老いた医師は、白髪眉をぎゅっと寄せ、「よほどご自分の診断に自信があると見えますな」と辛らつに言った。

「ええ、自信があります」ハントはまばたきひとつせずに答えた。

ウェストクリフが突然、押し殺したような笑いを漏らし、医師の肩に手を置いた。「先生、我が友に非を認めさせようと思ったら、永遠にここにいなければなりませんよ。ミスター・

ハントは、頑固などという言葉では言い足りないくらい頭が固い男なのです。彼に反論するエネルギーがあるなら、ミス・ペイトンに向けてやったほうがいいのではありませんか?」

「そうかもしれませんな」医師はいらいらと言った。「だが、すでにミスター・ハントが立派な診断を下してくださったのだから、私なぞが診察しても無駄だと思われるかもしれんがね」医師は皮肉たっぷりに言い捨てて部屋に入り、フィリッパとリリアンがあとにつづいた。

ウェストクリフとふたりで廊下に取り残されたハントは、あきれた顔をした。「やかましい老いぼれめ。年寄りの医者を呼ぶなら、いっそのこともっとよぼよぼのやつにしたらどうだ、ウェストクリフ? どうせあの老いぼれだって、目も耳ももうろくしていて、診察なんかできやしないんだろう」

ウェストクリフはわざとらしく眉を吊りあげてみせた。「おいおい、あの先生は、ハンプシャー一の名医なんだよ。ともかく我々は下に行こう、ハント。ブランデーでも飲もう」

ハントは閉じられた扉のほうに視線をやる。「あとで行く」

ウェストクリフは、いかにも愉快そうに言った。「ああ、これはすまなかった。もちろん君は、台所のおこぼれを待つ野良犬みたいに、ここで待っていたいに決まっているものな。私は書斎に行っているよ——せいぜい良い子にしていたまえ。何か変わったことがあれば、走って知らせに来るんだな」

ハントはむっとして、ウェストクリフを冷やかな目でにらみつけ、壁にもたせていた背を伸ばすと、「わかった。一緒に行こう」と不機嫌に言った。

ウェストクリフは満足げにうなずいた。「先生には、ミス・ペイトンの診察が済んだら報告するよう言ってあるから」

ハントはウェストクリフとともに大階段のほうに向かいながら、先ほどの、アナベルに対する自分の行いについてむっつりと思い返していた。ハントにとって、あんなふうに感情のおもむくままに行動するのは極めて珍しいことで、我ながら気に食わなかった。だがそんなことはどうでもいい。問題は、アナベルが苦しんでいると知ったとたんに、胸の奥が空っぽになったような、まるで心臓をえぐりとられたような感覚に襲われたことだ。あの瞬間ハントは、何が何でも彼女を守り、楽にしてやらなければならないという使命感に駆られてしまった。息ができずにもがきながら苦痛と恐怖におののく瞳でアナベルに見つめられたときには、彼女のためならば何でもしてやろうとまで思った。たとえそれがどんなことだろうとも。

アナベルといると、ほとんど前後の見境がつかなくなってしまう。当の本人にそれを知られるわけにはいかなかった。けれども彼女を前にすると、プライドも自制心もどこかに行ってしまいそうになる。ハントは、彼女の肉体も精神もすべて自分のものにして、どこまでも親密な関係になりたかった。彼女に対する情熱が高まるばかりなのには、我ながら愕然とするほどだ。こんな気持ちは、友人の誰にも理解できないだろう。特にウェストクリフには。ウェストクリフはこれまで、感情や欲望を常にしっかりと抑えてきた——愛などのために愚かなまねをする者をあざ笑う男だ。

だがこれは愛ではない……いくらなんでもそこまではいっていない。とはいえ、単なる情欲とも違う。今ハントの中にあるのは、彼女を完全に自分のものにしてしまいたいという強烈な所有欲を伴う感情だった。

ハントは無表情をよそおって、ウェストクリフについて彼の書斎へ向かった。

ウェストクリフの書斎はこぢんまりとした簡素な作りの部屋で、壁はつややかな紫壇の板張り、装飾といったら、片面にしつらえられたステンドグラスの窓くらいだ。どこもかしこも角ばった中に、重厚な家具が並び、居心地がよいとは言いがたい。だが、いかにも男性的な雰囲気をかもしだしており、葉巻を吸ったり、酒を飲んだり、腹を割って語り合ったりするにはもってこいなのだ。ハントは、机のかたわらに置かれた硬そうな椅子に腰を下ろし、ウェストクリフからブランデーを受け取って、ぐいっと飲み干した。ブランデーグラスを突き出してもう一杯そそいでもらい、無言でうなずき礼を言う。

ウェストクリフがアナベルについて不愉快なことを言い出す前に、ハントは自分から別の話題を提供することにした。「君は、ミス・ボウマンとは気が合わないようだな」

伯爵の気をそらすには、リリアンは格好の話題だった。ウェストクリフは不機嫌そうに鼻を鳴らした。「あの行儀の悪い小娘ときたら、ミス・ペイトンがこんな災難に遭ったのは私のせいだと言ったのだぞ」と文句を言い、自分のグラスにブランデーをそそぐ。

ハントは両の眉を吊りあげた。「なぜ君のせいなんだ？」

「ミス・ボウマンが言うには、パーティーの主催者である私には、領地に毒蛇の大群が発生しないよう配慮する責任があるらしい」

「で、君はそれに対して何と答えたんだい?」

「外に出るときにきちんと服を着ていれば、招待客たちが我が領地の毒蛇に嚙まれる恐れはないだろうと言ってやったよ」

ハントは笑みを漏らさずにはいられなかった。「ミス・ボウマンは、よほど友人のことが心配だったんだな」

ウェストクリフは不快げにうなずいた。「彼女にはほとんど友人などいないはずだからな、ひとりも失うわけにはいかんだろう」

ハントは笑みを浮かべたままグラスの中身をじっと見つめていたが、ウェストクリフがからかうように言うのが聞こえてきた。「それにしても、今夜は大変だったろう? ミス・ペイトンの魅惑的な体を抱いて寝室まで運んだと思ったら……今度はケガをした脚を診察するとはね。さぞかし難儀しただろうとお察しするよ」

ハントの顔から笑みが消える。「私は、彼女の脚を診察したなどと言ってないぞ」

ウェストクリフは、お見通しだぞというような目つきでハントを見た。「言わなくたってわかるさ。君があういう機会を狙っていたことくらい、よく知っている」

「確かに足首の具合は見た。それに、息ができないようだったので、コルセットのひもを切ってやった」ハントは、反論するならしてみろと言いたげに伯爵をにらみつけた。

「お優しいことだ」ウェストクリフがつぶやくように言う。

ハントは顔をしかめた。「君には信じられないかもしれないが、私は苦しんでいる女性を前にして欲情するような男ではないんでね」

「君が、あんな女に恋をするほど愚かじゃないことを祈るよ。ミス・ペイトンに対する私の意見は――」ウェストクリフが椅子の背にもたれ、詮索するような目を向けてきたので、ハントはカッとなって口を挟んだ。

「ああ、もう何度も聞かせていただいたよ」

「まだあるぞ。私の大切な、数少ない分別のある友人のひとりが、愚かなおしゃべり男に成り下がり、感傷的なせりふに酔いしれるところなど見たくない」

「私は恋などしていない」

「だが、何かしら特別な感情は抱いているはずだ。君と知り合ってからこの方、彼女の寝室の廊下にいたときほど、君が感傷的になっている姿を見たことはないからな」

「人間なら、ああいうときには同情するのが当然というものだろう」

ウェストクリフは鼻を鳴らした。「君は誰かさんの下着姿にムラムラしているだけだ」

伯爵の単刀直入な物言いに、ハントは渋々笑みを漏らした。「ムラムラするなんてのは、二年も前の話さ」とハントは認めた。「今は、何としても彼女を手に入れたいと思ってるよ」

ウェストクリフは大きくため息をつき、すっと通った鼻筋を親指と人差指で押さえた。

「友人が自ら災難に巻きこまれるのを、手をこまねいて見ているほどいやなものはない。なあハント、君の弱点は、その旺盛すぎるチャレンジ精神だよ。今回はそもそも、チャレンジする価値すらないというのに」

「確かに私はチャレンジ精神が旺盛だが」ハントはブランデーグラスを回しながら言う。「そいつは彼女に対する気持ちとは関係ない」

「おやおや」ウェストクリフはあきれたようにつぶやいた。「ともかく、そのブランデーを飲み干してしまうか、グラスをもてあそぶのをやめるかしたまえ。そんなふうに回してばかりいると、酒がまずく《ブルーズ》なるぞ」

ハントは陰険な目でウェストクリフを見やった。「はっ、いったいどうやって人間が酒を痛めつける《ブルーズ》ことができるんだ？　いや、言わなくてもいい――どうせ私のような粗野な男には、そんな気取った物言いは理解できないだろうから」ハントはおとなしく残りを飲み干すとグラスを脇にやった。「さて、何の話をしていたんだったかな……？　おお、そうだ、私の弱点についてだったな。それについて詳しく話す前に、たずねたいことがある。君だって、人生で一度や二度は、理性よりも感情をとったことがあっただろう？　もしないというのなら、これ以上この問題について話しても意味がない」

「もちろんあるさ。子どもじゃあるまいし、男なら誰だってあるだろう。だが、高い知性は何のためにあるのかと言えば、そうした過ちを繰り返すのを避けるためじゃないのかね――」

「なるほど、問題はそこだな」ハントは一件落着したというような口調だ。「私は、高い知性なんて必要としていない。低い知性だけで十分立派に生きていけるよ」

伯爵の表情が険しくなる。「ミス・ペイトンと彼女のおてんばなお友だちがみんな独身なのは、ちゃんと理由があってのことなのだぞ。彼女たちはトラブルの素なんだ。今日みたいなことがあってもまだそれがわからないというのなら、君は救いようのないバカだな」

ハントが言ったとおり、アナベルはそれから数日間はひどい状態だった。ヤエムグラのお茶の匂いも、うんざりするくらいすっかりお馴染みになってしまった。一日目は四時間おきに、二日目は六時間おきに飲むよう処方されていたからだ。たしかに、蛇の毒による症状はお茶のおかげで緩和されつつあったものの、絶えず吐き気がするのは困りものだ。そのせいですっかり衰弱してしまったが、そのわりには熟睡できず、何かして退屈をまぎらわしたいと思うわりには、何をしても数分間しか集中力がつづかないようだった。

友人たちは、一生懸命に元気づけたり励ましたりしてくれ、アナベルは心底ありがたいと思った。エヴィーはベッド脇に座って、屋敷内の図書室から失敬してきたという、わくわくするような物語を読んで聞かせてくれた。デイジーとリリアンは最新ゴシップを仕入れては、茶目っ気たっぷりに招待客たちのまねをして笑わせてくれた。ふたりはアナベルの要望に応えて、ケンダル争奪戦の勝者は誰になりそうか、律儀に報告するのも忘れなかった。何でも、レディ・コンスタンス・ダロウビーという、背の高いほっそりとした金髪の女性がケンダルのハートを射止めつつあるらしい。

「でも、彼女ってすごく冷たそうな感じなの」デイジーが率直な感想を漏らした。「唇はいつも巾着型のお財布の口みたいにぎゅっと結んでいるし。それに、口を手の平で隠してくすくす笑うのよ。まるで、人前で笑うのがレディにあるまじき行為だとでも思ってるみたい」

「きっと歯並びが悪いのよ」リリアンが希望を託すように言った。

「退屈な人だと思うわ。ケンダル卿も、あんな人のどこが気にいったのか不思議よね」

「デイジーったら、相手は、植物の観察が最大の楽しみだと言ってはばからない男性なのよ。彼なら、どんなに退屈なことにも耐えられるに違いないわ」

「じつは今日、水辺でのパーティーのあとで、ピクニックをしたんだけどね」デイジーはアナベルに打ち明けた。「わくわくするような出来事があったの。レディ・コンスタンスが招待客のひとりと危ういシーンを演じているところを見ちゃったのよ。なんと、ケンダル卿以外の紳士と、数分間どこかに消えてしまったの」

「お相手はどなた？」アナベルはたずねた。

「ミスター・ベンジャミン・マクスロウよ。地元で農場を経営している方。ほら、よくいるじゃない。ある程度の地所に、ひと握りの召使いを抱えている、いかにも堅実な農場主といったタイプよ。ああいうタイプが未来の妻に望むのは、子どもを八人も九人も産み、シャツのカフスをつくろい、殺した豚の血を混ぜたソーセージを作ること――」

「デイジーったら」アナベルの顔が急に蒼白になったのに気づいて、リリアンは妹をたしなめた。「気持ちの悪いことを言うのはおよしなさい」笑みを浮かべてアナベルに申し訳なさそうに言う。「ごめんなさいね、アナベル。でも、イギリス人ってそういう食べ物が好きでしょう。アメリカ人だったら、目にするなり恐ろしさのあまり叫び声をあげてテーブルから逃げ出してしまうような食べ物が」

「とにかくね」デイジーはいかにもじれったそうに話をつづけた。「レディ・コンスタンスがミスター・マクスロウと一緒に姿を消したあと、当然のごとく私はふたりのあとを追ったの。彼女の名誉を傷つけるような場面を目撃して、それでケンダル卿が彼女に興味を失くしてくれればいいと思ってね。ふたりが木の陰で顔を近づけているところを発見したときは、どんなに嬉しかったことか」

「キスをしていたの？」アナベルはたずねた。

「残念ながら違ったの。ミスター・マクスロウは、巣から落ちたコマドリのヒナをレディ・コンスタンスが巣に帰してあげるのを手伝っていただけ」

「なんだ」アナベルはがっくりと肩を落とし、不機嫌につけ加えた。「とっても優しい女性なのね」元気が出ないのは、蛇の毒と、苦い解毒剤のせいもあるのだろう。だが原因がわかったからといって、沈んだ気持ちが回復するわけでもなかった。

アナベルの落胆ぶりを見たリリアンは、銀の持ち手部分が曇ったヘアブラシを手に取った。「今はレディ・コンスタンスとケンダル卿のことは忘れましょ。ねえ、髪を編んであげるわ。顔にかからないほうが、きっと気分も晴れやかになるわよ」

「鏡はどこ？」アナベルは聞きながら、お尻の位置を少しずらしてリリアンがうしろに座れるようにした。

「さあ、どこかしらね」リリアンはさり気なく答えた。

いつの間にか誰かが鏡をどこかにしまったのを、アナベルは知っていた。病気のせいでひどい顔をしているのだろう。髪はぼさぼさで、肌もいつもの健康そうな輝きを失っているに違いない。それに、始終吐き気がするせいで食欲もなく、ベッドの上掛けにだらりと乗せた腕がいやに細く見える。

その晩、アナベルがひとりでベッドに横になっていると、寝室の窓を通して、階下の舞踏室から音楽や人びとが踊るざわめきが聞こえてきた。レディ・コンスタンスがケンダル卿の腕の中でワルツを踊るさまを想像して、アナベルはいらいらと寝返りをうった。これで結婚相手が見つかる見込みはほとんどなくなったわ、とむっつりと考える。「毒蛇なんて大っ嫌い」悪態をつきながら、フィリッパが薬のこびりついたスプーン、小瓶、ハンカチ、ヘアブラシ、ヘアピンなど、サイドテーブルの上に乗った雑多なものを片づける姿を見やる。「病気なんて嫌い、森を歩くのも嫌い、ラウンダーズなんてもっと大っ嫌いだわ！」

「何か言った、アナベル？」フィリッパはたずね、空のグラスをトレイに載せる手を休めた。

ふいにふさぎの虫にとらわれたアナベルは、首を振ってこう言った。「私……ううん、なんでもないわ、お母様。でも考えたの――あと一日か二日で、旅行ができるくらいに回復したら、ロンドンに帰りましょうよ。もうここにいる意味がないもの。今ではもう、レディ・コンスタンスは未来のレディ・ケンダル同然でしょう。それに今の私ときたら、他の男性の気を引けるくらいきれいでもないし、体調もよくないし。その上――」

「私はまだ望みを捨てていませんよ」フィリッパはトレイを下におろして娘をなだめた。身をかがめて、アナベルの眉のあたりを母親らしい優しさでそっとなでる。「まだ婚約が発表されたわけじゃなし――ケンダル卿は何度もあなたの容態をたずねてくださっているんですよ。それに、ツリガネソウの花束もいただいて。ご自分で摘んだのだとおっしゃっていたわ」

だがアナベルは、部屋の一隅に飾られた大きな花束のほうをうんざりした面持ちで見やった。強烈な花の香りが、部屋に充満している。「お母様、お願いがあるんだけど……あの花束をどこかにやってくれない？　きれいだし、ケンダル卿のご厚意は嬉しいけど……匂いがきつくて……」

「まあ、気がつかなかったわ」フィリッパは慌ててそちらに駆け寄り、うつむいたような紫色の花が生けられた花瓶を持ち上げ、扉のほうに向かった。「廊下に出しておくわね、あとでメイドに持っていってもらいましょう……」フィリッパの声が遠くなった。しばらくは、片づけに忙しくてこちらには来ないだろう。

アナベルは、サイドテーブルの上にひとつだけ残っていたヘアピンをつまみ、それをもてあそびながら顔をしかめた。実際、花を贈ってくれたのはケンダル卿だけではなかった。アナベルが病に伏せっているという話が屋敷に広まると、招待客たちは大いに心配してくれた。ウェストクリフでさえ、マースデン家からと称して温室栽培のバラの花束を贈ってくれた。だが、花瓶に生けた花がいたるところに飾られた寝室は、まるで誰かの葬儀の最中のように見える。しかも奇妙なことに、ハントからは何も贈られてこなかった……お見舞いのメッセージも、一輪の花も。二日前の晩にあれほど心配してくれたのだから、何かしら贈ってくるとばかり思っていた。病状を気づかっていることを示すような何かを……だがアナベルは思いなおした。たぶんハントはアナベルのことを、愚かで厄介なだけの女、これ以上追っかけまわしても意味がないと見限ったのだろう。もしそうなら、これでもう二度とハントに悩まされることがないのだから、ありがたく思えばいい。

ところが、ありがたいどころか、鼻の奥がツンとして思いがけず涙があふれそうになった。アナベルは、自分で自分がわからなくなってしまった。とてつもない絶望感の裏に隠されたこの感情がいったい何なのか、さっぱり見当もつかない。だが、言葉にはならない何かを切望する気持ちでいっぱいらしいことはわかる……それが何なのかさえわかれば。それがどんな——。

「変ね、何なのかしら？」フィリッパが当惑しきった声でつぶやきながら、部屋に戻ってきた。「扉を開けたすぐのところに置いてあったのよ。誰かが置いていったらしいけど、メモもないし、メイドたちも何も聞いてないというの。それに見たところ、まるきり新品みたいだわ。あなたのお友だちかしら？　きっとそうね。こんな突飛な贈り物をくださるのは、あのアメリカ生まれのお嬢さんたちしかいないわ」

ベッドの上に起きあがり、母がひざの上に置いてくれたものを見たアナベルは、ぽかんとしてしまった。それは、赤いリボンがていねいに巻かれたアンクルブーツだった。柔らかな革はしゃれたブロンズ色で、きれいに磨かれてガラスのように光っている。かかとは革を何層も張り合わせたスタックヒール。靴底の部分のステッチもみごとで、センスの良い上品なアンクルブーツだ。しかもつま先にかけて、葉の模様のししゅうがほどこされている。ブーツを見つめ、アナベルはふいに笑い出した。

「そうね、きっとボウマン姉妹からだと思うわ」と言いながら……本当はそうではないとわかっていた。

ブーツはハントからの贈り物だ。紳士たるもの、身につけるものを女性に贈ったりしてはならない。ハントはそれを知っていてこういうことをする。アナベルは、すぐにハントに返すべきだと思いながら、いつのまにかブーツをぎゅっと握りしめていた。このように実用的な、それでいて不適切なほど個人的な品を女性に贈ることができるのは彼しかいない。

アナベルは笑みを浮かべて赤いリボンをほどき、ブーツの片方を手に持ってみた。それは驚くほど軽くて、一目で彼女の足にぴったり合うのがわかった。だがいったいどうやって彼女の足のサイズを調べ、どこで買い求めたのだろう。アナベルは、靴底とブロンズ色にきらめく甲の部分を縫い合わせた、こまかいみごとなステッチに指をはわせてみた。

「なんてすてきなブーツなんでしょう」フィリッパが感嘆の声をあげる。「泥だらけの田舎道を歩くにはもったいないくらいね」

アナベルはブーツを鼻先にもっていき、磨きあげられた革の清潔で野性的な香りを吸いこんだ。まるで高価な彫刻作品を愛でるように、甲の部分の柔らかいなめし革をそっと指でなぞり、じっくりと眺める。「田舎道はもうこりごり。だからこのブーツは、庭の砂利道でしかはかないからだいじょうぶ」アナベルはほほをゆるめて言った。

フィリッパは嬉しそうに娘の顔を眺め、身をかがめて彼女の髪をなでた。「新しい靴をいただいただけで、あなたがこんなに元気になるなんて思いませんでしたよ――でも本当によかった。スープとトーストを持ってこさせましょうか？　ヤエムグラのお茶を飲む前に、何か食べておいたほうがいいでしょう」

アナベルは顔をしかめた。「わかったわ。スープをいただきます」

フィリッパは満足げにうなずき、ブーツに手を伸ばした。「これは衣装だんすにしまっておきましょう――」

「まだしまわないで」アナベルはつぶやき、ブーツの片方をぎゅっと握りしめた。

フィリッパは笑って、呼び鈴を鳴らしに行った。

アナベルは枕にもたれて、シルクのようになめらかな革に指をはわせ、胸のつかえが軽くなっていくのを実感していた。きっとお茶の解毒作用のおかげだろうと思いながら……どうして急にこれほどの安堵感を覚え、平穏な気持ちになれたのかは自分でもわからなかった。

もちろん、ハントには礼を言った上で、男性が女性にこんな贈り物をするなんてとんでもないということを教えてやらねばなるまい。贈り主が自分であることをハントが認めたら、ブーツは返さねばならないだろう。どうせ贈り物をくれるなら、詩集とか、缶入りのタフィー、花束などのほうがよかったのに。だが、何かをもらってこれほど感動したのは生まれて初めてだった。

その晩アナベルは片時もブーツを手元から離さず、ベッドに履物を置いておくなんて縁起が悪いとフィリッパに叱られた。だがやがて、窓から漏れ聞こえてくるオーケストラの音楽を耳にしながらうとうとしだし、サイドテーブルに置いておきましょうねという母の提案に従わざるをえなかった。そして翌朝目覚めたときには、ブーツがちゃんとそこにあるのを見てほほをゆるめた。

14

蛇に嚙まれてから三日目の朝、アナベルはようやくベッドから出られるくらいまで回復した。幸い、招待客は大半が隣の領地で催されているパーティーに行っており、ストーニー・クロスはひっそりとして、ほとんど人気《ひとけ》がなかった。メイド長に相談して、フィリッパは庭を見下ろせる二階の談話室にアナベルを連れていってやった。とてもかわいらしい部屋で、花柄の青い壁紙が貼られ、子どもたちと動物が描かれた陽気な絵が飾られている。メイド長によれば、その部屋は普段はマースデン家の専用なのだが、アナベルがくつろげるようにと、ウェストクリフがわざわざ空けてくれたらしい。

フィリッパは娘にひざ掛けをかけ、手元のテーブルにヤエムグラのお茶を置きながら、しかめ面を見て有無を言わせぬ口調で注意した。「飲まなきゃだめよ。あなたのためなんですからね」

「見張りは必要はないわよ、お母様。私はここでのんびりしているから、お母様は散歩をするなり、お友だちとおしゃべりするなりしてきてちょうだい」

「本当にひとりで平気なの？」

「当たり前でしょう」アナベルはお茶の入ったカップを手にして一口すすった。「ほら、薬だってちゃんと飲むわ。もう行っていいわよ、心配してくれなくてもだいじょうぶ」

「わかりましたよ」フィリッパは娘の言うことを渋々聞いた。「でももう少しだけね。メイド長が、何かあればテーブルの上の呼び鈴を鳴らしてくださいって。それと、お茶は全部飲み干さなければいけませんよ」

「わかってるわ」アナベルは約束し、とってつけたように、にっこりと笑ってみせた。フィリッパが部屋からいなくなるとすぐにソファの背に寄りかかり、開いた窓からカップの中身をそっと捨てた。

アナベルは満足げにため息を漏らし、ソファの隅で体を丸めた。時おり、静けさを破って使用人たちが忙しく立ち働く物音が聞こえてくる。皿ががちゃがちゃとぶつかる音、メイドたちの話し声、そして廊下のじゅうたんをほうきで掃く音。アナベルは窓枠に腕を乗せて顔を突き出し、暖かな陽射しを浴びた。まぶたを閉じて、ハチの羽音に耳を傾ける——。咲き乱れる濃いピンク色のアジサイや、トレリスにからまるスイートピーの細いツルの間を飛び交っているのだろう。まだ体全体に力が入らない感じがしたが、猫のようにうとうとと、暖かい場所でのんびり休んでいると心地よかった。

うつらうつらしていた彼女は、入口のほうで何か物音がしたのになかなか気づかずにいた。一度だけ、軽く扉を叩く音だ——どんどんと叩いて、夢の中のアナベルを驚かせまいとしているような感じ。彼女はソファの上で脚を折って座ったままの姿勢で、日の光にチカチカする目をしばたたいた。そのチカチカが徐々に消えていくと、視界に入ったのは、ハントの引き締まった体だった。ハントは扉の側柱に軽くもたれている。無意識のうちにやっているのだろうが、肩を柱にもたせているポーズがいやに色っぽかった。かすかに首をかしげてアナベルをじっと見つめているが、何を考えているのかは、表情からうかがうことができない。

アナベルは、脈が速くなるのを感じた。ハントは例のごとく非の打ちどころのない服装だが、いくら紳士らしい身なりをしていても、全身から発散されるあの男性的なパワーは隠しようもない。アナベルは、寝室に運びこまれたときのハントの腕や胸の引き締まった手ざわりや、そっと触れてきた指の感触を思い出していた……彼の姿を目にして、あのときのことを思い出さずにはいられなかった！

「まるで、庭から迷いこんだ蝶のようですね」とハントは静かに言った。

また人をからかっているんだわ……アナベルは内心苛立ち、ふいに、病で青白くなった肌が気になりだした。どぎまぎしながら髪に手をやり、ほつれ毛をかきあげる。「ここでいったい何をしてらっしゃるんです？　お隣で開かれているパーティーに行かなくてもいいのですか？」

そんなふうにぶっきらぼうに、迷惑そうに言うつもりはなかった。だが、いつものように言葉づかいに気を配るほどの余裕はなかった。ハントを見つめるうちに、彼がどんなに優しく胸元をさすってくれたかを思い出さずにはいられなかった。だが思い出したとたんに、恥ずかしさで顔が真っ赤になってしまった。

ハントはやや皮肉っぽく答えた。「うちの経営陣のひとりと仕事の話をすることになっていましてね。昼前にロンドンから来ることになっているのです。あなたの大好きな、絹の靴下を履いた貴族連中と違って、今日の私は、どこにピクニック用のブランケットを敷くかなんてことにはかまっていられない。いろいろと考えなくてはいけないことがあるんですよ」ハントは扉の側柱から離れ、アナベルをまじまじと見つめながら、部屋の中まで足を踏み入れてきた。「まだ調子が悪いのですか？　まあ、じきによくなるでしょう。足首の具合はどうです？　スカートをあげて——あらためて私が見てあげましょう」

アナベルは一瞬、警戒するような目をハントに向けたが、相手の瞳にからかうような色があらわれているのに気づくと声をあげて笑いだした。ハントの大胆なせりふのおかげでなぜかバツの悪い気持ちが薄れ、気分がほぐれた。「お優しいこと。でもその必要はありませんわ。おかげさまで、足首の具合はだいぶよくなりましたので」

ハントは笑みを浮かべてソファのほうに近づいてきた。「申し上げておきますが、足首を見ましょうと言ったのは、純粋な気持ちからですよ。あなたのはだしを見て、みだらな喜びを覚えるようなことは決していたしません。もちろん、多少はわくわくするかもしれませんが、その気持ちはうまく隠しますよ」ハントは片手で椅子の背をつかみ、アナベルの座っているソファのそばに軽々と移動させて腰をおろした。あんなみごとな彫刻がほどこされた重厚なマホガニーの椅子を、まるで羽のようにいとも簡単に片手で動かしてしまうなんて……。アナベルは誰もいない入口のほうに視線を走らせた。扉が開いているかぎり、ここでハントとふたりきりで話していても問題はあるまい。それに、そのうち母がようすを見にやってくるだろう。だがブーツの件は、その前に話しておいたほうがよさそうだ。

「ミスター・ハント、お聞きしたいことがあるのです」アナベルは慎重に切り出した。

「何でしょう？」

ハントの外見で一番魅力的なのはあの目だわ、とアナベルはぼんやりと考えた。パワーにあふれ生き生きとしたハントの目を見ていると、どうしてみんな黒い瞳より青い瞳のほうが好きなのかしらと不思議に思えてくる。どんなに深い青も、ハントの漆黒の瞳にひそむようなあふれんばかりの知性を感じさせはしないのに。

いくら考えたところで、さりげなくブーツのことを聞くすべは見つからなかった。頭の中であれこれとせりふをこねくりまわした挙句、アナベルはあきらめて単刀直入にたずねることにした。「あのブーツはあなたからですの？」

ハントはまったく表情を変えなかった。「ブーツ？　何のことをおっしゃっているのかわかりませんが。何かの比喩でおっしゃっているのかな、それとも、足に履くブーツのことですか？」

「アンクルブーツです」アナベルは疑いの色もあらわにハントをじっと見つめた。「昨日、部屋の扉を開けたところに新品のブーツが置かれていたのです」

「あなたの装身具についてお話できるとは光栄ですが、あいにくその新品のブーツとやらについては何も存じあげませんね。ですが、あなたがアンクルブーツを手に入れたとうかがって安心しましたよ。そうでないとあなたはまた、ハンプシャーの草原に住む動物たちの格好のえじきになるでしょうからね」

アナベルはハントの顔をしばらく凝視した。口では否定しているが、無表情な顔の下には何かが隠されているような……おどけた色が目ににじんでいるような感じがする。「では、私にブーツをくださったのはあなたではないのね」

「違うとはっきり断言できますよ」

「でも不思議だわ……男性が相手の女性に知られないようにブーツを贈りたいと思ったら……どうやって足のサイズを調べるのかしら?」

「あんがい簡単なことなんじゃないですか……」ハントはこの会話をおもしろがっているような口調だ。「その勇気ある男性は、相手のご婦人の脱いだ履物を使って紙に靴型をとるようメイドに頼んだんでしょう。あとはその靴型を地元の靴屋に持っていけばいいだけのことです。靴屋に相応の礼をやれば、ほかの仕事は後回しにさせて、ご婦人への贈り物をすぐに作ってもらえますよ」

「ずいぶんと面倒くさそうね」アナベルはつぶやいた。

ハントの目に、ふいにいたずらっぽい色が浮かぶ。「それほど面倒でもないでしょう。軽い履物で外を歩いてはしょっちゅうケガをする女性を抱きかかえて、階段を三つも上るのに比べれば何でもありませんよ」

ハントは自分がブーツの贈り主だと認めるつもりはいっさいないらしい。おかげでアナベルはブーツを返さなくて済むわけだが、それでは礼を言うこともできなくなってしまう。だがハントが贈り主なのは一目瞭然――顔を見ればわかる。

「ミスター・ハント、私は……」アナベルは真剣な面持ちで口を開いたが、言葉が見つからず、困ったようにハントを見つめるだけだった。

ハントは助け舟を出すように、立ち上がって部屋の隅のほうに行くと、円形のテーブルを運んできた。直径六〇センチほどの小さなテーブルで、天板を裏返せばチェスボードからチェッカーボードに早変わりする仕組みになっている。「できますか？」とハントは気軽にたずねながら、アナベルの前にテーブルを置いた。

「チェッカーですか？　ええ、何度か――」

「いや、チェスのほうです」

アナベルは首を横に振り、ソファの隅に小さくなった。「いいえ、チェスは一度もしたことがありません。それと、つきあいづらいと思われては心外ですが……今はあまり気分もよくありませんし、チェスのように難しいゲームをやりたいとは――」

「だったら、ここで覚えてはいかがですか」ハントはそう言うと壁がんのほうに行き、磨きあげられた木目が美しいバールウッドの小箱を手に取った。「人間の本性はチェスをしてみるまでわからない、と言いますからね」

アナベルは用心深くハントを見つめ、彼とふたりきりでいることに不安を覚えはじめていた……だがその一方で、彼が必死に紳士的に振る舞うのを見て大いに興味を覚えてもいた。

ハントの態度はまるで、アナベルの信頼を勝ち取ろうと躍起になっているようにも見える。じつに温和な物腰で、へそ曲がりの放蕩者《ほうとうもの》といういつものイメージとは大違いだ。

「その格言を信じてらっしゃるの？」

「もちろん信じてなんかいませんよ」ハントは小箱をテーブルの上に置き、ふたを開けて、オニキスと象牙に精巧な細工をほどこしたチェス駒を取り出すと、アナベルを挑発するように見つめた。「男の本性は金を借りてみるまでわからない、女の本性はベッドをともにしてみるまでわからない、というのが本当のところでしょう」

もちろんハントは、アナベルをあぜんとさせるためにそんなことを言ったのである。作戦は成功したが、アナベルのほうも必死に狼狽を相手に気取られまいとした。「ミスター・ハント」アナベルは、笑みを浮かべるハントに向かって顔をしかめてみせた。「そのように下品なことをおっしゃるようでしたら、部屋を出ていってくださいと申し上げるしかありませんわ」

「これは失礼いたしました」ハントはすぐさま詫びたが、アナベルは決してだまされはしない。「あなたがほほを赤らめるところを見たかったのです。あなたほどしょっちゅう赤面する方には、これまでお目にかかったことがありませんからね」

アナベルののど元が赤らんだかと思うと、額の生え際まで真っ赤になった。「赤面などしたことがありませんわ。これはあなたといるときだけ――」アナベルは言葉を切り、笑っているハントの顔をじろりとにらみつけた。

「行儀よくしますから、出ていけなんて言わないでください」

何と答えるべきか決めかねて、アナベルはただハントの顔をまじまじと見つめながら、力なく額に手をやった。そのしぐさに彼女がまだ本調子ではないのを見てとったハントは、いっそう優しげな声音で話しかけた。「いいでしょう？　どうかあなたのそばにいさせてください、アナベル」

アナベルはとまどいながらも弱々しくうなずき、ソファのクッションにもたれかかると、ハントがてきぱきと駒をチェスボードに並べていくようすを眺めた。その動作は、あんなに大きな手でよくもと驚くほど、素早くて巧みだった。非情そうな手だわと思いながら、彼女はよく日に焼けてごつごつとした、甲に黒い毛の生えた手を見つめていた。

ハントはアナベルの目の前にやや腰をかがめるようにして立っている。彼の魅惑的な香りがアナベルの鼻孔をくすぐった。シャツの糊とヒゲ剃り石けんの匂いに隠れた、清潔な男性の肌の香り……加えて、何だかわからないほのかな香りもする……洋ナシかパイナップルを食べた直後のような、甘い息の香りだ。ハントの顔はすぐ目の前にあって、あとほんの少し身をかがめれば唇が触れてしまいそうだった。その事実に気づいた瞬間、アナベルは身震いした。だが本音を言えば、彼の唇の感触と、かすかに甘く香る息を味わいたかった。彼の腕に、もう一度抱きしめられたくてたまらなかった。

アナベルはそんな自分の気持ちに驚き、狼狽した。すると、彼女がふいに身を硬くしたのが、すぐにハントにも伝わったようだ。ハントはチェスボードから自分を見上げているアナベルの顔に視線を移し、彼女の表情にハッと息をのんだ。ふたりとも身動きひとつしなかった。アナベルは黙ってじっと待つことしかできず、ソファのカバーをぎゅっとつかんで、ハントが次にどのような行動に出るか想像するしかなかった。

ハントが深くため息をつき、ふたりの間に走っていた緊張感がほぐれた。ハントはかすれたような声で言った。「まだやめておきましょう……あなたはまだすっかり回復したわけではありませんから」

アナベルは、自分の心臓の鼓動がうるさくてハントの言葉さえも聞こえないくらいだった。

「な、何のことをおっしゃっているの?」

ハントは我慢できずに手を伸ばし、アナベルのこめかみのあたりのほつれ髪をそっとかき上げた。その指の感触に、アナベルのなめらかな肌は燃えるように熱くなり、かっと血が上ってくる。「あなたは今あることを考えていた。私としても、そうしたいのはやまやまです。しかし、あなたはまだすっかりよくなったわけではない――それに今日の私は自分を抑える自信がない、だからやめておきましょう」

「そうやって、ほのめかしてばかり――」

「ほのめかすなんてまどろっこしいこと、私はしません」ハントはつぶやくように言い、ていねいにチェスの駒を並べる作業に戻った。「あなたは今、私にキスしてほしいと思っていた。タイミングさえよければ、あなたの気持ちにはぜひ応えたい。でも今はまだだめです」

「ミスター・ハント、あなたという人は本当に――」

「ええ、自分でもわかっていますよ」ハントはにやりと笑った。「せいぜいそうやって、私を罵倒してください。どうせ、すべて前に聞いたせりふばかりですからね」ハントは椅子に腰をおろし、アナベルの手の平に駒をひとつ乗せた。美しい彫刻のほどこされたオニキスの駒は重く冷たかったが、すべすべとした表面はじきにぬくもりを帯びてきた。

「罵倒するつもりなんてありませんわ。あなたには、何か尖ったものを一つ、二つ投げつけてやれば十分」

ハントは吹きだした。手を引っこめたときに、親指がアナベルの指に触れた。親指にできたたこのざらざらとした感触は、猫の舌を思わせた。アナベルはそんなことを思った自分をいぶかしみ、手の中の駒に視線を落とした。

「それはクイーン——一番強い駒です。あらゆる方向に動くことができ、好きなだけ遠くまで行けます」

ハントの口調はこれといって何かをほのめかすようなところはなかった……だが今のように静かな口調で話すと、ハントの声はかすれて深みを増し、アナベルは思わず履物の中でつま先に力が入ってしまう。

「キングよりも強いの？」

「ええ。キングは一度に一マスしか動けませんからね。ただし一番重要な駒はキングです」

「一番強いわけじゃないのに、どうしてクイーンよりも重要なのかしら？」

「キングを奪われたらゲームオーバーだからですよ」ハントはアナベルの手からクイーンを

取り、代わりにポーンを置いた。またも指がアナベルの手に触れる――ハントの指はつかの間、まるで愛撫するようにしばらくそこに留まっていた。なれなれしすぎる振る舞いは拒絶するべきだと思ったものの、アナベルは気がつくとぼんやりと手元を見つめ、指が白くなるくらい象牙の駒をぎゅっと握りしめていた。ハントは静かに、ベルベットのようになめらかな声で説明をつづけている。「これはポーンという駒。一度に一マスしか動けません。敵の駒を取るとき以外は、うしろや横に動くこともできません。初心者はたいてい、たくさんあるポーンをゲームの序盤にどんどん動かして、敵よりも広い範囲を支配しようとします。でも、ポーン以外の駒をうまく利用するほうが賢い戦略なんです……」

ハントは駒を順番にアナベルの手の上に乗せていきながら、それぞれの使い方を説明していった。アナベルは、ハントの指が触れるたびに催眠術にかけられたようになり、期待に胸を高鳴らせた。いつもの警戒心は、まるで水車に挽かれた麦のように粉々になってしまったようだ。彼女の中で、あるいはハントの中で、いやひょっとするとふたりの中で、何かが変化し、かつてない穏やかな気持ちで言葉を交わすことができるようになっていた。これ以上ハントに接近されたら困るわ……そんなことをしてもためにならないもの……そう思う一方でアナベルは、彼がそばにいてくれることを嬉しくも思っていた。

こうしてハントはまんまとアナベルをゲームに誘うことに成功すると、彼女が時間をかけて次の手を考えるたびに辛抱強く待ち、求められれば快く助言を与えた。ゲームをしている間のハントの態度はそれは愉快で、楽しく気を紛らわせてくれるものだったので、アナベルは勝敗のことなどほとんど忘れてしまいそうになった。だが、あくまで「ほとんど」だった。彼女が駒を動かして、ハントの駒を一度にふたつ攻撃すると、ハントは満足げに口元をゆるめた。「それは、ピン・アンド・フォークと呼ばれるテクニックです。思ったとおりだ、あなたにはチェスの才能がある」

「あなたに残された手はないわね、あとは退却するだけよ」アナベルは勝ち誇ったように言った。

「いや、まだです」ハントは別の駒を移動させ、アナベルのクイーンを攻撃した。

アナベルはハントの作戦にまごついたが、今度は自分のほうが退却せざるをえない状態になったのだと気づいた。

「そんなのずるいわ」アナベルの抗議にハントはくすくすと笑った。

アナベルは両手の指をからませて、その上にあごを乗せ、盤をじっと見つめた。丸々一分かけてさまざまな手を検討してみたものの、どれもうまくいきそうにない。「どうすればいいのかわからないわ」と最後にはあきらめの言葉を漏らした。視線を上げると、いつになく優しく人を気づかうような目でこちらを見つめるハントがいた。その目つきに、アナベルの心のたがはすっかりゆるみ、まるでハチミツのように甘美な思いにごくりと唾を飲みこんだ。

「もう疲れたでしょう」とハントがつぶやいた。

「いいえ、だいじょうぶ――」

「ゲームのつづきはまた今度やりましょう。ゆっくり休めば、次の手が浮かびますよ」

「途中でやめたくないわ」アナベルは、ハントに断られたのが気にいらなかった。「それに、ふたりとも駒の位置を覚えてなんかいられないでしょう？」

「私は覚えていられますよ」ハントはアナベルの抗議を無視して立ち上がり、彼女の手が届かないようテーブルを脇にどけた。「しばらく横になったほうがいいでしょう。部屋に戻るのに誰か呼んだほうがいいですか、それとも――」

「部屋になんか戻りません」アナベルはキッとして言った。「もううんざり。廊下で寝るほうがよほど――」

「わかりましたよ」ハントは笑みを浮かべてささやき、ふたたび椅子に腰をおろした。「落ち着いてください。私は、あなたがいやがることを無理にさせるような男ではありませんよ」ハントは両手を組み合わせ、いかにもリラックスしたようすで椅子にもたれると、アナベルをじっと見つめた。「明日には、招待客たちはみなストーニー・クロスに戻ってくるでしょう。そうしたらすぐに、あなたはケンダル卿誘惑作戦を再開するんですか？」

「ええ、たぶん」アナベルは答えながら、あくびをこらえきれずに口元を手で隠した。

「でもあなたは彼を求めていない」ハントはそっと言った。

「あら、いいえ、求めていますわ……」アナベルはぼんやりと言い、途中で言葉を切った。腕を曲げ、その上に半分頭をもたせかける。「それに……いくらあなたが私にとても親切にしてくださったからといって……計画を変更するわけにはまいりません」

ハントは、チェスボードを前にしたときと同じように、穏やかな表情で熱心にアナベルのことを見つめている。「私も計画を変更するつもりはありませんよ、スイートハート」今ほど疲れてさえいなければ、アナベルはハントの誘惑の言葉にすぐさま異議を唱えたことだろう。だが現実には、ぼんやりとハントの言葉の意味を考えるしまつだった。計画って何かしら……。「つまり、私がケンダル卿の気を引こうとするのを邪魔するつもり？」

「それだけではありませんよ」ハントは愉快そうに口角をあげた。

「どういう意味です？」

「あなたに作戦を明かすわけにはいきませんよ。常に優位な立場にいたいですからね。次はあなたが駒を動かす番です、ミス・ペイトン。私がいつもあなたを見ていることを、お忘れにならないよう」

普段のアナベルなら、ハントのせりふに警戒心を抱くはずだった。だがあまりにも疲れがひどかったので、しばらくまぶたを閉じた。すると、目の痛みが和らぎ、苛立ちも消えて、強烈な眠気が襲ってきた。重たいまぶたをむりやり開けると、ハントの姿がぼんやりと目に映る。アナベルはうんざりした気分で、ふたりが敵同士でいなければならないなんて残念だわと思った。だが、思っただけではなく口に出していたのには、ハントが穏やかに言い返してくるまで気がつかなかった。

「私はあなたの敵ではありませんよ」

「では、友人なの？」彼女は疑わしげにつぶやき、またも睡魔に負けてまぶたを閉じた。今度はあっという間に心地よい眠りの底に落ち、ハントがひざ掛けを肩まで引きあげてくれたことすら知らずじまいだった。

「いいえ、スイートハート」ハントはささやいた。「私はあなたの友人でもありませんよ……」

アナベルはしばらくうとうとしてからいったん目を覚ました。談話室にひとりで横になっているのに安心し、温かな陽射しを浴びながらふたたびうたたねした。眠りは徐々に深くなっていき、ふと気づくと鮮やかな色つきの夢の中にいた。夢の中の彼女は、五感が研ぎ澄まされ、体はまるで温かい海の中をただよっているように軽やかだった。やがて、視界がはっきりとしてきて……。

アナベルは、見知らぬ家の中を歩いていた。大きな窓から日の光がふりそそぐ、豪華な邸宅だ。どの部屋にも人気はなく、招待客も召使も見あたらない。どこからともなく音楽が聞こえてきて、その悲しげな、不思議なメロディーにアナベルは心奪われた。そのままひとりで邸内を歩いていると、大理石の柱がある広々とした部屋にたどりついた……部屋には天井がなく、頭上高く空が広がっており、流れる雲が床に薄い影を落としていた。寄木張りの床は白と黒の板が交互に並んでいて、まるでチェスボードのよう。人間と同じくらいの大きさの石像が、いくつかの「マス」に置かれていた。

石像の間を注意しながら進んでいたアナベルは、ゆっくりと振り返って、石像たちの輝く顔を眺めた。するとふいに、誰かと話したい、誰か生身の人間の温かい手を握りたいという衝動に駆られた。アナベルは巨大なチェスボードの上を、身じろぎひとつしない石像をよけるようにして闇雲に歩きまわった……そしてようやく、大理石の柱に気だるそうに寄りかかる人影を発見した。心臓を高鳴らせながら、ゆっくりと歩を進める。興奮のあまり、ほほが紅潮し、鼓動が激しく打っていた。

人影は、サイモン・ハントだった。ハントはかすかな笑みを浮かべ、こちらに近づいてくる。そしてアナベルが後ずさろうとした瞬間に彼女をつかまえ、耳元にささやきかけた。

「ここで私と踊っていただけませんか？」

「無理ですわ」アナベルは苦しげに答え、ぎゅっと抱きしめてくるハントの腕の中から逃れようとした。

「いいえ、踊るのです」ハントは優しくアナベルを説き伏せた。ハントの熱い息と柔らかな唇が、アナベルのほほをなでる。「さあ、腕をまわして……」

アナベルはハントの腕の中で身をよじったが、彼が静かに笑いながらキスをしてきたので、ついには足が萎えたようになり、彼にもたれかかるしかなくなってしまった。「今やクイーンは奪われる寸前ですよ、アナベル」ハントはささやくと、顔を離していたずらっぽい目で彼女を見つめた。「あなたに危険が迫っている……」

ふいにハントの腕から解放されたアナベルは、くるりと背中を向け、石像にぶつかりながら急いで逃げた。ハントはゆっくりとした足取りで追ってくる。低い笑い声が聞こえてきた。ハントはアナベルとの距離を保ち、この追いかけっこを楽しんでいるようだ。ついには、アナベルは体中が熱くなり、疲れて、息もできないほどになってしまった。とうとうハントにとらえられたアナベルは、ふたたび抱き寄せられ、そして床に押し倒された。上にのしかかってきたハントの黒髪が、空にぽっかりと浮かんでいるように見える。アナベルには、自分の心臓の鼓動の音がうるさくてもはや音楽すらも聞こえなかった。「アナベル」とハントがささやきかける。「アナベル……」

目を覚ましたアナベルは、寝起きでほほを上気させながら、誰かが部屋にいる気配にぎょっと目を見開いた。

「アナベル」と自分を呼ぶ声が聞こえてくる……だがそれは、夢の中で耳にした、ハスキーな、優しく気づかうようなバリトンボイスではなかった。

15

見上げると、目の前にホッジハムが立っていた。アナベルは慌てて居住まいを正し、相手から少しでも離れようとしてソファの隅に移動しながら、これは夢ではなく現実なのだと必死に理解しようとした。驚きのあまり口を開くこともできないまま、身をすくめる。ホッジハムはぶよぶよした手を伸ばしてきて、ドレスの前身ごろにあしらわれたレースに指を触れた。

「寝こんでいると聞きましてね」ホッジハムは、ソファの上でほとんどのけぞるような姿勢になっているアナベルを、重たそうなまぶたの下からじっと見つめている。「あなたが大変辛い思いをしていると知って、気が気ではありませんでしたよ。でも、大したことはなさそうだ。相変わらず……」ホッジハムは言葉をいったん切り、ぼってりとした唇を舌で舐めた。

「……お美しい。ちょっと顔色は悪いようだが」

「どうして……どうして私がここにいるとわかったのです？　ここはマースデン家専用の談話室。誰もあなたに私がここにいることを――」

「使用人が教えてくれましたよ」ホッジハムは気取って答えた。

「出ていってください」アナベルはぴしゃりと言った。「さもないと、あなたに襲われたと言って大声を出しますよ」

ホッジハムはげらげらと笑いだした。「あなたが自分でスキャンダルの種をまくわけがない。あなたがケンダル卿に興味を持っているのは周知の事実。あなたの名前にほんのわずかでも傷がつけば、彼をものにできるチャンスはゼロになる、そのくらいのことはお互いによくわかっているはずですよ」アナベルが何も言い返せないのを見て、ホッジハムはにやにや笑った。笑うと、黄ばんだらんぐい歯がのぞく。「だが私にはそのほうが都合がいい。かわいそうな、私のかわいいアナベル……どうすればあなたのその青白いほほに生気が戻るか、私は知っていますよ」ホッジハムは上着のポケットに手を入れ、大きな金貨を取り出すと、彼女の目の前でじらすように振ってみせた。「ほうら、お見舞いにこれをさしあげましょう」

アナベルは怒りに息を荒らげたが、相手はますます距離を縮めてくる。太い指でつまんだ金貨を、ドレスの前身ごろの中に押しこもうという魂胆なのだろう。アナベルは思いきって、その手をさっと振り払った。あまり力は入らなかったものの、金貨はホッジハムの手を離れて飛んでいき、音をたててじゅうたん敷きの床に落ちた。

「ひとりにしてください」アナベルは頑として言い放った。

「まったく気取りおって。母上よりもまともなレディのふりをしたところで、何の意味もないというのに」

「けだもの――」アナベルは自分の非力さを呪い、のしかかってこようとするホッジハムを弱々しく叩いたが、内心は恐怖に怯えていた。「やめて！」歯をぐっと食いしばり、両腕で顔を隠して訴える。ホッジハムに手首をつかまれ、激しく抵抗した。「離して──」

そのとき入口のほうで大きな音がして、ホッジハムはぎくりと身を起こした。アナベルが頭のてっぺんから足のつま先までぶるぶると震わせながら、音のしたほうに目をやると、昼食を載せたトレイを手に母が立っていた。フィリッパは何が起きているのか悟ったのだろう、手にしたトレイからフォークを落とした。

フィリッパは、ホッジハムがそこにいることが信じられないというように首を左右に振った。「娘に近づかないで……」と低い声で言う。怒りで顔を真っ赤にしながら、近くのテーブルにトレイを置き、静かな怒りを含んだ声でホッジハムに告げた。「娘は病気なのです。回復の邪魔をされては黙っていられません。あなたは今すぐ、私と一緒にいらしてください。別の部屋でお話ししましょう」

「話などしたくない」ホッジハムが言った。

アナベルには、母の顔にさまざまな感情が次から次へと浮かぶのがわかった。嫌悪、敵意、憎しみ、恐れ……そして最後にあきらめ。「とにかく、娘から離れてください」フィリッパは冷たく言い放った。

「だめよ」アナベルは叫ぶように言った。フィリッパがどこかでホッジハムとふたりきりになるつもりなのはわかっていた。「お母様、ここにいて」

「心配はいりませんよ」フィリッパはアナベルのほうは見ようともせず、無表情にホッジハムの赤ら顔を注視している。「お昼を持ってきましたからね、何か食べるようになさい――」「いやよ」アナベルは信じられないような、絶望的な気持ちで、母が先に立ってホッジハムとともに静かに部屋をあとにするのを見つめた。「お母様、行かないで！」だがフィリッパは、アナベルの声が耳に入らないかのように部屋を出ていってしまった。

それからどのくらいの時間がたったのかわからない。アナベルはただぼんやりと、誰もいない入口のほうをずっと凝視していた。昼食が載ったトレイには触る気にすらなれなかった。野菜スープの匂いが部屋中に充満して、吐き気がしそうだ。アナベルは暗澹《あんたん》たる思いで、ふたりの忌まわしい関係はいったいどうやって始まったのだろうかと考えた。ホッジハムがむりやり母を誘ったのか、それとも初めはお互いの合意の上でのことだったのか。いずれにしても、今ではふたりの関係はただの茶番にすぎない。ホッジハムは化け物だ。母は、ペイトン家の名声を守るために彼をなだめようと必死なだけだ。

アナベルは疲労と絶望感に苛まれて、今この瞬間に母とホッジハムの間でどんなことが起きているのかと思い悩むのはやめ、ソファからむりやり身を起こした。だが、体中の筋肉が痛み、思わずひるんだ。頭が痛くて、もうろうとし、自分の部屋に帰りたかった。老婆のような足取りで呼び鈴のところまで行き、思いっきり鳴らす。だがいくら待っても、誰も来なかった。招待客たちが隣家に出かけたとあって、使用人の多くは一日暇をもらっているのだろう。メイドの手も足りないに違いない。

ほつれた髪を無意識に指でいじりながら、アナベルは自分の置かれている状況をよく考えてみた。脚にあまり力が入らないものの、歩けないことはなさそうだ。朝方この部屋に来たときには、母の助けを借りて、自分たちの部屋から同じ階にあるマースデン家の談話室まで廊下を二つ渡ってきたのだった。だが今は、その程度の距離ならばひとりで戻る自信がある。

アナベルは、ホタルが飛んでいるように目の前がチカチカするのは無視して、慎重に、そっと部屋をあとにした。万が一のときを考え、壁に寄りかかるようにして歩を進める。何てことかしら、とアナベルはうんざりしながら思った。これしきの運動で、まるで何キロも走ったように息が切れるなんて。自分の無力さに怒りすら覚えつつ、彼女はみじめな気分で、最後に飲んだヤエムグラのお茶が余計だったのだろうかと思った。それでも、集中して一歩一歩足を踏み出していくうちに、じりじりと最初の廊下を進んでいき、ついに屋敷の東棟の手前にたどりついた。アナベルの部屋も東棟にある。そのとき、静かな話し声が反対側から聞こえてきて、彼女は足を止めた。

まったくもう。こんな状態のところを、人に見られたくない。せめて声の主が使用人でありますようにと祈りながら、壁にもたれかかって身じろぎもせずに立っていた。じっとりと汗ばみ、冷えきった額とほほには、ほつれ髪がへばりついている。

目の前の廊下をふたりの男が通りすぎていく。ふたりとも会話に夢中で、彼女には気づかなかったようだ。見つからずに済んでよかったわ……アナベルは胸をなでおろした。

だがアナベルの運もそこまでだった。ひとりが急にこちらを向くなり、彼女の顔に釘づけになったのだ。男が近づいてくる。アナベルには、その男性的な身のこなしと大股に歩くようすから、顔を見る前から誰だかわかっていた。

どうしてこういう時にかぎってハントがあらわれるのかしら……。彼女はため息をついて壁から体を離し、平静をよそおったが、実際にはひざがガクガクと震えていた。「こんにちは、ミスター・ハント――」

「いったい何をしてるんですか？」ハントはそばにやってくるなり、アナベルの言葉をさえぎった。苛立っているような声だが、見上げると、心配そうに表情を曇らせている。「どうしてこんなところにひとりで立ってるんです？」

「部屋に戻るところですわ」足を踏み出そうとしたところへ、すぐにハントが腕を差し伸べてきた。片方の手が肩に、もう一方が腰にまわされる。「ミスター・ハント、私はだいじょうぶ――」

「何もできない子猫みたいな状態なのに、何を強情を張っているんです」ハントは有無を言わせない。「そんな体でひとりでどこかに行くほど、あなたは愚かな人ではないはずだ」

「呼び鈴を鳴らしても誰も来なかったんです」アナベルは苛立たしげに言った。頭がぐらぐらして、思わずハントにもたれかかり、その腕に体重をあずけてしまう。ハントの胸はうっとりするほど硬くてたくましく、ほほに触れるシルクの上着の冷たさが気持ちよかった。

「母上はどこですか？」ハントはたずね、アナベルのほつれ毛をかきあげてやった。「どこに行ったか教えてくだされば、すぐに呼んで――」

「やめて！」アナベルはハッと顔を上げ、ハントの上着のそでを細い指でぎゅっとつかんだ。

何があっても、フィリッパの行方を探させてはならない。今この瞬間にも、ホッジハムの辱めを受けているかもしれないのだから。「母を探さないで」アナベルはきっぱりと言った。「それに……私はどなたの助けもいりません。ひとりで部屋に戻れますから、手を離してください。私には――」

「わかりましたよ」とハントはささやくように言ったが、手はしっかりとアナベルを支えたままだ。「静かになさい、母上を探したりはしませんから。もうしゃべらないで」ハントの手は、優しく、何度も繰り返し彼女の髪をなでつづけた。

アナベルはハントの腕の中にくずれるようにもたれかかり、何とかして息をしようとした。「サイモン」アナベルはささやき、ぼんやりと、彼の名字ではなく名前を呼んだ自分に驚いていた。ひとりで考え事をしているときですら、名前で呼んだことは一度もなかったのに。アナベルは唇を舐め、呼びなおそうとしたが、驚いたことにまた名前で呼んでしまった。「サイモン……」

「何ですか?」ハントの力強い大きな体に、さっと緊張が走る。ハントはそれ以上ないくらいの優しさで、アナベルの頭をすっぽりと自分の手の中につつみこんだ。

「お願い……私の部屋まで連れていってください」

ハントはアナベルの頭をそっとうしろに傾けて彼女をまじまじと見つめ、ふいにかすかな笑みを口元に浮かべた。「スイートハート、あなたが望むなら、遠いアフリカのティンブクトゥにでもお連れしますよ」

その頃には、廊下にいたもうひとりの男もふたりのところにやってきていた。それがウェストクリフ卿であるのに気づいて、アナベルは驚きはしなかったものの、暗い気持ちになった。

ウェストクリフは、彼女を咎めるように冷やかに見やった。彼女がハントの手をわずらわせようとして、わざとこういう状況を仕組んだのではないかと疑っているようだ。

「ミス・ペイトン」伯爵の声は厳しかった。「たしかに、そのようすではひとりで戻るのは無理でしょう。だが、助けが必要ならば、呼び鈴を鳴らして人を呼べば済んだはずですよ」

「鳴らしましたわ」アナベルは抗議するように言い、ハントを押しのけようとしたが、彼は腕を離そうとしない。「呼び鈴を鳴らして、少なくとも一五分は待ちました。でも誰も来なかったのです」

ウェストクリフは、あからさまな疑いの目を向けた。「まさか。当家の使用人は、呼べば必ず来る」

「では、今日は例外だったのでしょう」アナベルはやり返した。「呼び鈴が壊れていたのかもしれません。あるいは、召使が――」

「落ち着いて」ハントはささやきかけ、アナベルの頭を自分の胸にもたれかけさせると、ウェストクリフに有無を言わせぬ口調で告げた。「話のつづきはあとにしよう。私はこれから、ミス・ペイトンを部屋に送り届ける」

「あまり賢い選択肢とは思えないが」

「あいにく、君の助言は求めていないよ」ハントは愉快そうに言い返した。

伯爵は不機嫌にため息をついた。アナベルはぼんやりと、伯爵がふたりのもとを離れ、じゅうたん敷きの廊下を進む足音を聞いていた。

ハントが首をかしげ、ささやきかけてきた。温かい息が耳元にかかる。「さあ……いったい何があったのか話してくれますか？」

アナベルは、まるで全身の血管が膨張したように、冷たくなった肌が一瞬にしてカッと熱くなるのを感じていた。ハントがそばにいると思うだけで、歓喜と切望で胸がいっぱいになる。彼の腕に抱かれながらアナベルは、先ほどの夢のことを思い出さずにはいられなかった――彼の体がのしかかってくるエロティックな幻想のことを。だが、ハントの腕に抱かれているのをひそかに楽しむなんて、決してしてはならないこと……彼から得られるものはつかの間の喜びだけ、その喜びが去れば、あとは永遠に恥辱にまみれるだけだとわかっている。

アナベルはハントの問いに首を左右に振って答えた。ほほがハントの上着の襟元にあたる。

「それはないでしょう」ハントはいたずらっぽく言い、試すように腕を離した。目を細めて、彼女がひとりで立っていることすらできないのを見てとり、腰をかがめて彼女を抱きかかえた。アナベルは観念したように何事かつぶやき、両腕をハントの首にまわした。ハントはアナベルを抱いたまま廊下を進み、静かに語りかけた。「あなたが何に困っているのか教えてくれれば、手を貸してさしあげられるかもしれません」

アナベルはしばし考えてみた。ハントにペイトン家の窮状を打ち明ければ、ほぼ間違いなく、愛人として援助しようと言われるに決まっている。アナベルは、心のどこかでその考えに引かれている自分を憎んだ。「どうして私の問題に首をつっこもうとなさるの?」

「あなたを助けたいという気持ちだけでは、理由になりませんか?」

「なりませんわ」アナベルが陰気に答えると、ハントはくすくすと笑いだした。

部屋に到着し、ハントは入口のところでアナベルをそっと床に下ろした。「ご自分でベッドまで行けますか、それとも私がお連れしましょうか?」

ハントの声はからかうような感じだったが、こっちがほんの少しでもその気があるところを見せれば、きっと本当にベッドまで連れていこうとするだろう。アナベルは慌てて首を横に振った。「いいえ、だいじょうぶです。部屋には入らないでください」と言って、部屋に入らせまいとするようにハントの胸に手を置いた。アナベルの手は弱々しかったが、ハントをその場に留まらせるにはそれで十分だった。

「わかりました」ハントは言ったが、まだ心配そうに彼女の顔を見つめている。「メイドを呼んでおきましょう。たぶん、ウェストクリフがもう手配してくれているとは思いますが」

「本当に呼び鈴を鳴らしたんです」アナベルは言い募り、思わずすねたような声になってしまったので恥ずかしくなった。「伯爵は、どうやら私の言うことを信じてらっしゃらないようですが、本当に――」

「私は信じてますよ」ハントは細心の注意を払いながらアナベルの手を胸からどけた。手を離す前に一瞬、彼女のほっそりとした指をぎゅっと握りしめる。「ウェストクリフは、ああ見えてもそんなにいやなやつではありません。しばらくつきあってみれば、良い面もあるとわかりますよ」

「そうかもしれませんね」アナベルは疑わしげに言うと、ため息をついて後ずさり、空気のよどんだ暗い部屋に足を踏み入れた。「ありがとう、ミスター・ハント」母はいったいいつになったら戻ってくるのだろうかと不安を覚えながら、誰もいない部屋を見やり、ふたたびハントのほうを向く。

ハントの突き刺すような視線は、アナベルの張りつめた表情の下に隠されたありとあらゆる感情を、今にも暴いてしまいそうだ。彼の口元を見れば、さまざまな疑問を投げかけたがっているのがわかる。だがハントが口にしたのは、「もう休んだほうがいいでしょう」という一言だけだった。

「どうせ今の私にできるのは、休むことだけですわ。退屈で頭が変になりそう……でも、実際に何かしようと思うと、それだけでもう疲れてしまうのです」アナベルは視線を落とし、ふたりの間にはわずか数センチの隔たりしかないのだと陰気な気持ちで思い、ふいに用心深くハントにたずねた。「あの……今夜、私とチェスのつづきをなさる気はありませんわよね？」

一瞬の沈黙ののち、ハントはからかうような口調で返した。「これはこれは……あなたが私と一緒にいたがっていると思うだけで、気が動転してしまいますよ」

アナベルはハントの顔を直視することすらできず、みっともなく顔を真っ赤にしてつぶやくように言いつくろった。「ベッドで休む以外のことができるなら、相手が悪魔だってかまいませんわ」

ハントは静かに笑い、手を伸ばしてアナベルのほつれ毛をかきあげてやった。「ではのちほど。あとでこちらの部屋にまいりましょう」

それだけ言うと、ハントはさっとおじぎをして行ってしまった。廊下を歩く姿は、いつもどおり自信に満ちあふれていた。

今さらながらアナベルは、今夜は招待客たちのためにビュッフェパーティーと音楽の夕べが催されることになっているのを思い出した。きっとハントだって、彼らと一緒に下でくつろぐほうがいいに決まっている。病気で髪もぼさぼさの不機嫌な女を相手に、つまらないチェスなどしたくないだろう。アナベルはうんざりした気分で、先ほどの言葉を取り消したいと思った……彼を誘ったとき、自分はどんなに必死に見えただろう！　アナベルは額を手でぴしゃりと打ち、重い足取りで部屋の奥に向かった。寝乱れたままのベッドに、まるで切り倒されたばかりの木のようにばったりと倒れこむ。

それから五分もしないうちに、扉を叩く音がした。ウェストクリフに叱られたのだろう、神妙な顔つきの若いメイドがふたり部屋に入ってきた。「お世話にまいりました」とひとりが思いきったような口調で言う。「伯爵様から、こちらのお部屋をうかがうよう――お嬢様のお世話をするよう申しつかりました」

「ありがとう」アナベルは言いながら、ウェストクリフにあまりきつく叱られていなければいいけど、とメイドのことを思いやった。椅子に腰かけて、ふたりがめまぐるしく働くようすを眺める。ふたりはほとんど魔法のような速さで、ベッドのシーツを交換し、窓を開けて空気を入れ換え、家具のほこりを払ったのち、簡易式のバスタブを運びこんでそこに湯を満たした。アナベルがドレスを脱ぐのをひとりが手伝う間、もうひとりは折りたたんだタオル地の布と、洗った髪をすすぐための湯が入ったバケツを持ってきた。アナベルは湯のぬくもりを思って嬉しさに身震いし、縁にマホガニーの木を使った折りたたみ式のバスタブに足を差し入れた。

「私の腕につかまってください、お嬢様」と若いほうのメイドが言い、アナベルに腕を差しだしてきた。「足元がふらついているようですから」

アナベルはメイドの言うとおりにし、湯に体を沈めると、メイドのたくましい腕を離した。

「あなた、名前は何というの？」とたずね、湯気をたてている湯に肩までつかる。

「メギーです、お嬢様」

「ではメギー、マースデン家専用の談話室に、どうやら一ポンド金貨を落としてきてしまったようなの――探してきてくれるかしら？」

メギーは当惑した面持ちだ。どうしてアナベルが金貨のように大切なものを床に落としたままにしたのか、もしも自分がそれを見つけることができなかったらどうなるのか、必死に考えているのだろう。「かしこまりました」メギーはぎこちなくおじぎをし、慌てて部屋を飛び出していった。アナベルは頭のてっぺんまで湯に潜り、顔と髪に水をしたたらせながら座りなおすと、目のまわりを拭った。メイドが床にひざをつき、頭に石けんを塗ってくれる。「気持ちがいいわ」アナベルは、一生懸命に髪を洗ってくれるメイドのほうに頭を突き出し、つぶやくように言った。

「あたしのお母さんは、病気のときにはお風呂には入らないほうがいいといつも言ってます」メイドは眉根を寄せている。

「じゃあこれは、イチかバチかだわね」アナベルは気持ちよさそうに頭をうしろに傾け、泡だらけの髪にきれいな湯をかけてもらった。もう一度目のまわりを拭っているところへ、メギーが戻ってくるのが見えた。

「見つけました、お嬢様」メギーは息もたえだえに大声をあげ、金貨を持った手を差しだした。きっと一ポンド金貨なんて手にするのは生まれて初めてだろう。メイドの給金は月に八シリングが普通だ。「どちらに置いておきますか?」

「ふたりで分けるといいわ」

メイドはアナベルを凝視し、ぽかんとしている。「あ、ありがとうございます、お嬢様!」と揃って叫んだが、驚愕のあまり目も口も大きく開けたままだ。

ホッジハムからもらった金貨をふたりにあげるなどという行為は、偽善に過ぎない。ペイトン家は一年以上も、ホッジハムのいかがわしい援助のおかげで生き延びてきたのだ。そう思うと、アナベルはふたりから感謝されるのが恥ずかしくてたまらず、うつむいてしまった。するとと気分が悪くなったのかと思ったふたりは、慌てて彼女を風呂から出させ、濡れた髪と震える体を拭き、清潔なドレスに着替えるのを手伝った。

気分はよくなったものの、風呂に入って疲れたので、アナベルはベッドに潜りこみ、肌触りのいい柔らかな寝具の間に身を横たえた。うつらうつらしていると、メイドたちが風呂を運びだし、抜き足差し足で部屋をあとにする姿がぼんやりと視界に入った。目が覚めたときにはすでに夕方で、母がテーブルの上のランプに灯した炎に目をしばたたかせた。

「お母様」彼女は眠気にぼうっとしたまま、かぼそい声で母を呼んだ。だが昼間ホッジハムがあらわれたことを思い出し、首を振ってむりやり目を覚ました。「だいじょうぶなの？ホッジハムに——」

「その話はしたくないわ」静かに拒絶したフィリッパの端整な横顔を、ランプの明かりが照らしだしている。見ると、フィリッパはどこか上の空で、額にはうっすらとしわが寄っている。「私ならだいじょうぶよ、アナベル」

アナベルはかすかにうなずいたが、内心は困惑と落胆でいっぱいで、深い羞恥心に苛まれていた。起き上がると、背骨がまるで鉄の棒のようにこわばって感じられた。だがしばらく使っていない筋肉が縮こまったような感覚がある一方で、全身に力がみなぎっているような感じもあり、この二日間で初めて、空腹に胃がきりきりするのを覚えていた。アナベルはベッドから出て化粧台の前に行き、ヘアブラシを手にして髪をすきながら、ためらいがちに口を開いた。「ねえ、お母様。気分転換したいわ。マースデン家の談話室に夕食を運ばせて、そこで食事をしてもいいかしら」

フィリッパは半分程度しか娘の話を聞いていないようで、「そうね」と心ここにあらずといった感じで言った。「それがいいわね。私も一緒に行きましょうか?」

「いいえ、だいじょうぶ……だいぶ調子がいいし、すぐそこだもの、自分で行けるわ。それにお母様は今はひとりになりたいでしょうし……」アナベルはばつが悪そうに言葉を切り、ブラシを置いた。「すぐに戻るわ」

フィリッパは何事かつぶやき、暖炉のそばの椅子に腰を下ろした。きっとフィリッパは、ひとりになれるのでほっとしているのだろう。アナベルは長い髪を三つ編みにして肩にたらし、部屋を出てうしろ手にそっと扉を閉めた。

廊下に出ると、招待客たちのさざめきが聞こえてきた。応接室でビュッフェパーティーを楽しんでいるのだろう。話し声と笑い声にかぶさるように音楽も聞こえてくる——弦楽四重奏にピアノという組み合わせだ。立ち止まって音楽に耳を澄ましたアナベルは、それが夢の中で聴いたあの悲しげな美しいメロディーと同じなのに気づいてびっくりした。まぶたを閉じて音楽に聴きいっていると、のどの奥のほうが締めつけられるように痛んだ。そのメロディーは、アナベルがこれまで決して感じまいとしてきた気持ちを呼び覚ました。**何てことかしら、私ったら病気のせいで感傷的になったりして——もうちょっと自分を抑えなくてはだめね。**まぶたを開け、ふたたび歩きはじめたとき、危うく向かいからやってくる人にぶつかりそうになる。

サイモン・ハントの姿を目にしたとたん、アナベルの心臓は破裂しそうなくらいに膨れあがった。ハントは黒と白の正装に身をつつみ、大きな口を気だるくゆがめて笑っている。深みのある声を耳にして、アナベルは背骨がしびれるような感覚を覚えた。「おや、どちらに行こうというんです？」

どうやらハントは、下で優雅にほかの招待客たちとおしゃべりするよりも、彼女といるほうを選んだらしい。アナベルは、ふいにひざの力が萎えてしまったのが病気のせいではないのに気づいていた。そわそわと、三つ編みの先をもてあそぶ。「談話室ですわ。夕食のトレイを持ってきてもらおうと思って」

ハントはアナベルのひじを取ると回れ右をして、彼女に合わせるようにゆっくりとした足取りで廊下を進んだ。「談話室で夕食をとる必要などありませんよ」

「必要ないって？」

ハントはうなずいた。「あなたを驚かせようと思いましてね。さあ、行きましょう。すぐそこですから」アナベルがいそいそとついてくるようすを、まじまじと見つめながら彼は言った。「昼間よりも足元がしっかりしてきましたね。気分はどうです？」

「ずっとよくなりました」アナベルは言ってから、お腹がぐーっと鳴ってしまい顔を赤らめた。「それに、少しばかりお腹も空いています」

ハントはにっこりと笑い、わずかに開いた扉のほうへとアナベルを導いた。足を踏み入れるとそこは、ローズウッド張りの壁につづれ織りが飾られた、こぢんまりとした居心地のよさそうな部屋で、家具には琥珀色のベルベットが掛けられている。特筆すべきは内壁に面した窓で、階下の応接間を見下ろすような造りになっていた。つまり、階下の招待客たちからこちらを見られる心配はまったくないが、大きく開いた窓から音楽が流れこんでくるという仕組みだ。アナベルが目を真ん丸にして小さなテーブルのほうに視線をやると、そこには銀のふた付きの皿が並んでいる。

「どんな食べ物ならあなたの食欲が戻るんだろうと、さんざん悩みましたよ。それで結局、料理番に言ってすべての料理を少しずつ用意させました」

アナベルはハントの言葉に圧倒された。自分を喜ばせるためにそんなに時間をかけてくれる男性がいるということが信じられなくて、ふいに言葉を失ってしまう。ごくりと唾をのみ、部屋中を見回したが、ハントの顔だけは見ることができなかった。「素晴らしいわ。私……こんなすてきな部屋がストーニー・クロスにあるなんて知りませんでした」

「たしかにほとんどの人間は知りません。ウエストクリフの母君が、疲れて階下に行けないときにここで過ごすことがあるようです」ハントはアナベルのほうに歩み寄って長い指をあごの下に添え、自分のほうを向かせた。「私と夕食をご一緒いただけますか?」

アナベルの脈は猛烈な速さで打ち、ハントにも指を通してそれが伝わっているに違いなかった。「でも、お目付け役がいませんわ」アナベルはほとんどささやくように言った。

ハントは口元をゆるめ、彼女のあごから手を離した。「これ以上ないくらい安全だからだいじょうぶ。私は、ご自分の身を守れないくらい弱っているあなたを誘惑するような男ではありませんよ」

「礼儀正しくてらっしゃること」

「誘惑するのは、あなたが元気になってからにします」

アナベルは笑いたいのを我慢して、美しい眉を吊りあげて言った。「ずいぶん自分に自信がおありなのね。誘惑しようと努力する、くらいにしておいたらいかが？」

「失敗を恐れるな――私の父の口癖です」ハントは力強い腕を彼女の背中にまわし、椅子のほうに導いた。「ワインは飲みますか？」

「やめておきますわ」アナベルは残念そうに言い、ふかふかの椅子に腰をおろした。「すぐに酔っぱらってしまうでしょうから」

だがハントはグラスにワインをそそいでそれをアナベルに渡し、傲慢な魔王ですら手本にしそうな、不敵な笑みを浮かべた。「どうぞ飲んで。あなたが酔ったら、すぐに介抱してあげますよ」

甘くなめらかなワインをすすってから、アナベルはハントをにらみつけて言った。「今までに何人のレディが、あなたの今の言葉にだまされ、堕落させられたのかしら……」

「レディを堕落させたことなど、一度もありませんよ」ハントは皿のふたを取って横に置いた。「私は、すでに堕落した女性としかつきあいませんから」

「それで、これまでにいったい何人くらいそういう女性とおつきあいなさったのかしら？」アナベルは聞かずにはいられなかった。

「かなりいます」ハントは答え、弁解するでもなく自慢するでもなく、ただまっすぐにアナベルを見すえた。「ただし、最近はもっぱら別のことにエネルギーをそそいでいますが」

「どんなことに？」

「ウェストクリフと一緒に投資した、機関車製造業の監督をしていましてね」

「本当に？」アナベルは興味津々といった感じでハントを見つめている。「機関車なんて乗ったこともないわ。どんな感じがするんですの？」

ハントはにっこりと笑い、まるで少年のように熱心に話しだした。「速くて、わくわくします。旅客車の平均時速はおよそ八〇キロなんですが、我がコンソリデーテッド社では、六輪の高速機関車を作り、時速一一〇キロを目指しているんです」

「時速一一〇キロですって？」アナベルはおうむ返しにたずね、そんな速さで機関車が走るなんて信じられないという顔をした。「乗客は気分が悪くなったりしませんの？」

彼女の質問に、ハントは思わず笑みを漏らした。「いったん走りが安定してしまえば、速さを感じることはほとんどありません」

「客車内はどんなふうになっているんですか？」

「あいにく、特別豪華というわけではありません」ハントは自分のグラスにワインをつぎ足した。「機関車で旅行をするなら、個室でなければ無理でしょうね――特にあなたのような方は」

「私のような人間って？」アナベルはハントをたしなめるようににらみつけた。「甘やかされて育った人間という意味だとしたら、私は違うとはっきり申し上げておきますわ」

「いやいや、甘やかされたはずですよ」ハントの温かな視線は、アナベルの上気したほほから、ほっそりとした上半身へと移動し、ふたたび彼女の瞳に戻ってきた。彼の口調に、アナベルは息が止まりそうになる。「あなたは、ちょっとばかり甘ったれ屋のようだから」

アナベルは深く息を吸って、正常な呼吸のリズムを取り戻そうとした。どうかハントが触れてきませんように、今夜は誘惑しないという約束を守ってくれますようにと、必死に願った。そうでないと……何ということだろう……アナベルは、彼に抵抗できる自信がなかった。

「コンソリデーテッドというのが、あなたの会社の名前なのですね？」アナベルは弱々しくたずね、何とかして話をもとに戻そうとした。

ハントがうなずく。「米国の鋳造会社であるショー・ファウンドリーズ社の、英国における事業パートナーというわけです」

「それは、レディ・オリヴィアの婚約者のミスター・ショーの会社ですか？」

「そのとおり。ミスター・ショーは、我が社が米国式の機関車製造技術を導入するのを支援してくれていましてね。あちらの方式のほうが、英国方式よりずっと効率的かつ生産的なんですよ」

「でも、我が国の製造技術は世界一だと聞いておりますわ」アナベルは反論した。

「それはどうかな。もし本当にそうだとしても、我が国の技術はほとんど標準化されていないんですよ。つまり、二台として同じ機関車を作ることができないんです。そのため、一台製造するのに相当な時間がかかるし、修理も難しくなる。だが、米国方式を導入して、標準寸法と型板に従い、金型を使ってまったく同じ形の部品を大量生産できるようになれば、今のように何カ月もかけずとも、数週間で機関車一台を製造できます。修理だってあっという間だ」

話をしながら、アナベルはハントにすっかり魅了されていた。彼のように自分の職業について話す男性は初めてだった。アナベルの知るかぎり、男性は仕事のことを話すのをあまり好まない。生活のために働くということは、その人が下流階級に属していることの明白な証になるからだ。上流階級の紳士がやむなく仕事に就いた場合には、仕事に関する話題は極力避け、もっぱら娯楽に時間を費やしているようなふりをする。だがハントは、仕事に対する情熱を隠そうともしない――不思議なことにアナベルは、そんなハントをなんとなく好ましく思っていた。

アナベルに促されて、ハントは仕事の話をつづけ、鉄道会社が所有する鋳造会社を買収したときの経緯を打ち明けた。現在は、その会社に米国方式を導入している最中だという。九エーカーという広大な土地に九つの工場があり、そのうち二つはすでに米国方式の導入が完了して、標準型のボルトやピストン、ロッド、バルブを製造しているという。そうした部品と、ニューヨークにあるショー・ファウンドリーズ社から輸入する部品を使用して、四輪機関車と六輪機関車を製造し、いずれはヨーロッパ中に販売する計画なのだ。

「工場にはよく行きますの？」アナベルはたずね、クレソンのクリームソースをかけたキジ肉のカツレツを一口ほおばった。

「ロンドンにいるときは毎日行きます」ハントはかすかに顔をしかめ、ワイングラスの中身を凝視している。「実際のところ、だいぶ長いこと留守にしてしまいました——すぐにロンドンに戻って、進捗状況を確認しなければなりません」

ハントが間もなくハンプシャーを発つと聞いて、アナベルは嬉しく思うはずだった。彼には邪魔ばかりされているし、いなくなってくれたほうが、ケンダル卿争奪戦に集中するのがずっと簡単になる。それなのに、アナベルはなぜか胸の中が空っぽになったような気がした。アナベルは、ハントといるとどんなに楽しいか、彼のいないストーニー・クロス・パークがどんなに退屈に思えるか、今さらながら実感していた。

「パーティーが終わるまでには戻ってらっしゃるのかしら?」キジ肉をナイフで切り分ける作業に集中しているようなふりをしてアナベルはたずねた。

「場合によりけりですね」

「場合ってどんな?」

ハントは甘い声で言った。「戻ってくるだけの理由がある場合、ということです」

アナベルはハントの顔を見ることができなかった。その代わりに、もじもじと黙りこみ、別に何を見るというわけでもなく開いた窓のほうに視線をやった。窓からはシューベルトの「ロザムンデ」の優美なメロディーが流れてくる。

しばらくすると、扉を控えめに叩く音が聞こえ、従者が皿を下げにやってきた。アナベルはハントから目をそらしたまま、ふたりきりで食事をしていたという噂がすぐに使用人たちルの間に広がるのだろうなと思っていた。ところが、従者が下がってしまうと、まるでアナベルの心を読んでいたようにハントが言った。「あの従者は誰にも言わないからだいじょうぶですよ。ウェストクリフが、彼は口が堅いからと言って勧めてくれたんです」

アナベルはいぶかしむような視線をハントに向けた。「では……伯爵はあなたと私がふたりっきりでいることを……でも、彼がそんなことを許すわけがないわ！」

「私は、ウェストクリフにだめだと言われてもやる男ですから」ハントは落ち着き払った声で答えた。「それに、彼の決めたことに私がだめだと言うことだってある。ただし、この有意義な友情を壊さないために、お互いに腹を立てたりはしないようにしています」ハントは立ち上がり、テーブルに両手をついて身を乗りだした。彼の影がアナベルにおおいかぶさる。

「チェスはどうします？　念のため、一揃い用意してきましたが」

アナベルはうなずいた。そして、ハントの温かな黒い瞳をじっと見つめながら、自分が置かれている状況を心の底から幸福だと思えたのは、大人になってからはこれが初めてのことではないかしらと思っていた。一緒にいるのは、あのハントだというのに……。だが彼女は、ハントのことが知りたくてたまらなかった。仮面の下に隠された彼の考えや思いを、何としてでも理解したかった。

「チェスはどこで覚えたんですの？」アナベルはたずね、ハントが昼間のゲームのとおりに駒を並べるさまを見ていた。

「父から教わりました」

「あなたのお父様から？」ハントは口の端を上げて、苦笑いを浮かべた。「肉屋の主人がチェスをしてはいけませんか？」

「もちろんそんなことは……」アナベルは自分の無神経さにあきれ、顔を真っ赤にした。「ごめんなさい」

ハントは笑みを浮かべたまま、彼女をじっと見つめている。「どうやらあなたは、ハント家について誤解しているようだ。我が家は、完璧な中流階級なんですよ。姉も弟も妹も、それに私もみんなちゃんと学校に行きましたしね。現在、父は弟たちと一緒に店を切り盛りしています。弟たちも店の上に住んでいるので、夜になるとよくみんなでチェスをするというわけです」

アナベルはハントの声に非難めいた調子がないのに安心し、ポーンを手にとって指でもてあそんだ。「どうしてあなたは、弟さんたちのようにお店で働く道を選ばなかったのかしら？」

「若い頃の私は、ひどいわんぱく小僧でした」ハントはにやりとして打ち明けた。「父に何か言われるたびに、向こうの言い分が間違っていることを証明してやろうと必死だった」

「それで、お父様はどうなさったの？」アナベルは目を輝かせてたずねた。

「初めのうちはじっと我慢です。でもそれでもだめだとなると、まるっきり反対の作戦に出る」ハントは当時を思い出し、顔をしかめて身震いした。「まじめな話、肉屋にぶたれるなんてとんでもないことですよ——まるで木の幹みたいに腕が太いんですからね」

「わかるわ」アナベルはつぶやき、ハントの広い肩をそっと盗み見て、引き締まった筋肉の感触を思い出していた。「ご家族は、あなたが成功したので誇りに思ってらっしゃるんでしょうね」

「どうかな」ハントはあいまいに肩をすくめた。「残念ながら、この野心のせいでかえって家族とは疎遠になってしまいましてね。ウエスト・エンドに家を買ってやろうと言ったら両親に断られましたよ。私があそこに住んでいるのも気にいらないらしい。それに、投資業も自分たちの息子にふさわしい仕事ではないと思っているみたいですね。両親は、息子にはもっと……実体のある職業に就いてほしいんでしょう」

アナベルはハントの顔をまじまじと見つめ、その言葉の裏に隠された思いを読み取ろうとした。ハントは上流階級の人間と過ごすことも多いが、その世界に属する人間ではない。それはアナベルも以前から知っている。だが、彼がかつて属していた世界ともすでに縁が切れてしまっているとは、今の今まで思ってもみなかった。ハントは孤独感に苛まれることもあるんじゃないかしら。ひょっとすると、それがいやで忙しくしているんじゃないかしら……。

「五トンの機関車以上に実体のあるものなんて、私には思いつかないわ」アナベルは、ハントの最後のせりふに対してそう返した。

ハントは声をあげて笑い、彼女が持っているポーンに手を伸ばした。だがどういうわけか、アナベルはその象牙の駒を離すことができないようだった。ふたりの指と指が触れ、視線が熱くからみあう。アナベルは、不思議なぬくもりが手から肩へと伝わっていき、やがて全身に広がるのを感じた。まるで陽射しを浴びているときのように、体中を熱いものが駆けめぐる。その心地よさに酔いしれていると、思いがけず涙がふいにあふれてきた。

アナベルはうろたえ、さっと手を引っこめた。ポーンが床に転がり落ちて音をたてる。

「ごめんなさい」と言ってぎこちなく笑い、これ以上ハントとふたりっきりでいるとどうにかなってしまうのではないかと、急に不安になった。おろおろと立ち上がり、テーブルから離れる。「あの――なんだかとても疲れてしまったようだわ。やはりワインがいけなかったんだと思います。もう部屋に戻らなくては。まだ時間はたっぷりありますから、あなたはせっかくだから下で皆さんとくつろいでらして。ディナーをご一緒いただいてありがとうございました――音楽もすてきでしたわ、それから――」

「アナベル」ハントは優雅な動きで素早くアナベルの前に立ちはだかり、彼女の腰に手をまわした。見つめながら、いぶかしむように眉根を寄せている。「私のことが怖いのですか?」

アナベルは無言でかぶりを振った。

「ではどうして急に出ていこうとするんです?」

いくらでも答えようはあっただろうが、今のアナベルには、巧みに本音を隠すことも、機転を利かせることも、言葉をとりつくろうこともできない。まるで木づちを打ちおろすように、単刀直入に答えるしかなかった。「私……こんなのはいやなのです」

「こんなのって?」

「あなたの愛人になるつもりはありません」アナベルはそれ以上言うのが辛くて、蚊のなくような声になる。「もっとましな境遇を手に入れたいの」

ハントはアナベルの腰に手を添えたまま、彼女の本音について慎重に思いをめぐらしたのち、意を決したようにたずねた。「それはつまり、結婚相手を見つけるという意味ですか、それとも、貴族の愛人になるということですか?」

「どちらでもいいでしょう?」アナベルはつぶやき、ハントの手を押しのけた。「いずれにしても、あなたには関係のないことですから」

アナベルはハントから目をそむけていたが、彼がこちらをじっと見つめているのはわかっていた。あの不思議なぬくもりが全身から消えていくのを感じて、思わず身震いする。「部屋までお送りしましょう」ハントはそっけなく言い、アナベルを伴って扉のほうに向かった。

16

翌朝、数日ぶりに公の場に顔を出したアナベルは、毒蛇騒ぎのせいでケンダル卿を含む大勢の人たちが同情してくれているのを知り大いに安堵した。ケンダルは思いやりと気づかいにあふれ、遅めの朝食の際には、屋敷裏手のテラスに出て、壁画の前の席でともに食事をすることになった。ケンダルは、ビュッフェテーブルのところでアナベルがさまざまな料理を選ぶときには、皿を持っていましょうと言ってきかなかった。またテーブルでは、アナベルのグラスの水がなくなるたびに即座にメイドにおかわりを命じた。とはいえ、あとから同じテーブルに加わったレディ・コンスタンス・ダロウビーにも、まったく同じ気づかいを見せたのだが。

アナベルは、壁の花たちがレディ・コンスタンスについて話してくれたことを思い出し、ライバルのようすをじっくりと観察した。ケンダルは彼女に並々ならぬ関心を抱いているらしいが、当のレディ・コンスタンスは黙ってつんと取り澄ましている。すらりとした体をつつんでいるのは最新流行のドレス。そしてデイジーが言っていたとおり、本当に巾着型の財布を絞ったような口元だ。その唇を、ケンダルが園芸に関する話をするたびに、「クー、クー」とハトの鳴きまねでもするような妙な形にすぼめている。

「本当に災難でしたわね」レディ・コンスタンスは、毒蛇のことに話題が移るなりアナベルに言った。「万が一なんてことにならなくて、よかったですわ」天使のようなほほ笑みだが、淡青色の瞳の奥に冷ややかな色が浮かんでいるところを見ると、アナベルに万が一のことがあったとしても何とも思わなかったに違いない。

「でも、もうすっかりよくなりましたから」アナベルはケンダルにほほ笑みかけた。「それに、早く森を散歩したくてうずうずしてますの」

「わたくしがあなたなら、そんなにすぐはしゃぎ回ったりしませんわ、ミス・ペイトン」レディ・コンスタンスがすかさず心配げな声音で口を挟む。「まだ完全に回復されたようには見えませんもの。でも、顔色が悪いのはあと数日でよくなりそうですわね」

アナベルは笑みを絶やさず、レディ・コンスタンスの口ぶりに苛立っているのを気取られまいと努めた……だが内心では、彼女の額にある吹き出物の跡について何か言ってやりたくてたまらなかった。

「失礼いたしますわ」レディ・コンスタンスがつぶやいて椅子から立ち上がった。「おいしそうなストロベリーがありますのね。しばらくしたら戻りますわ」

「どうぞごゆっくり」アナベルは優しげに言った。「別にあなたがいらっしゃらなくても、気にしませんから」

ビュッフェテーブルのほうにしずしずと向かうレディ・コンスタンスをアナベルとケンダ

ルが見送っていると、その先に、自分の皿に料理を盛っているミスター・ベンジャミン・マクスロウがいた。マクスロウはレディ・コンスタンスに気がつくと、ストロベリーの盛られたボウルの向こう側に礼儀正しく立ち、彼女が数種類のベリーを選ぶ間、皿を持ってやった。ふたりの間に流れる空気を見たかぎりでは、単なる温かな友情を超えた思いは互いに抱いていないように見える……だがアナベルは、一昨日デイジーから聞かされた話をふと思い出した。

アナベルはあることを思いついた——これなら間違いなく、レディ・コンスタンスをライバルの座から蹴落とすことができるだろう。それがどんな結果をもたらすのか、そもそもモラルに反することではないのか、といった厄介なことを考える前に、彼女はケンダル卿のほうに身を乗りだしていた。「おふたりとも、ご自分たちの本当の関係を隠すのがとてもおじょうずですわね」とひそひそ声で言い、レディ・コンスタンスとマクスロウのほうを盗み見る。「でももちろん、公になったらおふたりのためになりませんものね……」アナベルはここでいったん言葉を切り、困惑した表情のケンダルに向かって、しまったというような顔をしてみせた。「まあ、ごめんなさい。あなたももうご存知だとばかり……」

ケンダルはたちまち顔をしかめ、「ご存知って、何をですか?」とたずねながら、ビュッフェテーブルのほうのふたりに警戒するような視線を投げた。

「あの、私はゴシップはあまり好きではないんですが……さる信頼できる筋からうかがったんですの。水辺でのパーティーの日、川岸でピクニックをしているときに……ミス・ダロウビーとミスター・マクスロウが何かとてもよからぬことをされていたとか。なんでも、あのおふたりは木の陰で……」アナベルは、いかにも狼狽しているような顔で言葉を切った。

「やはりこんなこと言うべきじゃありませんわね。それに、何かの誤解ということもありますし。真相は誰にもわからない、そうじゃありません？」

アナベルは優雅にティーカップを口元に運び、その縁越しにケンダルの表情を観察した。ケンダルの気持ちはたやすく読むことができた……レディ・コンスタンスがそのような軽率な行動を取ったとは信じたくない、考えただけでもぞっとするというところだろう。だが根っからの紳士であるケンダルは、事の真相を知ろうとはしないはずだ。レディ・コンスタンスに、本当にマクスロウと何かあったのかなどと、あえてたずねるわけがない。この件については口をつぐみ、心のもやもやを忘れようとするだろう……そして、答えを得られないせいで、ますますわだかまりが深まっていくのだ。

＊　＊　＊

「アナベル、そ、そんなことするべきじゃないわ」その日の午後、アナベルが自分のやったことを打ち明けると、エヴィーは小声で彼女を非難した。四人の壁の花は今、エヴィーの寝室に集まっている。当のエヴィーは、そばかすを消すためと称して白いクリームを分厚く顔に塗っている。クリームの下からアナベルをじっと見つめながら、エヴィーは言葉を継ごうとしたが、リリアンの反論にあって話す気力を失ったようだ——といっても、もともと口べタなのだが。

「素晴らしい作戦じゃないの」リリアンは目の前の化粧台から爪みがきを取った。リリアンが本心からアナベルの行いに賛成しているのかどうかは定かではないが、何が何でもこの計画をやり遂げるつもりなのは明らかだ。「だって、本当のところ、アナベルは嘘をついたわけじゃないのよ。人から聞いた話をケンダル卿に教えてあげただけじゃない。それに、単なる噂だってはっきり言ったのよ。ケンダル卿がそれを信じるかどうかは当人次第だわ」

「でもアナベルは、う、噂が事実無根だと知っているのに、それをケンダル卿に言わなかったのよ」

リリアンは爪を完璧な楕円にするのに夢中だ。「それでも、嘘をついたわけじゃないわ」

アナベルは罪悪感を覚えて、おどおどとデイジーのほうをうかがった。「ねえ、あなたはどう思う?」

デイジーは、ラウンダーズのボールを右手から左手へと行ったり来たりさせていたが、アナベルの心を見透かすように言った。「場合によっては、知っていることをすべて話さないのは嘘をついたも同然よ。ついにあなたも悪の道に迷いこんだようね、アナベル。悪の道は滑りやすいから、今後は足元に気をつけたほうがいいわよ」

リリアンは不快そうに妹をにらみつけた。「デイジーったら、サーカスの占い師みたいなことを言うのはやめてちょうだい。アナベルが目的のものさえ手に入れることができれば、手段なんてどうでもいいの。結果がすべてなのよ。それとエヴィー、良い子ぶって屁理屈を言うのはやめてね。あなただってケンダル卿をワナにはめる計画に賛成したんだから、事実無根の噂をアナベルが人に話したって文句は言えないでしょ？」

「でも、他人を傷つけないって約束したわ」エヴィーはきまじめに言い、小さな布を手にして顔に塗った分厚いクリームを拭った。

「レディ・コンスタンスは別に傷ついてやしないわ」リリアンが食い下がる。「だって彼女、ケンダル卿に恋してるわけじゃないもの。彼女がケンダル卿を追いかけているのは、彼がシーズンの終わりになってもまだ独身で、自分もまだ相手が決まってないからよ。一目瞭然じゃないの。ねえエヴィー、あなた、もっとしっかりしなくちゃだめよ。私たちよりもレディ・コンスタンスのほうが困っているとでも言うの？　よく考えてみてよ――今のところ四人の壁の花が努力の末に得たものといったら、そばかすと、毒蛇の嚙み跡と、ウェストクリフ卿に下着姿を見られるという屈辱くらいなものじゃないの」

それまで四柱ベッドの端のほうに座っていたアナベルは、ベッドの真ん中に仰向けに横になった。罪悪感に苛まれながら、頭上のしま模様の天蓋を見つめる。リリアンのように、結果さえ良ければ手段は気にしないと思えたらどんなに気が楽だろう！　アナベルは、もう二度と恥ずべき行為はすまいと自分に誓った。

だが……リリアンが言ったとおり、ケンダル卿が噂を信じるも信じないも当人次第だ。彼は自分で判断ができる立派な大人のはず。アナベルがしたのは、ただ種をまくことだけ――

その種を育てるか、放ったらかしておくかは、ケンダルが決めることだ。

その晩、アナベルは淡いピンク色のドレスを着ることにした。スカートの上に薄いシルク地が何層にも重ねられたドレスだ。ウエストは芯の入ったシルクのベルトできゅっと絞ってあり、大きな白バラがあしらわれている。歩くとスカートがかさかさと柔らかな音をたてる。アナベルはスカートの一番上の生地をふわりとさせて、お姫様のような気分を味わった。着替えに手間取っている母を待ちかねて、先に部屋を出ることにする。友人たちとおしゃべりできるかもしれない。あるいは運がよければ、ケンダル卿としばらくふたりっきりで過ごせるかもしれない。

アナベルはやや足音をかばうようにして、大階段のほうへと廊下を進んでいった。マースデン家の専用談話室のところでふと立ち止まると、扉が半開きになっている。彼女は室内にそっと足を踏み入れてみた。室内は暗かったが、廊下から差しこむ明かりのおかげで、片隅に置かれたチェスボードの黒っぽい影が浮きあがって見える。誘われるようにそちらに歩み寄ったアナベルは、ハントとのゲームが盤の上に再現されているのを目にして、かすかな喜びを覚えていた。なぜハントは、まるでまだゲームの途中であるかのように、わざわざ駒を並べなおしたりしたのだろう？　アナベルに次の手を考えろとでもいうのだろうか？

触ってはだめよ。アナベルは自分に言い聞かせた……だが誘惑に逆らうことができない。目を細めて盤をじっと見つめ、新たな気持ちで、ゲームが今どんな状況なのか考えてみる。

ハントのナイトは今にもアナベルのクイーンを奪おうとしている。つまりアナベルの選択肢は、クイーンを動かすか、防御策を講じるかの二つに一つだ。そのときふいに、クイーンを守る名案が浮かんだ——近くにあるルークを前に動かし、ハントのナイトを取って、盤からどけてしまうのだ。満足げに笑みを漏らし、アナベルはナイトを脇に置いて部屋をあとにした。

アナベルは大階段を下り、玄関広間を通って廊下に進み、ラウンジのほうに向かった。じゅうたん敷きなので足音すらも聞こえない……だが唐突に、背後から誰かがつけてきているのに気づいた。背中のドレスが開いた部分が、得体の知れない恐怖に総毛だつ。肩越しに振り返ってみると、そこにいたのはなんとホッジハムだった。でっぷりと太っているくせに、驚くほど俊敏な動きですぐそばまで迫ってくる。あっと言う間もなく、ずんぐりとした指がアナベルのシルクのベルトに掛けられた。立ち止まらなければ、もろいベルトは二つに破れてしまうかもしれない。

人にすぐ見られるような場所でなれなれしく近づいてくるとは、ホッジハムもずいぶんと大胆になったものだ。アナベルは怒りに震え、くるりと振り返った。ホッジハムは、樽のような腹をぴちぴちの夜会服で隠している。コロンを振りかけた髪から、脂っぽい匂いがぷんとただよった。「何とも愛らしい」とつぶやいたホッジハムの口から、つんと鼻をつくブランデーの匂いがした。「すっかり回復されたようですな。昨日のおしゃべりのつづきでもいたしましょうか。あのときは、あなたの母君から楽しいことに誘われてしまいましたから」

「あなたを見ていると吐き気が――」アナベルはカッとなって口を開いたが、ホッジハムにあごをぐいとつかまれて言葉を継げなくなってしまった。

「ケンダルに何もかも話しますよ」ホッジハムがぼってりとした唇を近づけてくる。「話に適当に尾ひれをつけてやれば、あの男はあなたのことも、あなたのご家族のことも、嫌悪するようになるでしょうな」ぶよぶよした体に壁際に押しつけられ、アナベルは息をするのも苦しいほどだ。「ただし――」ホッジハムの臭い息が顔にかかる。「あなたが母君と同じように私と仲良くしてくれれば、黙っておいてあげますよ」

「だったら、ケンダル卿に話すがいいわ」アナベルは、怒りにめらめらと目を燃やして言った。「すべて話せばいいでしょう。あなたのような不潔な卑劣漢と仲良くするくらいなら、どぶでのたれ死んだほうがましよ」

ホッジハムは憤怒の表情で、信じられないというようにアナベルをにらみつけている。

「後悔することになりますぞ」と口の端につばをためて言った。

アナベルは侮蔑の色をにじませ、笑みを浮かべて答えた。「いいえ、後悔なんかしません」

ホッジハムはなおも、でぶついた体を押しつけてくる。そのときアナベルは、視界の片隅で何かが動くのに気づいた。顔を横に向けると、誰かがこちらに歩いてくるのが見えた――獲物を狙う黒ヒョウのように、ひとりの男性がそろりそろりと近づいてくる。きっとあの男性は、ホッジハムと自分が親しく抱き合っていると思うに違いない。

「離してください」アナベルはホッジハムに訴え、ぶよぶよした腹を力いっぱい押した。ようやく自由になり、深く息をする。ホッジハムは彼女をいやらしい目で一瞥してから、男性がやって来る方向に逃げていった。

気がつくとハントが目の前にいて、彼女の肩をつかんでいた。ハントはホッジハムの後姿を恐ろしい目つきでにらみつけており、そのようすにアナベルは思わずぞっとした。やがて振り向いた彼の表情を見てハッと息をのむ。これまで、ハントはいつだって超然としていた。アナベルがどんなに罵倒したり、無視したり、はねつけたりしても、絶対に、冷かすような自信に満ちあふれた態度を崩さなかった。だがついにアナベルは、彼を心底怒らせることに成功したらしい。ハントは今にも彼女の首を絞めそうなほどの勢いだ。

「あとをつけてきたんですか?」アナベルは冷静をよそおってたずねながら、どうしてハントはこんな絶妙のタイミングであらわれたのだろうと不思議に思っていた。

「あなたが玄関広間を歩いている姿が見えたんですよ」ハントが口を開く。「そして、あなたを追うホッジハムの姿もね。じつは、あなたたちふたりがどんな関係なのか知りたくて、あとをつけたんです」

アナベルはけんか腰で言い返した。「それで、いったい何がわかりましたの?」

「さあね」ハントの声は不気味なほど穏やかだった。「教えてください、アナベル――あなたは私に、もっとましな境遇を手に入れたいと言った。あの時あなたの頭にあったのは、こういうことだったんですか? ちっぽけな見返りを得るために、あんな陰険な、愚かなブタ野郎に奉仕するんですか? あなたがそんなに愚かな女だなんて、私には信じられない」

「あなたはただの偽善者よ」アナベルは怒気を含む声でささやいた。「あなたは、私があなたではなくてホッジハムの愛人になるのがいやなだけでしょう――いったいなぜなの？　なぜ、私がこの体を誰に売るかを気にするの？」

「それは、あなたがホッジハムなど求めていないからだ」ハントは歯を食いしばって言った。「あなたはケンダルのことも求めていない。あなたが求めているのは、この私だ」

アナベルは、ハントの言葉を聞いてわきおこった複雑な感情が何なのか、自分でもわからなかった。それに、奇妙なほど気分が浮き立ちはじめたのがなぜなのかも。彼女は、ハントをひっぱたき、飛びかかって彼を怒らせ、その自制心の最後のかけらまで粉々に砕いてやりたかった。「つまり――あなたは私とホッジハムが関係していると考え、もっと良い条件で同じ関係を結びたいとおっしゃるわけね？」ハントの表情から質問への答えを読み取り、彼女は冷笑を浮かべた。「そのお申し出に対する答えはノーよ。お断りするわ。だからもう私のことなんか放っておいて――」

廊下の向こうから数人、おしゃべりをしながら人がやってくるのに気づいたアナベルは、ふいに言葉を切った。苛立ち、破れかぶれになって、どこかに身を隠そうとしておろおろと扉を探す。ハントとふたりっきりでいるところなど、人に見られてはならない。するとハントは、彼女の腕をつかんで手近な部屋に引きずりこみ、バタンと扉を閉じてしまった。

そこは音楽室で、ピアノが置かれ、譜面台がいくつも並んでいた。アナベルはハントの手を振り払った。ハントは、彼女のスカートに引っかかって危うく倒れそうになったきゃしゃな譜面台に手を伸ばして支えた。「ホッジハムの愛人として生きるのに耐えられるのなら」ハントは部屋の奥のほうに逃れようとするアナベルを追った。「私のことだって我慢できるはずでしょう。いくら口では私に惹かれていないと言ったって、それが嘘なのはお互い承知のはずです。さあ、あなたの値段を教えてください。いくらだってかまいませんよ。自分だけの家が欲しいのですか？　ヨットは？　いいでしょう。こんなのは早く終わりにしましょう——私はもう十分にあなたを待ったんだ」

「なんてロマンチックだこと」アナベルは、くっくっと笑った。「本当に、あなたのご提案ときたら、いささか単刀直入すぎませんこと？　それに、私に残された選択肢が誰かの愛人になることだけだと思うのは大間違いだわ。私はケンダル卿と結婚してみせます」

ハントの瞳は、まるで黒曜岩のように真っ黒だ。「ケンダル卿との結婚生活なんて、あなたにとっては生き地獄のようなものでしょう。彼はあなたを愛してはくれませんよ。いいえ、あなたを知ろうともしないでしょう」

「愛なんていりません」アナベルは否定したが、ハントの言葉にショックを受けていた。

「私はただ——」ふいに、耐えがたいほど冷たい塊のようなものに胸の奥が押しつぶされて痛んだ。何を考えているのかわからないハントの顔を見上げ、もう一度口を開こうとする。

「私はただ——」

そのとき突然、扉のほうで物音がした。ノブががちゃりと回される。アナベルはぎょっとして、誰かが部屋に入ってこようとしているのだと悟った。そんなことになったら、ケンダルと結婚するチャンスはすべて消え失せてしまう。彼女は本能的にハントの腕をつかみ、窓の脇にしつらえられたアルコーブ（部屋の壁を一部引っこませるように設計した小部屋のようなもの）のほうに向かった。アルコーブの前面には真鍮の棒にカーテンが吊り下げられている。中には、窓際に沿ってベルベット張りの腰掛けがひとつと、一隅に積み重ねられた数冊の本があるだけだ。アナベルはカーテンをさっと閉め、ハントに身を寄せてその口元を手で押さえた。そのときちょうど誰かが――おそらくは数人の誰かが――音楽室に入ってきた。くぐもったような男性の話し声が聞こえる。それから、ガタガタという音がしばらく聞こえて、いったい何事かと当惑していると、音程のはずれたヴァイオリンの音が聴こえてきた。なんと、音楽家たちが舞踏会が始まる前にここで音合わせをしようとしているらしい。危うくオーケストラの面々にハントとふたりっきりのところを見られるところだった。

カーテンの上部のすき間からかすかな明かりが漏れて、ふたりの顔を照らしだしている。おかげでアナベルは、ハントの目に急に意地悪な笑みが浮かぶのを見てとることができた。こんな状況では、ハントが一言でも何か口にすれば、いや、少しでも物音をたてれば、彼女はもうおしまいだ。アナベルはハントの口元を押さえる手にいっそう力を込め、わずか数センチというところまで顔を近づけて、殺意さえこもった目で必死ににらみつけた。

音楽家たちの話し声に混じって、楽器の音が聴こえてきた。長く伸ばした音が、最初のうちは不協和音をたてていたものの、徐々に秩序を取り戻し、ハーモニーを奏ではじめる。アナベルは見つかったらどうしようと不安に駆られ、カーテンをじっと見つめて、どうか開けられませんようにと祈った。そのとき彼女は、ハントの息が手にかかるのをふいに感じ、彼のあごがこわばっているのに気づいた。顔を見ると、意地悪い笑みは消え、それよりももっと危険な色が浮かんでいた。アナベルは凍りついたようになった。心臓が痛いほどに激しく鼓動を打つ。目を見開いてハントを凝視していると、彼は自由なほうの手をゆっくりと上げた。アナベルの指はまだ彼の口元を押さえている。ハントはその指をそっと口元からはがしはじめた……まずは小指からだ。その間も、アナベルの手は、だんだん荒くなっていくハントの息づかいを感じていた。アナベルは小さく頭を震わせ、ハントから離れようとしたが、彼はしっかりと彼女のウエストをつかんで離そうとしない。アナベルは完全に逃げ場を失ってしまった……ハントに何をされようと、逃れようにも逃れることができない。

最後の指をはがし終えたハントは、アナベルの手を下にやり、彼女の首のうしろに自分の手を添えた。アナベルの指はハントの服のそでのあたりで行き場を失い、上半身はうなじをつかまれて軽くのけぞる姿勢になっている。彼女は、痛みこそ感じないが、身動きすることも、もがくこともできない。やがてハントの顔が近づいてくると、そっとあえぎ声を漏らし、あとはもう何が何だかわからなくなってしまった。

アナベルの唇に重ねられたハントの唇は甘く、だが自信に満ちていて、彼女は思わずその動きに応えてしまう。あっという間に全身が燃えるように熱くなり、生まれて初めて感じる激しい欲望になすすべもなかった。かつてハントと一度だけ交わしたキスとは比べものにならない……おそらく、ハントがもうまったくの他人というわけではないからだろう。アナベルは、彼が欲しくて矢も盾もたまらなくなり、そんな自分の感情に驚いた。ハントの唇は、アナベルの唇の上にあったかと思うと、やがてあごからほほへと移動し、そのたびに小さな炎を彼女の肌の上に灯し、最後にはまた唇に戻って、いっそう力強く吸いついてきた。ふいに舌の先が触れ合い、アナベルはその絹のような思いがけない感触に驚いて、もしもきつく抱きしめられていなければ後ずさってしまうところだった。

音楽家たちが奏でる優雅なハーモニーが耳の奥で鳴り響き、アナベルは急に、今しも彼らに発見されてしまうかもしれないのだと思い出した。あきらめたように全身の力を抜こうとしたが、思わず体が震えてしまう。今しばらくはハントのなすがままにされているしかない。そうすれば、自分たちがここにいることをハントにばらされる心配はない。するとハントはふたたび、柔らかな舌づかいで彼女のあらゆる部分をくまなく探検しはじめた。アナベルはその優しいタッチに衝撃を覚えた。彼女の体の最も敏感な部分に、えもいわれぬ官能が走る。彼女は何とも言えない脱力感に襲われてハントの腕の中で震え、両手を彼の首に伸ばした。ハントの髪が柔らかく指にからみついてくる。するとハントは、ためらいがちなアナベルの手の動きに激しく興奮したように息を荒らげた。片手をアナベルのほほに添えてなでさすりながら、わずかに顔を離して、じらすように、ついばむような口づけをする。まずは上唇にそっと、つづけて下唇へと、羽のように軽やかに、温かな息を吹きかけながら口づけていく。アナベルはたまらず彼の首にやっていた手に力を込めて、深く口づけようとした。唇がぴったりと重なり合い、アナベルは危うくあえぎ声をあげそうになる。のどの奥が広がり、今にも声を漏らしそうになった瞬間、アナベルは唇を離してハントの肩に顔をうずめた。

ハントの厚い胸板が勢いよく上下し、アナベルの髪に熱い息がかかる。ハントはヘアピンで留めたアナベルの髪をわしづかみにして、彼女の頭をぐいとのけぞらせた。ハントの熱い唇がアナベルの右耳の裏のくぼみをはう。細い血管の上を舌でなぞられ、アナベルはありとあらゆる感覚が目を覚ましたように感じた。ハントの指が肩をはい、親指が鎖骨に触れる。もう一方の手は、壊れものを扱うように優しく彼女の全身を愛撫した。やがてハントはアナベルののどに鼻をこすりつけ、彼女が身を震わせているのを知ると、そのまま愛撫しつづけた。アナベルはまたも、口づけでしっとりとした唇から、危うくあえぎ声を漏らしそうになる。

アナベルは無我夢中でハントを押しのけ、やっとのことで体を離すことに成功したものの、わずか三秒後にはまたむさぼるようなキスにとらえられてしまった。ハントは手の平で、アナベルの胸をつつむシルクの上を一度、二度、三度となぞった。その手がゆっくりと動くたびに、薄い生地を通して熱気が伝わってくる。アナベルの乳首は痛いほどうずいてツンと立ち、ハントの指にそっとなでられて、いっそう固くなった。ハントの口づけは力強さを増す一方で、アナベルはついに降参するように首をのけぞらせ、彼の気だるい舌の動きと、巧みに体をまさぐる手の動きを全身で受けとめた。こんなことにはならないはずだったのに、いつの間にかアナベルは歓喜にすっかり我を忘れ、熱い官能を全身で味わっていた。

ハントとの静かな、熱いひとときを過ごす間、アナベルは時間を忘れ、自分たちがどこにいるのかも、自分が誰であるのかも忘れていた。頭の中にあるのはただ、彼をもっと近くに、もっと深く、もっとしっかりと感じたいということばかり……彼の肌、引き締まった体、そして熱い吐息とともに全身をさまよう唇が欲しいという思いでいっぱいだった。ハントのシャツをきつく握りしめると、すそがズボンから出てしまった。アナベルは、シャツの下に隠されたしっとりとした肌に触れたくてたまらず、糊の効いた純白の生地をぎゅっとつかんだ。するとハントは、アナベルがこれほどの欲望をどうやって抑えたらいいのかわからず戸惑っているのだと察したらしい――キスは先ほどまでとは違うソフトなものになり、両手はなだめるように背中を優しく愛撫しはじめた。だが、ハントがアナベルの興奮を静めてやろうとすればするほど、それはかえって高まる一方だった。アナベルは無我夢中で唇を求め、切望するように身をもだえさせている。

ハントはあきらめて唇を離すと、彼女の体を壊れるほどきつく抱きしめ、上気した首と肩に顔をうずめた。アナベルは、その荒々しい抱擁になぜか感極まり、筋肉のベルトのような彼の両腕にぶるぶると震える体をあずけた。それからふたりは、永遠とも思えるくらい長い間そのままの姿勢でいた。アナベルはふと、室内がしんとしているのにぼんやりと気づいた。いつの間にか音楽家たちは音合わせを終えて部屋を出ていったらしい。ハントが顔をあげ、カーテンの端にそろそろと手を伸ばし、わずかに開けた。音楽室がふたたび無人になったのを確認してから、アナベルに視線を戻し、耳のところでほつれているきらめく髪を親指の先でかきあげてやった。

「いなくなったようだ」ハントがかすれ声でささやいた。

呆然としてまともにものも考えられない状態のまま、アナベルは無言でハントを見上げた。ハントの指が、上気したほほと、ぽってりとした唇をなでてくる。アナベルは打ちひしがれたような思いを抱えながらも、満たされていない体が急に激しくうずき、新たな興奮がわきおこり、全身を歓喜が駆けめぐるのを感じていた。今すぐにハントから離れなければ、自分がいないことにやがて人びとが気づきはじめるに違いない。だがアナベルは恥ずかしくも、その場に留まって、ハントの愛撫がもたらす快感に浸った。ハントはドレスの背中に手をまわして指を器用に動かし、ふたたび体をかがめてキスをしてくる。今度ばかりは、アナベルもあえぎ声をこらえきれない。小さくむせび泣くような声をあげ、さらに、ぴったりと締めつけられたドレスの前身ごろがゆるまるのを感じてほうっと息を漏らした。ネックラインが大胆にカットされたドレスに合わせて、カップが付いていないショートタイプのコルセットを選んだので、シュミーズの下の乳房を締めつけるものはない。

ハントは口づけしながら、アナベルを腕に抱いたまま窓際のベルベット張りの腰掛けに座った。ひざの上に彼女を抱きかかえるようにして、ゆるんだ前身ごろをそっと下にずりおろし、ふくよかな胸のふくらみに歓喜の声を漏らす。ふいに自分がハントに何をさせているのか気がついたアナベルは、彼の手首を力なく押しのけようとした。だがハントはかまわず彼女の体を持ち上げ、胸の真ん中に唇を押しつけた。アナベルの心臓は、絶え間なく激しい鼓動を打っている。ハントは弓なりになった背中を力強い腕で支え、胸のふくらみを探るように徐々に唇を下に移動させていく。乳首にハントの情熱的な熱い吐息が触れた瞬間、アナベルは抵抗をやめ、じっと動かなくなり、ハントの肩に置いた両手をぎゅっと握りしめた。ハントは乳房を口に含むと、舌を使って乳首を濡らし、固くなるまで愛撫した。アナベルの血管の中を、甘美な熱いものがほとばしる。ハントは安心させるように胸元で何事かささやき、上気した肌の上できらめく汗を親指でそっとなぞった。アナベルは言葉にならない言葉をつぶやきながら、ハントの張りつめた首に腕をまわし、ハントがもう一方の乳首を口に含んで軽く嚙むとあえぎ声を漏らした。

アナベルは新たな切迫感に襲われ、身を震わせてむせび泣き、ひざの上に抱かれながら繰り返し身を硬くした。一方のハントもやはり抗いがたい欲望に駆られているようで、心臓が恐ろしいほど激しく鼓動を打ち、息をするたびに胸板が大きく上下するのがアナベルにも伝わってくる。だがハントは彼女よりもずっとうまく自らの情熱を操ることができるようだ。彼の手と唇の動きは、先ほどまでと変わらず慎重で抑制されている。アナベルはシルクが何層も重なったドレスの下でじたばたともがき、ハントの上着のそでとベストをぎゅっと握りしめた――どこもかしこも洋服で隠されていて、アナベルは彼と素肌を触れ合わせたくて頭が変になりそうだった。

「落ち着いて、スイートハート」ハントがアナベルのほほに口を寄せてささやいた。「もっと気を楽に。私の腕の中で横になっていればいいんですよ……」だがアナベルの体は言うことを聞こうとしない。なすすべもなく、彼女は身をよじり、キスに酔いしれた唇を開いて、震える声で懇願するように何事かささやいた。

ハントはアナベルを抱きしめたまま優しく語りかけ、顔にそっとキスをし、激しく脈打つ胸元のくぼみに指をはわせた。やがてハントは、アナベルの服の乱れを直し、まるで人形のように彼女の体を静かに起こすと、ドレスの背中を締めてやった。そうした一連の作業の途中、ハントは自分がしていることに自分で驚いたように、くすくす笑いだしさえした。いずれアナベルにも、このときじつはハントも自分と同じくらい困惑していたのだとわかるかもしれない。だが今まさにこの瞬間には、満たされない気持ちを抱え、複雑にもつれた自分の感情にひたすら困惑するばかりだった。やがて彼女の体の中で欲望の炎が消えると、吐き気をもよおすほどの羞恥心だけが残った。

アナベルはハントのひざの上から逃れようともがき、顔をそむけたが、両脚ががくがくと震えてしまった。この重たい沈黙を破るのに、たった二言、三言しか口にすることはできなかった。彼女はハントの顔も見ずに低い声でこう告げた。「二度とこんなこと許しませんから」カーテンを押しのけると、彼女は急いで部屋をあとにし、廊下を駆けていった。

17

アナベルが音楽室から逃げ出してしまったあとも、ハントは三〇分ばかりそこにとどまり、うねるような情熱を静め、煮えたぎる血を冷まそうとしていた。着衣の乱れを直し、指で髪をすいて整えると、むっつりと次の作戦について考えた。「アナベル」と小さくつぶやいてみた。これほどまでに我を忘れ困惑したのは生まれて初めてだった。たかがひとりの女性のために、こんなに取り乱した自分に激しい怒りすら覚えた。巧妙かつ磨きあげられた交渉テクニックの持ち主として知られる自分が、こともあろうに、考えられうる限り最低のやり方でアナベルに提案をし、完璧に拒絶されるとは。だが拒絶されて当然だった。彼女が自分を求めていることを認めもしないうちから、「いくら欲しい」などとたずねるべきではなかったのだ。しかし、彼女がホッジハムと寝ているのではないかと思ったとたん……よりによってあのホッジハムと！……ハントはほとんど嫉妬に狂ったようになり、普段の交渉術などすっかり忘れてしまった。

アナベルに口づけをし、彼女の絹のようになめらかな温かい肌についに触れたときの感覚を思い出して、ハントはまたもやふつふつと欲望がわきおこるのを感じた。これまでの豊富な経験から、想像しうるありとあらゆる肉体的快感は熟知しているつもりだった。だがたった今、アナベルとの交わりはまったく違う喜びをもたらすだろうと気づかされた。それはきっと、彼の肉体だけではなく、心をも歓喜で満たしてくれるに違いない……ハントはこれまで、自分の心についてはあえて考えないよう避けてきたのだ。

ふたりの間に流れる感情は、今や危険なものになりつつある――アナベルにとっても、そしてハントにとっても。自分が置かれている状況を、しっかりと把握する必要があるみたいだな――ハントは思ったが、今はそれについてじっくりと考えることすらできない。

ハントは小さく悪態をついて音楽室をあとにし、黒いシルクのネクタイの結び目を直した。手足がしびれたようになっていて、いつものように大股に歩くことができず、獰猛な気分で激しい怒りに駆られながら舞踏室のほうに向かった。また鼻持ちならない連中の相手をしなければならないのかと思うと、ほとんど頭が変になりそうだった。ハントはこういう延々とつづくパーティーが苦手だ。だらだらとおしゃべりに興じ、つまらない娯楽に没頭する男ではないのだ。いつもならとっくにロンドンに帰っていた――アナベルさえいなければ。

ハントはあれこれと思いを巡らしつつ舞踏室に足を踏み入れ、さっと周囲を見渡した。そしてすぐにアナベルの姿を発見した。部屋の片隅で、ケンダル卿を隣に侍《はべ》らせて椅子に腰かけている。ケンダルは明らかにアナベルにのぼせ上がっているらしく、人目もはばからず彼女をうっとりと見つめている。だがアナベルはおろおろと顔を赤らめており、どうやらケンダルの賞賛のまなざしにとまどっているようだ。ほとんど何もしゃべらず、ひざの上でぎゅっと両手を握りしめたまま座っているだけだ。ハントは顔をしかめた。皮肉なことに、いつになくおとなしく心もとなげなようすのアナベルを前にして、ケンダルの彼女に対する気持ちはついに決定的なものとなったようだ。しかし、アナベルがまんまとこの作戦に成功したあかつきには、ケンダルは自分の妻が従順な乙女ではなかったことに気づいて愕然とすることだろう。彼女は、強い意志を持った情熱的な女性で、野心に満ちている。ということは、決して彼女の人生の伴侶も同等の強さを備えていなければなるまい。だがケンダルには、決して彼女をうまく操縦することはできないだろう。ケンダルはアナベルの相手になるには紳士すぎる――あまりにも温和で、控えめで、せっかくの知性すら無駄にしている男。アナベルが彼を尊敬することは決してないだろうし、彼の長所を誇りに思うこともないだろう。今は好ましく思っている部分についても、いずれは嫌悪を覚えるようになるはずだ……そしてケンダルは、アナベルの本当の性格を知って尻ごみする。ハントなら、ありのままの彼女を喜んで受け入れてやれるのに。

ハントはふたりからむりやり視線をそらし、部屋の反対側に歩を進めた。数人の友人と話をしていたウェストクリフが振り返り、もぐもぐとたずねてくる。「楽しんでいるかね?」

「あんまり」ハントは上着のポケットに両手をつっこみ、いらいらと室内を見渡した。「ハンプシャーに長居をしすぎたようだ――そろそろ工場の進捗状況を見にロンドンに帰らなくちゃならん」

「ミス・ペイトンのことはどうするんだ?」伯爵がさりげなくたずねてくる。

ハントはしばし考えてから重い口を開いた。「そうだな。ケンダル卿とのことがどうなるか、しばらくようすを見ることにするよ」と言って、探るような目のウェストクリフと視線を合わせる。

伯爵は軽くうなずいてからたずねた。「いつ出発するつもりだ？」

「明日の早朝」ハントは張りつめた長いため息を漏らさずにはいられなかった。

ウェストクリフは皮肉めいた笑みを浮かべ、つまらなそうに言った。「なるようになるさ。ロンドンに戻って頭がすっきりしたら、またこっちに来ればいい」

＊　＊　＊

まるで氷のドレスをまとったように重くのしかかってくる憂鬱――アナベルはそれを、どうしても振り払うことができないようだった。昨晩はろくに眠ることもできなかったし、今朝は今朝で、階下で供される豪華な朝食を一口も食べることができなかった。ケンダル卿は、アナベルの血の気を失った顔と黙りこくったようすに、蛇の毒からまだすっかり回復したわけではないのだと思ったのだろう、彼女をしきりに労ったり慰めたりしてくれた。だがアナベルは、苛立ちのあまりケンダルを振り払ってしまいたくなるほどだった。友人たちの優しさにもうんざりさせられた。彼女たちとの他愛もないおしゃべりが、これほどつまらなく思えたのは初めてだった。いったいいつから自分はこんな意地悪な人間になったのだろうと思い返してみる。それは、レディ・オリヴィアから、ハントがストーニー・クロスを発ったと聞かされたときからだった。

「ミスター・ハントは、仕事でロンドンに帰られたそうですわよ」とレディ・オリヴィアはさりげなく言った。「彼って、こういうパーティーには長居をしない方ですものね――どうして今回はなかなか帰らなかったのか不思議なくらい。まあきっと、誰にも理由なんてわからないでしょうけど……」

なぜこんなに急にロンドンに発ったんでしょうね、と誰かが問うと、レディ・オリヴィアは笑みを浮かべ、かぶりを振った。「あら、彼はいつも好きなときにあらわれて、好きなときに姿を消す方ですもの。まるで気の多い雄猫みたいにね。いつだって突然いなくなるんだから、どんな形であれ、別れを告げるのが嫌いなのかもしれませんわね」

ハントが自分に何も言わずにロンドンに戻ったと知って、アナベルは見捨てられたような気持ちになり、不安に駆られた。前の晩の出来事が――あの忌まわしい夜のことが！――執《しっ》拗《よう》に思い出されてならない。音楽室での出来事のあと、アナベルは何が何だかわからなくなってしまい、ハントのことで頭がいっぱいで目の前で起きていることにまるっきり集中できなくなってしまった。うっかりハントのことを見てしまわないよう、ずっとうつむきつづけ、彼が近づいてきませんようにと祈るばかりだった。幸いハントがこちらに来るようなことはなく、ケンダル卿が彼女のかたわらにぴったりと寄り添っていた。ケンダルは一晩中あれこれと話しかけてきたが、彼女には何の話なのかさっぱり理解できなかったし、そもそも興味もなかった。それでもアナベルは、適当にあいづちを打ったり、曖昧な笑みを浮かべたりしながら、ケンダルが自分に惹かれているのだからもっと喜ばなければと自分に言い聞かせた。しかし内心では、彼にいなくなってもらいたくて仕方なかった。

だが朝食の際のアナベルの従順そうな態度に、ケンダルの中で彼女への好感度はいっそうアップしたようだ。リリアンまでアナベルの楚々としたようすをてっきり演技だと思いこみ、そっと耳打ちしてきた。「アナベル、うまいわよ。もうこれでケンダル卿はあなたの言いなりね」

アナベルは、気分がすぐれないのを口実に朝食のテーブルを離れ、ひとりで屋敷の中をぼんやりと歩いていたが、いつの間にか青い壁紙が貼られたマースデン家の専用談話室の前に来ていた。チェスボードが目に入り、ゆっくりと近づいていきながら、もうメイドが駒をしまってしまっただろうか、それとも誰かが勝手に駒を動かしただろうかと考える。だが、盤はそのままの状態だった……いや、正確にはほんの少しゲームが進んでいた。ハントはなぜかポーンを防御の位置に移動させており、アナベルは自分の防御を固めることも、彼のクイーンを攻めることもできるような態勢になっている。まさかハントがこのような手を打つとは思わなかった。彼ならきっと、もっと積極的に、もっと攻撃的に出るだろうと思っていた。彼が何を企んでいるのか理解しようとして、盤をじっと見つめてみる。ハントは尻ごみして、あるいはうっかりしてこんな手を打ったのかしら。それとも、私にはわからない隠された意図があるのかしら。

アナベルは自分の駒に手を伸ばしかけ、途中でためらって引っこめた。ただのゲームじゃないの、と自分に言い聞かせる。たかが駒の動きをこんなに深く考える必要などない。勝っても素晴らしい褒美がもらえるというわけでもないのだから。それでもやはり、次の手をじっくりと考えてから、ようやくふたたび駒に手を伸ばした。クイーンを前に進めてハントのポーンを取る。象牙の駒がオニキスの駒にぶつかってかちりと音をたてたとき、アナベルは何とも言えない興奮を覚えた。ポーンを手の平に握りしめ、しばらくその重みを味わったあと、そっと盤の脇に置いた。

その週も終わりに近づいたある日、アナベルは、ここ最近で一瞬でも喜びを感じることができたのは、あのチェスボードの前にいたときだけだということに思い至った。こんな妙な気分になるのは初めてだった……幸せでもないし、かといって不幸せでもないが、将来を案じる気持ちにもなれない。ただひたすら無気力で、感覚も感情も麻痺してしまい、そのうち何も考えられなくなってしまいそうだ。あまりにも気力がわかないので、しまいには精神が肉体から離脱して、機械仕掛けのアナベル人形が毎日ぎこちなく動いているさまを眺めているように思えることすらある。

ケンダル卿と過ごす時間は日増しに長くなっていった……舞踏会では一緒に踊り、音楽の夕べでは隣り合って座り、庭ではほどほどの距離を保ってうしろからついてくるフィリッパを交えて散策した。ケンダルは礼儀正しく、知的で、物静かだが好ましかった。それに、とても忍耐強い性格であることもわかった。これなら、壁の花たちと一緒になって最後のワナを仕掛けても、彼はさほど怒らないのではないかとまで思えてくる。ふたりっきりでいるところを人に目撃され、アナベルと結婚させられる羽目になっても……。ケンダルならいずれその事実を受け入れ、悟りの境地に達して、これが自分の人生なんだとあきらめてくれるかもしれない。

ホッジハムについては、どうやらフィリッパがアナベルに近づかないよう裏で手を回しているらしい。さらにフィリッパは、ホッジハムがケンダル卿に自分たちの秘密を暴露しないよう何か手を打ったらしかったが、娘に詳しい話をしようとはしなかった。アナベルは、そうやって辛い思いをしつづけるうちに母がどうにかなってしまうのではないかと心配し、ストーニー・クロス・パークを発ってはどうかと言ってみることもあった。だがフィリッパは、娘の言うことを聞こうとしない。「ホッジハムのことは私が何とかしますよ」と断言するばかりだった。「あなたはケンダル卿とのことに専念しなさい。ケンダル卿があなたに夢中なのは、もう周知の事実なんですからね」

せめて、音楽室のアルコーブでの出来事を記憶から拭い去ることさえできたら……アナベルは、驚くほど鮮明にあのときのことを夢の中で再現しては、うんざりするほどの屈辱感に目を覚ますありさまだった。しかもそうやって目を覚ましたときには、シーツに脚をからませ、肌がかっと上気している。アナベルはハントのことを頭から追い出すことができなかった……彼の匂いも、温かな吐息も、忌々しい口づけも。それに、上品な黒の夜会服の下に隠された引き締まった体の感触も。

ロマンチックな体験についてもすべて打ち明けあうというのが壁の花の決まりだったが、アナベルは三人の誰にもハントとのことを話す気にはなれなかった。あまりにも秘密めいているし、個人的すぎる。こと男性についてはアナベル同様無知な彼女たちに、興味津々といった感じに探られてはたまらない。それに、あの出来事について仮に彼女たちに説明しようとしたとしても、決して理解してはもらえないだろう。あの心奪われるような親密な感じや、逢瀬が終わったあとの激しい困惑を、どうやって言葉にすればいいのかわからない。いったいどうして、今までずっと蔑んできた相手のことをこんなふうに思ってしまうのかしら。この二年間、アナベルは社交の場でハントを見かけるたびに嫌悪感を覚えていた——想像しうる限り、ハントこそ最も一緒にいたくないタイプの男性だと思っていた。それなのに……今の私ときたら……。

そんなある日、アナベルは不愉快な思いは頭から追い出して、マースデン家の専用談話室にひっそりこもり、読書で気を紛らわせることにした。腕に抱えているのは重たい学術書で、表紙には金色の文字でこう表題が記されている——『王立園芸協会刊—協会会員から寄せられた報告書に見られる発見および成果の集大成　一八四三年』。本はまるで金床のように重くて、アナベルは、たかが植物のことでよくもまあこんなに書くことがあるものだとうんざりした。小さなテーブルの上に本を置き、窓際のソファに腰をおろす。そのとき、片隅に置かれたチェスボードに、どこか以前と違うところがあるのに気づいた。ただの目の錯覚かしら、それとも……。

好奇心に目を細めながら、アナベルはチェスボードのほうにつかつかと歩み寄り、駒の並びを凝視した。ここ一週間はまったく変化がなかったはず。だが錯覚ではなかった……どこかが前回見たときと変わっている。前回アナベルは、クイーンを使ってハントのポーンを奪った。それが今、彼女のクイーンが奪われて、盤のかたわらにきれいに並べられている。

ハントが戻ってきたのだわ。アナベルはふいに全身を熱い思いが駆けめぐるのを感じた。ハント以外に、このチェスボードに触れる人間はいない。ということは、彼はストーニー・クロスに戻ってきたのだ。アナベルは顔面蒼白になったが、なぜかほほだけは燃えるように赤みを帯びている。そんな支離滅裂な自分の反応に驚いて、彼女は冷静にならなければと自分に言い聞かせた。ハントが戻ってきたからといって何なの――私は彼を求めてなどいないし、彼を自分のものにできるわけでもない。彼は何が何でも避けなければならない相手のはずよ。アナベルはまぶたを閉じて深く息をし、気持ちを落ち着かせよう、早鐘を打つ心臓を静めようと必死だった。

ようやく冷静さを取り戻したところで、アナベルはチェスボードに視線を落とし、ハントがどんな手を使ったのか考えてみた。いったいどうやってクイーンを奪ったのだろう？　彼女は、前回の駒の並びを急いで頭の中に描いてみた。そして気づいた……ハントは、防御の態勢に置いたポーンを使って彼女のクイーンを前におびきだし、ルークを使ってまんまとクイーンを奪ったのだ。クイーンを奪われた今、アナベルのキングが危険にさらされている……。

つまりハントはチェックをかけたのだ。

ハントはあの消極的なポーンの動きで彼女をワナにかけた。今、危機に瀕しているのはアナベルのほうだ。彼女は信じられないというように笑みを漏らし、チェスボードに背を向けて部屋の中をぐるぐると歩き回った。さまざまな防御策を考え、どの方法ならハントをぎゃふんと言わせられるだろうかと検討する。直感を信じることにして、きびすを返してチェスボードのほうに戻り、彼女の手を見たときのハントの反応を想像して笑みを浮かべる。だが盤の上まで手を伸ばしたところで、温かな興奮は完全に冷め、顔をこわばらせた。私ったら、いったい何をしているのかしら。このゲームをつづけ、ハントとひそかにつながりつづけたところで、何にもなりはしない。それどころか……危険ですらある。安全と破滅のどちらを選ぶかと言われたら、迷う必要などない。

アナベルはゲームを途中で終了させて、震える指で駒をひとつずつ手に取り、箱の中にきれいに並べていった。「もうやめるわ」と声に出して言ってみると、のどの奥がぎゅっと締めつけられるように感じた。「もうやめるのよ」ともう一度口にし、その言葉がもたらした痛みをぐっとのみこむ。アナベルは、明らかに自分にふさわしくない何かを……誰かを……求めることを自分に許すほど愚かな人間ではない。箱のふたを閉じて、チェスボードから離れ、しばし見つめる。気持ちがふさいで、ふいに疲れを感じたが、ひるむつもりはなかった。

今夜、決行しよう。今夜こそ、ケンダル卿とのあいまいな関係に決着をつけてしまおう。

パーティーはもうすぐ終わりを迎えようとしているし、ハントも戻ってきた。これ以上ハントとかかわって、すべてをぶち壊しにするような危険を冒すわけにはいかない。アナベルは背筋を伸ばしてリリアンの元に向かい、一緒に計画を練ることにした。今日という日を締めくくるのは、ケンダル卿とアナベルの婚約になるだろう。

18

「この作戦は、タイミングがすべてよ」リリアンは茶色の瞳を興奮に輝かせて言った。どんな軍隊の隊長も、今のリリアンほどの断固とした決意で戦闘に臨んだことはないだろう。四人の壁の花は、よく冷えた果肉入りレモネードのグラスを手に屋敷の裏手のテラスに揃って座り、いかにも退屈そうな表情をよそおっているが、実際にはその晩の作戦を入念に練っているところだ。

「お腹を空かせるためと称して、庭を散策しようと私が提案するわ」リリアンがアナベルに説明する。「それにデイジーとエヴィーが乗ってくる。散策には、うちの母とフローレンスおば様、それから、そのとき一緒におしゃべりしていた人たちも連れて行くの。私たちがセイヨウナシの果樹園を突っ切ったあたりに着いたところで、あなたとケンダル卿のフラグランティ・ディリクトゥを発見するという段取りよ」

「フラグランティ・ディリクトゥって何よ？　何だか法律用語みたいだけど」デイジーがたずねた。

「じつは私もはっきりとは知らないの」リリアンが白状した。「本で読んだのよ……まあとにかく、男女がよからぬことをしているってことだろうと思うわ」（フラグランティ・ディリクトゥの本当の意味は「現行犯」）

アナベルは曖昧に笑い、この状況を楽しめるボウマン姉妹の大胆さをほんの少しでも分けてもらえたらと思っていた。二週間前なら、我を忘れて大喜びしていただろう。だが今は何もかもが間違っているように思われる。ついに貴族の独身男性から婚約の言葉を勝ち取ることができるのだと思っても、嬉しくもなんともない。興奮もしなければ、安堵もしないし、これっぽっちも前向きな気持ちになれない。まるで、これから何か面倒な義務を果たしに行くような感じだ。アナベルは内心の不安を押し隠して、ボウマン姉妹が熟練の悪党さながらに作戦を練るさまを見つめていた。

だがエヴィーは、ボウマン姉妹の感受性を合わせてもまだおよばないくらい鋭い感受性の持ち主なのか、どうやらアナベルの本心に気づいたらしい。「ほ、本当にこれでいいの、アナベル？」青い瞳で気づかわしげに彼女を見つめ、そっと聞いてきた。「いやだったら、やらなくてもいいのよ。ケンダル卿が好きじゃないのなら、別のお相手を探せばいいじゃない」

「別の人を探している時間はないのよ」とアナベルはささやき返した。「そうよ……相手はケンダル卿じゃなきゃだめだし、やるなら今夜しかないわ。さもないと……」

「さもないと？」エヴィーがややいぶかしむように、首をかしげておうむ返しにたずねてきた。陽射しが彼女のそばかすを照らし、まるで、なめらかな肌の上で金粉がきらめいているように見える。「さもないと、何なの？」

　アナベルが黙っていると、エヴィーはうつむいてグラスの縁に指をはわせ、そこについていた甘い果肉の粒々をひとところに集めはじめた。一方ボウマン姉妹は、せっせと作戦を練っており、ケンダル卿を待ち伏せするのに本当にセイヨウナシの果樹園が最適かどうか、しきりに意見を戦わせている。アナベルが、エヴィーもさっきの話のつづきをする気はなくったらしいわと安心していると、彼女はまたも小声で話しかけてきた。「ねえ、知ってた、アナベル？　ミスター・ハントが昨日の夜、ストーニー・クロスに帰ってきたらしいわ」

「どうしてあなたがそんなこと知ってるの？」

「おば様が誰かから聞いてきたの」

　アナベルは、洞察力に富んだエヴィーの視線にひるんだ。彼女のことを見くびった人は、みな大いに後悔することになるわね……。「ふうん、知らなかったわ」

　エヴィーはレモネードのグラスを軽く傾け、砂糖がたっぷり入った液体をじっと見つめている。「キスをさせてあげるっていうあなたの申し出を、ミスター・ハントが無駄にしたとは思えないわ」エヴィーはおずおずと口を開いた。「あ、あれだけあなたに執着していたんだもの……」

　エヴィーと目が合うと、アナベルは顔を赤らめた。それ以上は言わないで、と目で訴え、すばやく首を左右に振る。

　エヴィーは、わかったわというような表情を浮かべ、「ねえ、アナベル」とためらいがちに切り出した。「今夜、ケンダル卿をワナにはめるとき、私はみんなと一緒に行きたくないって言ったら、あなた怒る？ き、きっと大勢の人があなたたちのことを目撃することになると思うの。リリアンが何にも知らない目撃者たちをいっぱい引き連れていってくれるはずよ。だから、わ、私は余計かなと思うの」

「もちろん、怒ったりしないわ」アナベルは、ばつが悪そうに苦笑して言った。「モラルに反することだものね」

「いいえ、そんな、別に良い子ぶっているわけじゃないの。自分も共犯者なんだってことくらいわかってるわ……それに、今夜の作戦に加わろうが加わるまいが、私は壁の花の一員だもの。でもね……」エヴィーはいったん言葉を切ってから、静かにつづけた。「わ、私には、あなたがケンダル卿を求めているようには見えないの。男性として――彼という人間そのものを求めているようにはね。それに、あなたがどんな人か少しばかりわかってみると……彼と結婚しても、あ、あなたは幸せになれないような気がするの」

「ところが、幸せになれるのよ。ケンダル卿以上に、私の理想に近い男性はいないんだから」アナベルは抗議したが、声が高くなってしまったのでボウマン姉妹の耳にとまってしまったようだ。ふたりはふいに相談をやめて、まじまじとアナベルを見つめている。

「彼はあなたにぴったりよ」リリアンが自信たっぷりに言った。「エヴィー、疑惑の種をまこうとするのはおやめなさい――今さら遅いわ。ほとんど勝利をつかみかけているっていうのに、完璧な計画を捨てるつもりはさらさらないわ」

エヴィーは反射的に首を振り、椅子の上に縮こまるようにしている。「違うの……わ、私はそんなつもりじゃ……」エヴィーはかぼそい声で言い、アナベルのほうを申し訳なさそうに見つめた。

「もちろん、エヴィーはそんなつもりで言ってるんじゃないわよ」アナベルはエヴィーをかばうように言い、むりやり明るくほほ笑んでみせた。「さありリアン、もう一度作戦をおさらいしましょ」

その日の夕刻、ディナーの前にふたりっきりで庭を散歩しませんこととアナベルが誘うと、ケンダル卿はいかにも嬉しそうに、満足げにうなずいてみせた。夕暮れ時とあって、おもての空気は柔らかな湿気を帯び、そのしっとりとした空気をかき乱すような風ひとつ吹いていなかった。招待客の大半はディナーに備えて着替えの最中か、遊戯室や談話室でのんびりと扇を振っているかのどちらかで、庭にはほとんど誰もいない。こんな状況でお目付け役も連れずに散歩しようと女性に誘われて、相手が何を望んでいるか気づかない男性はいまい。ケンダルもキスの一つや二つできるかもしれないと思うとまんざらでもないらしく、アナベルに誘われるがまま、ひな壇になった庭園の脇を通って、ツルバラが咲き乱れる石塀の先へと足を伸ばした。

「やはりお目付け役を連れてくるべきでしたね。これはどう見ても適切とは言えませんよ、ミス・ペイトン」ケンダルがかすかに笑みを浮かべて言った。

アナベルはにっこりとほほ笑み返した。「しばらく、ふたりっきりになりましょうよ。どうせ誰にも気づかれやしませんわ」

ケンダルは喜んでついてくるが、アナベルはますます罪悪感がつのり、四方八方からその重みを感じていた。まるで、子羊を食肉解体場に連れていくような気分だった。ケンダルは良い人だわ——彼をだまして結婚に持ちこむなんてあんまりな仕打ちよ。私にもう少し時間さえあれば、自然にふたりの仲を深めて、ごく普通に求婚してもらうこともできたかもしれない。でもパーティーも今週で終わる。だから今すぐに、何が何でも約束を取りつけないと。この詰めの部分をうまくやることができれば、あとはすべてが楽になるんだもの。レディ・アナベル・ケンダル、とアナベルは心の中でしっかりとつぶやいてみた。レディ・アナベル・ケンダル……平和なハンプシャーの上流社会で、立派な若夫人として生きていく自分の姿が目に浮かぶようだ。ときにはロンドンまで足を延ばしたり、学校が休みのときには弟をこちらに呼んでやったりすることもできるだろう。レディ・アナベル・ケンダルは、金髪の子どもを五、六人ばかり産むことになるだろう。そのうちの何人かは、父親そっくりに、めがねをかけているだろう。レディ・アナベル・ケンダルは、これからは献身的な妻として生き、夫をだまして結婚させた罪滅ぼしをするのだ。

ふたりはセイヨウナシの果樹園の先にたどり着いた。砂利敷きの円形の休憩場に石のテーブルが置いてある。そこで立ち止まると、ケンダルがアナベルを見下ろした。アナベルは、テーブルの端に寄りかかって考え抜いたポーズをとった。するとケンダルは、大胆にもアナベルの肩にかかった巻き髪に手を伸ばし、薄茶色の髪が金色に輝くさまを賞賛のまなざしで見つめた。「ミス・ペイトン。あなたももう、私があなたといることをどれだけ好ましく思っているか、おわかりでしょう?」

鼓動が激しく打ちはじめ、アナベルは息がつまりそうになりながら、やっとの思いで答えた。「私……私もあなたとお話したり、一緒に散歩したりするととても楽しいですわ」

「あなたはとてもきれいだ」ケンダルがささやきながら、アナベルに近づいてきた。「そんなに青い瞳は見たことがありません」

一カ月前のアナベルなら、そんなふうに言われたら有頂天になっていたことだろう。ケンダルは人柄がよく、魅力的で、若くて、裕福なのは言うまでもない。それに、何と言っても爵位を持っている。だがいったいどうしてしまったというのだろう? 上気してこわばった顔にケンダルの唇が近づいてくると、アナベルはいやでいやでたまらなくなってしまった。何が何だかわからずに、まごつきながら、それでもケンダルのためにじっとしていようと必死だった。だが、唇が重なり合いそうになったその瞬間、彼女は押し殺したような声とともに身をよじって、ケンダルに背を向けてしまった。

沈黙が流れる。

「驚かせてしまいましたか?」ケンダルがたずねる声が聞こえた。ケンダルは紳士的で礼儀正しい……傲慢なハントとは何もかもが違いすぎる。

「いいえ……そうではないのです。ただ……私にはやはりこんなことはできません」アナベルは、急に痛みを感じはじめた額に手をやり、ふわりとしたピンク色のシルクのドレスの中で体をこわばらせていた。ふたたび口を開いたときには、敗北感と自己嫌悪で陰気な声になっていた。「お許しください。あなたは、私が存じ上げている殿方の中でも、とりわけ立派な紳士です。だからこそ、私はあなたとはもうお別れしなければ。こんなことをしていても何にもなりませんのに、あなたをそそのかすようなことはもうできません」

「なぜそんなふうに思うんです？」ケンダルはいかにも困惑した表情でたずねてきた。

「あなたは本当の私をご存知ないんです」アナベルは苦々しい笑みを浮かべた。「冗談で言ってるんじゃありませんの。私たちは不釣合いですわ。いくら努力しようとしても、私はいずれあなたの気持ちを踏みにじるようなことをします──でもあなたは紳士だから、私を怒ったりはしない。それでは、ふたりとも不幸になるだけです」

「ミス・ペイトン」ケンダルはつぶやき、彼女が急に饒舌《じょうぜつ》になったのがなぜなのか考えているようだ。「私にはよくわからない──」

「じつは私にもよくわからないんですの。でも、ごめんなさい。あなたの幸せを願ってますわ。私には……」アナベルは苦しげにあえいだかと思うと、急に声をあげて笑いだした。

「願い事なんて、するものじゃありませんわね」そうつぶやくなり、彼女は急いでケンダルの前から歩み去った。

19

アナベルは自分で自分をののしりながら、屋敷に戻る小道を大股に引き返した。信じられなかった。求めていたものをこの手につかみかけたその瞬間、自分から放り出してしまうなんて。「なんてバカなの」アナベルは小さく毒づいた。「本当に、どうしようもないバカだわ……」あの休憩場に到着して誰もいないのに気づいた友人たちに、何と言い訳すればいいか、今は考えたくもなかった。たぶんケンダル卿は、エサ箱に鼻づらを突っこもうとした瞬間に取り上げられてしまった馬のように、まだ呆然とあそこに立ちつくしているだろう。

アナベルは、新たな結婚相手探しを壁の花たちに頼むことは決してすまいと誓った——何しろ、せっかく与えられたチャンスをたった今自らふいにしたのだから。これからは何が起きようと自分の責任だ。彼女は今やほとんど走るような勢いで自分の部屋に向かっていた。とにかく部屋に帰ることしか頭になかったので、石塀の向こう側からゆっくりと歩いてきた男性に危うくぶつかりそうになってしまった。慌てて立ち止まり、「ごめんなさい」とつぶやいて、相手の脇をすり抜けようとする。だが、その背の高さと、上着のポケットから引き出された日に焼けた大きな手を見るなり、それが誰だか気がついた。仰天して後ずさり、ハントの顔を見上げる。

ふたりは、ぽかんとして顔を見合わせた。

たった今ケンダルと別れたばかりとあって、ハントとケンダルの違いは目にも明らかだった。ハントは夕闇が迫る中にあって、髪や瞳や肌の黒さがいっそう際立って見える。どこもかしこも大きくて、じつに男性的だ。瞳はまるで海賊のようで、神をも恐れぬ暴君のような非情な空気をまとっている。相変わらず傲慢そのもので、ふてぶてしく、礼儀正しさのかけらも感じさせない……それなのになぜか心奪われてしまい、アナベルは自分は気が変になったに違いないと思った。ふたりをつつむ空気は、欲望と葛藤で、電気が走ったようにぴりぴりとしている。

「どうしたんです?」ハントはいきなりたずねた。アナベルの狼狽ぶりをいぶかしんでいる。だが今のアナベルには、内心に渦巻く感情をうまくすくいとって、まともな文句を考えることなどできやしない。それでも彼女は、何とか考えてみようとした。「私に何も言わずにストーニー・クロスを離れたくせに」

ハントの視線は、象牙のように硬く冷やかだった。「そういうあなたはチェスを途中でやめたでしょう」

「それは……」アナベルはハントから目をそらし、唇を噛んだ。「余計なことを考えている余裕がなかったからだわ」

「もう邪魔はしませんよ。ケンダルが欲しいのでしょう?――だったら彼を手に入れたらいい」

「ご親切にどうも」アナベルは皮肉っぽく返した。「身を引いてくださって感謝いたしますわ。ご自分が何もかも台無しにしたくせに今さら何よ」

ハントはアナベルをじろりとにらみつけた。「どういう意味です？」

アナベルは、夏の夜の生暖かい空気につつまれているというのに、奇妙な寒気を感じた。骨の髄がこまかく震えだし、それが肌まで伝わってくる。「毒蛇に嚙まれたときにもらったアンクルブーツのせいよ」アナベルは吐き捨てるように言った。「今履いているこのブーツ――これはあなたがくれたものなんでしょう？」

「それとこれとどう関係があるんです？」

「正直に答えて！」

「ええ、私が贈りました。それが何か？」ハントはぶっきらぼうに言った。

「ついさっきまで、私はケンダル卿と一緒にいたわ。何もかも計画どおりに運んでいて、彼は今にも私に……でも私にはできなかった！　この忌々しいブーツを履いているのに、彼にキスさせるなんてことはできなかった。私がいきなりぷいといなくなって、きっと今頃彼は、ミス・ペイトンは頭がおかしくなったと思っているに違いないわ。でも、けっきょくあなたの言うとおりね……彼は私には優しすぎるわ。きっとうまくいかなかったでしょうよ」アナベルはいったん言葉を切ってぜいぜいと息を継いだが、ふと見るとハントの目はぎらぎらと輝いている。身を硬くしている姿は、まるで獰猛なけだもののようだ。

「それで」とハントは静かに切り出した。「ケンダルをあきらめたのなら、これからどうするんです？　ホッジハムのもとに帰るんですか？」

ハントのあざ笑うような口ぶりに、アナベルはカッとしてにらみつけた。「もしそうだとしても、あなたには関係のないことです」と言ってくるりと背を向け、その場から立ち去ろうとする。

だがハントはたったの二歩でアナベルに追いつき、彼女の腕をつかんだ。こちらを向かせて、彼女の上腕をぎゅっとつかむ。軽くその腕を揺さぶるようにし、耳元に口を近づけてささやいた。「もうゲームはおしまいだ。あなたが欲しいものを言ってください。私の忍耐力がまだ残っているうちに、今すぐ言うんです」

ハントの香り……石けんと、新鮮で心地よい男性の香りに、アナベルはめまいがしそうだった。彼の服の下に手をすべりこませ……気を失うまで口づけて欲しかった。ずる賢くて、傲慢で、魅力的で、悪魔のようにハンサムなハントが欲しくてたまらなかった。だが、女性にこんなことを言わせるなんて、ハントは何て情け容赦ないのだろう。アナベルのプライドはもうぼろぼろで、それがのどの奥に引っかかって、何とか口を開くのが精一杯。アナベルは、「いやよ」とぶっきらぼうに言った。

ハントは顔を引いて彼女を見下ろし、おもしろがっているように目を光らせている。「欲しいものは何でも手に入るんですよ、アナベル……ただし、あなたが何が欲しいのかを言えばです」

「そうやって、私のプライドをずたずたにしようというつもりなんでしょう？　あなたは私に、ひとかけらの自尊心も与えてはくれないんだわ」

「この私があなたのプライドをずたずたにするですって？」ハントは片方の眉を吊りあげて、あきれたように彼女を横目で見た。「この二年間、あなたにダンスを申し込むたびに、さんざん傷つけられ、冷たくあしらわれてきたというのに――」

「ええ、ええ、わかったわ」アナベルは全身をぶるぶると震わせ、打ちひしがれたように言った。「言えばいいんでしょう――私が欲しいのはあなたよ。さあ、これで満足した？　私はあなたが欲しいの！」

「どういう意味で欲しいんです？　愛人として……それとも夫としてですか？」

アナベルはあぜんとしたようにハントを見つめた。「何ですって？」

ハントは腕を伸ばしてアナベルを引き寄せ、震える彼女をしっかりと抱きしめた。何も言わずに、ただじっとアナベルを見つめて、彼女が今の言葉の意味を理解しようとするのを見守っている。

「でも、あなたは結婚するようなタイプではないわ」アナベルはやっとのことで弱々しく言った。

ハントはアナベルの耳に指をやり、柔らかな曲線を指先でなぞった。「あなたが相手なら、結婚できるとわかったんですよ」

ハントの優しい愛撫にアナベルの血はカッと燃えたようになり、もう何も考えられなくなってしまう。「新婚一カ月で、お互いに相手を殺したいと思うに違いないわ」

「そうかもしれませんね」ハントはうなずいた。笑いを含んだ唇が、アナベルのこめかみをなでる。その温かさに、アナベルは目のくらむような歓喜を覚えた。「でもとにかく、私と結婚してください、アナベル。そうすればきっと、あなたの問題はほとんど解決するはずだ……そして少なからず私自身の問題もね」ハントの大きな手がアナベルの背中をそっとなで、不安を取り除いてくれる。「私に甘えたらいい」ハントはささやいた。「私にあなたの世話をさせてください。あなたには今まで、寄りかかる相手もいなかった、そうでしょう？　私の肩は頑丈ですよ、アナベル」ハントはくっくっと笑った。「それに、たぶん私は、ありのままのあなたを受け入れられるこの世でただひとりの男だと思いますよ」

アナベルは、あまりの驚きにハントに茶化されても何も言い返せない。「でも、どうして？」とようやくたずねると、ハントの手は、アナベルのむき出しのうなじへと移動していった。うなじのかすかにくぼんだ部分にハントの指が触れて、アナベルは思わず息をのむ。

「今なら私を愛人にすることもできるかもしれないのに、なぜ結婚を申し込むの？」

ハントはアナベルののどにそっと鼻をこすりつけた。「ここ数日考えて気づいたんですよ。私は、あなたが誰のものなのか、誰にも疑念を挟まれたくないんです。特にあなた自身にはね」

アナベルはまぶたを閉じた。かすかに開いた乾いた唇を、ハントの唇にゆっくりとなぞられ、幸福感で胸がいっぱいになる。ハントは、すべてを受け入れてくれる柔らかなアナベルの体を、彼女を求めてやまないたくましい腕でぎゅっと抱きしめた――彼女を支配するように力強く、そして、彼女を守り敬おうとするように優しく。やがてハントの指は、アナベルのなめらかな素肌のとりわけ敏感な部分を発見し、羽のように軽くそこをなでた。アナベルはハントのなすがままに唇を開き、その柔らかな舌使いにあえぎ声を漏らした。ハントは優しいキスでアナベルを恍惚とさせ、欲望を満たしてやったが、かえって、まだ満たされない部分を強く意識させることになってしまったようだ。アナベルがじれたように身を震わせるのに気づくと、片手で彼女の体を支えながら、深く口づけて落ち着かせてやった。そして、燃えるように熱いほほに手を添え、サテンのように柔らかな唇に親指をはわせてささやいた。

「私と結婚してくれますね？」

アナベルは、ハントのぬくもりにおののきながら彼の手の中にすっかりほほをあずけ、息もたえだえに答えた。「はい」

ハントは勝利に目を輝かせ、アナベルの顔を上げさせてふたたびキスを繰り返し、いっそう深く唇を味わった。両手をほほに添え、額と言わず鼻と言わず口づけてから、最後にはぴったりと唇を重ね合わせる。アナベルの息づかいは途切れ途切れになり、やがて、ふいに深く息を吸ったせいでめまいを起こしたようだ。手を伸ばしてハントの引き締まった体につかまり、綾織りの上着をぎゅっと握った。ハントは口づけをしたまま、もっとちゃんとつかまっていられるよう、彼女の手を取って自分の首のうしろにまわしてやった。アナベルがしっかり立っているのを見て満足し、コルセットで締めつけられた腰に手を添えてそっと引き寄せる。いっそうの切迫感とともに口づけると、その力強い愛撫に、アナベルはついに恍惚の淵へと沈んでいった。

だがハントはふいに唇を離し、不満げな声を漏らすアナベルにしーっと合図してから、近くに人がいるようですとつぶやいた。アナベルはまどろむような目で、ハントの腕の中に抱かれたままおろおろと周囲に視線を走らせた。するとそこには、石塀の脇の小道の真ん中で抱き合うふたりに釘づけになっている人びとがいた。リリアンに、デイジーに、ミセス・ボウマンに、レディ・オリヴィアに、彼女のハンサムなアメリカ人の婚約者、ミスター・ショーに……あろうことかウェストクリフ卿まで。「どうしましょう」アナベルは狼狽し、すぐさま顔をそむけてハントの肩にうずめた――まるで、目を閉じてしまえば彼らがみんないなくなってしまうとでもいうように。

するとハントが茶化すような声で耳元にささやきかけてきて、アナベルの耳たぶがうずいた。「チェックメイトですよ」

真っ先に口を開いたのはリリアンだった。「いったいどういうことなのよ、アナベル」

アナベルは縮こまりながらリリアンと目を合わせ、おどおどと弁解した。「やはりあんなこと、私にはできないわ。ごめんなさい――素晴らしい計画だったし、あなたたちはみごとに役割を果たしてくれたけど――」

「あなたが間違った相手にキスなんかしなければ、うまくいったのに！　いったいどうなってるのよ。どうしてケンダル卿とセイヨウナシの果樹園にいないの？」

そんなことを聞かれても、とてもではないが人前で話せるわけがない。アナベルはちゅうちょし、ハントを見上げたが、彼は事態をおもしろがっているように笑みを浮かべており、彼女がいったいどんな説明をするのか興味津々というふうだ。

しばらく沈黙が流れたのち、ウェストクリフは合点がいったらしく、アナベルとリリアンを交互に見て嫌悪感もあらわに言った。「それでしきりに庭を歩こうと言ったわけですね。ふたりして、ケンダル卿をワナにはめようとしたというわけだ！」

「私もグルよ」デイジーが姉をかばうように自ら手を上げた。

だがウェストクリフは彼女の言葉はいっさい耳に入らないらしく、リリアンの強情そうな顔をひたすら見つめている。「まったく――あなたという人は、恥じらいというものを知らないのですか？」

「そういう気持ちがあったとしても、まだ実際に感じたことはありませんわ」リリアンは澄まして言った。

アナベルは、自分の置かれている立場がこれほどきわどいものでなければ、伯爵の表情に大笑いしたことだろう。

リリアンはしかめ面でアナベルに視線を戻した。「でも、まだやり直せるかもしれないわ。ここにいる全員に、あなたとミスター・ハントがふたりっきりでいるのを見たと口外させなければいいのよ。誰も見ていないなら、何も起きなかったも同然だわ」

ウェストクリフは、苦々しげな表情でリリアンの提案について考えている。「ミス・ボウマンの意見に賛成するのは気が進まないが」と陰気な声で言った。「同意するしかないでしょう。今回のことを我々が忘れるのが、関係者全員のためです。ミス・ペイトンとミスター・ハントはふたりっきりのところを誰にも目撃されていない。ということは、誰の名誉も傷つけられていない。つまり、この思いがけない出来事の結果、何が変わるわけでもないということです」

「いやいや、彼女の名誉は確かに傷つけられたんだ」ハントがふいに断固とした口調で言葉を挟んだ。「この私にね。それに私は、この出来事が変化をもたらすことを望んでいるんだよ、ウェストクリフ。私は――」

「だめだ」伯爵は高圧的に言い放った。「君がこの女のために人生を台無しにするのを許すわけにはいかん」

「彼の人生を台無しにするですって?」リリアンが憤慨しておうむ返しに言った。「ミスター・ハントの結婚相手には、アナベルはもったいないくらいよ! 彼女がミスター・ハントに似つかわしくないなんて、よくもそんな嫌みを言えたものね。そもそも彼のほうこそ――」

「やめて」アナベルは慌てて口を挟んだ。「お願いだからやめて、リリアン――」

「すみませんが」ミスター・ショーがいかにも礼儀正しく口を開いたが、さすがに笑いを完全に抑えることはできないようだった。ひじに掛けられたレディ・オリヴィアの手を取り、誰にともなく優雅におじぎをする。「我が婚約者と私はどうやら部外者のようですから、あとはみなさんにお任せいたします。もちろん双方のために、私たちは三猿さながらに見ざる、言わざる、聞かざるで通しますからご安心ください」ミスター・ショーのブルーの瞳には悪意のない笑みが浮かんでいる。「今夜見たり聞いたりしたことについてこれからどうするかは、みなさんで決めてくださいⅰ……いや、見なかったことと聞かなかったことについて、と言うべきかな。さあ、行きましょうか、オリヴィア」と言ってミスター・ショーは婚約者の手を引き、屋敷のほうへとエスコートしていった。

ウェストクリフがミセス・ボウマンのほうを向いた。背の高い、きつねのような細い面立ちの女性だ。やり場のない怒りに顔を真っ赤にしているが、下手なことを言ってはまずいと思っているのか無言を通している。のちにデイジーがむっつりと語ったところによれば、彼女は人前でヒスを起こすことはないらしい。プライベートなときにしかそういう姿は見せないということだった。

「ミセス・ボウマン、本件について、口外しないと約束していただけますか?」ウェストクリフがたずねた。

野心にあふれたミセス・ボウマンは、相手がウェストクリフでも、あるいはほかの爵位を持った男性でも、とにかくそれが娘の結婚相手になりうる男性であれば、何でも言うとおりにするだろう。もしも花壇に頭から突っこんで欲しいと言われれば、宙返りでやり遂げてみせるだろう。「ええ、もちろんですわ、伯爵。わたくしはこのような不愉快なゴシップを広める人間ではございません。娘たちは本当に世間知らずの愚かな子で――こちらの……破廉恥なお嬢さんと親しくしたために、ふたりにどんな悪影響がおよんだかと思うと本当に残念でなりませんわ。でもあなたのような洞察力に富むお方には、わたくしの天使たちが今日のこととはまったく無関係だとおわかりになるはず。娘たちはただ、こちらの狡猾なお嬢さんを友だちと思いこんで、道を踏み外してしまっただけなのですから」

ウェストクリフは、ふたりの「天使たち」に疑わしげな視線を向け、冷ややかに言った。

「おっしゃるとおりです」

そんなまわりのようすを、まるで自分のものだと言わんばかりにアナベルの腰に手をやりながら、じっと見ていたハントは、冷ややかな目を向けて言い放った。「勝手にすればいいさ。いずれにしてもミス・ペイトンは、今夜、名誉を傷つけられることになってるんだ」ハントはアナベルの腰に手をあてたまま小道を先に進もうとする。「さあ、行きましょう」

「行きましょうってどこへ？」アナベルはハントの手を振り払おうとしながらたずねた。

「屋敷のほうですよ。彼らが目撃者になりたくないと言うのなら、誰か別の人の前であなたを誘惑しなくちゃならない」

「ちょっと待って！」アナベルは金切り声をあげた。「私はもう、あなたと結婚しますと言ったじゃない！　どうして二度も名誉を傷つけられなくちゃならないの？」

ウェストクリフとボウマン姉妹が寄ってたかって抗議するのを無視して、ハントは一言で返した。「保証のためです」

アナベルはかかとに力を込めて、ハントに腕を引かれても動こうとしない。「保証なんて必要ないわ！　私があなたとの約束を破るとでも思っているの？」

「手っ取り早く言うなら、そうです」ハントは静かに言うと、アナベルの腕を引いて屋敷に向かおうとする。「さて、どこに行きましょうか？　玄関広間がいいかな。あそこなら、あなたが私に誘惑されるところを大勢の人に見てもらえるでしょう。それとも遊戯室が――」

「サイモン」アナベルは抵抗空しく、ずるずると引っぱられながら言い募った。「サイモンったら――」

アナベルが自分の名字ではなく名前を呼んでくれたのに気づくと、ハントは急に立ち止まり、好奇心の入り混じった笑みをかすかに浮かべて彼女の顔をのぞきこんだ。「何ですか、スイートハート？」

「頼むから」ウェストクリフが見かねて口を挟む。「そういうのは素人演劇の夕べにでもやってくれ。君がそんなにミス・ペイトンに夢中なら、それ以上人前で彼女の名誉を傷つける必要はない。私が喜んで、君が彼女の名誉を傷つけ婚約に至ったのだと、ここでもロンドンでも証言してやろう――それで気が済むというのならな。ただし、結婚式で介添人をやれとは言うなよ、私は偽善者にはなりたくないからな」

「何よ、偽善者そのもののくせに」リリアンがつぶやいた。

小さな声で言ったのに、ウェストクリフには聞こえていたようだ。怒りに顔を赤黒くさせ、くるりとリリアンのほうを振り返り、そ知らぬ顔の彼女を猛然とにらみつける。「まったく、あなたという人は――」

「では、そういうことでみなさん異論はないですね」ハントが口を挟み、延々とつづくに違いないふたりの口論を中断させた。いかにも満足げにアナベルを見つめて言う。「ほうら、これであなたの名誉は無事に傷つけられましたよ。さあ、名誉を回復するために、母君のところにまいりましょう」

伯爵はかぶりを振って、友に願いを拒絶された貴族らしく、すげない態度で容赦なく嫌みを言った。「自分で女性の名誉を傷つけておきながら、いそいそと相手の親のところに行く男など見たこともないぞ」

20

知らせを聞かされたときのフィリッパの反応は、驚くほど穏やかなものだった。三人でマースデン家の談話室に座り、ハントからアナベルとの婚約とその理由を告げられたフィリッパは、青ざめはしたものの声ひとつあげなかった。ハントから簡単に事情を聞かされた直後は、しばし沈黙したまま、まばたきもせずにじっと彼を見つめていたが、やがて慎重に切り出した。「アナベルには、守ってくれる父親というものがおりません。ですから、あなたに約束してほしいと頼むのは私の役目でしょう。世の母親はみな、娘が夫から敬われ愛されることを願うもの……ですからあなたにも、それを約束してほしいのです……」

「承知しました」ハントは即答した。アナベルはハントのきまじめな口調に胸を打たれ、フィリッパとの会話に神経を集中させている彼の顔をまじまじと見つめた。「お嬢さんが不満に思うようなことは決してしないとお約束します」

そのとき、フィリッパの顔にかすかな不安のようなものがよぎった。アナベルはそれを見て、彼女が次に何を言おうとしているのかを察し、唇の内側を噛んだ。「あなたもすでにご承知だろうと思いますが、アナベルには持参金はございません……」

「存じてますとも」

「それでもかまわないとおっしゃるのですか」フィリッパは疑わしげな口調でたずねた。

「一向にかまいません。幸い私は、妻となる女性を選ぶ際に金銭的条件を考慮する必要がありません。もしもアナベルが一シリングも持たずに私のもとに来るとしても、ちっとも気にしませんよ。それに、私はご家族への援助も考えております――負債を肩代わりし、請求書の処理や債権者への対応も引き受けますし、学費などについても面倒をみさせていただくつもりです。あなた方が快適に暮らせるよう、どんなことでも致しましょう」

見るとフィリッパは、ひざの上で指が白くなるほどぎゅっと手を握りしめている。興奮のためか、安堵のためか、屈辱のためか、それともそれらの感情がすべて入り混じったためか、フィリッパの声は内心のおののきに震えていた。「ありがとうございます、ミスター・ハント。わかっていただきたいのですが、夫さえまだ生きていれば、きっとこんなことには――」

「もちろん、わかっております」

フィリッパはしばし考えこむように沈黙したのち、弱々しく言った。「それに、持参金はありませんので、アナベルには小遣いすらも……」

「ではベアリングズ銀行に口座を開きましょう」ハントは穏やかに提案した。「最初の預金額は……そうですね、五〇〇〇ポンドもあれば足りますか？　残高が減ったら、適宜足しておきましょう。もちろん、馬車や馬もこちらでお世話します……それに、ドレスや宝石も。

アナベルには、ロンドン中の店でツケで買い物ができるようにしますよ」

ハントの申し出を聞いたときのフィリッパの落ち着き払った態度は、アナベルには理解しがたいものだった。当のアナベルは、コマのように頭の中がぐるぐると回っていたというのに。五〇〇〇ポンドもの大金を自由に使えるとは、ほとんど現実とは思えない。彼女は仰天すると同時に期待に胸を高鳴らせた。もう何年も望むことすらできなかったのに、これからは一流の仕立屋に行き、ジェレミーに馬を買ってやり、ペイトン家の住まいをぜいたくな家具調度品類で飾ることができるのだ。しかし、結婚の申し込みの直後にこうまであけすけに金の話をされて、アナベルは自分の体を売ったような気持ちになり心を乱された。そろそろとハントのほうを見ると、その瞳にはいつものからかうような色が浮かんでいる。この人は私の気持ちはすべてお見通しなのだわ、とアナベルは内心でつぶやき、思わず顔を赤らめた。

話が弁護士やら契約書やら約定書やらのことになってきたので、アナベルはじっと黙って聞いていた。そして、こと結婚交渉となると、お母様はブルテリアさながらの粘り強さを発揮するのね、などと思っていた。このようなビジネスライクな会話は、結婚というロマンチックな話題にはまったく似つかわしくない。しかも、フィリッパはハントに娘を愛しているのですかとたずねなかったし、ハントも彼女を愛していると言わなかった。

ハントが帰ると、アナベルはフィリッパとともに自分たちの部屋に戻った。これから母娘だけでもう少しこの結婚について話すことになるのだろう。アナベルは、フィリッパのいつにない寡黙なようすに不安を覚えた。扉を閉めながら、母に何を言おうかと考え、ひょっとして母はハントを義理の息子として迎えるのに何か条件をつけるつもりだろうかと案じた。

だがふたりっきりになるなり、フィリッパは窓のほうに向かい、夕闇の空を眺めながら片手で目をおおってしまった。アナベルが驚いて見ていると、すすり泣く声が聞こえてきた。

「お母様……」アナベルは口ごもり、母のこわばった背中を見つめた。「ごめんなさい、私――」

「よかった」フィリッパは震える声でつぶやき、娘の言うことは聞いていないようだった。「本当によかったこと」

ハントの介添人をするつもりはないと断言したくせに、ウェストクリフは結婚式に参列するためになんと二週間前にはロンドンにやってきた。その上、しかめっ面ながら礼儀正しく、亡くなったアナベルの父の代わりに花嫁を花婿に引き渡す役まで買って出た。アナベルとしては何が何でも断りたかったが、フィリッパが大喜びしたので、しぶしぶ認めるしかなかった。だがその一方で、意地の悪い喜びを覚えてもいた。明らかに結婚に反対していながら、式では重要な役目を負わされるなんていい気味だわ……。どうせ彼がわざわざロンドンまでやって来たのは、ひとえにハントのためだ。どうやらアナベルが想像する以上に、ふたりの男は強い絆で結ばれているらしかった。

こぢんまりとした結婚式には、リリアンとデイジーとミセス・ボウマンも参列してくれた。これもまた、すべてウェストクリフのおかげだった。本来ならミセス・ボウマンは、平民と結婚する女の結婚式に自分の娘たちを参列させるようなことは決してしなかっただろう。その女が娘たちに悪影響をおよぼしているとあればなおさらだ。だが、英国一の独身貴族とお近づきになれるチャンスを無駄にするミセス・ボウマンではない。当のウェストクリフが、次女のほうにはまったく無関心で、長女のほうには尊大きわまりない態度をとっていることなど、彼女にとっては大した問題ではないのだろう。

エヴィーは残念ながら、フローレンスおばをはじめとする母方の親戚から参列を許してもらえなかった。その代わりに彼女は、愛情あふれる長い手紙と、結婚祝いとしてピンク色と金色の花柄があしらわれたセーブル焼きの茶器セットをくれた。残る数少ない参列者はハントの両親と兄弟のみ。彼らについては、だいたいアナベルが想像していたとおりだった。母親は太っていて一見がさつそうだが、快活な性格で、アナベルのことも何か否定材料でも見つからないかぎり前向きに受け入れようとしているようすがうかがえる。父親は背が高くいかつい体つきで、式の間はにこりともしなかったが、目尻に刻まれた深い笑いじわを見れば、本当は愛想のいい人であることがわかる。どちらもとりたててすぐれた容貌というわけではないのに、五人の子どもたちはみな黒髪で背が高く、美形揃いだった。

ジェレミーさえ式に参列できたら……とアナベルは思ったが、学校はまだ休みに入っていない。それにアナベルもフィリッパも、今学期が終わり、ハントとアナベルが新婚旅行から帰ってきてからジェレミーをロンドンに呼び寄せるほうがいいだろうと考えていた。ハントが義理の兄になると聞いてジェレミーがどんな反応を示すか、アナベルには皆目見当がつかなかった。ジェレミーはハントのことを嫌ってはいないようだったが、何しろ彼は長いことペイトン家の唯一の男性として暮らしてきた。万が一ハントからあれこれと決まりごとを押しつけられたら、腹を立てる可能性は大いにある。とはいえ、その点についてはアナベル自身も弟と同じようなもので、ハントに指図されたところで素直に言うことを聞くつもりはなかった。正直言ってまだ、ハントの人となりもよくわかっていなかったからだ。

その事実を思い知らされたのは、結婚式を終えた晩、ラトレッジ・ホテルの部屋で彼を待っているときのことだった。彼女はハントが多くの独身男性と同じようにこぢんまりとしたテラスハウスに住んでいるものとばかり思っていたので、じつはホテルのスイートルームに居住していると知って少なからず驚いた。

「別にかまわないだろう？」数日前、ハントは彼女のいかにも当惑したようすをおもしろがり、そう聞いてきた。

「でも……ホテル住まいだと、プライバシーがちゃんと守られないのではないかしら……」

「私はそうは思わないな。ホテルなら好きなときに出入りできるし、私の癖や一挙手一投足について大勢の召使にあれこれ噂されることもない。思うに、きちんと管理されたホテルのほうが、すきま風の入る街中の邸宅よりもずっと住み心地はいいだろうね」

「だけど、あなたのような立場にある人は、大勢の召使を抱えて、自分の成功ぶりを周囲に見せつける必要が――」

「申し訳ないが、昔から私は、召使は仕事上本当に必要な場合にだけ雇えばいいと思ってるんだ。そもそも、粋なアクセサリーとして従者を侍らすという考えはないしね」

「サイモン、彼らは奴隷ではないのよ！」

「召使一般の給金がどの程度のものか考えれば、君の今の主張は疑わしいな」

「これからちゃんとした家に住むつもりなら、使用人を雇ってやってもらわなければならないことは山ほどあるわ」アナベルは生意気に食い下がった。「私に両手と両ひざをついて床を拭いたり、暖炉の掃除をしたりしろと言うのなら別だけど」

ハントがコーヒーのような黒い瞳をいたずらっぽく輝かせたので、アナベルはひるんだ。

「たしかに君には両手と両ひざを床についてもらうつもりだが、掃除はしなくていいよ」ハントはアナベルが狼狽するのを見てくすくす笑い、彼女を抱き寄せて軽く口づけた。

アナベルはハントの腕の中でやや体を硬くして言った。「離してちょうだい、サイモン……こんなところを見たら母が何と言うか――」

「おや、私はもう君にどんなことでもできるんだよ。母君が文句など言うはずがない」

アナベルはしかめっ面をし、腕を体の前に持ってきてもがいた。「もう、あなたってなんて傲慢なの。私は本気で言ってるんですからね！　それより、さっきの話を片づけてしまいましょ……こうやってずっとホテルに住みつづけるの、それとも私たちの家を買うの？」

ハントはアナベルの口ぶりに声をあげて笑い、もう一度軽くキスをした。「君が欲しいという家をどれでも買ってあげる。いや、それよりも、新しい家を建てるほうがいいかな。近頃の私は、ちゃんとした照明器具と近代的な配管設備が整った快適な暮らしに慣れてしまっているからね」

アナベルはもがくのをやめた。「本当なのね？　どこにするつもり？」

「そうだな、ブルームズベリーあたりで広い土地が手に入るだろう、あるいはナイツブリッジか——」

「メイフェアはどうかしら？」

ハントはアナベルがそんなふうに言うのを予期していたらしく、笑みを漏らした。「グローブナーやセント・ジェームズみたいな高級住宅街に住みたいなんて言わないでくれよ。窓から外を眺めるたびに、鉄のフェンスで囲まれた狭苦しい庭を、偉そうな貴族どもがよちよち散歩している光景が目に入るなんてごめんだ」

「それそれ、それよ、そういうのがいいわ」アナベルのはしゃぎっぷりを見て、ハントは声をあげて笑った。

「わかったよ、家はメイフェアあたりにしよう。それと、召使も君の好きなだけ雇えばいい。いや、必要なだけ、じゃないぞ。必要かそうでないかは、君にとってはまったく的外れな考え方みたいだからな。ただし、家が見つかるまではラトレッジで数カ月過ごすことになるけど、我慢できるかい？」

数日前の会話を頭の中で反すうしつつ、アナベルは広々としたスイートルームを見渡してみた。どこもかしこも、ベルベットやレザーやみごとな光沢のマホガニー材でぜいたくに飾られている。たしかにラトレッジには、ホテル一般に対するあまり良くない印象をくつがえすくらいの魅力があると認めざるをえない。なんでも、謎のオーナーであるミスター・ハリー・ラトレッジは、ヨーロッパの伝統美とアメリカの革新性を組み合わせ、欧州随一の近代的ホテルを造りたいと考えてこのホテルを建てさせたとか。ラトレッジはロンドンの劇場地区に位置し、キャピトル劇場からテムズ川北岸に延びるエンバンクメントまで、五ブロックにまたがる巨大な建物だ。耐火建築、料理用エレベーター、各スイートルームに装備されたバスルーム、そして言うまでもなく有名レストラン――これらの特徴があいまって、今や欧米の富裕層の人気の的となっている。アナベルにとっては嬉しいことに、一〇〇室ほどあるラグジュアリー・スイートのうち五室はボウマン家が借りており、新婚旅行から戻ったらリリアンとデイジーと三人でしょっちゅう会うことができそうだった。

アナベルは生まれてから一度も英国を離れたことがなかったので、ハントが彼女を連れてパリで二週間の新婚旅行を楽しむつもりだと知り、大いに興奮した。母親と一緒に一度パリに行ったことがあるというボウマン姉妹から、現地の仕立屋や帽子屋、香水屋のリストをもらい、「光の都」と呼ばれるパリを初めて目にする瞬間を待ち遠しく思っていた。だが、明日の出発を前に、まずは新婚初夜を切り抜けなければならない。

アナベルは、前身ごろとそでに純白のレースをたっぷりとあしらったナイトドレスをまとい、そわそわと室内を歩きまわった。それから、ベッドの脇に腰をおろすと、サイドテーブルからヘアブラシを手にとり、ていねいに髪をとかしながら考えた。花嫁というのはみなこんなふうに、これから数時間のあいだに起きることが果たして苦痛と歓喜とどちらに満ちあふれたものなのかと、不安とためらいを覚えるものなのかしら……。そのとき、扉のノブが回され、黒っぽいシルエットがあらわれた。

アナベルは背筋がぞくぞくするのを覚えつつ、落ち着いて髪をとかしつづけようとした。だが、持ち手を握る手にぎゅっと力が入り、指がぶるぶると震えてしまう。ハントは彼女の体をつつむレースとモスリンに視線をはわせた。彼のほうはまだ結婚式のときの正装のままだ。ゆっくりとアナベルのほうに近づいてきて、椅子に腰かけたままの彼女の前で立ち止まった。そして驚いたことに、その場にしゃがみこんで彼女と真正面から向き合った。ハントの太ももが、彼女のほっそりとしたふくらはぎの両側を挟むようなかたちになっている。ハントは震えるアナベルの髪の間に大きな手をすべりこませ、指でとかしながら、金色がかった茶色い髪を賞賛のまなざしで見つめた。

ハントは一分の隙もなく礼服を着こなしているのに、アナベルはなぜか、どこか乱れたような印象を受けて気持ちをそそられた……それは額にかかった一筋の前髪と、ゆるめられた淡灰色のクラヴァットのせいらしかった。アナベルはヘアブラシを床に落とし、試すように、額にたれた前髪を指でかきあげてみた。だがふんわりと輝く漆黒の髪は、言うことをきかずにまた額にたれてしまう。クラヴァットをほどこうとすると、ハントは身じろぎもせず、アナベルのなすがままになっている。ほどいたクラヴァットにはハントの肌のぬくもりが残っていた。彼の瞳に浮かぶ色を見て、アナベルはみぞおちのあたりがむずむずするような感覚を覚える。

「君を見るたびに」とハントがささやいた。「今が一番美しいときなんだろうと思ったものだ――でも次に見ると、必ず、自分が間違っていたことに気づかされた」

アナベルは褒め言葉に笑みを浮かべ、クラヴァットをハントの首の両側にたらした。ハントが手を伸ばしてきたので、椅子の上でびくりと腰を浮かせる。ハントはからかうような笑いを口元ににじませて、探るような目を彼女に向けた。「緊張してるの?」

アナベルはうなずき、ハントがそっと指をなでるままに任せた。すると彼はいつになく慎重に言葉を選び、静かに切り出した。「スイートハート……ホッジハムとのことはさぞ不快だったろう。でも、信じてほしい、これは必ずしもそんなにいやなものとはかぎらないんだ。君が何を恐れているにしても――」

「サイモン」アナベルは不安げに、かすれ声で言葉をさえぎり、咳払いをした。「心配していただいてありがとう。そ、それと――理解しようと努めてくれて、嬉しく思うわ。でも……私とホッジハムの関係については、あまり正直にお話していなかったようだから」ハントはふいに、おやというように黙りこみ、何を考えているのかわからない表情になってしまった。アナベルはそのようすを見ると、深く息を吸って気持ちを落ち着かせた。「たしかに、夜になるとホッジハムが我が家に来るということが何度かありました。それで、請求書を肩代わりする見返りとして……あの男は……」アナベルは、のどの奥がぎゅっと締めつけられたように感じ、言葉を発することすら難しくなる。「でも……あの男が訪問していた相手は、私ではないの」

ハントは黒い瞳をかすかに見開いた。「何だって？」

「私は一度もあの男とは寝ていません。あの男は、私の母を食い物にしていたんです」

ハントは仰天して彼女をまじまじと見つめている。「何ということだ」と言って、荒く息を吐いた。

「一年ほど前に始まったの」アナベルはおびえたような声でつづけた。「ペイトン家の状況は悲惨なものだったわ。次から次へと請求書が送られてくるのに、払うすべもない。母の寡婦給与を投資してそこから得られる収益も、投資自体がまずかったんでしょう、減っていく一方だった。それまでにもホッジハムは、何度か母に言い寄るようなことがあったけど……夜中の訪問が正確にはいつから始まったのか、私にはわからないわ。でも、妙な時間にあの男の帽子とステッキが玄関広間に置かれているのに気づいたあと、数日すると借金が少し減るようになったの。それで私は何が起きているのか悟った……でも、何も言わなかったの。本当は言うべきだったのに」アナベルはため息をついて、こめかみをさすった。「ウェストクリフ卿のパーティーで、ホッジハムにはっきり言われたわ。母にはもう飽きたから、私に母の代わりになれって。それから、秘密をすべてばらすと脅されもした……適当に尾ひれをつけて話してやる、あの男はそう言ったわ。そうすれば、ペイトン家はもう破滅だって。私はあの男の愛人になることを拒否したけど、母は何らかの手を使ってあの男に口外させないようにしたの」

「どうして、君がホッジハムの愛人だという私の思いこみを否定しなかったんだ？」

アナベルは落ち着かないようすで肩をすくめた。「あなたが勝手に思いこんだだけよ……それにあの頃は、勘違いだと指摘する必要もないように思えたし。私たちふたりがこんなふうになるなんて、考えてもみなかったもの。第一、それでも求婚してくれたということは、私が処女かどうかは、あなたにとって特に重要なことではないってことでしょう」

「たしかに重要なことではない」ハントはつぶやいたが、声がいつもと違う。「どっちにしろ私は君と一緒になりたいと思っていたから。だが本当はそういうことだとなると……」ハントは絶句し、狼狽して首を振った。「アナベル――ちょっとはっきりさせてくれ――つまり君は、今まで一度も男性とベッドに行ったことがないのか？」

アナベルは、ハントに折れそうなほどきつく手を握られて、その手を引き抜こうとした。

「ええ……いいえ」

「いいえ行ったことがありません、はい行ったことがあります、どっちなんだ？」

「誰とも寝たことはないわ」アナベルははっきりと答えてしまうと、いぶかしむようにハントのほうを見た。「もっと前に言わなかったから怒っているの？　だったらごめんなさい。でも、お茶を飲んでいる最中や、玄関広間で会ったときに話すようなことではないでしょう？　『さあ、お帽子をどうぞ、ところで私は処女なんですのよ』なんて――」

「怒ってはいないが」ハントは困ったようにアナベルを見つめている。「ただ、これから君をいったいどう扱えばいいか悩んでいるだけだ」

「悩むことはないわ。今まで考えていたのと同じでしょ」アナベルは希望を託すように言った。

サイモンは立ち上がると、アナベルを椅子から立たせ、どことなくためらいがちに彼女を抱きしめた。まるで、力を入れすぎて彼女が粉々に砕けてしまうのを恐れているようだ。きらきらと輝く髪に顔をうずめ、深く息を吸う。「いずれちゃんと君をベッドに連れていくつもりだが」ハントは困惑気味に切り出した。「その前に、いくつか聞いておいたほうがよさそうだ」

アナベルはハントの上着の中に手を差し入れ、筋肉質な流線型の上半身に腕をまわした。薄いシャツの生地を通して体のぬくもりが手に伝わってきて、歓喜に身を震わせながら、彼の男性的な香りを思う存分かいだ。それから「なぁに?」とハントを促した。

彼女は今この瞬間まで、ハントがためらいがちに話すのは一度として見たことがなかった……いつになくおずおずとした口調なところを見ると、この手の会話は初めてなのかもしれない。「君は、これからどんなことが起きるかわかっているんだろうか? その……つまり、必要な知識はすべて頭に入っているのかな?」

「ええ、たぶん」アナベルは答えながら、ほほにハントの激しい鼓動を感じて思わず笑みを漏らした。「数日前に母から教わったわ――話を聞いてすぐに、ぜひとも婚約を解消したいと思ったけど」

ハントは急に押し殺したような笑いを漏らした。「だったら、私は今すぐに夫としての権利を行使させてもらったほうがよさそうだな」ハントはアナベルの指を熱い手でぎゅっと握り、それを自分の口元へと持っていった。彼が指先に向かってつぶやくと、息が柔らかく指をなでた。「母君は君に何て？」

「基本的な事柄を教わったあと、あなたが望むとおりのことをさせるようにと言われたわ。それから、何かいやなことがあっても、文句を言わないようにって。でも、もしも我慢できないくらいいやだったら、あなたが私のために開設してくれた銀行口座の莫大な預金残高について考えて、気を紛らわせなさいって」

アナベルはそう言ったそばから後悔し、こんなにバカ正直に打ち明けたりしてハントは気分を害するかもしれないと気を揉んだ。だがハントは、ハスキーな声で笑いだした。

「そいつは、初夜の心構えとしてはじつに新鮮な方法だ」と言って、顔を離してアナベルをじっと見つめる。「ではこれからは、君を口説くときには預金残高や利子についてささやくとしようか？」

アナベルは手をくるりとひっくり返し、指の先でハントの唇をなぞった。彼女の指は、ハントのなめらかな口角のあたりにしばらくとどまり、やがて、ざらざらしたあごのほうへとおりていく。「その必要はないわ。普通のことを言ってちょうだい」

「いや……普通のことでは君には効き目がないだろう」ハントはアナベルのほつれ髪を耳にかけてやり、ほほに手を添えて顔を近づけた。彼女が降参して唇を開くまで何度もキスを繰り返し、たっぷりとしたレースにつつまれた体の線を両手でなぞる。胸を締めつけるコルセットをしていないので、アナベルは薄いドレスの生地越しにハントの指の感触をしっかりと感じとることができた。脇をなでられると、全身が震え、乳首がいっそう感じやすくなる。ハントの手はゆっくりと前のほうに移動してきて、豊かな胸のふくらみにたどりついたかと思うと、手の平で乳房をつつむようにして力強く揉みしだいた。アナベルは一瞬息が止まりかけ、親指でなぶられた乳首が痛いくらいにふくらんでくるのを感じた。

「最初は、女性にとっては痛いものだからね」とハントがささやいた。

「ええ、知ってるわ」

「私は君を傷つけたくない」

ハントの言葉に、アナベルは驚くと同時に胸を打たれた。「でも母が、そんなに長くかかるものではないと言ってたわ」

「痛みがってこと？」

「いいえ、痛み以外のこと」アナベルが言うと、なぜかハントは声をあげて笑いだした。

「アナベル……」ハントは唇でアナベルののど元を愛撫しながら言った。「私は、パノラマ館の外に立って財布の中を探している君を初めて見たときから、君が欲しくてたまらなかった。君から目をそらすことすらできなかった。こんな女性が現実にいるなんて信じられなかったくらいだ」

「パノラマショーの間、ずっと私のことを見つめていたわね」アナベルは柔らかな耳たぶを嚙まれて小さくあえいだ。「あれでは、ローマ帝国の崩壊について何もわからなかったでしょう?」

「その代わりに、君の唇が誰よりも柔らかいということがわかった」

「自己紹介にしては珍しいやり方だったわ」

「我慢できなかったんだ」ハントはゆっくりと、彼女の脇腹を上へ下へとなでている。「暗闇の中で君の横に立っている間、それまで感じたことがないくらい強烈な欲望を覚えていた。頭の中で、何て美しい人なんだ、この人が欲しくてたまらないとそればかり考えていたよ。照明がすっかり落ちてしまうと、もういてもたってもいられなくなった」ハントはきざな口調でつづけた。「それに君は私を拒まなかったからね」

「あんまりびっくりしたからよ!」

「それが拒まなかった理由?」

「いいえ違うわ」アナベルは素直に認め、顔を傾けてハントのほほに自分のほほを寄せた。「あなたのキスが気にいったからよ。わかってるくせに」

ハントは笑みを浮かべた。「私のひとりよがりじゃなくてよかったよ」そう言って、ほとんど鼻がぶつかりそうなくらいに顔を近づけてアナベルを見つめる。「さあ、一緒にベッドに行こう」ハントはアナベルを促すように、かすかに言葉尻を上げてささやいた。

アナベルは細くため息を吐いてうなずき、ハントに導かれるようにして大きな四柱ベッドのほうに向かった。ベッドにはワインカラーのシルクのキルト地でできた上掛けがかかっている。ハントはその上掛けをはがし、アナベルを抱き上げてすべすべしたシーツの上に横たえた。アナベルがハントのために少し横に体をずらす。ハントはベッドの脇に立って、彼女の顔をじっと見つめながら服を脱いでいった。美しい仕立てのしゃれた礼服と、その下からあらわれた生々しい男性的な力強さとのあまりの違いに、アナベルはどぎまぎした。思ったとおり、ハントの上半身はみごとに鍛えあげられていて、背中と肩の筋肉が小刻みに動き、腹筋がきれいに割れている。褐色の肌はランプの明かりをうけて琥珀色にきらめき、肩はまるで鋳造したばかりの鉄のような、豊かに張りつめた輝きを放っている。胸元には黒い胸毛が生えているが、力強く隆起した胸板と骨格は隠しようもない。アナベルは、ハント以上に健康的で生気のみなぎる男性はこの世にいないだろうと思った。たしかに、色白ですらりとした貴族男性という現代女性の理想像にはそぐわないかもしれない……それでもアナベルはハントを美しいと思った。

ハントがベッドに体をすべりこませてきた。アナベルは胸の奥が興奮と恐れで痛んだ。「サイモン」短く息をしながら呼びかけると、ハントがぎゅっと抱きしめてくる。「母から聞いてないことがあるの……今夜私は、あなたのために何かすることがあるのかしら……」

ハントが片手でアナベルの髪をもてあそびながら、指の先で頭をそっとなでた瞬間、彼女の背中に熱いうずきが走った。「今夜は何もしなくていい。私が君を抱き、君に触れ、君の気持ちいいところを探してあげるから」

ハントの手が、アナベルのドレスの背中に並んだ蝶貝のボタンを探しあてた。アナベルはまぶたを閉じて、レースが重なりあった薄いドレスの肩口が広げられるのを感じていた。

「音楽室でのことを覚えてる?」アナベルはささやき、ドレスが乳房の下までおろされると、あえぎ声を漏らした。「アルコーブでキスをしたでしょう?」

「最初から最後まですべて覚えているよ」ハントはささやき返し、さざなみのようなそでから彼女の腕を引き抜いた。「どうして今頃その話をするんだい?」

「あのときのことをいつも考えていたから」アナベルは打ち明けた。ハントがドレスを脱がせやすいように身をよじりながら、全身がカッと上気するのを感じる。

「私もだよ」ハントはうなずいた。アナベルの胸元に手をはわせて、ひんやりとした丸い乳房をそっとつつみこむと、乳首はばら色に変わり、つんととがってきた。「君と抱き合っているとすぐに火がついてしまう――こんなにすごいとは思わなかったよ」

「では、いつもこうだとはかぎらないの?」アナベルはたずね、ハントのごつごつとした背骨と、その両脇の硬い筋肉を指でなぞった。

彼女の触れ方はごくソフトなものだったが、ハントは思わず息を荒らげ、彼女におおいかぶさった。「いつもじゃない」とつぶやき、長い脚を彼女のぴったりと閉じられた両脚の合わせ目に重ねる。「いや、めったにないよ」

「どうして――」とアナベルはたずねようとしたが言葉を失った。ハントの親指に乳房の下のなめらかな部分をなぞられて、かすかなあえぎ声をあげる。ハントは両手を彼女の細い肋骨に沿わせたまま、胸元に顔を近づけた。ハントの唇が、熱く軽やかに、つんと張りきった乳首を口の中で転がす。アナベルはその優しい愛撫に声を漏らした。感じやすくなった肌が小刻みに震えて、それ以上じっとしていられなくなる。本能的に脚を開くと、すぐさまハントの毛むくじゃらの脚がその間に割って入った。ハントは両手と口を使って、彼女の体をゆっくりと愛撫する。アナベルは彼の頭に両手を伸ばし、これまで何度もそうしたいと思ったとおりに、ふんわりとウェーブした髪の間に指をすべりこませた。ハントは彼女の透きとおるような手首の皮膚に、ひじの内側に、そして肋骨と肋骨の間のかすかなくぼみに口づけをし、彼女の体をくまなく探検した。アナベルはハントのなすがまま、身を震わせながら、ちくちくするひげと、それと対照的になめらかでしっとりとした唇の感触を味わっていた。だがその唇がへそに到達し、器用な舌先で小さなくぼみをなめられると、アナベルは身をよじり、驚いたように深く息を吸った。「だめよ、サイモン。私……お願い……」

ハントはすぐに顔を上げて彼女を両腕で抱きしめ、上気した顔をのぞきこんだ。「急ぎすぎたかい？」とかすれ声でたずねる。「ごめん——君が初めてだっていうことを一瞬忘れてしまった。さあ、抱きしめてあげる。怖くないね、うん？」

アナベルが答える前に、ハントはその唇をふさぎ、ゆっくりと口づけを繰り返した。ハントの胸毛が、まるでしなやかなベルベットのようにアナベルの胸をこすり、息をするたびに乳首と乳首が触れ合う。アナベルは自制心を解き放って歓喜におぼれ、低いあえぎ声を漏らした。するとハントが下腹部を指でなぞり、ひざをいっそう深く両脚の間に入れてきて、彼女はうめいた。ハントはアナベルの脚を大きく開かせて柔毛に指をすべりこませ、ふっくらとしたひだを探しあてた。その部分を指で押し開き、絹のような手ざわりの突起に触れると、びくびくと震えるのがわかる。ハントはそのすぐ上の部分を軽やかな指の動きで優しくなでてやった。

アナベルは、唇をふさがれたままあえぎ声を漏らした。体中が熱くなって、溶けてしまいそうになる。全身が上気して白い肌はばら色に染まった。やがてハントがアナベルの入口を探しあて、ゆっくりと慎重に、柔らかに潤った中へと指をすべりこませていく。アナベルの心臓は早鐘を打ち、とてつもない喜びに四肢が硬直する。彼女は押し殺したような驚きの声をあげて体を離し、大きく目を見開いてハントをじっと見つめた。

ハントは片ひじをついて横向きになった。黒髪がくしゃくしゃに乱れ、瞳は欲望とかすかな笑いに輝いている。アナベルの中でどんな変化があらわれはじめたのかちゃんとわかっているといった表情だが、同時に、彼女の初々しい反応に魅了されてもいた。「離れないで」とほほ笑みながらつぶやく。「これから本当によくなるんだから」ハントはゆっくりとアナベルの体を引き寄せ、手でそっと愛撫を加えつつ組み敷いた。「スイートハート、痛くしないからね」とほほに口を寄せてささやく。「気持ちよくしてあげる……君の中に入らせておくれ……」

ハントはささやきつづけながら唇を重ね、愛撫を加えつつ徐々に下腹部のほうへと接近した。両脚の付け根の陰をなす秘部に唇が到達した頃には、アナベルはつづけざまにあえぎ声を漏らしていた。ハントは秘所に口を寄せ、柔らかにウェーブしたヘアと、シルクのような感触のピンク色のひだに鼻をこすりつけ、ちろちろと舌で舐めあげた。アナベルは恥ずかしさのあまり身をすくめようとしたが、ハントにしっかりとヒップをつかまれていて、逃れることができない。ハントは容赦なく秘所を探り、敏感なひだや割れ目を舌の先でくまなく舐めていった。アナベルは、自分の太ももの間にハントの頭があるのを見て、激しいショックを受けていた。室内の光景がぼやけてきて、まるで、ローソクの光と影が織りなす層の間に浮かんでいるような気がしてくる。それと同時に、めくるめくような、何とも言えない恍惚感につつまれていた。今アナベルは、ハントの前にすべてをさらけだし、彼女を求めてくる唇にすべてをゆだねて、快感に目覚めだした体をみだらな喜びに震わせている。ハントは彼女の秘部のとがった部分に口をあて、そっと舌で愛撫しつづけた。するとアナベルはついにこらえきれなくなって、自然と腰を浮かし、ぶるぶると震わせた。歓喜のあまり張りつめた四肢が、カッと熱を放出する。

ハントは十分に熟した秘部に最後にもう一度愛撫を加えたのち、体を起こして彼女の上におおいかぶさった。弛緩したような太ももをぐいと広く押し開き、ペニスの先でそっと突く。恍惚の表情を浮かべるアナベルを見下ろし、ひたいにかかる髪をかきあげてやった。

するとアナベルはかすかな笑みを口元に浮かべ、彼を見上げた。「預金残高のことなんかちっとも思い出さなかったわ」と言うと、ハントが優しく笑った。

ハントはアナベルの額に手をやり、柔らかな髪の生え際のなめらかな肌を親指でなぞりながら言った。「かわいそうなアナベル……」彼女は股間に加えられた強い圧迫感に、初めて痛みを覚えはじめていた。「これからすることは、きっとあまり楽しいものじゃないと思う。

君にとってはね」

「いいの……私……相手があなたで嬉しいわ」

新婚初夜に花嫁が言うにはふさわしくない言葉だったが、ハントは笑みを浮かべずにはいられなかった。彼女の耳元でささやきながら、なおかつ臀部に力をこめ、まだ男を知らぬ秘部へと自分のものを挿し入れていく。アナベルはじっとしていようと努めたが、圧迫感から逃れようと本能的に身をよじった。「スイートハート……」ハントは荒く息を吐き、彼女の中で動きを止め、必死に何かをこらえているようだ。「そうだ、そうしていてくれ……もう少しだから……」ハントはさらに奥のほうへと慎重に挿入し、ふたたび動きを止める。「もうちょっとだよ……」徐々に深く突き刺していきながら、アナベルが楽になるように彼女の体をていねいに愛撫する。「もうちょっと……」

「あとどのくらいなの?」アナベルはうめいた。ハントのものはあまりにも硬くて、アナベルは強烈な圧迫感を覚え、いったいどうしてこんな苦しい思いをしなくてはいけないのかと狼狽した。

ハントは歯を食いしばって、じっと動かずに耐えている。「やっと半分くらいだ」と申し訳なさそうな声でようやく答えた。

「半分ですって――」アナベルはヒステリックに笑って抵抗しはじめ、さらに突いてくるハントから離れようとした。「無理よ、こんなことできないわ――」

だがハントはさらに深くペニスを沈ませながら、痛みを和らげようと、唇と両手を使って愛撫を繰り返した。するとアナベルは徐々に気持ちが楽になり、痛みはやがて、ほのかな熱い感覚へと変わっていった。アナベルは全身から力が抜けていくのを覚えて長い吐息を漏らし、もはや逆らえなくなったように、その初々しい肉体をハントにゆだねた。ハントの背中の筋肉はごつごつと隆起し、下腹部は彫刻をほどこしたローズウッドのように硬くなった。ハントは深くアナベルを刺し貫いてうめき、肩を震わながら、「なんてきついんだ」とかすれた声で訴えた。

「ご、ごめんなさい――」

「いや、いいんだ」ハントはやっとの思いで言った。「謝らなくっていいんだ。ああ、たまらないよ……」ハントの声は、まるで歓喜に酔ったように間延びしている。

ふたりはお互いを見つめあった――一方はすっかり満たされたように、そしてもう一方は切望するように凝視している。そのとき、アナベルは何か不思議な感覚にとらわれ、ハントの振る舞いが自分の予期したものとまるで違っていたことに思い至って驚いた。ハントはこの機会に乗じて、支配者は自分であることを証明してみせるだろう、アナベルはそう思いこんでいた……だが実際のハントはどこまでも忍耐強かった。彼女は感謝の気持ちでいっぱいになり、ハントの首に両手をまわした。ハントに口づけし、舌を挿し入れると、両手を背中にやり、さらに下におろしていって硬い臀部にたどりつく。そしてためらいがちにハントのヒップをなでさすり、彼のものをいっそう深く自分の中へと導いていった。アナベルの愛撫で、ハントの中に残っていた自制心のかけらもついにすべて砕け散ったようだ。彼は飢えたようにうなり、規則正しく腰を突き上げ、彼女を優しく扱おうとして身を震わせた。次の瞬間、ハントは強烈な解放感に襲われて、ぶるぶると震えながらぐっと歯を食いしばり、快感が目のくらむような恍惚へと変わるのを実感していた。シーツの上に広がるアナベルの髪に顔をうずめ、なめらかな蜜壷の中にしばし留まる。ようやく鋼鉄のように張りつめた筋肉が緊張を解いたところで、そっと引き抜こうとすると、彼女が痛みに本能的に身じろぎした。ハントはアナベルが苦痛を感じているのに気づくと、優しくなぐさめるように彼女のヒップをなでた。

「一生ベッドから出たくないな」ハントはつぶやき、アナベルを両腕でぎゅっと抱き寄せた。

「まあ、出なくちゃだめよ」アナベルは気だるそうに言った。「明日は私をパリに連れていってくれなくちゃ。約束したんだから、私から新婚旅行を取り上げないでちょうだい」

ハントは彼女のもつれた髪に鼻をこすりつけ、笑いを含んだ声で答えた。「心配無用だよ、私のかわいい奥さん……君から何かを取り上げたりするもんか」

21

二週間の新婚旅行で、アナベルは自分が思っていたよりも世間を知らないことに驚いていた。無邪気な思いこみと英国人ならではの傲慢さがあいまって、彼女はロンドンこそあらゆる文化と知識の中心にあると信じていたのだが、パリを見てすっかり目が覚めた。パリの街は驚くほど近代化されており、それに比べるとロンドンがいかにも野暮ったい田舎の町に思えてくる。しかもパリは、知識面でも社会制度面でも進歩的でありながら、街並みはほとんど中世さながら。暗く、細く、入り組んだ通りが、芸術的な建物が立ち並ぶ街区の中を縫うのである。古い教会のゴシック様式の尖塔から、壮麗にそびえる凱旋門まで、さまざまな意匠をこらした建物が生みだすその混沌とした雰囲気は、わくわくするほど刺激的だった。

ふたりが宿泊したのはクール・ド・パリというホテルだ。ホテルはセーヌ川の左岸、目移りするほどたくさんの店が立ち並ぶモンパルナス通りと、サンジェルマン・デ・プレの屋根付きの市場の間にあった。市場には、珍しい野菜や果物、布地、レース、絵画、香水などがところ狭しと並んでいた。クール・ド・パリはあたかも宮殿のような造りで、客室は機能美ばかりではなく五感に訴える美にもあふれていた。たとえば浴室――フランス語ではサル・

ドゥ・バン――は、床はばら色の大理石、壁のタイルはイタリア製で、体を洗って疲れたら一休みできるようロココ調の黄金色の椅子まで置かれていた。磁器の浴槽はなんと二つあり、お湯と水が出るタンクが各々についている。そして天井には楕円形の風景画が描かれており、湯につかりながら眺めてのんびりできる仕掛けになっていた。英国流の、風呂を使うのはあくまで衛生のため、手際よく済ませるべしという観念の下に育ったアナベルは、入浴という行為にすら退廃的な喜びを見出してしまうフランス人の考え方に大いに惹かれた。

嬉しいことにパリのレストランでは、わざわざ個室を頼まなくても男女が人前で同じテーブルで食事ができた。アナベルは、こんなにおいしい食べ物を食べたのは初めてだった……小玉ねぎとともに赤ワインで煮込んだ柔らかな若鶏、中はジューシーに皮はかりっと焼きあげた鴨のコンフィ、濃厚なトリュフソースをかけたカサゴ、そしてもちろんデザート――お酒に浸した大きなケーキに山盛りのメレンゲをかけたものや、ナッツとフルーツグラッセの入ったプディングなど、よりどりみどり。アナベルが毎晩のようにデザート選びに悪戦苦闘するので、ハントはこんなふうに言ったほどだった――戦場の将軍たちが作戦を練るときも、君が洋ナシのタルトとバニラスフレのどちらにするか迷っているときほど真剣ではなかっただろうね。

アナベルはハントの案内で、ある晩は下着姿同然で踊るバレエを鑑賞し、またある晩は言葉がわからなくても通じる類のわいざつなジョークを連発するコメディを観にいった。また、ハントの知り合いが主催する舞踏会や夜会にも繰り出した。ハントの知り合いは、フランス人もいれば、英国やアメリカやイタリアから観光で来ている人や、かの地に移住した人までさまざまだった。ハントが共同所有者として名を連ねる会社の株主や役員もいたし、彼が経営する船会社や鉄道会社の関係者もいた。「どうしてこんなにたくさんの知り合いがいるの？」パリに来て最初のパーティーで大勢の人びとから歓迎されるハントに向かって、アナベルは驚いてたずねたものだ。

するとハントは、そんなことを言ってると、英国貴族社会の外に広がる世界を君がまったく知らないと思われるよ、とアナベルを茶化した。だが、実際ハントの言うとおりだった。彼女はそれまで、一握りの人びとによって形成された狭い社交界の外に目を向けてみようなどと考えたことは、一度もなかった。ここにいる人たちは、ハント同様、純粋に経済的な意味でエリートであり、富を築こうと積極的に奮闘することを恥じていない。彼らの多くは、急速に拡大を遂げつつある各種産業を核としてひとつの町を形成し、その町を文字どおり所有していた。鉱山を持っている者もいれば、農園や製粉場、倉庫、店舗、工場を持っている者までさまざまだった――しかも彼らの視線がある特定の国だけに向けられていることはめったになかった。妻たちが買い物にいそしみ、パリの仕立屋でドレスを作ってもらっている頃、男たちはカフェやプライベート・サロンに集まって、事業や政治について飽きることなく議論を戦わせた。また彼らの多くは、紙巻きタバコと呼ばれる、タバコの葉を小さな紙でつつんだものを吸っていた。当世の流行りで、もともとはエジプト人兵士の吸っていたものがヨーロッパ大陸にも広まったものらしい。そしてディナーの席では、アナベルがこれまで聞いたことも、新聞で読んだこともないような物や出来事が話題にのぼった。

アナベルにとってとりわけ意外だったのは、ハントが口を開くたびに、まわりの人びとが彼の意見に熱心に耳を傾けたり、さまざまな事柄について彼に助言を求めたりすることだった。どうやらハントは、英国貴族社会では大した人物ではないかもしれないが、外の世界では多大なる影響力を持っているらしい。ようやくアナベルにも、なぜウェストクリフがハントのことをあれほど高く買うのかが理解できた。つまり、ハントがどこにも属さずにひとりで現在の力を身につけてきたからなのだ。男たちはハントを尊敬し、女たちはハントに気持ちをそそられる、アナベルはそんなようすを目の当たりにして、それまでと違った光をあてて夫のことを見るようになっていた。彼女は、自分がハントの所有者になったような気すらした。そして、夕食会でハントの隣に座った女性が彼の関心を独占しようとしたり、別の女性が一緒にワルツを踊ってくださらなくちゃだめよと彼を誘惑しようとしたりするのを目にして、嫉妬に身を震わせるしまつだった。

初めての舞踏会でのことだ。アナベルは眺めのいい談話室で、上品な若い婦人たちに囲まれていた。ひとりはアメリカ人で夫は軍用品製造業を営んでいるらしく、あとのふたりはフランス人で夫はともに画商だということだった。アナベルは、ハントについてあれこれと聞かれてしどろもどろになって答えつつ、夫のことをいまだにろくに知らない自分を認めるのがいやで悶々としていた。だから、ダンスでも踊ってきてはいかがと促されたときには内心ほっとしたものだった。一分の隙もなく黒の夜会服を着こなしたハントは、ほほを上気させて笑い声をあげる婦人たちにていねいにあいさつしたのち、アナベルのほうを向いた。ふたりの視線がからみあったとき、隣の舞踏室から美しいメロディーが流れてきた。アナベルはすぐにそれが何の曲かわかった。ロンドンでは人気のある、心乱されるような甘い旋律のワルツ……壁の花たちはこの曲がかかるたびに、このワルツの間中こうして椅子に座っているのは文字どおり拷問ねと言いあったものだった。

アナベルはハントが差し伸べてきた腕をとり、今まで何度となくダンスを申し込まれるたびに彼をはねつけてきたことを思い出していた。ようやく念願がかなったというわけね……

アナベルは笑みを浮かべながらたずねた。「欲しいものは必ず手に入れるの？」

「ときには、思いがけず時間がかかることもあるけどね」ハントは答え、舞踏室に入ると、アナベルの腰に手を添えて、くるくると踊る人びとの端のほうへと彼女を導いていった。

アナベルは目がまわるほどの緊張感に襲われた。まるで、たかがダンスではなくて、何かもっと大切なことをハントと体験しようとしているような気がした。「この曲、私のお気にいりなのよ」と打ち明け、ハントの腕の中に体をあずける。

「知ってるよ。だから私がリクエストしたんだ」

「どうして知ってるの？」アナベルは信じられないというように笑ってたずねた。「わかったわ、ボウマン姉妹のどちらかに聞いたのね？」

だがハントはかぶりを振り、手袋をした指を彼女の手にからませた。「この曲がかかったときの君のうっとりとした表情を何度も見たからね。このワルツを耳にするたびに、君はいつも、今しも椅子から飛び立ってしまいそうになった」

アナベルは驚いて口をぽかんとあけ、不思議なものを見るようにハントの顔を見上げた。どうして彼は、そんなちょっとした変化にすら気づくことができたのかしら。アナベルはいつも彼を冷たくあしらっていた。それなのに彼は、この曲を聴いたときの彼女の反応に気づいて、それを覚えていてくれた……。そう思い至った瞬間、アナベルは涙があふれてきてすぐさま顔をそらし、ふいに訪れた当惑させられるほどの感情のうねりを静めようとした。

アナベルはハントに導かれて、ワルツを踊る人びとの波のほうへと歩を進めた。彼の腕は力強く、背中にまわされた手は頼もしくリードしてくれている。ハントと踊るのはちっとも難しくなかった。彼の生み出すリズムに身をゆだね、スカートを光り輝く床の上になびかせながら、あるいは両脚に軽くまとわせながら、ただステップを踏めばいい。まるで、魅惑的なワルツのメロディーが全身に染みわたっていくようだ。つんとするようなのどの奥の痛みが消え、全身がとてつもない喜びに満たされていく。

一方のハントは、アナベルをリードしながら勝利に酔いしれていた。今ハントは、二年間にわたる求愛の末にようやく、長年の夢だったアナベルとのワルツを踊っている。しかも、ワルツが終わったあともアナベルはまだ彼のもの……ハントは舞踏会が終わったら、彼女をホテルに連れ帰り、ドレスを脱がして、朝まで愛し合うつもりだ。

ハントはアナベルのしなやかな体を腕の中に抱き、手袋をはめた手を軽く彼女の肩に置いている。ハントのリードに、こんなふうに苦もなくついてくる女性はめったにいない。まるでアナベルは、彼自身が次にどちらに向くか考える前から、彼の思いを読み取ってしまうかのようだった。そのため、ふたりの動きは完璧なハーモニーを奏で、室内を自由自在に踊るさまはあたかも鳥が舞うようだった。

ハントは、アナベルを紹介したときの知人たちの反応に別に驚きはしなかった――お祝いの言葉を述べたあと、どことなく物欲しげな視線を彼女に送るというのが大勢の反応だった。中には数人、これほど美しい妻を持ったらかえって重荷になるから別にうらやましくないよ、と茶目っ気たっぷりにつぶやく者もいた。たしかに近頃、アナベルはますますきれいになった（そんなことが可能ならば、だが）。夢も見ずにぐっすり眠れるおかげで、物憂い色が表情から消えたせいもあるだろう。ベッドでの彼女は愛情にあふれ、はしゃぐことすらあった。昨晩などは、陽気なアシカのように優美な動きでハントの上にまたがり、胸や肩にキスの雨を降らせた。ハントは彼女がそんなふうに振る舞うのを見て驚いていた。過去につきあった美しい女性たちは、じっと仰向けに寝そべったまま彼の愛撫を受けるだけだった。ところがアナベルときたら、ハントをじらしたり、自ら愛撫したりで、最後には彼のほうがもうやめてくれと言いだすしまつ。ハントがくるりと体を回転させてアナベルの上に乗ると、彼女はくすくすと笑い、まだあなたをいかせてないわと言って抵抗した。「私が君をいかせてやる」ハントはふざけておどし文句を吐いて、アナベルの中に自分のものを挿入し、彼女は歓喜のあえぎ声を漏らした。

だがハントは、この仲むつまじい状態が永遠につづくとは思っていなかった――生来ふたりとも独立心旺盛で気が強いので、これからは衝突することもあるだろう。アナベルは、貴族と結婚するチャンスを自らふいにし、ずっと夢見てきた人生への扉を閉ざしてしまった。彼女はこれから、まったく違う人生を歩んでいかなければならないだろう。ハントには、ウェストクリフとあと二、三人の血統の良い友人を除けば、貴族とのつながりはほとんどない。彼のまわりにいる人間は大半が彼と同じような職業人だ。彼らは性格も粗野だし、金儲けに目がない。これまでアナベルが慣れ親しんできた、洗練された上流階級の連中とはまったく違う。ハントのまわりの人間は、話す声も大きいし、仲間うちで頻繁に集まっては延々と話をつづけるし、しきたりやマナーを顧みない。アナベルがそういう人びととどんなふうに接するのか、ハントには皆目見当がつかなかったが、今のところ果敢にチャレンジしているようだ。ハントはひそかに、そんな彼女の努力ぶりを見てありがたく思っていた。

二日前の晩、アナベルの身にある出来事が降りかかったが、あれは世慣れていない若い女性にとっては恥ずかしくて泣きたくなるくらいのことだったろう。だがアナベルは、まずまず毅然とした態度で乗りきった。その晩、ふたりは裕福なフランス人建築家とその妻が主催する夜会に出席したのだった。大量のワインが振る舞われ、大勢の招待客が押し寄せるカオスさながらのパーティーで、ほとんど乱痴気騒ぎ状態。途中、ハントはほんの数分間だがアナベルを知人たちのいるテーブルに残し、主催者である建築家と話をしにいった。そして戻ってみると、アナベルはまごついたようすで、トランプに興じているふたりの男に挟まれていた。勝ったほうが彼女の靴からシャンパンを飲むのだという。

ゲームはあくまでお遊びではあったが、男ふたりが彼女のとまどいぶりを見て大いにおもしろがっているのは一目瞭然だった。ああいう道楽者にとって、慎ましやかな人間をからかうほど愉快なものはない。その相手が見るからに純情そうなレディならなおさらだ。アナベルは大して気に留めていないようなふりをしているが、恥知らずな賭けに利用されて困っているのは明らかで、笑顔もうわべだけだった。ついにアナベルは椅子から立ち上がり、どこかに逃げる場所はないかと室内にすばやく視線を走らせた。

ハントは社交の場にふさわしい温和な態度を保ちつつ、アナベルのいるテーブルのほうに歩み寄った。彼女のこわばった背中に安心させるようにそっと手を置き、ドレスからのぞく首の付け根のあたりを親指でなでてやる。するとアナベルはやや肩の力を抜いたようで、顔に浮かんでいた狼狽の色も薄れた。アナベルはハントを見上げて口早に言った。「どちらが私の靴からピンクシャンパンを飲むか、賭けをしているのよ。でも私が言いだしたんじゃないわ、私、本当にいったいどうしたらいいか――」

「だいじょうぶ、簡単に解決できる方法があるから」ハントは淡々とした口ぶりでアナベルをさえぎった。すでにかなりの人がまわりに集まっていて、妻に対するふたりの男の厚かましい態度にハントが腹をたてるかどうか、興味津々という表情を浮かべている。ハントはそういう状況にあることがよくわかっていたので、穏やかに、だが毅然とした態度でアナベルを椅子に座らせた。「スイートハート、君はここに座って」

「でも私はこんな――」アナベルがおろおろと口を開くと、ハントは急に目の前にしゃがみこんだ。さらにハントはスカートの中に手を入れ、ビーズをあしらったサテンの履物を両足から脱がせた。「何をするの、サイモン！」アナベルは仰天して目を真ん丸にした。ハントは立ち上がり、仰々しいしぐさで履物を片方ずつ男たちに手渡した。「靴はおふたりにさしあげましょう——ただし、靴の中身は私のものだということをお忘れなく」そう言うなり、ハントははだしの妻を抱き上げ、周囲の人びとが笑い声をあげたり、手を叩いたりする中、舞踏室をあとにした。おもてに向かう途中、シャンパンのボトルを持ってくる給仕とすれ違った。するとハントは、あぜんとしている給仕に向かって「そいつは私たちがいただこう」と言い、よく冷えたボトルをアナベルに持たせた。

ハントに抱きかかえられて馬車のところまで向かう間、アナベルは片方の手でボトルを握りしめ、もう片方の手で彼の首につかまっていた。「これから君の靴代は相当かかりそうだな」

アナベルは目で笑い陽気に答えた。「ホテルに戻れば靴なんかまだたくさんあるわ。戻ったら私の靴からシャンパンを飲むつもり？」

「まさか。君から飲むつもりだよ」

アナベルはびっくりしたようにハントを一瞬見つめたあと、どういう意味か悟ったのか、耳を真っ赤にして彼の肩に顔をうずめた。

ハントは、あのときの出来事と、その晩の楽しいひとときのことを思い出しながら、自分の腕の中にいるアナベルの顔を見下ろした。天井の八個のシャンデリアの光が、見上げる彼女の真っ青な瞳に映り、きらきらと輝いて、さながら星がまたたく夏の夜空のようだ。ハントを見つめるアナベルの視線はいつになく熱っぽく、まるで、決して手に入らない何かを求めているようだった。ハントは不安を覚え、何が何でも彼女の望みをかなえてやりたいという強烈な思いに駆られた。今のハントなら、彼女がどんなものを求めようと、ためらうことなく与えてやるだろう。

ふたりの親密ぶりは、きっとほかのカップルの目には奇異に映ったことだろう。ハントは、だんだん視界がぼんやりとしてきて、どの方向に向かえばいいかも考えられなくなる。ついには、舞踏会で夫と妻があんなに親密に振る舞うなんて無作法というものだ、どうせ新婚旅行が終わったらお互いに飽きてしまうに違いない、と冷たく言う声まで聞こえてきた。だがハントはそんな連中の非難を笑い飛ばし、アナベルの耳元にささやいた。「今まで私のダンスの誘いを断ったのを後悔してるかい？」

「いいえ」アナベルはささやき返した。「私が簡単に誘いに乗ったら、あなたは私に関心を失っていたでしょ？」

するとハントは低く笑いながら、彼女の腰に手をまわし、部屋の隅のほうへと導いていった。「それはまずないな。君のやることなすことすべてに私は関心があるんだから」

「本当かしら？」アナベルは疑うように言った。「ウェストクリフに、あいつは浅はかで自己中心的な女だって言われたのに？」

アナベルがハントを見つめると、ハントは彼女を守るように彼女の頭の上の壁に片手をついて言った。その声はとてつもなく優しかった。「彼は君のことを知らないからね」

「あなたは知ってるのかしら？」

「もちろん、知ってるさ」ハントは彼女の首に貼りつく湿ったほつれ髪に指を伸ばした。「君は自分で自分をきちんと守ることができる女性だ。それに誰にも頼ろうとしない。しっかり者で、意志が固くて、自分の意見を持っている。しかも頑固だ。でも自己中心的じゃないね。第一、君みたいな知性を備えた人は決して浅はかとは言えないよ」ハントは彼女の耳にかけた髪をまだもてあそんでいる。その瞳に、からかうような色が浮かんだ。「それから君は、簡単に誘惑される人だ」

アナベルは怒ったような顔をしつつも声をあげて笑い、ハントを叩こうとするようにこぶしを上げてみせた。「あなたにだけよ」

ハントはくっくっと笑って大きな手でアナベルのこぶしをつかみ、彼女の指の関節にキスをした。「もう君は私の妻なんだからね、ウェストクリフもまさか、君のことや私たちの結婚のことをとやかく言ったりはしないだろ。もし何か言ってきたら、即座に絶交だ」

「まあ、でもそんなことしてほしくないわ、私は……」アナベルは突然うろたえたようにハントを見つめた。「私のためにそんなことを？」

ハントは、ハチミツのような茶色の髪に混じる一筋の金色の髪を指でなぞり、真摯《しんし》に答えた。「君のためなら何でもするさ」ハントは中途半端を嫌う男なのだ。アナベルが自分に一途な愛を捧げてくれるのなら、彼女には絶対的な忠誠心と後ろ盾を与えてやるつもりだ。

ハントの返事を聞いたとたんにアナベルが妙に押し黙ってしまったので、彼は、もう疲れたのだろうと勘違いした。だがその晩、クール・ド・パリの部屋に戻ると、アナベルは今までにないほどの深い愛情をこめて彼を愛してくれた。まるで、言葉では言いつくせない思いを体で伝えようとするように……。

22

ハントは自ら言ったとおりじつに鷹揚《おうよう》な夫で、大量のフランス製のドレスや宝飾品をアナベルに買ってくれた。あつらえの品物については、でき上がり次第ロンドンに送られることになった。ある日の午後、とある宝石店に入ったときなど、どれでも好きなものを買いなさいと言う。だがアナベルは、黒いベルベットの上にずらりと並ぶダイヤモンドやサファイアやエメラルドを前に途方に暮れ、かぶりを振るばかりだった。もう何年も人造宝石や三回も仕立て直したドレスを身につけてきたせいで、倹約精神はなかなか忘れられそうになかった。「気にいったものはないの?」ハントは促し、ホワイトダイヤとイエローダイヤを使った花飾りのようなネックレスを手に取った。それをアナベルの首にあててみながら、彼女の美しい素肌の上できらきらと輝くさまを賞賛のまなざしで眺める。「これなんかどう?」「お揃いのイヤリングもございますよ、マダム」と宝石商が熱心な口調で勧める。「それに、そちらのお品にぴったりのブレスレットもご用意できます」

「きれいね」アナベルはつぶやいた。「とってもすてきだわ……でも、まるでお菓子でも買うみたいに、ぶらりと宝石店に寄ってネックレスを買うなんて、なんだか変な感じ」

ハントはアナベルの遠慮ぶりにややとまどいを覚えながら、彼女をじっと見つめている。宝石商は気を利かせて店の奥に引っ込んでくれた。ハントはアナベルの首からそっとネックレスを離してベルベットの上に戻し、彼女の手を握りしめ、親指で指をなでた。「どうしたんだい、アナベル？　この店の商品が君好みじゃなければ、別の宝石店に――」

「いいえ、そうじゃないの！　ただ、何も買わないでいるのに慣れてしまったものだから、買えるようになったという事実をうまくのみこむことができなくって」

「そいつは、ぜひとものみこんでほしいね」ハントはつまらなそうに言った。「とにかく、君がまがい物の宝石をつけている姿を見るのはもう飽きたよ。自分で選べないのなら、私に任せなさい」ハントはそう言うと、ダイヤモンドのイヤリングを二組、先程の花飾りのようなネックレス、ブレスレット、長い真珠のネックレスを二つ、そして五カラットのペアシェイプのダイヤモンドの指輪をみつくろった。アナベルは、ハントの豪快な買いっぷりにおろおろしつつ、おざなりに反対してみた。だがハントは声をあげて笑い、君に反対されればされるほど、ますますいっぱい買いたくなると言うしまつだった。アナベルはすぐさま口を閉じ、目を真ん丸にして、ハントが代金を支払い、ベルベットの内張りをしたマホガニー製の手提げかばんに品物がしまわれるようすを眺めていた。ところが、宝石商は指輪だけはそのかばんに入れなかった。先にハントがアナベルの指にはめてみて、大きすぎるのを確認し、宝石商に戻してしまったのだ。

「私の指輪は？」店をあとにしながら、アナベルは手提げかばんを両手で持ったままたずねた。「あれは置いていくの?」

ハントはおもしろがって眉を吊りあげ、アナベルを見下ろした。「サイズを直させて、あとでホテルに持ってきてもらうんだよ」

「でも、もしもなくなったらどうするの?」

「急にどうしたんだい? 店にいるときは、別に欲しくもないような顔をしていたじゃないか」

「そうだけど、あれはもう私のものでしょ」アナベルが心配そうに言うので、ハントは大笑いした。

幸いその日の晩には、指輪はベルベットの内張りをした箱に入れられて無事にホテルに届けられた。ハントが指輪を持ってきてくれた男にチップを渡している間に、アナベルは急いで風呂からあがり、体を拭いてきれいな純白のナイトドレスに着替えた。ハントが扉を閉めて振り返ると、すぐうしろに妻が突っ立って、まるでクリスマスの朝を迎えた子供のように期待に顔を輝かせていた。ハントは彼女の顔に浮かんだ表情に、笑みを漏らさずにはいられなかった。レディらしく振る舞おうなんて気持ちは、興奮のあまりあっという間に消え失せてしまったらしい。ハントはきらきらと輝く指輪を箱から取り出し、アナベルの手を取った。薬指にそっとはめてみると、それは結婚式のときに贈ったシンプルな金の指輪とよく似合った。

ふたりはアナベルの手にはめられた新しい指輪を賞賛のまなざしで眺めた。しまいにはアナベルは、ハントに両腕をからませて歓声をあげるしまつだった。ハントが何か言おうとするのをさえぎって、はだしのまま嬉しそうに踊りだした。「なんてきれいなんでしょう――こんなにきらきらして！　ねえ、サイモン、お願いだから向こうに行ってて。私のこと、なんて現金なやつなんだって思ってるんでしょう？　でも別にいいわ、どうせ私は現金な女だし、あなたもそのくらい知ってるだろうし。もう、本当になんてすてきな指輪なの！」

ハントはアナベルの喜ぶ顔を見て満足し、ほっそりとした体を抱きしめた。「向こうになんか行くもんか。これから、プレゼントのお礼にたっぷり感謝してもらうんだからね」するとアナベルは、ハントの顔に手を添えて下を向かせ、情熱的にキスをした。「望むところだわ」と言って、もう一度熱烈なキスをする。「ほら、サイモン」

ハントは、アナベルが体当たりで迫ってくるのにくすくす笑った。「君の喜ぶ顔を見られただけで十分だよ。まあでも、君がどうしてもって言うなら――」

「ええ、どうしてもよ！　どうしてもあなたにお礼がしたいわ」アナベルは小走りにベッドのほうに向かうと、マットレスの上に仁王立ちになり、両腕を翼のように広げて背中から仰向けに倒れこんだ。彼女について寝室に向かったハントは、そのおどけぶりにすっかり魅了されていた。こんなアナベルは見たことがなかった。ひょうきんで、うっとりするくらい気まぐれなアナベル。ハントがベッドに歩み寄っていくと、アナベルは顔をあげて彼を誘惑した。「私は全部あなたのものよ。さあ、プレゼントのお礼を受け取ってちょうだい」

ハントもすっかりその気になって、手早く上着を脱ぎ、ネクタイを外した。アナベルはベッドの上に起き直って座り、そんな彼を見つめている。薄いナイトドレスの下で脚を大きく広げたまま、絹のような髪を肩にふんわりとたらしたまま。「サイモン……たとえこの指輪がなかったとしても、私があなたとベッドをともにするつもりだってことはわかってね」

「そいつは嬉しいな」ハントはそっけなく返し、ズボンを脱いだ。「夫というものは、経済的価値以外のところで評価されたいと常に願っているものだからね」

アナベルはハントの引き締まった体に視線を走らせながら言った。「あなたにはいろいろな価値があるけど、経済的な価値はたぶん一番重要性が低いと思うわ」

「たぶんだって？」ハントはベッドの端に歩み寄り、彼女のはだしの足を手に取って、ほっそりとした甲の部分に口づけた。「間違いなく、じゃないのかい？」

アナベルはドレスのすそがめくれあがるのも気にせず、そのまま仰向けに横たわり、温かな舌の動きに息をのんだ。「ええ……そうね、間違いなくだわ。絶対にそう……」

アナベルの体は、風呂上りのためしっとりと甘く、石けんのさわやかな香りと、ほのかなバラ油の香りをただよわせている。ハントは彼女のピンク色の匂いたつ肌に興奮を覚え、足の甲から足首へ、そしてひざへと舌をはわせていった。最初のうち、アナベルはハントにキスされるがまま、くすくすと笑いながら身をよじらせていた。だがハントがもう一方の脚に移動するなり静かになって、深くゆっくりと吐息を漏らしはじめた。ハントは両脚の間にひざまずき、ドレスのすそをめくり上げながら、徐々にあらわになっていく太ももに口づけ、ついに縮れた柔毛にたどりついた。その柔らかな毛をわずかにあごでかすめ、さらに上のほうに移動する。その間、アナベルはかぼそい声でやめてとつぶやきつづけていた。ハントはベルベットのような肌に欲情しつつ、ウエストと、かすかに盛り上がった肋骨の一本一本にキスをした。乳房にたどりつくと、唇の下で心臓が激しく鼓動を打っているのがわかった。

アナベルはじれったそうにあえぎ、ハントの手をつかんで、それを自分の両脚の間に持っていこうとした。だがハントは低く笑って抵抗し、彼女の両の手首をつかんで頭の上で押さえつけ、そのまま唇を重ねあわせた。身動きひとつできない状態にされたアナベルが息をのみ、やがてまぶたを閉じるのがわかる。ハントのほほにかかる彼女の息づかいがだんだん速くなっていった。ハントは片手でアナベルの手首を押さえたまま、もう一方の手を彼女の体の前面にはわせ、指先で乳輪をなぞった。ハント自身のものも興奮のあまり硬くなって熱を帯び、渦巻くような欲望に全身の筋肉が張りつめている。ハントはこれまで、こんな熱病のような情欲を感じたことはなかった。まるで、外界とのつながりがすべて断たれ、アナベルに自分のすべてをゆだねているような気持ちがした。彼女の歓喜が彼にエネルギーを与え、彼女のおののきが彼の欲望をいっそう高めていく。アナベルは身を震わせて彼の舌を受け入れ、のどの奥からあえぎ声を漏らした。その声に、口づけはますます力強く、深くなっていく。ハントはアナベルの両脚の間の割れ目に指をはわせ、柔らかに潤った秘部をそっとなでた。彼女は手首を押さえつけられたまま、全身を上下に律動させ、腰を突き出した。ハントはそのようすからどれほど彼女が欲しがっているのかを見てとり、自分のものをいきり立たせながら、原始的な飢えが全身に充満するのを実感していた。

ハントがゆっくりと指を挿し入れると、彼女はうめき声を漏らした。中が徐々に柔らかさを増していくのを確認してからさらにもう一本指を挿し入れ、そっと愛撫を加えつつ、彼女の興奮が呼び覚まされるのを待つ。ハントが唇を離すなり、アナベルは「サイモン、お願いよ……もうやめて……早くちょうだい」と支離滅裂な言葉を口走った。そしてハントが指を引き抜くと、「だめよ、やめないで――」と全身をわななかせて懇願した。

「しーっ……」ハントは彼女の両のひざをつかむと、ベッドの端のほうにそっと体を引きずっていった。「だいじょうぶだからね。かわいがってあげるから……今日はこういうふうに愛し合おう……」アナベルのヒップがベッドの端まで来たところで、ハントは彼女をうつぶせにし、白い臀部を持ち上げた。ハントは床に立ち、太ももの間に腰で割って入ると、硬く勃起したペニスをぬるりとした入口から苦もなくすべりこませた。アナベルのヒップをしっかりとつかんだまま、途中で動きを止めることなくゆっくりと奥まで挿入する。その瞬間、ハントはまるで扉を開けたままの溶鉱炉の前に立っているように、全身が燃えるように熱くなるのを感じた。痛いほどの欲望にペニスが硬くいきり立ち、耐えられないほどの激しい快感に襲われる。ハントは、はぁはぁと短く息をしながら、すぐにいってしまわないよう、強烈な情欲を抑えようと必死だった。アナベルはおとなしくうつぶせになっているが、指はベッドカバーをぎゅっと握りしめている。それを見てハントは痛いのかと不安になり、何とかして獰猛な欲求を抑えつけてから、彼女の上におおいかぶさるようにして、かすれ声でささやきかけた。「スイートハート……痛むのかい?」だがハントがおおいかぶさったせいでペニスがいっそう奥まで届いたのか、アナベルはうめき声をあげた。「やめたほうがよければ、そう言ってくれ」

アナベルは、まるで彼に言われたことが理解できないかのように、なかなか返事をしなかった。ようやく口を開いたとき、彼女の声は快感のあまりくぐもっていた。「いいえ、やめないでちょうだい」

ハントがアナベルにおおいかぶさった体勢のままぐいと奥に突くと、肉ひだがぎゅっと収縮して硬いペニスを貪欲につつみこんだ。彼女の手を強く握りしめる……彼女をすっかり征服したような体勢だが、ハントは決して自分のリズムを強いようとはしなかった。むしろハントは、彼女の体に求められるままに、彼女の秘部が脈打ちながら彼のものをのみこもうとするままに腰を動かしつづけた。アナベルの内部がきつく締まるたびに、ハントはさらに奥深く挿し入れ、奥部を突いたり優しくこすり上げたりした。アナベルは今にも忘我の彼方にたどりつきそうだが、まだいくことができず、長いあえぎ声を漏らしたかと思うと、腰をぐいと突き出してきた。「サイモン……」

そこでハントは彼女の下腹部に手をやり、彼のものをのみこんでいる秘部と、その上の突起をすぐさま探りあてた。指の先で、温かく潤った彼女の性器を押し広げ、ふくらみきったクリトリスを優しくなではじめる。円を描くように、あるいは前後に、あれこれとリズムを変化させながら丹念に愛撫すると、やがて彼女はあえぎだし、内部がきつく締まるのが感じられた。ペニスと指で執拗《しつよう》にせめられて、アナベルはすすり泣き、ついに絶頂に達して背中を弓なりにした。そしてハントもまた、ペニスがねじれるような強烈な圧迫感に耐えられなくなり……うめき声を漏らしながら甘い蜜壷の奥深くまで貫くと、一気に精をほとばしらせた。

新婚旅行で最悪の瞬間が訪れたのは、ある朝、アナベルが陽気に「結婚は最も崇高なる友情だ」という昔の格言は本当ね、とハントに言ったときのことだった。アナベルとしてはハントを喜ばせるつもりで言ったのに、どうしたわけか冷淡につきはなされてしまった。ハントはサミュエル・リチャードソンのその有名な格言について、ぶっきらぼうにこう言ったのだ――君の文学の好みが変わるよう祈ってるよ、そんなふうに小説で仕入れた安っぽい哲学を聞かされた日にはかなわないからね。アナベルは驚いて黙りこくり、どうして彼がそんなに腹を立てるのか不思議に思うばかりだった。

その日、ハントは午前中ずっと外出したままで、午後もしばらくたってからようやく帰ってきた。アナベルはホテルのサロンで知り合いの婦人たちと一緒にトランプをしているところだった。彼女の椅子のうしろに歩み寄ったハントが、肩の丸みにそっと指先で触れてきた。アナベルは、あぜ織りのシルクのドレス越しに指の感触を味わいながら、不安がゆっくりと快感に取って代わるのを覚えていた。しかしハントに対する恨みがましい気持ちをこうも簡単に忘れるのはしゃくに障るので、肩をすくめて手を振り払ってやろうかと一瞬だけ考えた。だがすぐに、少しばかり寛容なところを見せてもばちは当たるまいと思いなおした。精一杯の笑みを浮かべ、肩越しにハントを見上げる。「こんにちは、ミスター・ハント。外出は楽しめましたの？」多くの夫婦が公の場でそうするように、きちんとした言葉づかいでそっとつぶやきかけた。それからいたずらっぽく、自分の持ち手を夫に見せた。「私の手を見てちょうだい。何か名案はないかしら？」

するとハントは、椅子の横に手を沿わせて前かがみになり、耳元にささやきかけた。「あるよ――今すぐにゲームを終わらせなさい」

まわりの婦人たちが好奇心丸出しでこちらを見つめている。アナベルは無表情をよそおったが、内心では首筋にかかるハントの温かい息にぞくぞくしていた。「なぜ？」とたずねる間も、ハントの唇は耳のすぐそばにある。

「なぜって、これからきっかり五分後に君と愛し合うつもりだからさ。場所はどこでもいい……ここでも、私たちの部屋でも、あるいは階段の上でもね。だからもし君が少しでもプライバシーを守りたいのなら、何としてもゲームに負けるしかないよ」

まさかそんなこと、とアナベルは思った。だが心臓は不安に早鐘を打ち、彼ならやりかねないとも思った……。

どうすればいいのかしら。うろたえつつもアナベルは震える手でカードを一枚捨てた。次のプレーヤーが、じれったくなるくらい時間をかけてから自分のカードを捨てる。さらに次のプレーヤーは、つい先ほどからテーブルに加わっている夫と意味深に視線を交わし、手を止めてしまっている。アナベルは胸と額に汗がにじんでくるのを感じつつ、途中でゲームを抜ける方法を必死に考えた。理性の声は、いくらハントが大胆不敵だと言っても、まさかホテルの階段で妻を誘惑するようなまねはしないだろうと彼女に告げてくる。だがその声はふいにかき消されてしまった。ハントがのんびりと腕時計を眺めるようすが目に入ったのだ。

「あと三分」ハントは彼女の耳元に甘い声でささやきかけた。

するとアナベルは、不安でたまらないはずなのに、恥ずべきことに股間がうずき、ハントのハスキーな声に体が敏感に反応してしまうのを覚えた。アナベルは両脚をぴったりと合わせて冷静をよそおい、自分の番が来るのを待ったが、心臓は狂ったように鼓動を打っていた。ほかのプレーヤーたちはのんびりとおしゃべりをしたり、扇をゆらゆらさせたり、給仕に冷たいレモネードのピッチャーをもうひとつ頼んだりしている。ようやく自分の番になり、アナベルは一番強い絵札を捨てて新たにカードを引いた。それが弱いカードなのを見て内心安堵を覚えつつ、すぐに自分の持ち札をテーブルに広げる。「申し訳ないけど、もうやめるわ」と声がひきつらないように気をつけて告げた。「おかげさまでとても楽しかったけど——もう行かなくては」

「もう一回やりましょうよ」とひとりの婦人が熱心に声をかけ、別の婦人たちもそれにならった。

「そうよ、もう一回!」

「せめてこのゲームが終わるまでワインでも飲んでいらしたら——」

「ありがとう、でも——」アナベルは立ち上がり、ハントの手が背中に添えられるのを感じてかすかに息をのんだ。ドレスの中で乳首が硬くなるのを感じる。「昨晩のダンスですっかり疲れてしまって。今夜、劇場に行く前に少し休まないと」アナベルは必死に言い訳をした。ごきげんようという言葉と、何人かの訳知り顔な視線に見送られながら、アナベルは平静をよそおってサロンをあとにした。大きならせん階段のところに来るなり、アナベルはため息をつき、きっとハントをにらみつけた。「私に恥をかかせたかったのなら、大成功——まぁ、いったい何をしてるの？」見るとドレスの肩のあたりがゆるくなっている。アナベルはびっくりして、ハントがこっそりボタンをいくつか外したのだと気づいた。「サイモン！　いったい何なの！　こんなことしないでちょうだい！」アナベルはヒステリックに叫びながら急いでハントから逃げようとしたが、彼は苦もなくついてくる。

「あと一分しかないぞ」

「バカ言わないで」アナベルはそっけなく返した。「あと一分で部屋にたどりつけるわけがないでしょう、あなただって——」ボタンがもうひとつ外されたのを感じて、アナベルは言葉を切り、きゃあっと叫び、振り返るなり彼のいやらしい手を叩いた。視線がからみあったとたん、アナベルは信じられない思いで悟った——彼は本気でこれをやり遂げるつもりなんだわ「サイモン、お願いだからやめて」

「やめないよ」ハントはまるで獲物を狙う虎のように目を輝かせて、今ではアナベルもすっかり寝室で見慣れたいつもの表情を浮かべている。

アナベルはスカートをたくし上げ、ハントに背を向けて慌てて階段を上った。ぜいぜい言いながらも、パニックのあまり声をあげて笑ってしまう。「絶対にだめよ！ 私に近づかないでちょうだい。あなたなんて——もう、誰かにこんな姿を見られたら、あなたを許さないから！」

ハントは特に急ぐふうもなくあとからついてくる——何しろ彼は、かさばるスカートをはいているわけでも、体を締めつける下着を身につけているわけでもない。アナベルはようやく一番上の踊り場にたどりつき、角を曲がるところだ。もう何段も何段も必死に上ったせいで、ひざがガクガクする。スカートが重たく感じ、肺は今にも破裂しそうだった。彼女は内心、サイモンのバカ、こんな目に遭わされているのに笑いが止まらない私のバカ、と悪態をついた。

「あと三〇秒だ」背後からハントの声が聞こえ、アナベルはあえぎながらようやく二階にたどりついた。部屋までは長い廊下が三つもある——そして時間はもうない。アナベルは汗ばんだドレスの前身ごろをぎゅっとつかみ、左右の廊下に視線を走らせた。そして、目に入った手近の扉のほうに向かった。そこは真っ暗な小部屋で、扉を開けたとたんに糊の効いたリネン類の香りに圧倒された。廊下の明かりを受けて、シーツやタオルがきれいに棚に並んでいるのが見える。

「中に入るんだ」ハントはささやくと、彼女を部屋に押し込み、扉を閉めた。

アナベルはすぐに真っ暗闇につつまれてしまった。笑いをこらえながら、彼女に触れようとして伸びてくるハントの手を振り払おうと、無駄な抵抗を試みる。だがハントはまるでタコよりも手が多くなったかのように、抗う間もなく、ドレスのボタンを器用に外し、それを脱がせてしまった。アナベルは、「もしも外から鍵を掛けられたらどうするの?」とたずねながら、ドレスが床に落ちるがままにした。

「扉を蹴破るさ」ハントはドロワーズのひもを引っぱった。「ただしこれが済んでからね」

「メイドに見つかったら、ホテルを追い出されるわよ」

「だいじょうぶ、彼女たちはもっとすごい場面を見ているよ」ハントはドレスを足で踏みながら、ドロワーズを足首まで引きずりおろした。

アナベルはまだ何度かおざなりに抵抗した。だがその場にしゃがみこんだハントに秘部を探られ、どれだけ高ぶっているか知られてしまうと、それ以上抵抗したところで意味がないように思われた。アナベルは唇を開いて、彼の唇の荒々しい愛撫に情熱的に応えた。やがて、柔毛におおわれた入口が押し広げられ、いともたやすく彼のものをのみこんだ。アナベルは、ハントが指で触れてきたのを感じてすすり泣きを漏らした。尻をゆっくりと回しながら、敏感なクリトリスにこすりつけてくるハントに応えるように、いっそう大きく脚を広げる。

ふたりはもっと密着しようと身もだえし、体をくねらせ、全身を上気させた。アナベルは、唇を奪われるたびにいっそう興奮してくるのを感じていた。コルセットがきつくて苦しかったが、そのせいで思いがけない快感が呼び覚まされたようだ。すべての快感がコルセットのところで押し戻されて下半身に逆流し、快感に満ちあふれた秘部に集まる感じ。アナベルはハントの上着をむなしくつかみ、欲望が狂おしいばかりに高まっていくのを覚えた。ハントは彼女を深く貫き、執拗なリズムで挿入を繰り返した。そしてついに、ふたりの全身を同時にエクスタシーが突き抜けた。ふたりは苦しげに、糊の効いた清潔なリネンの匂いがただよう空気を吸い、あたかも快感をそのまま体の中に閉じこめようとするかのように手足をきつくからませあった。

「くそっ」数分後、ハントは息をついて小さくののしった。

「どうしたの?」アナベルは小声でたずね、彼の上着の襟元にぐったりと頭をもたせている。

「これから一生、糊の匂いを嗅ぐたびに勃起してしまいそうだ」

「自業自得ね」アナベルは気だるく笑みを浮かべて言い、ほーっと息を吐いた。ハントはまだつながったままの下半身をぐいと突き上げて言い返した。

「君だって同じだろ」ハントは言い、真っ暗闇の中でふたたび唇を重ね合わせた。

23

英国に戻ったハントとアナベルを、ある難事が待っていた。ふたつのまったく異なる家族同士を、いよいよ引き合わせなければならなかった。ハントの母バーサが、両家の交流を深めるためにぜひディナーに来るよう言ってきていた。結婚式の前にはそのような機会は持てなかったのだ。このディナーに際して、アナベルはハントからあらかじめ注意すべき点を聞かされており、それに基づいてフィリッパとジェレミーにもいろいろと言い含めていた。それでも彼女は、せいぜい功罪相半ばする結果しか得られないだろうと予想していた。

幸いジェレミーは、ハントが義理の兄になったという事実を快く受け入れてくれた。自宅の談話室で久しぶりに会ったとき、この数カ月間でひょろりと背が伸びたジェレミーは、姉を見下ろすようにして抱きしめた。ジェレミーの金色がかった茶色の髪は、外で過ごす時間が長いせいだろう、ずいぶんと淡い色になっていた。顔もよく日に焼けていて、青い瞳は陽気な笑みをたたえている。「お母様からの手紙で姉さんがミスター・ハントと結婚すると知らされて、我が目を疑ったよ。この二年間、姉さんが彼について言ってたことを思い出してみると——」

「ジェレミー！。今度その話をしたら承知しないから！」

ジェレミーは声をあげて笑い、片手を姉のウエストにまわしたまま もう一方の手をハントのほうに差しだした。「おめでとうございます、兄上」握手を交わしながら、いたずらっぽくつづける。「まあでも実際、僕はちっとも驚きませんでしたよ。姉はずっと前からあなたへの文句ばかり口にしてましたから、きっとあなたにものすごく惹かれているんだろうなと思ってたんです」

ハントはしかめっ面をしている妻を温かい目で見やった。「いったい私についてどんな文句を言ってたのか、想像もつかないな」

「たしか姉は――」ジェレミーは口を開いたが、アナベルに脇腹をひじでつつかれて大げさに尻ごみしてみせた。「わかった、わかった、もう言わないよ」ジェレミーは降参するように両手を上げ、笑って後ずさった。「義兄さんと談話室での優雅な会話を楽しんでいるだけじゃないか」

「談話室での優雅な会話というのは、天気とか、誰かの健康のこととかを話題にするものでしょ。人が内緒で打ち明けたことをばらして恥をかかせようとしたくせに、いったいどこが優雅な会話なのよ」

ハントはアナベルの腰に腕をまわして自分の胸に引き寄せ、耳元にささやきかけた。「君がどんなことを言っていたのか、だいたい想像がつくよ。何しろ君は、わざわざ面と向かってそれを私に言ってくれたからね」

ハントが茶目っ気たっぷりに言うのを聞いて、アナベルは安心して彼の腕に身を任せた。ジェレミーは、姉が男性とこんなふうにリラックスしたようすで接するのを初めて目の当たりにし、彼女の変わりように笑みを漏らした。「姉さんには結婚は向かないと思ってたけど、そうでもないみたいだね」

そこへフィリッパが姿をあらわし、嬉しそうに歓声をあげながら娘に駆け寄った。「アナベル、寂しかったわ！」娘をぎゅっと抱きしめてから、ハントに輝くばかりの笑みを向ける。「お帰りなさいませ、ミスター・ハント。パリは楽しんでこられました？」

「言うまでもありません」ハントはにこやかに返事をし、フィリッパが差しだしたほほにキスをした。そして、アナベルのほうは見ずにつけ加えた。「特に、シャンパンを堪能しました」

「まあ、そうでしょうとも。シャンパンは誰もが――おや、アナベル、何をしているの？」

「窓を開けてるだけよ」アナベルはビートの酢漬けのように顔を真っ赤にして、のどに何か詰まっているような声で言った。ハントが非常に斬新な方法でシャンパンを飲んだ晩のことを思い出していたのだ。「なんだかこの部屋、すごく暑くない――どうしてこの時期に窓を閉めたりするのかしら？」アナベルが三人から顔をそらしたまま、かんぬきを抜こうともがいていると、ジェレミーが手を貸してくれた。

ハントとフィリッパが話をしている間、ジェレミーは窓を開け放ち、真っ赤なほほを冷たい風にさらす姉をにやにやと笑いながら見ていた。「とってもすてきな新婚旅行だったみたいだね」くすりと笑い、姉にささやきかける。

「おまえはそんなこと知らなくっていいのよ」アナベルもささやき返した。

ジェレミーは姉をからかうように鼻を鳴らして言った。「僕はもう一四歳なんだよ、四つのガキじゃなくてね」そして姉のほうに顔を近づけた。「ところでさ……どうしてミスター・ハントと結婚したの？　お母様は、ミスター・ハントが姉さんの名誉を傷つけたからだって言ってたけど、姉さんのことだもの、それだけじゃないよね？　だいたいさ、姉さんは自分が望んでもいないのに他人に名誉を傷つけられるような人じゃないもんね」ジェレミーの瞳から茶化すような色が消え、まじめな口調になった。「もしかして、お金のためなの？僕、前に我が家の銀行口座を見たことがあるんだ——どうやらペイトン家はとんでもない貧乏だったみたいだね」

「お金のためだけじゃないわ」アナベルは、弟には常に正直に話すように心がけてきたが、今回ばかりは本当のことを話すのは難しかったし、そもそも自分で自分の気持ちがよくわからなかった。「ストーニー・クロスで寝込んだことがあって、ミスター・ハントがとっても親切にしてくれたの。それ以来、彼に対して優しい気持ちで接することができるようになって、いつの間にか……お互いに親近感が芽生えていたという感じかしら」

「親近感って、精神的な意味で、それとも肉体的な意味で？」ジェレミーは姉の表情から答えを読み取り、ふたたびにっこりと笑った。「両方なんだ？　そいつはいいや。ねえ、教えてよ、姉さんは——」

「ふたりで何をこそこそ話しているの？」フィリッパが笑って言い、こちらに来るよう手招きした。

「姉さんに、旦那さんを脅かさないようにねって注意してたんだ」ジェレミーの言葉に、アナベルはあきれた顔をした。

「それはありがとう」ハントはまじめな口調でジェレミーに言った。「ジェレミー君も知ってのとおり、こういう奥さんとやっていくには本当に強靭《きょうじん》な精神が必要なんだよ。でも今のところ私は――」ハントはアナベルがにらんでいるのに気づいて、にやりと笑い言葉を切った。「どうやら君の弟さんと私は、外で男同士の内緒話を楽しんだほうがよさそうだな。君は母上とパリの話がしたいだろう。ジェレミー、私のフェートン（二人乗り軽四輪馬車）に乗りたくないかい？」

ジェレミーは一も二もなくうなずいた。「じゃあ、帽子と上着を取って――」

「帽子はいらないよ。かぶったところで、一分もたたないうちに飛んでいってしまうからね」ハントはあっけらかんとして言った。

「ミスター・ハント」アナベルはふたりの背後から呼びかけた。「万が一、弟が大けがをしたり死んだりしたら、夕食抜きですからね」

ハントは肩越しに何やら言い返し、ジェレミーを伴って玄関広間のほうに向かった。

「フェートンだなんて。あんな軽くて速い乗り物、すぐに横転するんでしょう？」フィリッパは不安げに顔をしかめた。「ミスター・ハントが馬車を操るのがじょうずだといいけど」

「ばつぐんの腕前よ」アナベルは母を安心させるように笑みを浮かべて返した。「私と出かけるときは、ちゃんとスピードを抑えてくれたわ。まるで、昔の重たいバルーシュ（四人乗り四輪馬車）に乗っているみたいだったわよ。だいじょうぶ、彼に任せておけばジェレミーは安全だから」

　それから一時間ばかり、女ふたりは談話室で紅茶を飲みながら、この二週間のあらゆる出来事について語り合った。アナベルが思ったとおり、フィリッパは夫婦だけの秘め事についてはいっさい質問せず、ふたりのプライバシーに立ち入るようなことはしなかった。だが、パリで出会ったたくさんの外国人や、ハントと出かけたパーティーについては大いに興味を引かれたようだ。フィリッパは裕福な実業家というものにあまり接したことがないので、アナベルが彼らについて話す間、熱心に耳を傾けていた。

「英国にも、そういう人たちがどんどんやって来ているわね。富だけでなく爵位も手に入れるために」フィリッパが言った。

「ボウマン家みたいにね」とアナベルが返した。

「そうね。アメリカ人の数はシーズンごとに増えてるわ。ただでさえ貴族の殿方を見つけるのは難しくなってきているというのに。これ以上ライバルが増えたら迷惑だわ。いずれああいう新興実業家の攻勢が収まって、元どおりの社交界に戻ってくれればいいけれど」

　アナベルは寂しそうな笑みを浮かべて思った。パリでいろいろ見聞きしてきたとおり、産業社会の発展は始まったばかりだ……でも、もう元どおりの世の中に戻ることは決してないだろう。そのことをどうやって母に説明すればいいのか。アナベルにしても、社会が変わりつつあることをわずかながらようやく理解しはじめたばかりだった。鉄道やプロペラ船や機械化された工場は、英国だけではなく世界中に大きな影響を与えるだろう。ハントや彼の知人たちはディナーの席ではもっぱらそうした事柄を話題にし、上流階級の人間のように狩猟や田園地方でのパーティーのことなどは話さなかった。

「それで、ミスター・ハントとは順調なの?」

「ええ、順調よ。ただ、正直言ってミスター・ハントは、お母様や私が知っているどの男性とも違うけど。私たちがこれまでおつきあいしてきた紳士とは違うわ……考え方がね。彼は……革新主義というのかしら」

「まあ、そうなの」フィリッパはどことなく不快げに言った。「政治的な意味でということ?」

「そうじゃないわ……」アナベルは言葉を切り、夫がどの政党を支持しているのかも知らないことに気づいて苦笑を浮かべた。「まあ、彼の意見をいくつか聞いてみたかぎりでは、たぶん自由党あたりを支持して――」

「あらあら。いずれ、考え方を改めるようミスター・ハントを説得したほうがよさそうね」

アナベルは母の言葉に笑い声をあげた。「彼を説得しようなんて無理よ。でも支持政党がどこかなんて大した問題じゃないわ……ねえお母様、私ね、いずれは起業家や商人の意見のほうが、貴族の意見よりも重んじられるようになるんじゃないかって思いはじめてるの。経済的影響力ひとつとってみても、彼らのほうが――」

「アナベル」フィリッパは穏やかな声で娘の話をさえぎった。「あなたが夫の意見を尊重したがるのは素晴らしいことよ。でも、実業家のほうが貴族よりも多大な影響力を持つようになるなんてこと、絶対にありえませんよ。とりわけ英国ではね」

そこへ突然、ジェレミーが談話室にものすごい勢いで入ってきて、ふたりは会話を中断させられた。ジェレミーは髪はぼさぼさ、目はらんらんと輝いている。

「ジェレミー？」アナベルは心配して大声をあげ、椅子からぴょんと立ち上がった。「いったいどうしたの？　ミスター・ハントはどこ？」

「馬の体を冷やすんで、公園を一回り歩かせてくるって」ジェレミーはかぶりを振り、息切れしながら話を継いだ。「彼、絶対にイカれてるよ。少なくとも三回は横転しかけたし、五、六人も人を轢《ひ》きそうになったし、あんまり揺れるんで下半身があざだらけになるんじゃないかと思ったよ。しゃべる余裕があったら、神に祈ってた。本当に今にも死ぬんじゃないかと思ったもの。彼の馬もすごい暴れん坊でさ、あんなの見たことないよ。それに彼の悪態ときたら。どれかひとつでも僕が口にしたら、退学させられる――」

「おお、ジェレミー」アナベルは申し訳なさそうな声で弟の名を呼んだ。ハントが弟にそんなひどいことをしたのかと仰天したのだ。「私ったら――」

「とにかく、今日の午後は僕の人生で間違いなく最高のひとときだったよ！」ジェレミーは得意満面でつづけた。「明日も馬車に乗せてくださいって頼んだら、時間があればね、だってさ。本当に彼って最高だよ、姉さん！　じゃ、僕、水を飲んでくるね、ほこりでのどがイガイガするから」ジェレミーはそれだけ言うと、元気よく歓声をあげて行ってしまった。フィリッパとアナベルは、ぽかんと口を開けたまま、彼のうしろ姿を見ていた。

その日の夜、ハントは、アナベルとジェレミーとフィリッパを連れて、肉屋の上に住む両親のもとを訪問した。ハント家は、個室が三つに、細い階段を上がった三階に屋根裏部屋がある。狭いながらも設備はきちんと整っていた。だが、アナベルが母の顔を見やると、そこには当惑と非難が入り混じったような表情が浮かんでいた。フィリッパには、ハント家がどうして小ぎれいなタウンハウスやテラスハウスに住まないのか理解できないのだろう。ハント家の人たちは自分たちの職業を恥じていないし、労働者階級だとうしろ指をさされたところで気にかけないのよ――アナベルは母にそう説明してみたものの、ますます混乱を招くばかりだった。お母様はわざと理解できないふりをしているんじゃないかしら、と苛立たしく思うほどだった。そしてハント家の生き方について母に理解を求めるのはあきらめ、彼らの目の前で失礼なことを口にしないようお母様を見張っててちょうだい、とこっそりジェレミーに頼んだ。

「やってみるけどさ」ジェレミーは自信なさげに答えた。「でも姉さんだって知ってるでしょ、お母様は、自分と違う人種とは絶対にうまくやっていけない人だよ」

アナベルは苛立たしげにため息をつき、母の口真似をした。「私たちとまったく違う人種と一晩一緒に過ごさねばならないなんてめっそうもないわ。彼らから何か学べるかもしれないですって。それどころか、楽しく過ごせるかもしれないですって……おお、本当になんてことでしょう！」

するとジェレミーは、おかしそうに口の端をゆるめた。「そこまでお母様のことを悪く言ったらかわいそうだよ。姉さんだって、ついこの間まで下流階級の人たちのことを同じように軽蔑してたんだから」

「そんなことないわ！　私は……」アナベルはひどいしかめっ面を浮かべて言葉を切り、ため息をついた。「おまえの言うとおりね。でも今は、どうしてそんなふうに考えていたのか自分でもわからないわ。仕事を持っているのは別に不名誉なことじゃない、そう思わない？　むしろ、怠惰に暮らすよりもずっと立派よ」

ジェレミーは笑みを浮かべたまま、「姉さんは変わったね」とだけ言った。アナベルは寂しげに返した。

「たぶん、変わって良かったんだと思うわ」

一行は今、肉屋の店内から、細い階段をのぼってハント家の住まいへと向かっている。アナベルは夫がどことなく遠慮がちな態度なのに気づいていた。彼が内心不安を覚えている唯一の証拠だ。きっと、ジェレミーの言葉を借りれば、アナベルとハント家の人たちが果たして「うまくやっていけるか」心配しているのだろう。絶対にうまくやってみせるわ――アナベルは心の中でつぶやき、強いてにこやかな笑みを浮かべた。室内からものすごい騒音――大人たちのどら声、子どもたちの歓声、そして家具が倒れたようなドシンという大きな音

——が聞こえてきてもひるむことなく歩を進めた。

「まあ、なんてこと」フィリッパは仰天して大声をあげた。「まるで……まるで……」

「ケンカでもしてるような音、ですか？」ハントが助け舟を出した。「かもしれませんね。ハント家では、談話室での会話と、取っ組み合いのケンカの区別をつけるのが難しいので」

アナベルは居間に入るなり、居並ぶ顔を見分けようと躍起になった。まずはハントの姉のサリー。彼女は六人の子持ちで、子どもたちはスペインのパンプロナの牛追い祭よろしく元気に室内を走り回っている。それからサリーの夫に、ハントの両親に、三人の弟に、妹のメレディス。彼女だけは、みんなが大騒ぎしている中でひとりだけ奇妙なくらいおとなしく座っている。ハントから聞いたところによれば、メレディスはやんちゃな兄弟たちとは似ても似つかない、はにかみ屋の読書好きな女性だそうで、彼はこの妹にとりわけ深い愛情をそそいでいるらしい。

子どもたちに囲まれたハントは、驚くほどじょうずに彼らをあやしている——軽々と抱き上げたり、乳歯が抜けたのを見てやりながら、同時にハンカチで鼻水を拭いてやったり。室内に入って最初の数分間は、それはもう大騒ぎだった。大声をあげて一人ひとり紹介しているそばで、子どもたちがあっちに行ったりこっちに行ったり、さらには炉辺に寝そべっていた猫がいたずら好きの子犬に噛みつかれてぎゃっと鳴き声をあげたり。アナベルは、そんな騒ぎもいずれおさまるだろうと大いに期待していたのだが、ふたを開けてみれば、ハント家にいる間中その騒ぎがつづいたのだった。ちらりと視線をやると、フィリッパは凍りついたような笑みを浮かべ、ジェレミーは心から楽しんでいるようす、そしてハントはいくら静かにさせようとしても無駄なのを悟って、笑うべきか怒るべきかといった顔だった。

ハントの父トーマスは、大柄で堂々たる風格をたたえた男性で、いかにも威圧的で厳格な父親という印象だ。時おり表情や目つきが和らいで笑みが浮かぶと、ハントほどのカリスマ性は感じさせないものの、それなりに魅力的だった。ディナーの間アナベルはトーマスの隣の席だったので、義父と楽しい会話を交わすよう努めた。あいにく母親同士はあまり話がはずんでいないようすだった。とはいえふたりは、お互いを嫌っているわけでも、人と心を通じ合わせるのが苦手なわけでもない。ふたりのこれまでの人生――つまりふたりの性格や考え方を形成してきたこれまでの経験――があまりにもかけ離れているのが問題なのだろう。

ディナーのメニューは、よく焼いた分厚いビーフステーキに、プディングとわずかばかりの野菜のつけ合わせ。アナベルはフランスで堪能したごちそうとのあまりの違いにがっかりしてため息を漏らさないよう注意し、肉のかたまりと必死に格闘した。

ほどなくしてメレディスが、親しげに声をかけてきた。「ねえアナベル、パリのことをもっと教えてくれない？　母と私で近々、初めてヨーロッパ大陸を旅行することになっているのよ」

「まあ、すてきね」アナベルははしゃいだ。「いつ出発なさるの？」

「実は一週間後なの。最低でも一カ月半は行ってるつもりよ。まずはフランスのカレーでしょ、最後はローマにも行こうと思ってるの……」

旅行の話をつづけているうちに食事が済み、料理人兼メイドがあらわれて皿を下げてくれた。一同は談話室に移動して、紅茶とお菓子でくつろぐことになった。子どもたちはおおはしゃぎでジェレミーと一緒になって炉辺に座りこみ、ジャックストロー（つまようじなどを積み上げて山を崩さないように一本ずつ取っていく遊び）をしたり、子犬をあやしたりしている。アナベルもそのそばに腰かけて、彼らがふざけるようすを眺めながらハントの姉とおしゃべりをしていたが、ハントが母のバーサとふたりでいなくなったのが気になっていた。きっとバーサは、どうして息子が急に結婚する気になったのか、結婚生活はうまくいっているのか、あれこれと質問したいことがあるに違いない。

そのとき、「あっ、こらっ」とジェレミーがたしなめる声が聞こえてきた。「子犬が暖炉におしっこをしちゃったよ」

「誰かメイドに言ってきてやって」サリーが言った。子どもたちは、行儀の悪い子犬を見て大笑いしている。

アナベルは扉に一番近い場所に座っていたので、すぐに立ち上がった。隣の部屋に行ってみると、メイドはまだ夕食の残りを片づけているところだった。だが子犬がおしっこをしたと伝えると、すぐさまボロ布を手に談話室に向かった。アナベルも彼女について部屋に戻ればよかったのだが、隣のキッチンのほうから話し声が聞こえてくる。立ち止まって耳を澄ますと、それはバーサが低い声で息子に不満を漏らしているのだった。

「……それで彼女はおまえを愛してくれてるの、サイモン？」

アナベルは凍りついたように立ちつくし、ハントの答えに耳を澄ました。「愛情以外の理由で結婚する人もいるだろ」

「じゃあ、愛してくれていないんだね」バーサは感情を押し殺した声で言った。「ショックで言葉も出ないよ。あの手の女は決して——」

「口を慎めよ、母さん」ハントがつぶやいた。「俺の奥さんなんだ」

「そりゃ、おまえが上流階級の連中と会うときには、彼女を連れて行けば鼻高々だろうけど」バーサはやめなかった。「でも、おまえが金持ちじゃなくても結婚してくれたのかい？　おまえが災難に遭ったり、貧乏になったりしてもずっと一緒にいてくれるのかい？　せめて、あたしが勧めた子の中から選んでくれればよかったのに。モリー・ハヴロックでも、ペグ・ラーチャーでも……ああいう気立てのいい健康そうな女こそ、妻にするにはふさわしいんだよ……」

それ以上は聞いていられなかった。アナベルは平静をよそおって、わいわい騒ぐ声と明るい照明に満ちた談話室に戻った。**だいたい、盗み聞きなんかするからこんな目に遭うんだわ、**アナベルはしょんぼりと思った。アナベルに対するバーサの評価は、これ以上ないくらいひどいものだった。人から非難されるのは辛かった。だがハントの家族や母親から間違いなく気にいってもらえるような、そんな美点はアナベルにはひとつもない。実際彼女は、ハントとの結婚によって自分がどんな恩恵をこうむることができるのか考えることはあっても、自分が彼に何を与えられるのか考えたことは一度もなかった。

アナベルは困り果て、盗み聞きしたことをハントに言うべきだろうかと迷ったが、ただちにその考えを打ち消した。ハントに話せば、彼はすぐに彼女を安心させるようなことを言うか、母親の言ったことについて謝るかするだろうが、どちらも意味のないことだ。どうやら、ハントと彼の家族に――あまつさえ自分自身に――自分の良さをわかってもらうまでには、相当な時間がかかりそうだ。

その夜、ラトレッジに戻ってから、ハントはアナベルの肩を抱き、かすかに笑みを浮かべながら彼女を見つめて言った。「ありがとう」

「何のこと?」

「私の家族に愛想よく接してくれて」ハントはアナベルの体を引き寄せて、彼女の頭のてっぺんにキスをした。「それと、うちの家族が君たちとはまったく違う人種だという事実に目をつぶってくれて」

アナベルはハントに感謝されて心が躍り、ほほを上気させた。ふいに気持ちも軽くなったようだった。「今夜は楽しかったわ」と嘘をつくと、ハントはにやりと笑った。

「そこまで無理しなくてもいいよ」

「それはたしかに、困ったな、と思ったこともあったけど。たとえばお父様が動物の内臓の話をしたときとか……あとはお姉さまが、浴槽の中で赤ちゃんが何をしたか話してくれたときとか……でもそれ以外は、みなさんとにかく……」

「うるさかった?」ハントがふいに目に笑いを浮かべて言った。

「良い人たちばかり、って言おうとしたのよ」

ハントは両手を彼女の背中にまわし、肩甲骨の下の、緊張に張りつめたところをマッサージしてやった。「まあ、いろいろ考えてみるに、君は平民の妻という役目をかなり立派にこなしていると思うよ」

「平民の妻もそんなに悪いものじゃないわ」アナベルは次の言葉を考えた。そして誘うようにハントの胸に指でそっと触れ、からかうように見つめる。「どんなことにも目をつぶってあげる……だってあなたは、こんなにすばらしい、恵まれた……」

「銀行口座を開いてくれたんだから?」

アナベルは笑みを漏らし、ハントのズボンのウエストに指をすべりこませた。「銀行口座じゃないわ」とささやくそばから、ハントの唇に口をふさがれてしまった。

翌日は、リリアンとデイジーに再会することができて、おおはしゃぎだった。ふたりの部屋は、ラトレッジ・ホテルのアナベルたちの部屋と同じ棟にあった。悲鳴や歓声をあげて抱き合って再会を喜んでいると、よほどうるさかったのだろう、メイドがやってきて、ミセス・ボウマンが静かになさいとおっしゃってますと注意されるしまつだった。

「エヴィーに会いたいわ」アナベルは不満そうに言い、デイジーと腕を組んで待合の間に向かった。「彼女、元気なのかしら?」

「二週間前にお父様に会いに行こうとして、大変なことになったのよ」デイジーがため息とともに教えてくれた。「だいぶお悪いらしくて、寝たきりなんですって。それでエヴィーはこっそり家を抜け出そうとしたんだけど、途中で見つかってしまって、今ではフローレンスおば様たちに見張られて軟禁状態みたい」

「いつまで？」

「いつまでかしらね」デイジーはがっかりしたようすだ。

「もう、本当に憎たらしい人たちね」アナベルはつぶやいた。「エヴィーを助けに行ってあげたいくらいだわ」

「それ、おもしろそうね」デイジーはしばし考えこみ、すぐに名案を思いついたようだった。

「誘拐すればいいのよ。はしごを持ってきて、彼女の部屋の窓の下に置くの、それで――」

「フローレンスおば様が犬をけしかけるわよ」リリアンが陰気に言った。「あの家は大きなマスチフ犬を二匹飼ってて、夜になると庭に放すんだから」

「そうしたら、睡眠薬入りの肉を投げてやりましょうよ」デイジーが食い下がった。「犬たちが眠ってる間に――」

「もう、無謀な計画を立てるのはいい加減になさい」リリアンが妹をたしなめた。「私はアナベルの新婚旅行の話が聞きたいんだから」

四つの黒い瞳が、乙女らしからぬ好奇心をあらわにしてアナベルを見つめてくる。「それで？」とリリアンが促した。「どんなふうだったの？　やっぱりみんなが言うみたいに痛いの？」

「白状なさいよ、アナベル。お互いに全部打ち明けあうって約束したの、覚えてるわよね」デイジーがせっついた。

アナベルは笑みを浮かべた。ふたりにとっては未知の事柄に自分は精通しているのだと思うと、何だかおかしくなった。「そうね、たしかに不快に思う部分もあるんだけど」とアナベルは認めた。「でもサイモンはすごく優しいし……思いやりにあふれてるの。それに、比べる相手がいるわけじゃないけど、彼ほど素晴らしいやり方で愛してくれる男性はこの世にいないと思うわ」

「どういう意味？」リリアンがたずねる。

アナベルは思わずほほを赤らめた。いったん口を開いてためらい、言葉では言い表せないような気がふいにして、どうやって説明すればいいのかと迷う。具体的な手順についてならば話すこともできるかもしれないが、それではあのようなプライベートな体験の素晴らしさは伝わるまい。「想像もつかないくらい愛にあふれたものなのよ……最初は恥ずかしくて死にたい気持ちになるんだけど、そのうちとても心地よくなって、何も気にならなくなるの。あとは、彼のそばにいたいということしか考えられなくなってしまうわ」

ボウマン姉妹は、彼女の言葉の意味を考えるようにしばし黙った。

「時間はどのくらいかかるの？」デイジーがようやく口を開いた。

アナベルはますます顔を赤らめた。「数分間のこともあるけど……数時間のこともあるわ」

「数時間ですって？」ふたりは同時にアナベルの言葉をおうむ返しに言い、あぜんとした顔をした。

リリアンは不快そうに鼻にしわを寄せている。「おおいやだ、気味が悪いわ」

アナベルはリリアンの反応を見て笑った。「ちっとも気味が悪くなんかないわ。本当にすてきなのよ」

リリアンはかぶりを振っている。「私なら、夫が早く済ませてくれるように何か策を練るわ。ベッドで何時間もアレをするより、もっと楽しいことがあるもの」

アナベルはにっと笑って言った。「いつかあなたの夫になる謎の紳士と言えば……そろそろ次の作戦を練ったほうがいいんじゃない？　シーズンが始まるのが一月だから、今から取り掛かれば準備に数カ月かけられるわ」

「デイジーも私も、まずは貴族の身元引受人が必要だわ」リリアンはため息をついた。「もちろん、マナーのレッスンもね。それにねアナベル、残念だけど、あなたは平民と結婚してしまったから、もう社交界では何の影響力もないってことよね。つまり私たちは最初のときからまったく前進してないってこと」そこまで言ってしまってから、慌ててつけ加えた。

「あなたを責めているわけじゃないのよ、アナベル」

「わかってるわ」アナベルは穏やかに返した。「でも、サイモンには貴族の友人が何人かいるわ――ウェストクリフ卿を筆頭にね」

「いやだ、やめてよ」リリアンは断固として言った。「彼とはお近づきになりたくないの」

「なぜ？」

リリアンは理由を説明する必要がどこにあると言わんばかりに、眉根を寄せた。「なぜって、今まで出会った男性の中で一番鼻持ちならないからかしら?」

「でもウェストクリフの地位は相当なものよ」アナベルはリリアンをその気にさせようとがんばった。「それにサイモンの親友だし。私自身はあんまり好きではないけど、親しくなっておいて損はないと思うわ。なんでも彼の爵位は英国一の歴史があるって言うじゃない。彼に勝る血統を持った方はいないわよ」

「そして自分でもそのことをよくわかっているのよね」リリアンは辛らつに言った。「人はみな平等だみたいな口ぶりだけど、彼の態度を見ればわかるわ。内心では、大勢の取り巻き連中をこき使っていい気になってるのよ」

「彼、どうしてまだ独身なのかしらね」デイジーが不思議そうに言った。「欠点はあるけど、くじら並みの大きな獲物なのは間違いないでしょう」

「誰か彼に銛《もり》を投げてやればいいのに」リリアンがつぶやくと、アナベルとデイジーは声をあげて笑った。

夏の間、ロンドン社交界はおおむねひっそりとしているが、街全体の活気がないというわけではまったくない。ライチョウの猟期に合わせて国会が休みになる八月一二日までは、爵位を持った紳士たちは午後の議会に出席しなければならないこともたびたびある。男たちが議会に出席したりクラブに足を運んだりしている間、女たちはショッピングに繰り出したり、友人宅を訪問したり、手紙をしたためたりする。そして夜になれば晩餐会や夜会や舞踏会に向かい、たいてい朝の二時、三時まで遊ぶ。これこそまさに貴族的生活。いや、たとえば聖職者や海軍将校や医師といった、いわゆる貴族的職業に就いている人びとですら、生活形態はだいたいこのようなものだ。

アナベルは無念だった。ハントはあれほどの富と成功を手にしているが、あいにくその職業はちっとも「貴族的」ではない。そのため、アナベルが憧れていた優雅な上流社会の催しからも、お呼びがかからないことがたびたびあった。貴族の中でハント夫妻を自宅に招いてくれるのは、何らかの形でハントに経済的な恩義を感じている者や、ウェストクリフ卿の近しい友人くらいだった。アナベルの昔の友人で、貴族夫人になった今も会いにきてくれる女性はごくわずか。さらに、そうした催しに足を運んだ際には、無視されることはさすがになかったが、またいらっしゃいと熱心に誘われることもまずなかった。階級や社会的地位を分かつ境界線は、決してまたぐことができないのだ。とある子爵夫人など、夫のギャンブルや浪費癖で貧乏暮らしを強いられ、みすぼらしい家にたったふたりの使用人を置いているという状態にもかかわらず、自分のほうがアナベルより上なのだという態度を断固として崩そうとはしなかった。しょせん、彼女の夫は欠点はあってもれっきとした貴族であり、サイモン・ハントは一介の商人に過ぎない。

子爵夫人の冷やかな態度に腹を立てたアナベルは、リリアンとデイジーの部屋を訪れ、どれだけ冷遇されバカにされたかふたりにまくしたてた。ふたりは、アナベルが必死に文句を言うのを半分おもしろがるような、半分同情するような顔で聞いていた。「あなたたちにもあの家の談話室がどんなものか見せてあげたいわ！」アナベルは言いながら、待合の間のソファに座るふたりの前を大股に行ったり来たりした。「どこもかしこもほこりだらけで、ぼろぼろなのよ。じゅうたんにはあちらこちらにワインの染みがあるし。そのくせ彼女ときたら、私を見くだして、結婚して地位を落とすなんておかわいそうにって言うのよ。本当にそういうふうに言ったんだから。自分の夫は愚か者の冴えない酔っぱらいで、さいころ賭博で全財産をすったくせに！　たしかに子爵かもしれないけど、サイモンの靴を舐める資格もないわ。そう言いたいところを我慢するのに、どんなに苦労したか」

「どうして我慢したの？」リリアンがつまらなそうに言った。「私だったら、彼女の愚かな貴族気取りを思う存分けなしてやるわ」

「だって、ああいう人たちと議論しても何にもならないもの」アナベルは顔をしかめた。「たとえばサイモンが溺れかかっている人を何人も助けたとしても、きっと誰も褒めやしないわ。その人たちに指一本差し伸べようとせず、ただ座って眺めていた太っちょの年寄り貴族のほうがよほど尊敬されるのよ」

デイジーは片方の眉をわずかに吊りあげて言った。「ひょっとして、貴族と結婚しなかったことを後悔しているの？」

「そうじゃないわ」アナベルは即答したが、急にバツが悪そうにうつむいた。「でも何て言うか……ときどき、サイモンが貴族だったらいいのにと思わずにはいられないのよ」

リリアンが心配そうにアナベルを見つめる。「あのときに戻って道を選びなおせるとしたら、ミスター・ハントじゃなくてケンダル卿を取る?」

「まあ、あきれた。そんなことしないわ」アナベルはため息をつき、ししゅうをほどこしたスツールに腰かけた。小花模様の緑色のシルクドレスのスカートが、波のように床に広がる。「自分の選んだ道を後悔しているわけじゃないの。でも、ワイマーク家の舞踏会に行けないのが悔しくて。ギルブレス家の夜会もそうだし、社交界の人びとが行くような催しはすべてそうよ。そうした催しに行けない代わりに、もっと違う世界に属する人たちのパーティーにもっぱら参加しているわ」

「違う世界の人って?」デイジーがたずねる。

アナベルが答えるのをためらっていると、リリアンが皮肉っぽい口調でおもしろがるように言った。「成り上がり者ってことでしょう? 事業で自ら財産を築いた、社会的地位の低い、無作法な人たち。つまり私たちみたいな人間よ」

「そんなふうには思ってないわ」アナベルはすぐに否定したが、ボウマン姉妹は声をあげて笑っている。

「いいのよ」リリアンの声は穏やかだった。「あなたは結婚して私たちの世界にやってきた。でもあなたは私たちの世界に属しているわけじゃない。私たちが爵位を持った男性と結婚しても貴族社会に属することができないのと同じね。でもね、私はワイマーク家やギルブレス家の連中とつきあいたいとは思わないわ。みんな、いやになるくらい退屈で、耐えられないくらい自己中心的なんだもの」

アナベルは眉根を寄せて考えながらリリアンを見つめていた。するとふいに、自分が置かれている立場が別の視点から見えはじめた。「彼らが退屈な人間かどうかなんて、考えてみたこともなかったわ。私、とにかくはしごの一番上に上りたいということで頭がいっぱいで、そこから見える景色が本当に好きかどうかなんて考えもしなかった。でも、もうそんなのどうでもいいことだわ。彼らみたいな人生を送るのが夢だと思いこんでいたけど、これからは、まったく違う人生をきちんと受け入れる方法を探さなくちゃ」アナベルはつぶやくと、ひざにひじをつき、あごを手に乗せて浮かない顔をした。「青白い顔の子爵夫人から鼻であしらわれても動じなくなったら、そのときこそ、新しい人生を受け入れられるようになったってことなんでしょうね」

皮肉なことに、ハント夫妻はその週、ハードキャッスル卿主催の舞踏会に招待された。ハードキャッスル卿は、悪化する一方の投資金および資産の状況をいかにして立て直せばよいか、ハントから助言を得ていたのである。舞踏会は招待客も多く、たいそう盛大だった。上流社会の舞踏会のことなんか気にしないと新たな決意を抱いたばかりだと言うのに、アナベルはやはり興奮を覚えずにはいられなかった。淡いレモン色のサテンのドレスをまとい、巻き髪を黄色のシルクのリボンでまとめた彼女は、ハントと腕を組んで舞踏室に足を踏み入れた。白い大理石の柱がアクセントになった舞踏室は、八個のシャンデリアの輝きに満ちていて、室内にはそこここに飾られたバラとボタンの花の香りが充満している。アナベルはよく冷えたシャンパンのグラスを受け取り、友人知人と談笑し、穏やかで優雅な社交界の雰囲気を思う存分味わった。今までアナベルは、ここに集う人びとのことを理解しよう、彼らと同等であろうと努めてきた――上品で、礼儀正しくて、音楽や芸術や文学に精通した彼ら。ここにいる紳士たちは、レディの前で政治や事業のことを話そうなどとは夢にも思わないだろう。また、何かの値段を話題にしたり、他人の財産についてあからさまに詮索したりするくらいなら、銃で撃たれて死んだほうがマシだと言うだろう。

アナベルは、ハントやほかの殿方と何度となく踊った。すっかりリラックスして笑いころげ、おしゃべりし、殿方からのお世辞をうまくはぐらかした。そうして夜もすっかり更けた頃、アナベルはハントが部屋の向こうで友人たちと立ち話をしているのを見つけ、ふいに彼のそばに行きたいという気持ちに駆られた。そこで、熱心に誘ってくるふたりの若い紳士から何とか逃げ出すと、舞踏室の隅にある、大理石の柱の向こう側の暗い廊下を通ってハントのほうに向かった。柱と柱の間にはソファや組になった椅子がいくつか置いてあって、招待客たちが座っておしゃべりができるようになっている。未亡人が数人固まって話をしている脇を通り……憂鬱そうな表情を浮かべた壁の花たちの隣を通りすぎる。アナベルは彼女たちを見て、同情するような笑みを浮かべずにはいられなかった。ところが、そのあと女性がふたりで話している背後を通りがかったとき、耳に入った言葉に思わず足が止まった。アナベルの姿は、シュロの葉に隠れて向こうからは見えないようだ。

「……どうして今夜、彼女を招待する必要があったんでしょうね」ふたりのうち一方が腹立たしげに言うのが聞こえる。それは、以前は親しくつきあっていた、現在は結婚してレディ・ウェルズ＝トラウトンとなっている女性の声だった。彼女にはつい数分前に話しかけられたが、その態度は冷淡そのものだった。「あんなに澄ましてどういうつもりなのかしら。下品なダイヤモンドの指輪と、育ちの悪い夫を自慢げにひけらかしたりして。恥じらうそぶりも見せやしないんだから！」

「でも彼女だっていつまでも澄ましてはいられないわよ」もうひとりが言った。「まだご本人は気づいていないようだけど、彼女の夫のほうに経済的な恩義がある人にしか招かれていないんだもの。あるいは、ウェストクリフ卿のご友人のお宅とかね」

「ウェストクリフ卿が味方ならそれは心強いでしょうよ」レディ・ウェルズ＝トラウトンがうなずく。「でもいくらウェストクリフ卿のお気にいりでも、社交界では今くらいの扱いがせいぜいでしょ。要はあのふたりが、自分たちが属してもいない世界にしゃしゃり出てくるのをやめるくらいの分別を持てばいいのよ。彼女は平民と結婚したんだもの、平民と仲良くすればいいんだわ。ま、どうやら彼女自身は、平民のお仲間になるほど落ちぶれてないと勝手に思いこんでいるみたいだけど」

アナベルは気分が悪くなってきた。うつろな気持ちで、おしゃべりに興じているふたりに見つからないよう後ずさり、隅のほうに隠れた。**盗み聞きはいい加減にしなくちゃね、**アナベルは皮肉をこめて自分に言い聞かせ、バーサ・ハントがあれこれ言っていた晩のことを思い出していた。どうやら、私のことをとやかく言う人たちの話ばかり耳にしてしまうみたいだから。

自分たちについてゴシップがささやかれていること自体は別に驚きではない――アナベルがショックだったのは、レディ・ウェルズ＝トラウトンの口調があまりにも悪意に満ちていたことだ。なぜあそこまで嫌われるのかよくわからないが……ひとつにはおそらく妬みもあるのだろう。アナベルはハンサムで男らしく裕福な夫を手に入れた。一方レディ・ウェルズ＝トラウトンの結婚相手は貴族には違いないが、彼女よりも三〇歳以上年を取っていて、鉢植えほどのカリスマ性しか備わっていない。彼女や彼女の同年輩のレディたちはきっと、唯一自分たちがアナベルに勝るもの、つまり貴族社会の一員という立場を何が何でも守ろうと必死なのだろう。

アナベルは、「実業家のほうが貴族よりも多大な影響力を持つようになるなんてことは、絶対にありえませんよ」という母の言葉を思い出していた。だが彼女には、ハントのような実業家の影響力が増しつつあることに、貴族たちが脅威を覚えているように見える。地主としての昔からの特権にしがみついて影響力を保とうとしてもだめだと悟っている、ウェストクリフのような賢い貴族はごくわずかだ。アナベルは柱の間を通り抜けながら、舞踏室に集う貴族たちのほうを見やった。尊大で、昔ながらの考え方や行動様式を捨てることができない彼ら……自分たちを取り巻く世界が変わりつつあることを、何が何でも無視しようとする彼ら。たしかにアナベルは今でも、粗野で幼稚っぽいハントの仕事仲間たちといるよりも、上流階級の人びとと一緒にいるほうがずっと気持ちが安らぐ。だが、彼らに対する畏怖《いふ》の念や憧れはもはや感じなくなっていた。いやむしろ――。

そのとき、冷たいシャンパンのグラスをふたつ手にした紳士が近づいてきて、アナベルは思考を中断された。頭はハゲかかり、でっぷりとした体格で、絹のネクタイの上に首の肉が盛り上がっている。アナベルは内心うんざりしながら相手を見た――それは、つい先ほど彼女のことを悪意に満ちた言葉でけなした女性の夫、ウェルズ＝トラウトン卿だった。薄いサテン地につつまれたアナベルの胸に舐めまわすような視線を投げてくるところを見ると、どうやら、アナベルは舞踏会に来るべきではないと言う妻とは意見を異にしているらしい。

婚外交渉に目がないことで有名なウェルズ＝トラウトンは、一年前にアナベルに言い寄ってきたことがある。アナベルにその気があれば、ペイトン家の経済的問題に喜んで手を差し伸べようとしきりにほのめかしてきたのだ。アナベルは誘いを無視したのだが、ウェルズ＝トラウトンはそのくらいではひるまないらしい。彼女が結婚したという事実も、彼にはどうでもいいことのようだ。彼のような貴族にとって、結婚は情事の妨げにはならない――いやむしろ、そのほうがかえって燃えるのかもしれない。「未婚女性とはベッドに行くな」というのが貴族男性の共通意見……浮気は貴族男性やその妻たちの特権なのだ。よその男の若い妻ほど、貴族男性にとって魅力的なものはないというところだろう。

「ミセス・ハントではありませんか」ウェルズ＝トラウトンは楽しげに声をあげ、シャンパンのグラスを差しだしてきた。アナベルは冷やかな笑みを浮かべて礼を言い、グラスを受け取った。「今宵のあなたは、まるで夏のバラのように麗しいですな」

「ありがとうございます」アナベルは控えめに答えた。

「それほどまでに幸福に満ちあふれて輝いているのは、またどうしてですかな?」

「先日結婚したおかげだと思いますわ」

ウェルズ＝トラウトンはくっくっと笑った。「私も、結婚当初の頃のことはよく覚えておりますよ。せいぜい今の幸福を満喫なさい、あっという間に幸せな時期は過ぎ去ってしまいますからな」

「そういう方もいるでしょうね。でも中には、一生幸福に暮らせる人もいますわ」

「おやおや、なんと無邪気なお方だろう」ウェルズ＝トラウトンは訳知り顔ににやつきながら、またも彼女の胸元に視線を投げている。「しかし、あなたがせっかくそのようなロマンチックな思いにひたっているのだから、とやかく言うのはやめましょう。どうせそんな気持ちはいずれ忘れてしまうでしょうからな」

「そんなことありえません」アナベルが言うと、相手はからからと笑った。

「ミスター・ハントは、夫として満足できるというわけですかな」

「あらゆる点において満足できますわ」アナベルは断固として言った。

「ミセス・ハント、私とお友だちになりませんか?　どこかに居心地のいい席でも見つけてお話しいたしましょう。何カ所か良いところを知ってますから」

「そうでしょうね」アナベルはそっけなく返した。「でも私、お友だちはいりませんの」

「私はぜひともあなたと、ふたりっきりで少しばかりお話がしたいのですよ」ウェルズ＝トラウトンは、アナベルの腰にぶよぶよした手を添えてきた。「あなたも、このくらいのことで大騒ぎするほどバカではないでしょう？」

アナベルは、自分にできるのは彼のしつこい誘いを軽くあしらうことくらいだと判断した。笑みを浮かべて体を離し、さりげないふりをよそおってシャンパンをすする。「あなたとどこかに行くのは遠慮したほうがいいと思いますわ。夫がひどく嫉妬深いものですから」

そう言ったとたん、背後からハントの声が聞こえてきたのでアナベルはびっくりして飛び上がった。「嫉妬する理由は十分にありそうだな」ハントの声は静かだが、口調は辛らつで、アナベルはこれはいけないと思った。無言で懇願するようにハントを見つめ、お願いだから事を荒立てないでと内心で祈る。ウェルズ＝トラウトンは不愉快な男だが、これといって害はない。ハントが過剰反応すれば、かえって周囲の人びとに冷笑されるだけだろう。

「ミスター・ハント」ウェルズ＝トラウトンはつぶやくように言い、まったく恥じるようすもなくにやりと笑った。「このように美しい妻をめとられて、あなたはじつに幸運ですな」

「ええ、おかげさまで」ハントは今にも相手を殺しそうな目つきだ。「もしもあなたがまた私の妻に近づいたら――」

「ダーリン」アナベルはこわばった笑みを浮かべて口を挟んだ。「あなたが心配してくださるのは嬉しいわ。でも、そういうのは舞踏会のあとにしてちょうだい」

ハントはそれには答えず、ウェルズ＝トラウトンをにらみつけている。ついに、近くにいる人びともハントが怒り狂っているのを見て興味を示しはじめた。「妻に近づくんじゃない」ハントが静かに言うと、まわりの男たちはびくりとして青ざめた。

「ではごきげんよう、ウェルズ＝トラウトン卿」アナベルはいとまを告げ、シャンパンの残りを飲み干し、わざとらしくにっこりとほほ笑んだ。「シャンパンをありがとうございました」

「どういたしまして、ミセス・ハント」ウェルズ＝トラウトンは不機嫌に返し、そそくさとその場を立ち去った。

アナベルは恥ずかしさのあまりほほをピンク色に染め、招待客たちの好奇心に満ちた視線を避けるようにして舞踏室をあとにした。そのうしろからハントがついてくる。外のバルコニーに出てグラスをテーブルに置き、燃えるようなほほを柔らかな風で冷した。

「あいつに何を言われたんだ？」ハントがぶっきらぼうに問いかけ、顔を寄せてきた。

「大したことじゃないわ」

「あいつは君にちょっかいを出していた――一目瞭然だぞ」

「あの人にとっては別に深い意味はないのよ――あそこにいたまわりの人たちにとってもね。そういう人たちだもの。あなただって知ってるでしょう、彼らにとってこんなことは何でもないの。彼らにとっては貞操観念なんて……中流階級の偏見というところでしょうね。ウェルズ＝トラウトンのように他人の妻に近づいたところで、まわりの人間は誰も気に留めないわ」

「近づかれたのが私の妻とあっては、気に留めないわけにはいかないね」

「あなたがそんなふうに好戦的な態度をとったら、私たちふたりとも物笑いの種よ。それに、そんなことしたところで、私の貞操観念が証明されるわけじゃないし」

「君はたった今、君らの社会では貞操観念なんてものは存在しないと言ったばかりじゃないか」

「私は彼らの同類じゃないわ」アナベルはかっとなり、ぴしゃりと言い放った。「あなたと結婚してから、私は彼らとは同じではなくなったのよ！　今では自分がどこに属するのかもわからないわ――彼らの社会にも、あなたの社会にも、私の居場所はどこにもないんだもの」

　ハントは表情を変えなかった。だがアナベルは、自分が彼を傷つけてしまったことに気づいていた。彼女はすぐに後悔し、ため息をついて額をさすった。「サイモン、こんなことを言うつもりでは――」

「いいんだ」ハントはぶっきらぼうに言った。「中に戻ろう」

「お願いだから聞いて――」

「聞きたくない！」

「サイモン……」アナベルはぎくりとして口を閉じ、彼に連れられて舞踏室に戻った。アナベルは心の底から、衝動的に口走ってしまった先ほどの言葉を取り消したいと思っていた。

24

恐れていたとおり、ハードキャッスル邸の舞踏会でアナベルが衝動的にハントを非難して以来、ふたりの間にはわずかだが見過ごすことのできない溝ができてしまった。アナベルはハントに詫び、別に責めているわけではないのだと説明したかった。しかし、結婚を後悔しているわけではないといくら伝えようとしても、静かに、だが断固として拒絶されるばかりだった。これまでハントはどんな問題についても率直に話し合おうと努めてくれていたが、この問題に関するかぎりは沈黙を守りつづけた。アナベルはうかつにも、彼の心に鋭い一撃を加えてしまったのだ。上流社会の一員になるというアナベルの長年の夢を砕いてしまった――そんな罪の意識にハントが苛まれているのは、彼の態度を見れば一目瞭然だった。

幸いふたりの関係はすぐにこの出来事の前の状態に戻り、陽気で、熱意と愛情に満ちたやり取りがふたたび交わされるようになった。それでも彼女は、以前とすっかり同じではなくなってしまったことに気づいていた。ハントのほうが薄いバリアを張っているように感じられるときもあった――アナベルの言動がハントを傷つけるかもしれないという意識がふたりの中に芽生えてしまっていた。あたかもハントは、アナベルをそれ以上近づけないことで、ふたりの間に絶対に越えることのできない溝を作り、それによって自分を守ろうとしているかのようだった。とはいえハントは、アナベルに求められればとことん彼女に尽くし、手を貸してやるつもりだった……彼がそうした決意を証明してみせたのは、思いがけない方向からある災難が降りかかってきた晩のことだった。

その日、ハントは一日中コンソリデーテッド社の機関車製造工場に行ったきりで、いつになく帰りが遅かった。ようやくホテルに戻ってきたときには、終日工場で過ごしたために体中から石炭の煙と油と鉄の匂いがぷんぷんただよい、着ているものは見るからにぼろぼろだった。

「まあ、いったい何をしてきたの？」アナベルはハントのようすを見て、からかい半分、心配半分の声をあげた。

「工場の中を歩いてたんだよ」ハントは寝室に入るなりベストとシャツを脱ぎはじめた。

アナベルはいぶかしむような視線を投げた。「ただ歩いていたわけじゃないでしょう？　どうして服にそんな染みがついているの？　それじゃまるで、あなたまで作業に加わったみたいだわ」

「私が手を貸さないとまずい場面があったからね」ハントがシャツを床に脱ぎ捨て、鍛えあげられた筋肉があらわになる。彼はいつになく上機嫌だった。肉体派の彼にとって、体を使って何かをするのはたまらない喜びなのだろう。その何かが危険を伴うのならなおさらだ。

アナベルは顔をしかめ、風呂の用意をしようと隣の浴室に向かった。寝室に戻ってきたときには、ハントはすでに下着姿になっていた。見ると、脚にこぶし大のすり傷と、手首に赤いやけどの跡がある。アナベルは仰天して大声をあげた。「けがをしてるじゃないの！　いったいどうしたの？」

ハントは彼女の狼狽した声と、すぐさま駆け寄ってくるようすに、一瞬、とまどったような表情を浮かべた。「何でもないよ」と言いながら、アナベルの腰に手を伸ばす。

だがアナベルはハントの手を振り払い、脚の傷の具合を見ようと床にひざをついた。「いったい何があったの？」と問いただし、指先で傷の端をなぞる。「工場でやったのね、そうでしょう？　サイモン、お願いだからもうあそこには近づかないで！　ボイラーだのクレーンだのタンクだの……今度はひょっとすると、粉々に砕かれるか、大やけどを負うか、穴だらけにされるかも——」

「アナベル……」ハントはかすかに笑いのにじむ声で呼びかけ、彼女のひじを取って立ち上がらせた。「目の前にそんなふうにひざまずかれたら、話ができないじゃないか。まあどっちにしても、大した話じゃないが。ちゃんと説明するよ——」だが彼はそこで言葉を切り、彼女の顔に浮かぶ表情を見てきょとんとした。「なんだ、そんなにショックなのかい？」

「夫がこんな状態で帰ってきたんだもの、妻ならショックを受けて当たり前でしょ！」

ハントはアナベルの首のうしろに手をやり、そっとうなじをなでた。「たかがかすり傷と軽いやけどに、かっかしすぎだよ」

アナベルは顔をしかめた。「まず何があったのか教えてちょうだい、それからどう対処するか決めるから」

「作業員が四人がかりで、柄の長いペンチを使って溶鉱炉から鉄板を取り出そうとしていてね。台の上に置いて、丸めてプレスするつもりだったんだ。ところが鉄板が思ったよりも重かったんで、危うく落としそうになった。そこへ私がペンチを持って加勢してやったというわけさ」

「どうしてほかの作業員がやらなかったの?」

「たまたま私がその溶鉱炉のそばにいたからね」ハントは大した問題じゃないというように肩をすくめてみせた。「鉄板を置くときに台にひざをぶつけて、このすり傷ができたんだ。やけどのほうは、誰かのペンチが腕にかすったんだろう。でも大したことはない。すぐに治るさ」

「ふうん、それでおしまい?」アナベルが言った。「溶鉱炉で熱した何百キロという重さの鉄板がシャツのそでに触れただけなのね? その程度で気にする私がバカってことなのね?」

ハントはうつむいて、彼女のほほに唇を寄せた。「私のことなら心配しなくてもだいじょうぶだよ」

「誰かが心配してあげないと困るでしょ」目の前に立っているハントの体からは、力強さや堅牢さがひしひしと伝わってくる。彼のがっしりとした体格には、たしかにパワーと男らしさがみなぎっている。しかし、だからといって不死身なわけではない。彼もひとりの人間に過ぎないのだ。アナベルは、ハントの身の安全が今や自分にとって一大事になってしまったことに気づいて、驚きを隠すことができなかった。身をよじるようにしてハントから離れ、湯量を確認しに浴室に向かいながら肩越しに言う。「あなたったら、機関車みたいな匂いがするわ」

「長い煙突のついた機関車だろ？」ハントは彼女のあとについていった。

アナベルはバカにするように鼻を鳴らした。「笑わせようとしても無駄よ。私は本気で怒ってるんですから」

「どうして？　私がけがをしたからかい？　だったら、君の大好きな部分は全部ちゃんと機能するから心配無用だよ」ハントはささやき、彼女を背後から抱きすくめて首筋にキスをした。

アナベルは体を硬くして、ハントの腕から逃れようともがいた。「あなたが溶けた鉄の入ったタンクに頭から飛びこんでも、もう気にしないことにするわ。そうやって、防護服も何も身に着けずに工場に行くのなら――」

「地獄のスープだ」ハントは柔らかな髪に顔をうずめ、片手を上のほうにすべらせて乳房を探した。

「何ですって？」アナベルは聞き返し、ハントがまた何か下品な言葉を吐いたのかと内心思った。

「地獄のスープだよ……溶鉄のことを工場の連中はそう呼ぶんだ」ハントは言いながら、コルセットで持ち上げ、がっちりと整えられた乳房のまわりを指先でなぞった。「おいおい、ドレスの下にいったい何を着けているんだい？」

「蒸気成形の新しいコルセットよ」それはニューヨークから輸入された最新流行の下着で、たっぷりと糊を効かせた生地を鉄の枠に貼りつけてあるため、従来のコルセットよりもいっそう胸を高くしっかりと補強してくれる。

「私は好きじゃないな。これでは君の胸の感触がわからない」

「わかる必要なんてないからいいの」アナベルはいかにも我慢してますという声音で言い、ハントが試すように胸をぎゅっとつかむとあきれ顔をした。

「サイモンったら……お風呂に……」

「そもそも、コルセットなんてバカげたもの誰が発明したんだ？」ハントはむっつりと言い、彼女から手を離した。

「もちろん、英国人でしょ」

「だろうな」アナベルは蛇口を閉めに浴室に向かい、ハントがそのあとについていく。

「仕立て屋に聞いたんだけど、昔のコルセットはもっと長いガウンのような形で、奴隷に着させるものだったそうよ」

「そんなものをどうして君は嬉々として着けてるんだろうね」

「だって、みんな着けてるじゃない。それに、コルセットをしなかったらウエストが牛みたいに太くなっちゃうわ」

「むなしき者よ、汝の名は女なり」ハントはハムレットの名ぜりふをもじって言うと、下着を脱いでタイル敷きの浴室に足を踏み入れた。

「すると男性がクラヴァットを締めるのは、きわめて快適だからということなわけね？」アナベルは甘い声で言い、ハントが浴槽に入るところをじっと見つめた。

「私の場合は、クラヴァットをしないと、まわりの人間よりも野蛮に見えてしまうからさ」ハントは慎重に浴槽に身を沈めた。彼のようなたくましい体の男性が入ると壊れてしまいそうな、きゃしゃな作りの浴槽だからだ。温かい湯に体をつつまれ、ハントは気持ちよさそうに吐息を漏らした。

アナベルは浴槽のとなりに立ち、ハントのふわりとした黒髪を指でかきあげて言った。

「あなたがどんなに野蛮か、まわりの人たちは半分も知らないのにね。ああ、だめだめ――腕をお湯に入れないで。私が洗ってあげるわ」

ハントの体に石けんを塗りながら、鍛えあげられた堂々たる肉体をうっとりとした思いで見つめる。硬い腹筋のほうへゆっくりと手をはわせると、ある部分はしなるような筋肉がくっきりと浮かびあがり、またある部分は平らに引き締まっているのが感じられた。自らの欲望に素直なハントは、悦びを隠そうともせず、気だるそうに薄目を開けてアナベルを見つめている。彼女の指の感触に息づかいが速くなるが、まだ規則正しさをなくしてはいない。だが全身の筋肉はまるで鋼鉄のように硬くなっていた。

浴室の静けさを破るものは、水が流れる音と、ふたりの息づかいだけ。アナベルは夢見心地で、泡だらけの胸毛に指をからませながら、彼が上に乗り腰を動かしたときに乳房にあたる胸毛の感触を思い出し、「サイモン」とささやくように名前を呼んだ。

ハントは長いまつげに縁取られたまぶたを開き、漆黒の瞳でアナベルをじっと見つめた。大きな手を彼女の手の上に置き、硬い胸板にぎゅっと押しつけた。「なんだい？」

「もしもあなたの身に万が一のことがあったら、私……」そこまで言ったところで、部屋の扉をどんどんと叩く音にアナベルは言葉を切った。やかましい音にせっかくの夢見心地が台無しだ。「もう……いったい誰かしら？」

ハントは邪魔が入ったので不快げな表情を浮かべた。「誰か呼んだのか？」

アナベルはかぶりを振って立ち上がり、タオルで手を拭いた。

「ほうっておけよ」

扉を叩く音がいっそう大きくなったのに気づいて、アナベルは苦笑いを浮かべた。「相手はそう簡単にはあきらめなさそうよ。誰だか見にいったほうがいいでしょう」彼女は浴室から出て、ハントが静かに入浴を済ませられるよう、そっと浴室の扉を閉めた。

つかつかと部屋の入口のほうに向かい、扉を開けた。「まあ、ジェレミー！」弟の思いがけない訪問に一瞬満面の笑みを浮かべたが、表情を見てすぐに笑顔を曇らせる。ジェレミーの顔は青白くこわばり、口元はぎゅっと引き結ばれていた。帽子も上着も身に着けず、髪はぼさぼさだ。アナベルは弟を室内に招きいれながらたずねた。「ジェレミーったら、何かあったの？」

「かもしれない」

パニックに陥らないようジェレミーが必死にこらえているのを見て取り、アナベルはますます心配そうな表情で弟を見つめた。「何があったのか教えてちょうだい」

ジェレミーが髪をかきむしり、金色がかった茶色のふんわりとした髪が逆立つ。「じつは――」ジェレミーは自分で言おうとしていることが信じられないというように、呆然とした表情を浮かべて言葉を失ってしまった。

「じつは何なの？」

「じつは……お母様が人を刺したんだ」

アナベルは混乱し、無表情に弟を見つめたが、やがてにらむような目つきになり、きつい口調でたしなめた。「ジェレミー、冗談もたいがいに――」

「冗談で言ってるんじゃない！　でも、そうだったらどんなにいいか」

アナベルは疑わしげな表情を隠そうともしない。「お母様がいったい誰を刺すっていうのよ？」

「ホッジハム卿だよ。お父様の古い友人の――覚えてるでしょ？」

アナベルの顔はふいに色を失った。全身を恐怖が駆けめぐる。「ええ……、覚えてるわ……」

「夜、僕が友だちと出かけている間に家に来たみたいなんだ。予定より少し早く帰ったら――玄関に足を踏み入れるなり、床に血がたれているのが目に入った」

アナベルは小さくうなずき、弟の言葉の意味を必死に理解しようとした。

「血の跡をたどって、談話室に向かったんだ。そうしたら、メイドがヒステリックにわめいていて、じゅうたんにできた血だまりを従者が拭いていて、お母様は一言も口をきかずに彫像みたいに突っ立っていた。見るとテーブルの上に血のついたはさみがあって——お母様がししゅうをするときに使うやつだよ。使用人たちに問いただしたら、ホッジハム卿がお母様と一緒に談話室に入っていったと思ったら、口論するような声が聞こえてきたって。それから彼が、胸のあたりを押さえながら部屋からよろよろ出てきたって」

アナベルは普段の二倍の速さで頭をめぐらし、狂ったようにあてでもないこうでもないと考えた。アナベルとフィリッパはこれまで、ジェレミーに本当のことを知られないようひた隠しにしてきた。幸い、ジェレミーの学校が休みのときにホッジハムが家に来ることはなかった。それにアナベルの知るかぎり、ジェレミーがホッジハムの来訪に気づいているようすもなかった。ジェレミーは、自分の学費がいったいどうやってまかなわれていたか知ったら、ショックに打ちのめされるだろう。だから彼には真相を知られてはならない。ということは、何らかの言い訳を考えなければならないだろう。だがそれは後回しでいい。今一番大事なのは、フィリッパを守ることだ。

「ホッジハムは今どこにいるの？　けがはひどいのかしら？」

「わからない。どうやら談話室を出たあとは、裏口に待たせておいた馬車のほうに向かい、彼の従僕と御者がどこかに連れ帰ったらしいけど」ジェレミーは首を激しく左右に振った。

「お母様がどこを刺したのか、何回刺したのか、どうして刺したのか、僕にはさっぱりわからないよ。何も話そうとしないんだ――ただ僕の顔をじっと見つめるばかりで、まるで自分の名前すら忘れちゃったみたいなんだ」

「それでお母様は今どこなの？　まさか、ひとりで家に置いてきたわけじゃないでしょうね」

「従者にちゃんと言ったよ、片時も目を離すなって、それから――」ジェレミーはふいに言葉を失い、アナベルの肩越しに用心深い視線を投げた。「こんばんは、ミスター・ハント。夜遅くにすみません、でも僕――」

「ああ、わかってる。隣の部屋まで君の声が聞こえてきた」きれいなシャツに着替えたハントは、落ち着き払った顔ですそをズボンの中に入れていた。ジェレミーを見つめる目が油断なく光っている。

振り返ったアナベルは、ハントの表情を見て凍りついた。彼女は、自分の夫がどれほど恐ろしい人間になれるかときどき忘れてしまう。だが今目の前にいるハントは、瞳に非情そうな色を浮かべ、まったくの無表情で、あたかも情け容赦のない殺し屋のようだ。

「どうしてホッジハムはこんな時間にうちに来たんだろう？」ジェレミーは言い、不安げな表情を浮かべた。「それに、お母様はどうして彼を家に入れたりしたんだろう？　だいたい、お母様は何にあんなに腹を立てたんだろう？　きっと彼が何かひどいことを言ったんだね。お父様のことを悪く言ったのか……それとも、お母様に言い寄ろうとしたのかもしれない……なんて卑劣なやつなんだ！」

ジェレミーの無邪気な憶測のあと、しばし張りつめたような沈黙が流れた。やがてアナベルが何か言おうと口を開くと、ハントがかすかに首を横に振って彼女を制した。ハントはジェレミーだけを見て、落ち着いた声で静かに命じた。「ジェレミー、君はホテルの裏手にある馬小屋に行き、私の馬車を用意させなさい。その馬車で家に帰り、血のついたじゅうたんと衣服をコンソリデーテッド社の工場に運ぶんだ――敷地の一番手前の建物だよ。工場の現場監督に私の名前を言えば、何も聞かれないからだいじょうぶ。中に入ると溶鉱炉がある――」

「わかりました」ジェレミーはハントが何を言おうとしているのかすぐさま理解した。「すべて焼きます」

ハントが軽くうなずいてみせると、ジェレミーは何も言わずに扉のほうにつかつかと歩いていった。

ジェレミーが部屋から出ていってしまうと、アナベルは夫のほうを向いて言った。「サイモン、私……お母様のそばに――」

「ジェレミーと一緒に行きなさい」

「でも、ホッジハムのことはどうすれば……」

「私が居場所を突きとめよう」ハントはしかめ面で言った。「彼の傷が浅いことを祈っていなさい。万が一あいつが死んだりしたら、この一件にふたをするのはとんでもなく面倒なことになる」

アナベルはうなずき、唇を噛んで言った。「あの男のことはもう厄介払いできたと思ったのに。私があなたと結婚した今、また母に近づこうとするなんて夢にも思わなかったわ。どんなことがあってもあきらめないつもりなのね」

ハントはアナベルの肩を両手でつかみ、驚くほど優しい声で言った。「私があきらめさせてやるよ。安心していなさい」

アナベルは不安げに眉根を寄せて彼を見つめた。「でも、いったいどうやって——」

「話はあとにしよう。今はとりあえず、自分のマントを持ってきなさい」

「ええ、サイモン」アナベルはささやくように言い、急いで衣装だんすのほうに向かった。

アナベルとジェレミーがペイトン家のタウンハウスに到着したとき、フィリッパは階段に座りこんで、両手でブランデーグラスを握りしめていた。まるで子どものように小さく見える。アナベルは、うつむいている母を見つめ、胸がきりきりと痛むのを覚えた。「お母様」とささやきかけながら階段の母の隣に腰かけ、丸い背中に腕をまわした。その間ジェレミーは、従者にてきぱきと指示を出し、談話室のじゅうたんを丸めて、おもてに停めてある馬車に運ぶ段取りを決めている。アナベルは母のことを心配する一方で、弟が一四歳の少年とは思えないくらいみごとにこの場を仕切っているのを目の当たりにして、驚きを覚えていた。

フィリッパが頭を上げ、何かにとりつかれたような目でアナベルを見る。「ごめんなさいね」

「もうこれですべてうまくいくと安心していたのに、ホッジハムがまたやって来て……これからも会いたいと言われたの。拒否するなら、私たちの関係をみんなにばらすって。そうなればペイトン家は破滅だし、私は人びとから蔑みの目で見られるようになるだろうって。やめてちょうだいと泣いて頼んだら、あの男は笑ったわ。そして私に触れてきて……その瞬間、私の中で何かが壊れてしまって、近くに置いてあったはさみが目に入ると、手に取らずにはいられなくなって、それで……殺そうとしたの。ちゃんと死んでるといいわね。私はもうあとはどうなってもいい――」

「お母様、いいの――」

「もういいのよ、お母様」アナベルはささやきながら、フィリッパの肩を抱いた。「誰もお母様のしたことを責めやしないわ。ホッジハムは怪物のような男だったのだし――」

「だった？」フィリッパはぼんやりと聞き返した。「それは彼が死んだという意味？」

「わからない。でも、とにかく、何も心配はいらないから――ジェレミーと私がここにいるんだし、お母様のことはサイモンが守ってくれるわ」

「お母様」ジェレミーが呼び、丸めたじゅうたんを従者と一緒に持ち上げた。「はさみはどこ？」ごく普通の口調なので、まるで、何かの包みのひもを切るのにはさみを探しているように聞こえる。

「メイドが持っていったんだと思うわ。汚れを落としてるんじゃないかしら」

「オーケー、彼女にもらっておくよ」ジェレミーは玄関広間のほうにじゅうたんを運び出しながら、肩越しに言った。「ドレスはだいじょうぶ？　血が少しでもついていたら捨てないとだめだよ」

「そうね、ジェレミー」

アナベルは母と弟の会話を聞きながら、ぼんやりと思った――私たち家族がまるで普段の木曜の夜の会話みたいに、人殺しの証拠を隠滅《いんぺい》する算段について話しているなんて妙なことね。そう思う一方で、ハントの家族に対してかすかな優越感を覚え……そんな自分にうんざりした。

それから二時間後、フィリッパはブランデーを飲み終え、ようやくベッドに入ってくれた。数分違いでタウンハウスに戻ってきたハントとジェレミーは、そのまま玄関広間でしばし話をしているらしい。アナベルが階下に向かおうと階段を下りていくと、ハントが弟を片手で一瞬抱きしめ、弟の乱れた髪に手をやってさらにくしゃくしゃにするのが見えた。ジェレミーはハントの父親のようなしぐさにすっかり気が緩んだのか、疲れたような笑みを浮かべている。アナベルはふたりのようすを見つめ、ただ立ちつくしていた。

ジェレミーがあんなにたやすくハントを受け入れるとは意外だった。ジェレミーのことだから、きっとハントの偉そうな態度に反抗するだろうとばかり思っていた。だから、ふたりの間にいとも簡単に強い絆ができたのを目の当たりにして、妙な感覚を覚えていた。ジェレミーはなかなか人を信用しない性格なのでなおさらだった。アナベルは今まで考えてみたこともなかった――ジェレミーにも誰か頼りになれる相手がいれば、まだ大人になりきれない今、困ったときに手を貸してくれる相手がいれば――弟がどんなに心強く思うことか。玄関広間の黄色っぽい照明が、ハントの黒髪と高いほお骨を照らしだしている。そのとき、ハントがアナベルのほうを向いた。

アナベルは複雑にからみあった感情の高ぶりを抑え、階段を一番下までおりて夫にたずねた。「ホッジハムは見つかったの？　見つかったのなら――」

「ああ、見つかったよ」ハントは手すりに掛けたマントを取り、彼女の肩に掛けてやった。

「行こう、馬車の中ですべて話すよ」

アナベルは弟のほうを向いて言った。「ジェレミー、私たちが帰ってもだいじょうぶ？」

「あとは僕に任せて」ジェレミーは男らしい自信に満ちた口調で答えた。

ハントは片手をアナベルの腰に添えたまま、義弟の口ぶりをおもしろがるように目を輝かせた。「じゃあ帰ろうか」ハントはそっとアナベルを促した。

アナベルは馬車に乗るやいなやハントにいくつもの質問を浴びせ、しまいには彼の手で口をふさがれてしまった。「今話すから、一、二分静かにしていてくれないか」アナベルが口をふさがれたままうなずくと、ハントはにやりと笑って口元から手を離し、代わりに唇を寄せた。すばやくキスをしてから、背もたれに寄りかかり、まじめな表情になって切り出した。

「私が見つけたとき、ホッジハムは自宅でかかりつけの医師に診てもらっているところだった。ちょうど良いタイミングだったよ。すでに警官を呼んで、到着を待っているところだったからね」

「使用人に何と言ってあの男の屋敷に入れてもらったの？」

「玄関から押し入って、すぐにホッジハムのところへ連れていけとどなっただけさ。屋敷中大騒ぎで、私に逆らおうとする者などひとりもいなかった。従者に案内されて二階のホッジハムの部屋まで行ってみると、医師が傷口を縫っているところだった」ハントは意地悪そうな笑みを浮かべた。「もちろん、従者に案内してもらわなくても、あの男の叫び声やわめき声をたよりに部屋までたどりつけただろうけどね」

「いい気味だわ」アナベルは心底嬉しそうに言った。「私に言わせれば、あんな男はどれだけ痛い思いをさせられたって足りやしないわ。それで、どんな状態だったの？　あなたがやってきたのを見て何と言ったの？」

ハントはそのときのことを思い出したのか、うんざりしたように口元をゆがめた。「はさみは肩に刺さったようだ――けが自体は大したことはない。それから、あいつが言ったことについてはここで繰り返さないほうが無難だろう。適当に悪態をつかせてやったあと、ふたりきりで話がしたいからと言って、医師に隣室で待つよう命じた。消化器系の病気とは大変だな、とやつに言ってやったよ――あいにくやつには通じなかったようなので、友人や親類には刺し傷ではなく胃腸障害だと言ったほうが貴様のためだと教えてやった」

「もしあいつが刺し傷だと言いふらしたら？」アナベルはかすかに笑みを浮かべてたずねた。

「そのときは、ブタのベーコンみたいに貴様を切り刻んでやるから覚悟しろとはっきり言ってやった。それに、義母やペイトン家の評判に傷がつくような噂をほんの少しでも耳にしたら、すぐさま貴様を犯人とみなし、あとは埋葬すらできないくらい細切れにしてやるぞ、ともね。こちらが言い終える頃には、ホッジハムは息もできないくらいおびえていたよ。もうだいじょうぶ、あいつはもう二度と母君に近づいたりしない。医師については、往診代を払い、今回のことはいっさい忘れるよう言い含めておいたよ。そこまでで帰るつもりだったんだが、警官が来るのを待たなければならなくてね」

「何と説明したの？」

「手違いで呼んでしまった、用はないので帰っていいとね。それと、ご足労いただいたお詫びに、仕事が終わったら『ブラウン・ベアの店』に行き、私のツケで好きなだけビールを飲むよう伝えた」

「ああ、よかった」アナベルはすっかり安心してハントにひたと寄り添い、肩にほほを寄せてため息をついた。「でも、ジェレミーはどうするの？　何て説明すればいいのかしら」

「あの子は本当のことを知る必要はない。知っても、傷つき、混乱するだけだろう。今回のことは、母君がホッジハムに言い寄られて過剰反応し、一瞬我を忘れてしまったということにしよう」ハントはそう言って、親指の先でアナベルのあごをなでた。「ひとつ提案があるんだ。まじめに考えてみてくれないか」

アナベルは、疑わしげな視線をハントに向けた。「提案」というのは口ばかりで、薄っぺらなベールをはがしてみれば実体は命令なのかもしれない。「なぁに？」

「母君はロンドンからしばらく離れていたほうがいいと思うんだ。ホッジハムとも距離を置いたほうがいい。せめて今回のことが一段落するまで」

「距離を置くってどのくらい？　それに、行き先は？」

「私の母と妹と一緒にヨーロッパ大陸旅行に行ってもらおう。数日後には出発だから――」

「そんなの絶対に無理よ」アナベルは大声をあげた。「ロンドンにいれば、ジェレミーも私もお母様のそばにいられるわ。それに、あなたのお母様と妹さんもきっと喜ばない――」

「では、ジェレミーも一緒に行かせよう。次の学期が始まるのはまだ先だし、三人を立派にエスコートしてくれるだろうから」

「かわいそうなジェレミー……」アナベルは、弟が女三人を伴ってヨーロッパ中を旅してまわるようすを思い浮かべようとした。「私なら、どんなに憎たらしい相手にもそんな試練を与えたりしないわ」

ハントはにやりと笑った。「ジェレミーもこれで女性についていろいろ学べると思うよ」

「不愉快なことばかりでしょうけどね」アナベルは切り返した。「でもどうして、こんなに急に母をロンドンから遠ざける必要があるの？　ホッジハムがまた何かしてくるかもしれないと思っているの？」

「いや」ハントはつぶやき、アナベルの顔をそっと上に向かせた。「言ったろう、あいつは もう母君には近づこうとしないよ。だが万が一あいつが原因で厄介なことが起きたら、母君がいないときに片付けてしまいたいんだ。それに、ジェレミーが言っていただろう。母君はすっかり我を忘れてしまったようすだって。あんなことがあったんだからそれも当然だよ。

でも数週間も旅行をしてくれれば、気分が晴れるんじゃないかな」

考えてみれば、ハントの提案にもたしかに一理ある。もう長いこと、母はどういう形であれ息抜きに旅行に行くことすらなかった。それに、ジェレミーが同行すれば、ハント家のふたりが一緒でも何とかなるかもしれない。あとは当人の気持ちしだいだけど……今の状態では自分では何も決めることはできないわね。でもきっと、私とジェレミーが決めたことならどんなことにでも従うでしょうね。「サイモン……」アナベルはためらいがちに口を開いた。「今のは私の意見を求めているの、それともあなたがすでに決めたことを私に言っただけ？」

ハントはアナベルの質問の意図を探るように見つめてた。「どちらなら賛成する気になれるのかな？」彼女の顔に浮かんだ表情から答えを読み取った彼は、そっと笑って告げた。「わかったよ……君の意見を求めているんだ」

アナベルは苦笑しつつハントの肩に寄りかかった。「ジェレミーがそれでいいと言うのなら……私も賛成よ」

25

旅行に新たな同行者が加わると聞いて、バーサとメレディスが果たしてどんな反応を示したのか――アナベルはサイモンにたずねなかったし、そもそも答えを知りたくもなかった。大切なのは、フィリッパがホッジハム卿を思い出させるすべてのものとロンドンから、できるだけ遠く離れることだ。とにかく、旅行によって母が元気と落ち着きを取り戻し、新たな人生への第一歩を踏みだしてくれればいい。それにジェレミーにとっても、欧州旅行は楽しいものとなるかもしれない。実際ジェレミーは、学校で学んだ異国の土地を実際に目にするのを心待ちにしていた。

出発まで一週間足らずということで、アナベルはふたりのためにせっせと荷造りに励み、六週間におよぶヨーロッパ大陸滞在中に必要になりそうなものをあれこれと用意した。ハントはアナベルが購入した大量の品々を見てあからさまに驚き、こう言った――他人がそんな大荷物を見たら、母君とジェレミーはホテルやペンションに泊まるのではなく、未開の地を旅してまわると思うんじゃないかい。

「海外旅行では不便を感じることだってあるでしょう」アナベルは、革の手提げかばんに缶入りの紅茶とビスケットをあわただしく詰めこみながら言い返した。今、アナベルとハントのベッドの脇には、いくつもの箱や包みが積み重ねられている。彼女がさまざまな品々をきちんと分けてまとめたのだ。それらの中でもとりわけ重要なのが、薬店で調合してもらった薬に羽毛の枕ふたつ、予備のリネン類、箱いっぱいの読み物、そして各種保存食料だ。アナベルは瓶詰めのジャムを手に取り、しげしげと見ながら言った。「ヨーロッパ大陸では食べ物も違うし――」

「そのとおり」ハントはまじめくさって言った。「英国と違って、あちらの食べ物はちゃんと味がついているからね」

「季節外れな天候になることもありえるし」

「青い空に明るい陽射しだろう？　そうとも、そいつはぜひ避けたいはずだ」

アナベルは、茶化してくるハントをにらみつけた。「そんなふうに私が荷造りするところを眺めてばかりいないで、あなたもやることがあるんじゃないの」

「そうとも、ここは私たちの寝室だからね」

アナベルは立ち上がって腕組みし、ふざけて言い返した。「ミスター・ハント、下半身の衝動を少し自制したほうがいいんじゃないかしら？　気づいてらっしゃらないようだけど、新婚旅行はもう終わったんですからね」

「いや、私が終わったと言うまで、新婚旅行はつづくんだ」ハントは言うなり、アナベルが逃げる間もなく彼女をつかまえた。むりやり唇を奪い、ベッドの上に彼女を押し倒す。「つまり君は、いっさい抵抗できないってこと」

アナベルはくすくす笑い、くしゃくしゃになったスカートの下で足をばたばたさせたが、ついにハントにのしかかられてしまった。「まだ荷造りが済んでないわ」と抗議するが、ハントは彼女の太ももの間にしっかりとひざを据えてしまっている。「サイモンったら――」

「そうそう、歯を使ってボタンを外せるって前に言ったかな？」

アナベルは声にならない笑いを漏らし、ハントがドレスの前身ごろのほうに顔を近づけると身をくねらせた。「あまり実用的な技術とは言えない感じがするけど？」

「場合によっては便利な技術なんだよ。実際に見せてあげよう……」

結局その日は、荷造りはほとんど進まなかった。

だがついに、ペイトン家のタウンハウスの前に立ち、馬車でドーバーの港に向かう母と弟を見送る日がやってきてしまった。港でハント家のふたりと合流し、フランスのカレーに向かうのである。

ハントもアナベルと一緒になってふたりを見送った。馬車が角を曲がり、大通りを進む間、彼女の背中にそっと手を置いて気持ちを落ち着かせてやった。アナベルは走り去る馬車に向かってさびしそうに手を振りながら、私がいなくて、ふたりはどうやってやっていくのかしらと思った。

ハントはアナベルを家の中に入らせて扉を閉めた。「こうするのが一番いいんだよ」

「彼らにとって？　それとも私たちにとって？」

「私たちみんなにとってさ」ハントはかすかに笑みを浮かべ、アナベルの顔を自分のほうに向かせた。「数週間なんてあっという間だよ。それにその間、君はものすごく忙しくなるはずだからね、ミセス・ハント。まず手初めに、今朝は建築家に会って我が家のことを相談しないと。それから、不動産仲介人がメイフェアで見つけたふたつの物件のどちらがいいか、君に選んでもらわなくちゃ」

アナベルはハントの胸に顔をうずめた。「よかったわ。一生ラトレッジで過ごすことになるかもしれないって、あきらめかけていたの。もちろん、あのホテルが気にいらないわけじゃないのよ。でも女性なら誰でも自分の家を持ちたいと思うものでしょ、それに……」アナベルは、アップにまとめた髪をハントがもてあそんでいるのに気づいて言葉を切った。「サイモンったら、ヘアピンを抜くのはやめて。直すのがとっても大変なんだから……」アナベルはため息をついて顔をしかめた。まとめ髪がほどけて、ヘアピンが床に落ちるかちんという音が聞こえたからだ。

「我慢できないんだ」ハントは飢えたように、アナベルのほどけた髪に指をからませた。「なんてきれいな髪なんだろう」と言いながら、絹のようにつややかな髪を手に取り、自分の顔のほうに持っていってほほにあてる。「柔らかいな。それに花のような香りがする。どうしてこんなにいい匂いがするの？」

「石けんよ」アナベルはそっけなく答え、ハントの胸に顔を伏せて笑みを隠した。「じつはボウマン家の商品なの。デイジーがいくつかくれたのよ。お父様がニューヨークからたくさん送ってくれるんですって」

「なるほど。これなら百万長者にもなるはずだな。女性はみんなこういう香りをただよわせるべきだね」ハントはアナベルの髪を指ですき、彼女の首筋に鼻をこすりつけた。「ほかにはどこに石けんを使っているの？」

「あとで探させてあげる。でも今日はこれから建築家と会うんでしょ？」

「待たせておけばいい」

「じゃ、あなたも待たせておけばいいわ」アナベルはきつい声音を作ったものの、思わず笑いが漏れてしまう。「だめよ、サイモン。恵まれない子どもじゃあるまいし。これまでさんざん、あなたを喜ばせようといろいろしてあげた——」

ハントはアナベルの唇に自分の唇を重ねあわせた。口づけは甘く誘うようで、アナベルは理性をすべてなくしてしまう。ハントは大きな手でアナベルの髪をつかみ、彼女の背を押しつけ、舌を口に挿し入れて思う存分に唇の味を堪能した。アナベルは快感にめまいすら覚え、ハントの上着のそでをぎゅっと握りしめる。するとハントはゆっくりと唇を下のほうにはわせていき、絹のようになめらかな首筋を軽く嚙んだ。そのときハントが口にした言葉に、アナベルは激情をかきたてられた。ハントは、甘い愛の言葉をささやく代わりに、彼女をどこまでも求める自分の気持ちを男らしい、ありのままの言葉で伝えてきたのだ。「君に関することとなるといっさいの自制心を失ってしまう。君がそばにいないとき、私の頭の中にあるのは、君の中に入りたいということだけなんだ。ああ、私たちを分かつすべてのものが憎くてたまらないよ」

ハントはアナベルの背に手をまわし、ドレスを力まかせに左右に引っぱった。背中の合わせ目がちぎれ、象牙のボタンがあちらこちらに飛び散った。アナベルのあえぎ声が聞こえる。ハントはその声を唇で封じ、腕からドレスを引き抜いて、すそをわざと靴で踏みつけた。ドレスは無残にも引き裂かれて床に広がった。ハントはアナベルを抱き寄せ、手首をつかみ、自分の股間に持っていった。アナベルは深く息を吸いながら、太く屹立したものを指でつつみこみ、まぶたを半分閉じた。「君の叫ぶ声が聞きたい。私の体につめを立てさせて、腕の中で失神させてしまいたい」ささやきながら、男らしい胸毛を彼女の肌にこすりつける。「君のすべてに触れたい。内側も、外側も、届くところすべてに——」そこでふいに言葉を切り、無我夢中でアナベルの唇を求めた。彼女の唇が媚薬《びやく》となったかのように、ハントの欲望は急に狂ったように暴走しはじめた。アナベルはもうろうとしつつも、彼が上着のポケットをまさぐっているのに気づいた。次の瞬間、コルセットの結び目が切断された。ナイフで切ったんだわ……アナベルは、肋骨とウエストをぎりぎりと締めつけるコルセットがゆるまるのを感じていた。

だがアナベルは、そこが実家の玄関広間だということにふと思い至り、口元に笑みを浮かべ、身を震わせながら、ハントから体を離した。これまでハントは、どれほど興奮していようと、決して我を忘れたりせず、自らの欲望を慎重にコントロールしていた。そのハントから手荒に扱われることがあるなどとは思ってもみなかった……今この瞬間までは。だが目の前のハントはほとんど獰猛と言ってもいいくらいで、いつになく顔を上気させている。アナベルは心臓が痛いくらいに早鐘を打ちはじめて、乾ききった唇を舌で舐めた。ハントは舌がちろちろとうごめくのにすぐさま気づいたのだろう、食いいるように口元を見つめている。

「私の寝室で……」アナベルはやっとの思いで言うと、階段のほうに向かい、がくがくと震える脚で一段一段上りはじめた。だがわずか数段上ったところで、ハントがすぐさま背後にあらわれ、たくましい両腕に抱きすくめられてしまった。ハントは有無を言わせずアナベルを抱きかかえ、驚くほど軽々とした身のこなしで階段を上っていった。

寝室にたどり着いた。色あせ、使い古したしわくちゃでぼろぼろのレースと、幼い頃アナベルが慣れない手つきで作ったししゅうの額飾りを前にすると、ハントはなんと堂々と男らしく見えることか。彼は荒々しい手つきでアナベルを裸にし、彼女をベッドの上に横たえた。シーツはなめらかな肌触りだが、長いこと使っていなかったせいでかすかにカビ臭い匂いがする。ハントは自分もすばやく服を脱ぐと、彼女の下着とともに床に放りだし、彼女の上におおいかぶさった。アナベルは、ハントの衝動的な振る舞いに応えるように両腕を広げて彼を抱きしめた。ほんのかすかに秘部に触れられただけで、あっさりと両脚が開いてしまう。ハントは太く張りつめたペニスを、ゆっくりと挿し入れた。アナベルはあえぎ声を漏らし、彼を受け入れようとして身を反らせた。すっかり中に入ってしまうと、ハントの振る舞いに穏やかさがあらわれはじめ、衝動的な欲望は、すべてを味わいつくそうとする熱情へと変わっていった。ハントの肉体のありとあらゆる部分が彼女を喜ばせるために作られたもののように思われてくる――なめらかに突いてくる硬く屹立したものも、乳首を優しくこする厚い胸毛も、陶酔を誘う香りも味も何もかも。

アナベルは深い愛に圧倒されたような思いで、涙があふれてくるのを抑えることができなかった。するとハントはなぐさめるように何事か優しくささやき、いっそう奥深く突き上げて、彼女自身も信じられないくらいの歓喜を引き出した。不規則な息づかいを繰り返す彼女の唇を自分の唇でふさぎ、じっくり味わうように、探るように腰を動かしながら、彼女の全身の筋肉が張りつめていくのを感じる。アナベルは唇を重ねたまますすり泣きを漏らし、くるおしい思いを無言で訴えた。ハントもようやく彼女の思いに応える気になり、腰の動きを速め……そしてついにアナベルは、全身を貫かれるような絶頂に達した。かぎりなく生々しく、刺激的で、そして驚くべき交わりだった。

数分後、アナベルは、弛緩したようにハントの腕の中に身を横たえ、彼の肩にほほを寄せたまま、先ほどの何とも言えない気持ちの高ぶりはいったい何だったのかしらと考えていた。あれほどまでに満たされた感じ、全神経が悦びでいっぱいになった感じは、かつて味わったことはなかった。だがその一方で、ふたりの交わりの先に何か未知のものが待っているような気もしていた。それは、たった今経験したエクスタシーよりもさらに高みにあって、まだ到達できないがすぐ手が届きそうな何かだった。感情とも願望ともつかない、じりじりさせられるような何か。アナベルはまぶたを閉じ、ふたりの体が密着する感じを味わっていた。不思議な予兆は、まるで慈愛のように自分たちをつつんでくれているようだった……。

アナベルは、ハントをあそこまで夢中にさせている仕事がいったいどんなものなのか、だんだん興味を持つようになりつつあった。そこで機関車製造工場を見てみたいと何度も頼んだのだが、あっさり断られたり、話をそらされたり、手を変え品を変えて見学をはばまれるばかりだった。ハントはどういうわけか工場見学をさせたくないらしい——そのことに気づくと、ますます見たくなる一方だった。「ちょっとでいいのよ」彼女はある晩、そう言って頼みこんだ。「一目見てみたいだけなの。どこにも触らないわ。後生だからお願い。今まで何度も工場の話を聞かされてきたのよ、見せてくれたっていいじゃない」

「君には危険すぎる」ハントはきっぱりと言った。「女性は、あんな重機やら、煮えたぎる地獄のスープが入った何百キロというタンクやらがあるところに行く必要はない」

「工場はしごく安全だ、私に心配してもらう必要はないってずっと前から自分で言ってるくせに。今になって危ないところだって言うの？」

ハントは作戦ミスを犯したことに気づいて顔をしかめた。「私にとって安全だからって、君にとってもそうだとはかぎらないだろう」

「どうして？」

「どうしてって、君は女性だから」

アナベルはまさに「地獄のスープ」さながらに怒りを煮えたぎらせ、ハントをじろりとにらみつけた。「今のせりふに対する返事はあとにするわ。鈍器であなたの頭を殴りつけてやりたい気持ちを抑えることができたらね」

ハントは談話室の中を行ったり来たりした。全身にただようぴりぴりとした雰囲気から、苛立っているのは一目瞭然だ。やがてアナベルが横たわっているソファの前に仁王立ちになり、「アナベル」とぶっきらぼうに呼びかけた。「鋳造工場を見学するのは、地獄の扉の向こうをのぞくようなものなんだ。可能なかぎりの安全策は講じているが、場内はうるさくて汚いし、作業員も荒くれ者ばかりだ。それに、常に危険と隣り合わせだ。私は……」ハントはそこで言葉を切り、髪をかきあげて、落ち着かなげに室内に目を走らせた。まるで、突然アナベルと目を合わせていられなくなってしまったようだ。それでも彼は何とか言葉を継いだ。「私は君を心から大切に思っている。その君を危険な目に遭わせるわけにはいかない。私は君を守らなくちゃならないんだ」

アナベルは目を真ん丸にした。ハントの言葉に、胸を打たれると同時に、少なからず驚いてもいた。アナベルは、ハントとじっと見つめあいながら、奇妙な緊張感が自分たちをつつんでいるのに気づいた……不快というわけではないが、なぜか心を乱される。手の甲に頭をもたせ、彼女はハントの気持ちを探るように見つめながらつぶやいた。「守っていただけるのはありがたいけど。でも、象牙の塔に閉じこめられて、世間知らずな女になるのはいやよ」ハントが内心で葛藤しているようすを見て取り、もっともらしくつづける。「あなたが私と一緒にいない間にいったいどんなことをしているのか、もっとよく知りたいの。あなたにとってそれほど大事な場所なら、ぜひこの目で見てみたいのよ。だからお願い」

　ハントはしばし黙って考えた。ようやく口を開いたときには、内心快く思っていないのが口調にありありとあらわれていた。「わかったよ。そこまで言うのなら、明日、君を工場に案内しよう。ただし、がっかりしても私の責任じゃないからな。あそこがどんなところか、ちゃんと説明したんだから」

「ありがとう」アナベルは満足げに礼を言い、にっこりとほほ笑んでみせたが、その笑みもハントの次のせりふに曇ってしまった。

「幸い、明日はウェストクリフも工場に来る予定だ。君たちふたりが仲良しになる絶好のチャンスだな」

「まあ、嬉しい」アナベルはいやな知らせに渋面をしたくなる気持ちと戦いつつ、努めて愛想のいい声を出した。彼女は今でも、ウェストクリフから容赦なくけなされたこと、そして、ハントの人生はこの結婚によって台無しになると言われたことを忘れてはいなかった。だが、大バカ者のウェストクリフが一緒だと聞けば工場見学をあきらめるかもしれないとハントが思ったのだとしたら、それは大間違いだ。アナベルはわざとらしい笑みを浮かべたまま、その晩ずっと、妻が夫の友人を選べないのは悲劇だわと思っていた。


　翌日の午前遅い時間になってようやく、ハントはアナベルを伴ってコンソリデーテッド社の工場を訪れた。九エーカーの敷地内には、何本もの煙突がにょっきりと突き出た、洞くつを思わせる建物がいくつも立ち並んでいる。煙突から吐き出される煙が、倉庫や縦横に交差する通路の間を縫うようにただよっていた。工場は想像していたよりもはるかに大きく、場内に設置された機械もとてつもなく巨大で、アナベルはほとんど言葉を失ってしまった。最初に見学したのは組み立て工場で、それぞれ異なる製造工程に進んでいる機関車が合計九台置かれていた。コンソリデーテッド社では、初年度である今年は一五台の機関車を製造し、来年度にはその二倍の生産量を目指すのだという。機関車一台を製造するのにかかる経費は週平均百万ポンド、そしてその二倍の予算を確保してあると聞いて、アナベルは仰天し、口をぽかんと開けたままハントを見つめた。「驚いた……あなたって、そんなに大金持ちだったの？」

アナベルのぶしつけな質問にハントはふいに黒い瞳に笑みを浮かべ、彼女の耳元でささやいた。「私は、あなたに死ぬまでアンクルブーツを贈りつづけられるくらい裕福なんですよ、マダム」

次に見学したのは設計工場だ。ここでは、各部品の設計図を入念に検討し、木製の試作品を仕様に従って作る。ハントの説明によれば、その後、試作品から金型を作り、完成した金型に溶かした鉄を流しこんで冷却するのだそうだ。アナベルはにわかに興味がわいてきて、鋳造工程についてハントに矢継ぎ早に質問を浴びせた。油圧リベット打ち機やプレス機はどんな仕組みで動くのか、どうして鉄は急速に冷したほうが頑丈になるのか……。

ハントは当初の心配ぶりはどこへやら、楽しそうにアナベルを案内してまわり、彼女の熱心な表情を見てときには笑みすら漏らした。だが鋳造工場ではさすがに用心が必要だった。

アナベルは工場に足を踏み入れるなり、ハントが言っていた「地獄の扉の向こうをのぞくようなもの」という表現は誇張ではなかったのだわと思った。とはいえ、作業員たちの働きぶりはとてもてきぱきとしているし、建物内部もむしろ秩序立った感じで、工場のようすが地獄をほうふつとさせるわけではなかった。恐怖を呼び覚ますもの、それはそこで行なわれている作業そのものだった。蒸気があたり一面に立ちこめ、轟音が耳をつんざき、ごうごうと音をたてる溶銑炉は真っ赤な炎を吹きあげ、その渦巻く炎を背にして、重たそうな防護服に身をつつみ、手に手に焼きごてや槌を持った作業員たちが働いているのだ。悪魔の手先なんぞには、ここで働く人びとの半分もみごとに調和の取れた仕事ぶりを発揮できやしないだろう。作業員たちはみな、炎と鋼鉄が織りなす迷路を縫うようにして、ときには旋回する巨大クレーンや地獄のスープが煮えたぎるタンクの下をくぐり、ときにはつと立ちどまって巨大な鉄板が運ばれるのをよけながら、忙しく立ち働いていた。その中の数人が好奇心もあらわにアナベルをじろじろ見たが、大多数はそれどころではないというように仕事に没頭している。

工場の中央には旋回するクレーンが何機もあって、トロッコいっぱいの銑鉄やくず鉄やコークスを持ち上げ、高さ六メートルほどもある溶銑炉のてっぺんにある投入口から投げ入れている。銑鉄類はこの炉で溶解されたのち、巨大なひしゃくにそそがれ、また別のクレーンを使って金型へと流しこまれる。工場内は、燃料と鉄と汗の匂いでむせかえるようだった。アナベルは溶鉄がタンクから金型へ移されるようすを見ながら、反射的にハントの体に身を寄せた。

鉄が折り曲げられるときのいやな金属音やくぐもったような音、蒸気動力の機械がふいに立てるしゅーっという音、そして六人がかりでどんどんと叩きつける大槌の音――アナベルはそうした騒音が耳をつんざくたびに思わずびくりと身を震わせた。するとハントがすかさず腕を背中にまわしてくれた。見るとハントは、半分叫ぶようにして、現場監督のひとり、ミスター・マウワーと何やら親しげに話している。

「ウェストクリフの姿は見かけなかったか?」ハントがたずねた。「昼ごろに工場に到着すると言っていた――彼が遅刻するなんてことはまずないんだがな」

見たところ中年とおぼしきミスター・マウワーは、ハンカチで顔の汗を拭いながら言った。「組み立て工場にいらっしゃると思いますよ。新しく作ったシリンダーの寸法のことを気にかけてらして、ボルト留めする前に確認したいとおっしゃってましたから」

ハントはアナベルを見下ろして告げた。「外に出よう。こうも熱くてうるさくては、ここでウェストクリフを待っているわけにはいかんだろう」

アナベルは、騒音が執拗に鳴り響く工場から出ることができるとわかってほっとし、即座にうなずいた。思う存分に工場内を見ることができて好奇心も満たされたことだし、今すぐにでも外に出たかった――たとえこれから、ウェストクリフと会わなければならないのだとしても。だがハントはまだ二言三言、マウワーと言葉を交わしている。仕方なくアナベルは、蒸気動力の送風機が工場中央にある溶銑炉に風を送りこむさまをながめていた。送風機から繰り出される突風が、入念に位置決めされた巨大ひしゃくに溶鉄をそそぎこむ。ひとつのひしゃくには、数百キロもの溶鉄が入っている。

とりわけ大きなくず鉄のかたまりが、溶銑炉のてっぺんにある投入口に投げこまれた……見るからに大きな塊だったので、トロッコを運びこんだ作業員を工夫長がどなりつけている。アナベルは不審そうに目を細めて、じっとようすをうかがった。工場の二階にいる作業員たちが、送風機から風が出るぞ、と警告するように大声で告げるのが聞こえてくる……そのときだった。煮えたぎる溶鉄がひしゃくからどろりとこぼれ、ぶくぶくと音と立てる塊となって、その一部が旋回するクレーンにふりそそいだのだ。ハントとマウワーはおしゃべりをやめ、ふたり揃って溶銑炉を見上げた。

「やばいぞ」というハントの声が聞こえた。次の瞬間、切羽詰ったようなハントの視線にぶつかったと思うと、アナベルは床に押し倒されていた。ハントの体が上からおおいかぶさってくる。と同時に、かぼちゃほどの大きさの溶鉄のかたまりがふたつ冷却槽の上に落下して、たちまちあたりに爆発音がつづけざまに鳴り響いた。

爆発の衝撃はすさまじく、まるで全身を繰り返し殴打されているようだった。アナベルは声をあげることもできずにハントの下で縮こまっている。ハントは背を丸め、必死に彼女の頭をかばった。やがて——

静寂が訪れた。

最初に感じたのは、地球そのものが動きを止めてしまったかのような、不気味な静けさだった。アナベルはまごつき、あたりをよく見ようと目をしばたたかせた。そして大きく目を開けた瞬間、視界に入ってきたものは、ごうごうと燃えさかる炎と、中世の書物に描かれた怪物のようにぬっとそびえ立つ巨大な機械群のシルエットだった。断続的に吹きつけてくる熱風に、皮膚がはがれるような気さえしてくる。あたかも銃で放たれたように、金属片や鉄のやすり粉が工場内をふぶきのようにおおいつくしていた。これほどのカオスにつつまれ、あたりをさまざまなものがうごめいているというのに、工場内は気味が悪いほど静かだ。そのとき突然、アナベルの耳の中で何かがはじけるような感覚があり、やがて甲高い金属音が鳴り響いた。

　次の瞬間、アナベルは床から起こされた。ハントが腕をぎゅっとつかんできて、力強く引っぱり、立ち上がらせる。アナベルは勢いあまって、ハントの胸の中にそのまま飛びこんだ。ハントが何か言っている……もう少しでその言葉が聞きとれそうになったとき、小さな爆発音と、炎が飢えたように工場内を舐めまわしながらぼうぼうと燃えさかる音が耳に入ってきた。アナベルはハントのこわばった顔を見つめ、彼が何と言っているのか聞きとろうとした。だが、熱い金属片が、まるで鋭い針を持った群れなす昆虫のように顔や首を直撃してきて、そちらに気をとられてしまう。アナベルは反射的に、金属片をよけようとして手をバカみたいに振り回した。

　ハントはアナベルをひきずるようにして、カオスと化した工場内を出口を目指して歩きながら、身を挺《てい》して彼女を守った。前方から巨大な鉄の筒がごろごろと転がってきて、通路に散らばるさまざまなものを静かに押しつぶしていく。それは機関車のボイラーにあたる部分だった。ハントは悪態をついてアナベルをうしろに下がらせ、それが通りすぎるのを待った。まわりでは、大勢の作業員たちが押し合いへし合いし、大声で叫びながら、建物の前後に設けられた出入り口に我先にと向かっている。新たな爆発が起きて建物全体がぐらりと揺れ、場内にどら声が響きわたった。アナベルは熱気に息もたえだえで、出口にたどり着く前に生きたまま焼かれるのではないかしらとぼんやり思った。「サイモン」と大声で呼びかけ、彼の引き締まった腰にしっかりしがみつく。「やっぱり……あなたの言ったとおりだったわ」

「何のことだ？」ハントは出口のほうをひたと見すえてたずねた。

「ここは私には危険すぎるわ！」

ハントは腰をかがめてアナベルを肩にかつぎあげた。彼女のひざの裏をしっかりと腕で支え、かしいだクレーンや、破壊された機械類の間を縫うようにして進む。アナベルはなすすべもなく抱きかかえられたまま、ハントの上着に無数の穴が開き、じっとりと血がにじんでいるのに目を留めた。先ほど彼女の体の上におおいかぶさるようにして守ってくれたとき、鉄のやすり粉や金属片が背中に刺さったのだろう。ハントは至るところに散らばる障害物をよけながら、やっとのことで三重扉の出口までたどりつくと、彼女を床に下ろした。そして驚いたことに、彼女を誰かの腕にぐいと押しつけて、妻を頼むと相手に命じた。アナベルが身をよじらせると、マウワーが彼女の腕をとっていた。「外に連れていってやってくれ」とハントが大声で命じている。「完全に建物から離れるまで立ちどまるなよ」

「了解!」マウワーは、身動きもできないくらいアナベルをしっかりと押さえている。むりやり出口のほうに歩かせられながら、アナベルは必死になってハントのほうを振り返った。「あなたはどうするの!?」

「私は、従業員を全員無事に脱出させなくちゃならない」

アナベルは恐怖に縮みあがった。「だめよ! サイモン、私と一緒に逃げて――」

「五分で戻る」ハントはそっけなく言った。

アナベルは顔をゆがめ、恐怖と怒りに涙をあふれさせた。「五分後には、建物は焼け落ちるわ」

「早く外に出ろ」ハントはマウワーに命じ、アナベルに背を向けた。

「サイモン!」アナベルは金切り声をあげながら、ハントが工場の中に消えていくのをただ見つめるばかりだった。今や建物の天井は青い炎につつまれて波打ちはじめ、猛烈な熱気にねじれた機械類がいやなきしみ音をたてている。建物の出口から外に吹きだした真っ黒な煙が、頭上の真っ白い雲と不気味なほど対照的だった。アナベルはすぐに、マウワーの力強い腕の力にはいくら抵抗しても無駄だと悟った。外の空気を胸いっぱいに吸いこみ、肺にまぎれこんだかすかな煙を吐きだすように咳きこむ。マウワーは一度も立ちどまることなく建物から離れ、ようやく砂利道までたどり着くと、絶対にここにいてくださいとアナベルに告げた。

「ミスター・ハントは戻ってきます。あなたはここにいて、彼が出てくるのを待っていてください。絶対にここから動かないで。私は作業員が全員ちゃんと脱出したか確認しなくちゃいけません。だから、余計な面倒をかけないでほしいんです」

「動かないわ」アナベルは反射的に答え、工場の出入り口にひたと視線を据えた。「行ってちょうだい」

「かしこまりました」

アナベルは身じろぎもせずに砂利道に立ちすくみ、うつろな目で工場の出入り口をじっと見つめた。周囲は喧騒《けんそう》につつまれている。目の前を猛スピードで走り去る者もいれば、けが人のようすを心配そうにかがみこんで見ている者もいる。何人かは、アナベルと同じように彫像のように突っ立って、ぼんやりと炎を見つめている。炎はごうごうと燃え、地面を揺るがすほどの勢いだ。建物を焼きつくしながら、いっそう火力を増していっている。やがて二〇人ほどの男たちが、手動ポンプ車を建物の近くに引っぱってきた。外に助けを求めにいっている時間がない場合に備えて、緊急用に装備してあったのだろう。男たちは無我夢中で、地下の貯水槽に革のホースをつないだ。それから、ポンプ車についている長い柄を一致団結して押し、内部に空気を送りこんだ。空気圧で、ホースの先から数メートルの高さまで水が噴きだす。だがその程度のことでは、地獄の業火のような勢いで燃えさかる炎は少しも小さくならない。

アナベルはハントを待つ間、一分が一年のように感じられた。無意識のうちに唇を動かして、声に出さずに祈っていた。**サイモン、戻ってきて……お願いだから、戻ってきて……。**

やがて建物から、顔と服をすすで真っ黒にした男たちが五、六人よろめきながら出てきた。アナベルは必死になって夫の姿がないか探したが、無駄だと悟り、ポンプ車のほうに視線を走らせた。すると、なんとポンプを繰っている男たちは、工場の隣の建物に向けて水を噴射している。工場の火が燃え移らないように、あらかじめ水をまいておこうというのだろう。アナベルは、信じられないというように首を振った。彼らは、工場のほうはもう手遅れだと判断してあきらめてしまったのだ。工場の中にあるものもすべて見捨てることにしたのだ――設備だけではなく、逃げられずに残っている人びともすべて。アナベルは衝動的に、工場の反対側に走り、群衆の中にハントがいないかと目を凝らした。

現場監督のひとりを見つけ、無事に脱出できた作業員たちの名前を確認している最中なのもかまわず駆け寄る。「ミスター・ハントはどこなの?」と勢いこんでたずねた。男はなかなか気づかず、同じ質問を何度か繰り返さなければならない。

すると男は、アナベルを見もせずに、作業を邪魔されて苛立ったように答えた。「場内でまた爆発があったんだよ。ミスター・ハントは、残骸に邪魔されて逃げられない作業員たちを助けてやっていた。でも、そのあと彼の姿を見た者はいないね」

工場は猛烈な熱気を放っていたが、アナベルは全身が骨の髄まで冷えきっていくのを感じた。彼女は唇を震わせて食い下がった。「自力で脱出できる状態なら、もうとっくにここにいるはずよ。助けが必要なんだわ。誰か探しにいくことはできないの?」

男はアナベルを、頭がおかしくなったのかというような顔で見つめた。「あの炎の中に?

そんなの自分から死にに行くようなもんだ」男はそう言って彼女に背を向けると、地面に倒れ伏した同僚の元に駆け寄り、上着を丸めて頭の下に敷いてやった。男がふたたびアナベルのほうに視線をやったときには、彼女の姿はすでにそこにはなかった。

26

燃えさかる工場の中に女性が飛びこんでいくのに気づいた者がいたとしても、誰も彼女を止めようとはしなかっただろう。アナベルはハンカチで口と鼻をおおい、大波のように押し寄せてくる、刺激臭を伴って煙の中を歩いていった。細く開けた目から滝のように涙があふれる。工場の反対側で起きた火事は、今や鮮やかな青と白と黄色の炎となって、天井の梁をおおいつくしていた。だがすさまじい熱気よりももっと恐ろしいのは、耳を聾《ろう》するような周囲の音だった。炎がごうごうと燃える音、ひしゃげた鋼鉄がたてる金属音やうなるような音、重機がまるで足で踏みつぶされた子どものおもちゃのようにたやすく床に崩れ落ちる音。さらに、金属が溶けてぶくぶくと煮えたぎり、ぶどう弾が爆発するような音をたてている。

アナベルはなりふりかまわずスカートをたくし上げた。炎にくすぶっている金属片がひざのあたりまでうずたかく積もる中を、よろめきながら歩を進め、ハントの名前を呼びつづけた。だがものすごい騒音のために彼女の声はかき消されてしまう。いったいどうやって見つけたらいいのかとあきらめかけた頃、残骸の中に何かが動いているのが目に入った。

アナベルは叫び声をあげながら、床に倒れた大きな影のほうに駆け寄った。ハントだった！　ちゃんと息をして、意識もあるようだが、崩れ落ちたクレーンの鋼鉄のシャフトに片脚を挟まれてしまっている。ハントは彼女の姿を認めるなり、すすまみれの顔をぎょっとしたようにゆがめ、必死に上半身を起こした。「アナベル」としゃがれ声で名前を呼び、すぐさま激しく咳きこんだ。「バカ！　来るな、逃げてくれ！　こんなところでいったい何をしてるんだ？」

　アナベルはかぶりを振った。口論などのために無駄に息をしたくなかった。それにしても、クレーンなんて重いもの、いったいどうやって動かせばいいのかしら。何か道具が必要だわ……てこの代わりになるようなものが。アナベルはひりひりする目を手でこすり、部品や重りや割れた石が小山のようになった中を、何か使えるものがないか探しまわった。どこもかしこも油とすすまみれで、残骸の間を歩きながら足がすべって仕方がない。そのとき、がたがたと音をたてて揺れている壁に、機関車の車輪がいくつも立てかけてあるのが見えた。中にはアナベルの身長よりも大きいものもある。車輪のほうに向かうと、彼女の腕ほどの太さがある車軸とコネクティング・ロッドが山になっていた。油でぬるぬるする重いロッドを一本つかんで山から引き抜き、ハントが倒れているほうに引きずっていった。

　アナベルは、ハントの表情を一目見てすぐに彼がどれほど怒っているかわかった——今ハントにつかまったら、その場で殺されてしまうかもしれないわね……。「アナベル」とハントが咳きこみながらどなった。「今すぐにここから出ていくんだ！」

「あなたひとり置いて行かないわ」アナベルは、プレス機のピストンの端に大きな木片があるのを見つけて取りにいった。ハントはクレーンに挟まれた脚をねじったり、ぐいと引いたりしながら、彼女を脅かしたり、罵声を浴びせたりしている。アナベルはそんなのおかまいなしに、木片を引きずってきてクレーンの横に置いた。

「無理だよ！」とハントがどなるが、アナベルはそれを無視してロッドを必死に運んでくる。

「君には重すぎる！　ここから逃げてくれ。ちきしょう、アナベル――」

アナベルはうんうんとうなりながら木片の上にロッドを乗せ、さらにその先端をクレーンの下側に噛ませた。全体重を掛けてロッドを押す。だがクレーンは、彼女の力ではびくともしない。アナベルは苛立たしげに声を荒らげ、しまいにはロッドがきしみ音をたてるまで一生懸命押した。だがいくらがんばっても無理だった――クレーンはぴくりとも動かない。

そのとき、大きな破裂音のようなものが響きわたり、頭の上からバラバラと鉄片が降ってきた。アナベルはしゃがんで頭を抱えこんだが、腕に何かがぶつかり、その衝撃で床に倒れこんでしまった。燃えるような痛みが上腕に走り、見ると、金属片が肉に食いこんで真っ赤な血がだらだらとたれていた。ハントのほうにはっていくと、急に抱きよせられ、鉄片のシャワーがおさまるまで守ってくれた。「サイモン」アナベルはあえぎながら夫の名を呼び、上半身を起こして、煙で充血している彼の目を見つめた。「あなた、いつもナイフを持っていたわね。今どこにあるの？」

ハントは彼女の質問の意味を悟って黙りこんだ。ほんの一瞬、それが果たして可能かどうか考えてから、すぐにかぶりを振った。「だめだ」とひどくかすれた声で言う。「万が一、私の脚を切断することができたとしても、君には私の体を引きずって外に出ることはできない」ハントはアナベルを押しのけた。「もう時間がない――君はここから逃げるんだ」アナベルの表情に拒絶の色が浮かぶのを見て取り、ハントはとてつもない恐怖に顔をゆがめた。もちろん、自分の身ではなく彼女の身を案じてである。「何てことだ、アナベル」ハントはしゃがれ声で言い、最後には懇願しはじめた。「やめてくれ。お願いだから。私のことを少しでも思ってくれるのなら、頼むよ――」ハントは全身を震わせて激しく咳きこんだ。「逃げて……逃げてくれ」

アナベルは一瞬だけ、ハントの言葉に従おうかと思った。地獄のように燃えさかる工場から逃げ出したいという気持ちに負けそうになった。だが彼女はよろよろと立ち上がり、ハントをじっと見つめた。こんなにも無防備な夫の姿を見て、ひとりだけ逃げることなどできなかった。アナベルはあらためてロッドを手にすると、木片の上に乗せた。けがをした上腕に痛みが走る。頭の中でどくどくと血が流れる音がして、ハントのどなり声と建物が震動する轟音の区別がつかない。だが、どうやらハントは怒り狂ってわめいているようなので、聞こえないほうが都合がよさそうだ。アナベルはてこに手を掛けてぐいっと押した。胸苦しさに耐えられずに深く息を吸い、たちまち煙にむせかえる。目の前の景色がぼんやりしてきたが、あきらめずに残りの力を精一杯ふりしぼり、鉄の棒に全体重を掛けた。

そのとき突然、ドレスのうしろを何かにつかまれたような気がした。もしも十分に息ができる状態だったなら、アナベルはとっさに悲鳴をあげていただろう。驚きのあまり身動きもできずにいると、うしろにぐいっと引っぱられ、鉄の棒を取り上げられた。目に涙をためてむせかえりながら、煙でよく見えない瞳をこらす。黒っぽい人影が背後に立っており、落ち着き払った声が聞こえてきた。「私がクレーンを持ち上げる。合図を出すから、彼の脚を引き抜きなさい」

アナベルは、顔を見分けるよりも先に、その傲慢な口ぶりから相手が誰だかわかった。どうしてウェストクリフが。アナベルは仰天した。白いシャツはぼろぼろに破れ、顔はすすだらけだが、それは間違いなく彼だった。どれだけみすぼらしい格好になっていても、冷静さと有能ぶりを失わず、アナベルにハントのほうに行くよう指示している。ウェストクリフは軽々と鉄の棒を持ち上げ、クレーンのシャフトの下に巧みに差しこんだ。身長こそごく普通だが、引き締まった体は長年の厳しい鍛錬のおかげでみごとに鍛え上げられている。彼が思いっきりてこを押すと、金属がきしむ甲高い音とうなるような音が聞こえてきて、巨大なクレーンがほんのわずかに持ち上がった。ウェストクリフがアナベルに向かって大声で指示を出す。アナベルは無我夢中でハントの脚をつかむと、彼が痛みにうめくのもかまわず、崩れたクレーンの下から引きずりだした。

ウェストクリフは、ドシンという重々しい音とともにクレーンを床に下ろすと、ハントが立ち上がろうとするのに手を貸し、負傷した脚の側の肩にたくましい腕をまわした。アナベルは反対側にまわったが、ハントに懲らしめるように腕をぎゅっとつかまれ、たじろいだ。

だがアナベルは煙と熱気でもはや何も見えず、息もできず、考えることもできなかった。つづけざまに咳きこみ、きゃしゃな体を震わせている。自分ひとりだったら、出口を見つけることなど絶対にできないくらいの状態だった。ハントの力強い腕に引っぱられ、押され、ときには鋼鉄の残骸をまたぐのに抱き上げられながら、すねや足首やひざをそこら中に打ちつけつつ、ひたすら前進した。出口を目指す険しい道のりは、永遠につづくようにさえ思われた。なかなか前に進むことができず、その間も建物は、あたかも傷を負った獲物を襲うけだもののように、ぐらぐらと揺れ動き、うなりを上げている。アナベルは意識がもうろうとしてきた。気を失うまいとがんばったが、視界に入るのは目の前に広がるぎらぎらした閃光と誘うような暗闇ばかりだった。

工場から脱出できた瞬間のことはまったく覚えていない。三人とも服はすすだらけ、髪は焼け焦げ、顔は熱気で乾ききり……思い出せるのは、外に出たとたんに何本もの腕が伸びてきて、痛む脚がふいに自分自身の体の重みを感じなくなったことだけ。そのまま誰かの腕の中にゆっくりと倒れこみ、体が宙に浮いたような感じがして、あとはきれいな空気を肺に送りこもうと飢えたように息をするばかりだった。次の瞬間、びしょびしょに濡れた布で顔を拭かれ、見知らぬ人の手がドレスの中に入ってきてコルセットがゆるめられた。それが誰でも、もうどうでもよかった。アナベルはぐったりとして頭の中も麻痺状態、荒々しい手が介抱してくれるのに身を任せて、口元に押しつけられた金属のひしゃくに入ったものをがぶ飲みした。

ようやく正気づくと、アナベルはちくちくする目をしばたたかせた。涙がにじんで、ようやく目の痛みが和らいでくる。「サイモンは……？」とつぶやいて体を起こそうとすると、そっと押さえつけられた。

「もう少し横になっていなさい」というしゃがれ声が聞こえてきた。「あなたの夫は無事です。少しけがをしてやけども負っていますが、命には別状ありませんよ。脚もたぶん折れてはいないでしょう」

すっかり意識が戻ってくると、アナベルはようやく自分がどういう状態にあるのか悟って仰天した。地面に座りこんだウェストクリフのひざの上に半分横たわり、ドレスの背中がはだけられている。ウェストクリフの冷徹な顔を見上げると、よく日に焼けた肌には黒いすすがこびりつき、髪はくしゃくしゃでべたついている。いつも一分の隙すらも見せないウェストクリフが、ひどい格好をして、思いやり深く人間味あふれる表情を浮かべているのを見て、それが本当に彼とは信じられないくらいだった。

「サイモン……」アナベルはささやくように夫の名を呼んだ。

「彼なら、私たちが話している間に、私の馬車に乗せてもらっていますから。もちろん、早くアナベルを連れてこいと息巻いてますよ。これからおふたりをマースデン・テラスに運びます。医者も呼んでおきましたからね」ウェストクリフは、わずかにアナベルの体を起こしてやった。「でも、どうして彼のあとを追ったんです？　あのまま放っておけば、たいそう裕福な未亡人になれたのに」ウェストクリフがからかうような口調ではなく、まじめに疑問に思っているらしいのに気づいて、アナベルはとまどった。

アナベルは質問には答えず、ウェストクリフの肩に血が染み出ているのに目を留めた。「じっとしていて」とつぶやき、シャツから飛びでている針ほどの細さの金属片を折れた爪でつまむ。すばやく抜き去ると、ウェストクリフは痛みに顔をしかめた。

アナベルが手にした金属片をじっと見ながら、ウェストクリフは悔しそうに首を振った。「くそっ。ちっとも気づかなかった」

アナベルは金属片を手にしたまま、おずおずとたずねてみた。「そういうあなたは、どうして工場の中に？」

「あなたが夫を助けるために燃えさかる炎の中に飛びこんでいったと聞いて、手を貸すべきだと思いましてね……たぶん、扉を開けるとか、通路から障害物をどけるとか、そんなようなことをするつもりだったんでしょう」

「とても助かりましたわ」アナベルは、ウェストクリフの穏やかな口調に合わせて、優しい声音をつくった。するとウェストクリフは、すすで真っ黒な顔に白い歯をのぞかせ、にやりと笑った。

ウェストクリフは、アナベルの上半身をそっと起こし、腕を彼女の背中にまわした。さりげない手つきで手際よくドレスのボタンを締めながら、すっかり崩壊してしまった工場をじっと見つめている。「死者は二名、行方不明者は一名。これほどの大惨事で被害者が三人で済んだのは奇跡だ」

「このまま閉鎖になってしまうのかしら」

「いや、できるだけ早く建てなおしますよ」ウェストクリフは優しげな目で、アナベルの疲れきった顔を見つめた。「あとで、事故がどんなふうに起きたのか教えてください。とりあえず今は、馬車まで私がお連れしましょう」

アナベルは、ウェストクリフに抱き上げられて小さく息をのんだ。「まあ――こんなことをしていただく必要は――」

「このくらいのことしか私にはできませんからね」ウェストクリフは珍しくにこやかな笑みを浮かべ、軽々と彼女を運んだ。「あなたについて、私は少々考えを改めなければなりません」

「つまり、私がお金のためにサイモンと結婚したのではなく、心から彼のことを思っているのがわかった、そういうことですか？」

「そんなところです。どうやら私はあなたのことを誤解していたようだ、ミセス・ハント。心からお詫び申し上げるので、どうかお許しいただきたい」

アナベルは仰天した。たとえどんな形であれウェストクリフが人に謝るなど、まして心から詫びるなど、信じられなかった。彼女は彼の首に腕をまわし、しぶしぶといった口調で答えた。「許すほかありませんでしょう。あなたは、私たちの命の恩人なのですから」

ウェストクリフは、アナベルが楽な姿勢になれるよう腕を少しずらしてやった。「では、これにて停戦ということでよろしいですか？」

「ええ」アナベルはうなずき、ウェストクリフの肩に顔を伏せて咳きこんだ。

＊　＊　＊

マースデン・テラスの主寝室でハントが医師の治療を受けている間、アナベルは別室に案内され、ウェストクリフに腕の傷を手当てしてもらった。皮膚に半分突き刺さった状態の金属片をピンセットで抜かれ、アルコールで傷口を消毒されたときには、痛みに金切り声をあげた。消毒後は軟膏を塗られ、慣れた手つきで包帯を巻かれ、気持ちが落ち着きますよとブランデーをそそいだグラスを渡された。ウェストクリフがブランデーに何か混ぜたのか、それとも単にアナベルが疲れていたからなのかはわからない。だが、濃い琥珀色の飲み物をツーフィンガー分飲み干しただけで、ほろ酔いになり意識がもうろうとする。あなた医者にならなくて正解よ、とウェストクリフに冗談を言うが、どうもろれつがおかしい。ウェストクリフはまじめな口調で、おっしゃるとおりですよ、と答えた。その後、アナベルはほとんど千鳥足でハントを探しにいこうと立ち上がったが、メイド長とふたりのメイドに制止されてしまった。どうやら三人がかりでアナベルを風呂に入らせている最中だったらしい。ふと気づいたときには、いつの間にか入浴を終え、ウェストクリフの老母の衣装だんすから拝借してきたナイトドレスに着替えさせられ、柔らかくて清潔なベッドの上に寝かされていた。そして、まぶたを閉じ、あっという間に深い眠りについてしまった。

不覚にも、翌朝目が覚めたのはすでに午前もだいぶ時間を過ぎた頃だった。アナベルは自分が今どこにいるのか、いったい何が起こったのか、必死に思い出そうとした。やがてハントのことに思い至ると、あたふたとベッドから起き上がり、室内を飾る美しい装飾品には目もくれず、はだしのまま廊下に出た。途中でメイドにばったり出くわすと、メイドはアナベルを見てやや驚いたような表情を浮かべた。何しろそのときのアナベルときたら、興奮したようすで、髪は結わずにぼさぼさのまま、上気した顔にはすり傷があるし、着ているものといったらだぼだぼのナイトドレス……しかも、昨晩のうちにしっかり風呂に入ったはずなのに、まだ工場の煙の匂いがぷんぷんしている。

「彼はどこ？」アナベルは前置きもなしにたずねた。

だがメイドも大したもので、唐突な質問の意図をすぐさま理解し、廊下の突き当たりにある主寝室のほうを指さした。

扉が開いたままの主寝室の入口にやってくると、ウェストクリフが大きなベッドのかたわらに立っているのが見えた。ハントはそのベッドの上で、枕の山にもたれるように座っている。上半身は裸だ。浅黒い両肩と胴部とは対照的に、雪のように真っ白なシーツが、腹のあたりまで掛けられていた。アナベルは、ハントの両腕と胸に何枚も絆創膏が貼られているのを見てたじろいだ。あんなにたくさんの金属片が刺さって、抜いたときはさぞかし痛かったでしょうね。ハントとウェストクリフは、アナベルの気配を感じたのかおしゃべりをやめた。目アナベルをじっと見つめるハントの目は、狼狽させられるほど深い思いに満ちていた。

には見えない感情の高ぶりが部屋中をつつみ、ハントとアナベルの間に張りつめた空気が流れる。アナベルは、黒曜石のようなハントの顔を見つめながらその場にふさわしい言葉を探したが、ひとつも見つからなかった。もしも何か口にすることができたとしても、それはきっと幼稚っぽくて大げさな愛の言葉か、節度はあるが意味のない労りの言葉くらいのものだったろう。妙な話だが、アナベルはその場にウェストクリフがいてくれたことに内心感謝し、まずは彼に声をかけた。

「伯爵」アナベルはウェストクリフの顔の傷ややけどを見て言った。「まるで、居酒屋のけんかで負けたような顔ですわよ」

ウェストクリフはアナベルのほうに進み出て、彼女の手を取って非の打ちどころのないおじぎをし、さらに驚いたことには手の甲に礼儀正しくキスをした。「マダム、居酒屋のけんかだったら、絶対に負けたりしませんよ」

アナベルはウェストクリフのせりふに笑みを浮かべながら、ほんの二四時間前には彼の傲慢な冷静沈着ぶりを軽蔑していたことを思い出さずにはいられなかった。それが今では、相変わらずの態度にほとんど親しみすら感じている。ウェストクリフは安心させるように彼女の手をぎゅっと握ってから離した。「ミセス・ハント、私はそろそろ失礼して、席を外しましょう。ご主人とふたりでお話したいことがあるでしょうから」

「ありがとうございます、伯爵」

ウェストクリフが部屋をあとにし、扉が閉じられると、アナベルはベッド脇に歩み寄った。

ハントは眉根を寄せて顔をそむけた。男らしい横顔が、陽射しを浴びて輝いている。

「脚の骨は折れていたの？」アナベルはかすれ声でたずねた。

ハントは、華やかな花柄の壁紙をじっと見つめながら首を横に振った。「心配ない」と答えた声は、煙のせいでまだしわがれている。

アナベルは夫をまじまじと見つめた。たくましい腕と胸をしばらく眺めたあと、長い指、そして額にたれた一束の黒髪へと視線を移す。それから、「サイモン」と優しく呼びかけた。

「私のほうを見てくれないの？」

するとハントは、目を細くして彼女をきっとにらみつけた。「君を見るどころか、その首を絞めてやるよ」

アナベルは、どうしてと聞くほど愚かではなかった。ハントがそんなふうに怒る理由はわかっている。彼女は次の言葉をじっと待った。やがて、ハントがのどをわなわなと震わせながら口を開いた。「君が昨日したことは、絶対に許せない」

アナベルは驚いたような顔をしてみせた。「何のこと？」

「燃えさかる工場に横たわって、私が人生最後の頼みのつもりで言ったのに。それを君は拒否したんだ」

「でも結局、最後の頼みにはならなかったじゃない」アナベルはおずおずと反論した。「あなたも無事だったし。私も元気よ。何にも問題はない――」

「問題大ありだ！」ハントは怒りで顔を真っ赤にした。「私はこれから一生忘れることができないよ――君が私と一緒になって死のうとしているのに、私は何もすることができない、それがいったいどんな気持ちがするか」ハントはそっぽを向いてしまった。感情が高ぶって声がわなわなと震えていた。

アナベルはハントに触れようとしたが、一瞬ためらい、宙に手を浮かせた状態のまま言った。「けがをしたあなたをひとりで残して逃げろだなんて。私にはそんなことはできなかったわ」

「言われたとおりにすればよかったんだよ!」

アナベルはひるまなかった。ハントの怒りは、恐怖の裏返しなのだとわかっていた。「あなただって、きっと私をひとりで置いてきぼりにはしなかったでしょう――」

「そうくると思ったよ」ハントはうんざりした口調だ。「もちろん私は君を置いてきぼりにしたりしないさ。私は男だからな。男は、妻を守らなくちゃならない」

「そして妻は夫を助けなくちゃいけないのよ」

「君が私を助けただって?」ハントは噛みつくように言った。「君は私を怒らせただけじゃないか。いい加減にしてくれよ、アナベル、どうして私の言葉に従わなかったんだ」

アナベルは深く息を吸ってから答えた。「あなたを愛しているからよ」

ハントは顔をそむけたままだが、どうやらアナベルの今の言葉にショックを受けたようだった。ベッドの上掛けに載せられたハントの手がぎゅっと握りしめられ、彼が心のよろいを脱いでいくのがわかる。「どんなささいなことからでも、君を守るためなら私は千回だって死ぬつもりだ」ハントは震える声で言った。「それなのに、君が自分の命を意味もなく犠牲にしようとするなんて、私にはとうてい耐えられない」

アナベルはハントを見つめながら、目に涙をにじませた。彼を求める気持ちとあふれるほどの愛情が、痛いほど体中を満たす。「気づいたのよ」とアナベルはかすれ声でささやいた。「工場の外に立って建物が焼けるのを見ながら、あの中にあなたがいるんだって思ったとき」のどの奥が引きつり、深く息を吸う。「サイモン、あなたの腕の中で死んだほうがましだと思ったの。一生あなたのいない人生を送るなんて耐えられなかった。これから何年もずっと……冬が来て、夏が来て、何度季節がめぐろうと、あなたに会いたいと思いながら絶対に会えないなんて。私だけが年をとり、記憶の中のあなただけがいつまでも若いままなんていや」アナベルは唇を噛んでかぶりを振り、目に涙をあふれさせながらつづけた。「以前、私にはどこにも居場所がないなんて言ったけど、間違ってたわ。やっとわかったの。あなたの隣が私のいる場所だわ。あなたと一緒にいられれば、あとはもうどうでもいい。あなたは一生私と一緒にいなくちゃいけないの。どこかに行けと言われても、絶対に言うことなんか聞かないわ」アナベルは身を震わせながらも必死に笑みを浮かべた。「だからもうそんなふうに文句を言わないで、あきらめてちょうだい」

ハントはふいにアナベルを抱き寄せた。彼女のもつれた巻き毛に顔をうずめて、苦しそうにしゃべりだす。

「なんてこった、無理だよ！　これからは、君が毎日外に出かけるのすら止めてしまうかもしれない。君に何か起きてしまうんじゃないかと、一分一秒たりとも安心することができないだろう？　だってそうじゃないか、私が正気でいられるかどうかは、君の身の安全にかかっているんだから。ああ、どうしてこんな……こんなに愛してしまったんだ。このままじゃ頭が変になるかもしれない。ただの役立たずになってしまうかも。どうにかしてこの思いを静めることができれば……せめて君への愛をこの半分にできれば……なんとかやっていけるかもしれない」

アナベルはハントのあまりにも素直な告白にくすくすと笑いながら、心の中が温かな幸福に満たされるのを実感していた。「でも私は、あなたの愛がすべて欲しいの」と言うと、ハントは顔を上げて彼女をじっと見つめた。その表情に、アナベルははっと息をのみ、しばらくしてようやく言葉を継いだ。「あなたの心もよ」涙をこらえて笑みを浮かべ、挑発するようにささやいた。「それにあなたの体も、全部」

ハントは身を震わせながら、二度と目をそらすことなどできないといわんばかりに、晴れやかなアナベルの顔を食い入るように見つめた。「それなら安心だ。だって君は昨日、ポケットナイフで私の脚を嬉々として切断しようとしていたからね」

アナベルは口元に笑みを浮かべ、ハントの胸に手をやり、きらめく胸毛を指先でもてあそんだ。「だって、脚を切ればあとの部分は助かるでしょう。そうしたら、あなたをあそこから救えると思ったのよ」

「あの時、それでうまくいくと思ったら、本当に君にやらせていたかもしれないな」ハントはアナベルの手を握りしめ、すり傷のある手の甲にほほを押しつけた。「君は強い女性だよ、アナベル。私が思っていたよりもずっと強い」

「あら、強いのは私自身じゃなくて、あなたへの私の愛だわ」長いまつげの下から、からかうようにハントを見つめてつぶやく。「だって、誰の脚でもナイフで切断できるというわけじゃないのよ」

「今度また君が命を粗末にしようとしたら、理由にかかわらず、その首を絞めてやるからな。さあ、こっちにおいで」ハントはアナベルの頭のうしろに手をやって彼女を抱き寄せた。今にも鼻がくっつきそうなくらいまで顔が近づいたところで、深く息を吸い、思い切って口にする。「くそっ、愛してるよ」

アナベルはからかうように唇をほんのわずかに触れさせながらたずねた。「どのくらい？」

するとハントは、一瞬唇が触れただけですっかり興奮してしまったように、かすかにあえぎ声を漏らした。「どこまでも愛してる。永遠よりも長くね」

「じゃあ、私はもっと愛してるわ」アナベルは言うと、ハントの唇に自分の唇を重ねあわせた。その瞬間、とてつもない喜びが彼女の全身を貫いた。それと同時に、何かが完成されたような、完璧に満たされたような、かつて感じたことのない幸福感につつまれてた。温かいものの中をふわふわとただよいながら、陽の光が魂に降りそそいでいるような感じだ。唇を離してハントの顔を見ると、彼も同じ気持ちらしく、びっくりしたように瞳を輝かせている。

ハントは今までにはなかった、感嘆するような響きのこもった声で言った。「もう一度キ

「だめよ、けががひどくなるわ。あなたの脚に乗っかっちゃってるでしょう?」

「それは脚じゃないよ」ハントのいたずらっぽい口調に、アナベルは声をあげて笑った。

「もう、あなたって意地悪ね」

「そういう君は最高に美しいよ」ハントはささやいた。「内面も外面も。アナベル、私の愛しい奥さん……もう一度キスしてくれ。私がやめろと言うまでずっと」

「わかったわ、サイモン」アナベルはつぶやくように言い、嬉しそうに彼の言葉に従った。

エピローグ

「……待ってよ、ここからがいいところなんだから」アナベルは楽しげに言い、手にした数枚の紙をボウマン姉妹の目の前で振ってふたりを黙らせた。三人は今、ラトレッジ・ホテルのアナベルのスイートルームに集まり、薄い靴下をはいた足をぶらぶらさせながら甘いワインを飲みつつのんびりしている。「つづきを読むから聞いててよ……ロワール渓谷に立ち寄って、一六世紀に建てられ現在は修復工事中だというお城を見学したときのことですが、あのミス・メレディス・ハントが、年下のいとこふたりを伴って欧州旅行中だという独身の英国紳士ミスター・デヴィッド・キアという方と出会いました。ミスター・キアは美術史家で、今は論文か何かを執筆中だとか――ふたりは大いに意気投合しました。ミスター・キアについて、ふたりの母君は――そうそう、これから僕はお母様とミセス・ハントのことをこう呼ぼうと思います、なぜってふたりはいつも一緒にいるし、ふたりの意見を合わせてやっとひとり分の意見になるというか――」

「ねえ、いい加減にして」リリアンが笑い声をあげてさえぎる。「どうして弟さんは、ひとつの文章をそんなに長く書こうとするの?」

「しーっ！」デイジーが姉をたしなめた。「いよいよふたりの母君のミスター・キア評が聞けるっていうところで邪魔しないで！　さあ、アナベル、つづけて」

「――魅力的だし、目鼻立ちも整っているし、立派な紳士だということで意見が一致しています――」

「それって、ハンサムっていうこと？」デイジーがたずねた。

アナベルはにやりと笑った。「決まってるじゃない。ジェレミーの手紙のつづきによれば、ミスター・キアは、メレディスに手紙を書いてもいいでしょうかってお母様たちにたずねたんですって。それに、メレディスがロンドンに戻ったら会いにくるそうよ！」

「何てすてきなの！」デイジーは歓声をあげ、姉にグラスを差しだした。「リリアン、おかわりをちょうだい。メレディスの素晴らしい未来を祝って乾杯だわ」

三人はメレディスのために乾杯し、アナベルは安心したようにため息をついて手紙を脇にやった。「エヴィーにも知らせてあげたいわ」

「彼女に会いたいわね」リリアンが珍しくさびしそうな声を出した。「でもたぶん彼女の見張番――じゃなかったご家族も、そろそろ私たちと会うのを許してくださるんじゃないかしら」

「ねえ、私に良い考えがあるわ」デイジーが口を挟んだ。「来月お父様がニューヨークからこちらにいらっしゃったら、一緒にストーニー・クロスに行くことになるはずよ。当然、アナベルとミスター・ハントもウェストクリフ卿のお友だちとして招待されるでしょ。たぶん、エヴィーとあのおば様も招待してもらえるよう頼めるんじゃないかしら。そうしたら、壁の花の会議を開きましょうよ——もちろん、またラウンダーズもやるの！」

アナベルは大げさにため息をつき、ワインをごくりと飲み干した。「かんべんして」グラスを近くのテーブルに置き、ポケットに手を入れて、何かをつつんだ小さな紙を取り出す。

「そう言えば——ねえデイジー、あなたにひとつ頼みがあるの」

「なぁに？」デイジーはすぐに乗り気になり、アナベルに渡された小さなつつみを開けた。中に針のような金属片が入っているのを見て、不思議そうに鼻のあたりにしわを寄せている。

「いったい何なの、これ？」

「工場が火事になった日、ウェストクリフ卿の肩に刺さっていたのを抜いたの」アナベルは、長い金属片を見ているボウマン姉妹のあきれ顔に向かってにやりと笑った。「もしよかったら、それをストーニー・クロスに持っていって、願いの泉に投げ入れてほしいのよ」

「何をお願いすればいいのかしら？」

アナベルはくすりと笑った。「かわいそうなウェストクリフ卿のために、私のときと同じことをお願いしてくれればいいわ」

「かわいそうなウェストクリフ卿ですって？」リリアンは鼻を鳴らし、アナベルとデイジーを疑いの目で見つめている。「デイジー、あなたがアナベルのためにしたお願いって、いったい何だったの？　私には教えてくれなかったわよね」

「アナベルにも教えてないわよ」デイジーは小声で言い、いぶかしむような笑みを浮かべてアナベルの顔を見た。「どうしてわかったの？」

アナベルはにっと笑い返して言った。「自分で考えたのよ」そして、ひざを曲げて身を乗り出すと、ふたりに向かってささやいた。「ところで、リリアンの未来の夫探しの件だけど……私にちょっとした名案があるの……」

訳者あとがき

リサ・クレイパスの邦訳作品第三弾となる本作『ひそやかな初夏の夜の』(原題 〝Secrets of a summer night〟)。描かれるのは、一七七〇年代に始まったと言われる産業革命を経て、いよいよ経済的にも社会的にも大きな変化が訪れつつある一八四〇年代の英国です。この一月に公開された映画『プライドと偏見』が一八世紀末の設定ですから、さらに約半世紀ほど後の時代と思っていただければいいでしょう。物語のメインの舞台はロンドン南西部に位置する田園地帯のハンプシャー州。貴族の領地に建つ大邸宅で、なんと三週間にわたって泊りがけで行なわれる狩猟パーティーでのお話です。ハンプシャーは今でこそロンドン市内から電車で一、二時間ほどで行ける距離ですが、当時は馬車での移動が主流でしたので(蒸気機関車が発達しだした頃です)、おそらく半日はかかったのではないでしょうか。

本作は「壁の花《ウォールフラワーズ》シリーズ」と呼ばれる四部作のうちの第一作目にあたり、季節は夏、いわゆる社交シーズンのちょうど終わり頃です。主人公アナベル・ペイトンは社交界にデビューしてすでに四年目ですが、いまだに誰からも正式にプロポーズされていません。というのも、ペイトン家は父を亡くして以来すっかり落ちぶれた名家となっているからです。いくら家柄が良く、美しく聡明であっても、持参金のない娘は貴族とのまともな結婚は望めないというのが当時の現実でした。そしてまた、持参金はあっても家柄の良くない、いわゆる成金の娘も状況は同じようなものでした。そうした娘たちは、舞踏会や夜会に出ても誰からもダンスに誘われない「壁の花」。同じような境遇にある四人のレディが手を組み、お互いにふさわしい夫を見つけようと奮闘する、というのがこの「壁の花シリーズ」のあらすじで、残る三作についても季節を夏から秋、冬、春と移してお話はつづきます。

　アナベルは「壁の花」の計画に従って独身貴族を巧みにたぶらかし、プロポーズさせようとしますが、そこへふたりの男性が横槍を入れてきます。ひとりは亡き父の友人と称して、窮乏にあえぐペイトン家に巧みに近づく卑劣漢ホッジハム卿、そしてもうひとりが上流社会とのつながりも持つ実業家のサイモン・ハント。じつはハントはもう二年も前からアナベルに夢中なのですが、貴族との結婚を望むアナベルの気持ちを汲んでこれまでは身を引いていました。さて、アナベルが選ぶのは三人のうちいったい……。

　海外ロマンス作品では大抵、主人公ふたりのメイン・ストーリーと同時進行でもうひとつの物語が進行するわけですが、本作もしかり。ただし、今回のサイド・ストーリーは四部作の第二作目を予感させる程度のほのめかしに徹しています。じつは第三作目への伏線もほんの少しだけありますので、そのあたりにも注目してください。

　注目と言えば、本作でぜひとも注目してほしいのが、サイド・ストーリーの主役であり、クレイパス作品としては邦訳第一弾となった『悲しいほど　ときめいて』でも冒頭、重要な脇役として登場するあの人物です。前作ではちょっといけすかない、気取った冷たい男という印象が強かった彼ですが、いや、じつはこういう一面もあるんですね。彼の人となりについては今後さらに明らかになっていきますが、これがなかなか人間味あふれる魅力的な人物で、本作でも脇役ながらきっと多くの読者を惹きつけるのではないでしょうか。ちなみにクレイパス自身も、彼については「二番目にお気にいりのヒーロー」と公言しているほどです。

クレイパスのヒストリカル作品に共通するのは、旧弊な上流階級に属していながら革新的な人間、つまり実業家や商人の台頭を認め、彼らを尊敬しようとする広い心を持った人間が大勢登場する点にあります。ヒストリカル・ロマンスというと上流階級の華やかかつ企みに満ちた世界を想像しがちですが、クレイパスは、華やかな上流階級に暮らす人びとと中流・下流階級で地道に生きる人びとがさまざまな障害や問題を乗り越えてお互いに理解しあう過程を暖かく描きだしている。そんなところも、この作家の大きな魅力のひとつではないでしょうか。

二〇〇六年五月

ライムブックス

ひそやかな初夏の夜の

著　者　リサ・クレイパス
訳　者　平林《ひらばやし》 祥《しょう》

2006年6月20日　初版第一刷発行

発行人　成瀬雅人
発行所　株式会社原書房
〒160-0022東京都新宿区新宿1-25-13
電話・代表03-3354-0685　http://www.harashobo.co.jp
振替・00150-6-151594
ブックデザイン　川島進（スタジオ・ギブ）
印刷所　中央精版印刷株式会社

 ISBN4-562-04309-1　Printed in Japan

リサ・クレイパス 大好評既刊

悲しいほどときめいて

リサ・クレイパス
古川 奈々子(ふるかわ ななこ)訳

ロンドンの裏社会にも通じる、セクシーで危険な男、ニック。彼は、絶望的な結婚から逃れようとするシャーロットに取引を持ちかける。「君を保護する見返りに僕の妻になってほしい」。シャーロットはこの危険な提案を受け入れるが…。RITA賞ロング・ヒストリカル部門を受賞した、スリルとロマンスが同時に味わえる、刺激的な物語!

ISBN4-562-04301-6 **定価 860円(税込)**

ふいにあなたが舞い降りて

リサ・クレイパス
古川奈々子(ふるかわななこ)訳

女流作家アマンダは、30歳の誕生日に男娼を雇う。現れた美貌の男娼と短く甘いひと時を過ごすと、彼は名も告げず立ち去った。数日後、その男娼と再会・・・・彼こそ、アマンダが最も嫌う出版社の社長、ジャックだった! 背が低く太目のヒロインと、美しく知的なヒーローとの会話が楽しく、かなりロマンス度が高い傑作!

ISBN4-562-04305-9 **定価840円(税込)**